在冷漠的他
怀里
撒个娇

春风榴火 / 著

国际文化出版公司
· 北京 ·

谢随从来不吃这些看上去花花绿绿的甜品，不过寂白坚持让他试试，于是他听话地咬了口。

酥脆微烫的鸡蛋仔夹着沁甜的冰淇淋，两种截然不同的感觉在舌尖绵延开来，甜腻蔓延到了心底。

谢随终于重新望向天空，浅咖色的眸子里有了光。

其实，他并不觉得烟花多么稀罕，但这一瞬间绽放的美丽，他很希望让她看到……

谢随固执地觉得，这世间所有的美丽，都应该属于她。

Contents 目录

『喜欢别人是需要勇气的一件事。』

『谢随，我可以为你变得更勇敢。』

第 一 章

他总觉得，这女孩有点奇怪

黑暗中，寂白闻到了消毒水的味道。她睁开眼，首先映入眼帘的，是医院墙壁上那冷冰冰的白瓷砖。

　　突然，左臂传来细微的刺痛。

　　寂白低头，看见那尖锐的针头已经刺入了她白皙的肌肤，殷红的鲜血顺着细长管道缓慢地爬出，宛如蚯蚓。她往后猛缩，本能地想要拔掉输血管。

　　这时，一双温厚的手掌用力地按住她的肩膀。

　　"白白不要怕，马上就好了。"

　　寂白回头，望见了母亲陶嘉芝那温柔和蔼的笑脸。

　　面前的陶嘉芝，黑发浓密，脸上满是胶原蛋白，没有太多皱纹，模样甚是年轻，神情也温柔许多。

　　母亲在她耳畔温柔地说："不要怕，只抽一袋血就好，白白可是保护姐姐的大英雄。"这句话，母亲陶嘉芝从她记事起便开始念叨，一直念到了现在。

　　姐姐寂绯绯出生不久便被查出患血友病，有严重的凝血功能障碍，需要定期输血。偏偏她又是珍贵的 Rh 阴性 AB 型血，是所谓"熊猫血"中的"熊猫血"，医院血库里几乎找不到这种珍贵血液。而父母又分别是 Rh 阴性 A 型和 B 型血，都不能给她输血。

　　父母为了给姐姐治病，孤注一掷，决定再要一个孩子，充当姐姐的"活体血库"。于是第二年，寂白便出生了。幸好，寂白也是 Rh 阴性 AB 型血，和姐姐的血型完全匹配。

　　从寂白开始输血给姐姐到现在，姐姐的身体状况还行，并发症不算严重，最多半年输一次血。但最近三个月，寂白开始断断续续地做起了一系列噩梦，大体内容仿佛是关于她的整个人生：

梦里的姐姐病情逐渐开始加重，于是寂白的抽血频率从半年一次到三个月一次，再到一个月甚至几天就要一次。寂白不愿意总是被抽血，她很怕疼，于是父母对她进行道德绑架：如果她不这样做，就是没有良心，不顾念亲情。

因为频繁抽血，梦里的寂白患了贫血症，她不想再为姐姐输血，却被父母强烈指责，甚至还被他们关在医院，强制输血。后来寂白意外死亡，母亲哭了，这哭却是为寂绯绯没了供血来源而哭。原来在"温柔慈爱"的父母眼中，她唯一的价值，不过就是做姐姐的"活体血库"！

这一系列的噩梦真实到让寂白每每想起，都感到毛骨悚然。为什么会做这样的梦？寂白想，大概也是潜意识里已经感觉到眼下的处境终有一天会将自己引向毁灭。所以这个所谓"预知未来"或者说是前兆感知的梦，也许是她潜意识的某种自救。

清醒之后的寂白，不想重蹈梦里的悲剧，她想要拥有正常的人生。

在她恍神间，医生已经抽完了两百毫升的血液，对母亲陶嘉芝说："回去给她做一些生血的饭菜，尽可能补一补。"

陶嘉芝连连点头，摸了摸寂白的脑袋："白白真乖，晚上想吃什么？妈妈给你做。"

寂白微微偏头，躲过了她的爱抚。她起身出门，倚靠在医院冰冷的墙边，大脑一时供血不足，有点晕。正巧撞见拿着化验单进门的寂绯绯，她关切地询问："小白，你没事吧？是不是不舒服？"

姐姐一如往常地关心爱护她，寂白竟然相信了姐姐是真的对她好。实际就像梦里那样，在这善良外表的掩饰之下，寂绯绯对她进行了无尽压榨和剥夺，不仅仅是身体和健康，还有父母的疼爱、亲戚的关心……寂白成长中应得的这些，都被寂绯绯抢走了。

现在，她不会再上当了。

寂白冷漠地避开了她，转过身，适应着眩晕感。

陶嘉芝温柔地替寂绯绯挽起袖管，等待医生处理新鲜的血液。

寂绯绯望了望墙角的妹妹，担忧地说："妹妹好像在责怪我，都不理我。妈妈，我觉得很愧疚。"

陶嘉芝安慰道："她给你供血，是天经地义的，谁让你们是亲姐妹呢。"

寂绯绯难过地低下了头，真挚地说："妹妹，你不要怪我，好吗？"

又来了。寂绯绯把自己扮成了全世界最可怜的孩子，全家都心疼她，因为她不仅生了病，还满腹愧疚。

梦里的寂白也曾激烈反抗，却被亲戚指责："你怎么一点也不为姐姐着想，姐姐哭得多么可怜啊，父母给了你生命，你给姐姐输点血怎么了！"

就这样，在梦里，寂白迫于家里人的压力，一次又一次地卷起了袖管。

又譬如此刻，母亲陶嘉芝责备地说："白白，姐姐也是关心你啊，你怎么能不理姐姐呢！"

而现在的寂白从容了许多，淡淡道："姐姐想多了，我们相互帮助是应该的，我没有责怪你。"

寂绯绯微微一怔，然后用力地点头。

输完血已经是晚上六点，父亲寂明志的奔驰车停在医院门口。

母亲带着姐妹俩上了车以后，寂明志询问道："医生怎么说？"

"绯绯的病情还算稳定。"

"那可就放心了。"

现在这个时期是姐姐病情的稳定期，输血的频率并不高，最多半年一次，是寂白完全可以承受的程度。但寂白通过自己的梦了解到，在姐姐二十六岁以后，病情复发，寂白的抽血频率激增，最后也导致她患上了贫血病。

寂白心底暗暗打定主意，要利用这段时期，逃离父母的掌控，不再受他们的控制。既然现在还有改变一切的机会，她就不想成为姐姐延续生命的附属品。寂白将脑袋偏在车窗边，暗暗地想着未来。

母亲透过后视镜望见了无精打采的寂白，关切地问："白白，很累吗？"

寂白"嗯"了声："有一点。"

于是陶嘉芝说："那你就在车里小睡一会儿吧，回家了还要背稿子呢，距离记者访谈可没有几天了，你一定要全力配合姐姐。"

"我知道了。"

寂绯绯因为顽强地和疾病抗争，事迹被新闻媒体报道过，现在小有名气，成了微博励志红人，是粉丝百万的"大V"博主。德新大学为了进一步宣传她阳光开朗的正面形象，又请来了电视台的记者，组织了一场大型的励志访谈活动。寂白也被邀请上台，讲述姐姐与疾病斗争的故事。

寂白的梦也有类似情节，当记者问到寂白是不是自愿为姐姐献血时，寂白的回答非常直白："不是，我不愿意，因为抽血很疼。"后来，她这一句"不愿意，抽血很疼"，被愤怒的网友疯狂批判。

"自私，没有良心！"

"你想过疾病缠身的姐姐吗？你有她疼吗？"

"不过打个针而已，你矫情什么！"

梦里的寂白遭受了无数陌生人的网络暴力，情绪因此崩溃。

现在，她不会犯蠢了。

现场采访被安排在了学校的礼堂，两姐妹早早地来到了后台进行准备工作。

明亮的化妆镜前，化妆师正在给寂白上粉底，一连挑选了好几个色号，都觉得不满意。小姑娘的皮肤太白了！而且水润光泽，没有一丝瑕疵，即便是最瓷白的粉底液，都衬不上她的皮肤。

"小姑娘，你皮肤真好啊！"化妆师啧啧感叹着，不仅仅是皮肤白，模样也生得漂亮。她化了这么多年的妆，见多了可爱的女孩，可是这小姑娘和别人都不一样，漂亮的黑眼睛，水灵灵的跟瓷器娃娃似的，而且透着灵气。"以你这条件，都不用上妆了。"

"谢谢。"寂白礼貌地微笑，露出两颗可爱的小兔牙。

她的确拥有令人艳羡的美貌，而在梦中，自寂白的贫血症越来越严重以后，她的皮肤慢慢失去了光泽，变得病恹恹的，不再好看了。

化妆师为寂白挑选着粉底液，而这时，姐姐换了漂亮的裙子走出来，对化妆师道："我的妆花了，你来帮我补补吧。"

"可是我这边还没好，要不你等等？"

"她只采访几分钟时间，其实可以不化妆的，我才是今天的主角。"

化妆师望了望寂白，寂白对她说："没关系，你去给姐姐补妆吧。"

化妆师只能拿着化妆盘来到寂绯绯身边，为她上妆。

寂绯绯的模样则要普通许多了，虽然也有寂白的轮廓，可是因为营养过剩，脸颊有些鼓胀，五官没那么立体了，而且气色不是很好。

寂白独自坐在镜子前，自己为自己上妆。

就在这时，寂白的手机里收到闺密群里发来的鼓劲儿表情包——"白白加油！你是最胖的！"

寂白笑了笑，回了一个"好想打你们又怕坐牢"的表情。

"你们都来了吗？"

"对呀对呀，我们都在观众席等你。电视台的采访啊，机会难得，你可不要出洋相哦！"

寂白正编辑信息，却见姐妹们又立刻转移了话题——

"对了，我刚刚好像看到谢随了。"

"什么？是我们学校那个谢随？那个拳击、赛车都玩得溜到飞起的谢随？"

"对啦！就是他。"

"他怎么会来看采访？"

"谁知道呢。"

闺密们兀自讨论开了。

谢随这人很奇特，说他是"大佬"吧，他和学校里那些嚣张跋扈的"大佬"又不太像，他为人很低调，从来不会在校园的公开场合有任何招摇行为。但是谁都知道，他是体育学院的，他和那几个兄弟每天出入拳击训练室，做兼职赚钱，同时酷爱赛车，极速弯道上他是最不要命的选手……

在那个预知未来的梦中，寂白和谢随同校时两人没有太多交集，因为谢随笑起来很邪门，让她毛骨悚然。但姐姐寂绯绯好像很喜欢他这样的"坏男孩"。

梦里的那个大雪纷飞之夜，寂白从医院逃离，因为寒冷与贫血，她晕倒在街头，是谢随将她抱回了家，悉心照顾。相处不过短短数月，寂白却在他那双黑不见底的眸子里，看到了某种刻入骨髓的疼爱……

寂白深呼吸，放下了手机，对着镜子自己涂着口红。似乎是无意识地，她选了谢随最喜欢的正红色。

礼堂的观众席全都坐满了，前排还有市里的领导团。

在采访过程中，寂绯绯讲述自己与病魔抗争的故事，讲到动情处，不禁热泪盈眶——

"真的很难坚持，每当我想要放弃的时候，脑海里都会浮现我的家人、我的朋友，只要想到这世界上还有那么多被病痛折磨的孩子，我就会鼓起勇气，不能放弃希望，我一定要活下去！给他们做榜样！"

现场几次爆发热烈的掌声，直播平台的评论中，网友们也一直在为寂绯绯加油打气。

"摸摸绯宝！"

"绯宝不哭，妈妈爱你！"

寂白站在侧方的幕布后边，面无表情地望着寂绯绯。这个世界上，还有很多血友病患者，可是偏偏寂绯绯就能够出名，成为拥有百万粉丝的网络励志红人。不仅仅因为她年纪轻轻，还因为她懂得营销手段，经常拍别出心裁的短视频，在里面唱歌跳舞，为自己塑造阳光积极的正面人设。

寂白默默地摸出了手机，拍了一张姐姐现场采访的照片。

就在这时，电视台的工作人员对寂白招手："快来补补妆，到你上台了！"

化妆师拿着粉扑，对着寂白的脸一阵乱拍，主持人说："接下来，我们将邀请寂绯绯的亲妹妹上台，我们听听，妹妹会怎样评价寂绯绯与病魔斗争的历程呢？"

寂白被工作人员推上了明亮的舞台，强光射得她眼睛有些睁不开，她本能地用手挡了挡。

主持人让她坐到姐姐身边去。和台上镇定自若、谈笑风生的寂绯绯完全不同，寂白在聚光灯下显然有些无所适从，她望了望几百人的观众席，紧张地一遍又一遍做着深呼吸，显得有些笨拙，又挺可爱。

主持人用闲聊的语气问寂白："听说妹妹会给姐姐输血啊？"

寂白还没说话，寂绯绯立刻抢话："是会的啦，不过只是偶尔一次，每次白白都会大哭大闹，像个小孩子。"

主持人调子一扬："哦，看来妹妹还没有长大呢，竟然还会哭闹，那么妹妹是自愿给姐姐输血的吗？"

终于到这个问题了。梦里，寂白说出了自己心里的想法，说不是，她不是自愿，却遭到无数网友谩骂攻击，说她冷血无情，不配当寂绯绯的妹妹。甚至同学都联合起来集体孤立她了。此刻的寂白望了望泪眼婆娑的姐姐，淡淡道——

"不，我不想给她输血。"

不出所料，现场一片哗然，同学们交头接耳地讨论着，坐在前排的父母也给她打手势，让她好好说。

"我不想给她输血，因为抽血真的很疼，而且每次抽血之后，我都会头晕，有时候是一个下午，有时候是一整晚，第二天也会无精打采。"

观众席左边角落，谢随正靠在椅子上打瞌睡。他是被学院老师安排任务，抓来看采访的。老师本意是想让这帮不成器的家伙受受教育，不过寂绯绯声泪俱下地讲述的抗病经历，他们丝毫不为所动……玩游戏的玩游戏，睡觉的睡觉。

恰逢寂白说话的时候，谢随清醒了些，微微睁开眼，视线落在她的身上。女孩五官立体，皮肤宛如初雪般纯白，令他想到森林中看似单纯无害的小兽，可那漆黑的眸子却又隐隐透着锋芒。他精神稍稍振作，凝望着她。

寂白继续说："如果有可能，我宁可代替姐姐患上疾病，我想我会正视自己的命运，努力克服它。"

寂绯绯咧咧嘴。

寂白继续说："当你凝视深渊的时候，深渊也在凝视你；当你与魔鬼搏斗的时候，也要谨防自己变成魔鬼。我希望一切都会好起来，也希望姐姐变成更好的人。"

台下的领导们纷纷点头，赞许地看着寂白。

同学们低声议论着——

"虽然有点听不懂，但是好像很有道理的样子。"

"寂白平时不声不响，现在看来，她也没那么呆。"

寂绯绯听着寂白那富有深意的话语，脸色沉了沉。

主持人说："妹妹真的是很善良的女孩呢，宁愿帮姐姐承受苦难。我相信，只要姐妹俩齐心协力，一定能战胜病魔。对了，妹妹也是姐姐最忠实的支持者吧，为什么平时很少出现在公众视野呢？"

寂绯绯见势头不对，突然打断："我妹妹性格比较内向，不太爱说话，这次让她上台都很不情愿呢，咱们就不要为难她了吧。对了，我接下来还有一个励志的小故事想分享给大家。"

寂绯绯成功地抢走了镜头，而工作人员则带着寂白下场。

上镜时间虽然短暂，但是来日方长，她并不着急。寂白摸出手机，打开了姐姐的微博，她的最新状态是在后台的自拍照片。照片里，她正嘟嘟嘴，卖萌微笑，因为上了妆，所以显得气色很好。

"快上节目了，真是有点小紧张呢，大家给我加油打气吧，爱你们！"

评论里自然是一片吹捧——

"真的很喜欢你的乐观和开朗。"

"绯宝好可爱啊。"

"加油，绯宝，我们是你的坚实后盾！"

寂白往下拉评论，在热门评论的后面，有几条不那么显眼的评论。

"当你与魔鬼搏斗的时候，也要谨防自己变成魔鬼。我总觉得，寂绯绯的妹妹讲的话别有深意。"

"层主会不会想太多了？"

"不知道呢，可能是我阴谋论吧，总觉得没那么简单。"

晚上，寂白的闺密们闹着要庆祝寂白第一次上镜。姑娘们一个个穿着小白裙，打扮得清纯可人，宛如小淑女。但寂白知道，她们是撸起袖子就能坐下来干火锅，嚼朝天椒会被辣得嗷嗷叫，完全不要形象的人。

一行人走进了学校外最受欢迎的火锅店。似乎来迟了，火锅店宾客满座，已经没有了位置。这家火锅店味道极好，很难再找到类似口味的店了，女孩们显然都有些失望。

就在这时，殷夏夏用手肘戳了戳寂白，低声道："里面靠墙那一桌，是谢随他们。"

寂白抬头便望见了谢随。他穿着单薄的黑色圆领卫衣，正拎着袖子给自己倒香油，露出一截修长白皙的手臂，左手食指上戴着一枚长叶状的银色戒指。

谢随的性格很野，但是他的身上又经常会戴一些精致的小配饰，譬如那枚银叶戒指，又譬如他的耳钉、他的钥匙扣……都是很有独特风格的小玩意儿。谢随对精致的物件充满了某种偏执的热爱，同时又挑剔到了极致。总之，是个阴晴不定、难以相处的男人。

几个男孩也看见了寂白。

"她是不是今天上采访那个女孩啊？"

"你不是在玩手机没看采访吗，这都记得？"

"谁的眼睛不是长着来看美女的，她那么漂亮，我当然记得。"

男孩们低声议论着，当然，女孩们也在议论他们。双方都怀着年轻人特有的矜持，不太好意思。

谢随身边的丛喻舟主动开了口："没位置了，要不过来一起坐？"

平日小圈子里，女孩们也是天不怕地不怕的，但此时此刻，全都窘得要命，将寂白围在中间，叽叽咕咕像小鸽子一样讨论着——

"怎么办！邀请我们了！"

"不去！他们打拳很凶的！我……我怕。"

"但又有点想认识他们啊，他们在学校超受欢迎的！"

"去不去？"

"我不知道啊，有点想，问寂白吧。"

谢随慢条斯理地拌好了一碗蒜蓉蘸料，瞥了不远处的女孩一眼。人群中，他一眼望见了寂白，她穿着正经规矩的白色衬衣，扣子系到了脖颈处，领口紧紧地束着，露出一截白皙的皮肤。衬衣很单薄，汗水隐隐地浸润着她肌肤的色泽。

寂白低着头，很明显是在尽可能地避开他的目光，不像是不好意思，倒像是故意闪躲着……这反倒引起了谢随的注意。

谢随挑着笑问："小同学，不给面子？"

寂白感受到他那浅咖色眸子里散发出来的危险气息，低声道："不是……"

"那过来坐。"

寂白确定，这句话不是疑问句，而是祈使句。寂白想起梦里的谢随就一贯如此，欲望强烈，性格执拗，霸道且自私，没人敢忤逆他。

见女孩们都快被吓哭了，丛喻舟笑着缓和气氛："妹妹，一个学校的，过来坐，别磨磨叽叽的，吃火锅又不吃你们，怕什么呢？”

寂白低声说：“她……她们怕挨揍。”

身后几个女孩真恨不得一人一脚踹寂白屁股上——你吃什么长大的，这么老实！这下是真的要挨揍了吧！

谢随回头望了望充满期待的哥儿几个，微微活动了一下脖颈，说道：“过来坐，别怕。”他眼角虽有笑意染开，声音却冷到了极致。

一则女孩们超想吃这家火锅，二则是谢随邀请她们，这面子给得很大，学校里，不是什么人都够资格让谢随开口的。于是女孩们拉拉扯扯地坐到了桌边。

丛喻舟率先自我介绍：“我叫丛喻舟，体育学院的，随哥你们都认识，这是蒋仲宁，这是……算了这么多人，说了你们也记不住。”

后面几个男生立刻叫嚣起来：“怎么我们就不配拥有姓名了！”

丛喻舟淡淡一笑：“总之，你们叫哥哥也行，叫小哥哥也行，随意。”

“行啊丛喻舟，一来就占妹子们的便宜。”

“滚！”

这些男孩身上带着一股子野性，和她们平时在自己班里接触的温良谦让的男孩截然不同。女孩们吐着舌头，也做了自我介绍，就算是认识了。

因为谢随是坐在最外面的位置上，女孩们便把寂白推到了他身边去坐。谢随的身上散发着某种致命的吸引力，即便是寂白，都不可避免地被他影响，感觉到心跳加速。

服务员拿来了菜单，男孩们很自觉地把菜单递给了谢随。平日里，谢随几乎没有和女生相处过，拎了笔便要点菜，丛喻舟伸腿踹了踹他的椅子。

谢随抬头看他：“干吗？”

丛喻舟用眼神示意他：“老大，绅士风度啊！”

谢随是没什么绅士风度的，不过他看了看身边安静的寂白，还是把菜单递给了她。寂白接过菜单，想也没想，按照她过去点菜的习惯，随手勾了几个菜，问女孩们：“你们要吃什么？”

“哎哟，我们减肥啦。”

"不吃不吃，你点吧。"

寂白："……"

刚刚也不知道谁说，饿起来恨不得把红油底料都喝了，这会儿装矜持了。

寂白将菜单还给谢随，谢随接了笔正要点餐——五花肉，她点了；嫩牛肉，她也点了……就连谢随最喜欢的掌中宝，她都点了。谢随一溜地望下来，发现所有他喜欢的菜，无论荤的素的，她居然都勾上了。他蹙了蹙眉，望向寂白，浅咖色的眸子透着一丝不解。

寂白将几缕碎发别在耳后，露出红扑扑的脸蛋，她神情温柔，低头正搅拌着碗中的蘸料，对一切浑然不觉。

谢随总觉得，这女孩有点奇怪。他没什么可点的了，将菜单递给了丛喻舟。

"难得，今天随哥居然不点菜。"丛喻舟接过菜单一看，笑眯眯道，"哇，这位妹妹你是随哥上辈子的小情人吗，怎么他喜欢吃的你都知道！"

寂白闻言，搅拌蒜蓉的筷子微微一顿，抬头，发现谢随也正疑惑地看着她。她心慌意乱，低声说："我……胡乱点的啊，吃火锅不都是这些菜品吗？"

"那也太精准了，随哥吃东西很挑剔的，有些绝对不吃，有些一定要吃，你点的这些，是他必点的，这也太巧合了吧。"

"嗯……"好吧，正是因为谢随吃东西挑剔，所以从不挑食的寂白才会下意识地点了他爱吃的菜。她熟知他所有的生活习惯。

梦里，在他将她抱回家调养的那段时间，两个人亲密的关系甚至超越了热恋中的情侣。可他们不是情侣，因为——谢随赛车时出过一次意外，在那场意外中，他丧失了性能力。

寂白不知道谢随是什么时候出事的，毕竟梦里同校时期，她和谢随很不熟。

当梦里的她再遇到谢随的时候，他已经不玩赛车了，也不打拳了，梦想随着身体的残败而熄灭，眼底不再有锋利的光芒。他成为现在看来，永远不会成为的那类普通人，有着一份稳定的工作。

那个大雪之夜，寂白穿着单薄病号服，从医院里逃出来，晕倒在了路边。谢随把她带了回去，想要与她靠近，却又无能为力，隐忍到了极致。

回想起梦里跟谢随的交集，寂白的心战栗了起来。梦里的自己一度以为，会和这个阴暗的男人相互陪伴度过一生，直到她意外死亡……

寂白不会让梦里的悲剧发生。

饭后，谢随将自己的黑色钱夹摸出来，递给了丛喻舟，让他拿去结账。

寂白道："我们 AA 吧。"

女孩们也立刻说："对啊，AA 好一点。"

丛喻舟淡笑道："有随哥的局，没听过让女孩给钱的。"

寂白听说，谢随的家境不是很好，高中也没有特别努力，但胜在体能好，作为体育生，凭借体考，考上了全国重点院校——德新大学。

他家境贫寒，但特别能挣钱，因为他特别能打，不要命的那种。平时会参加有奖金的业余拳赛，有时候一晚上下来，运气好能挣四位数。当然，还远远不止这些，他还代那些豪门子弟跑赛车，若赢了，一场下来也能挣不少。

他很拼，通过梦境了解了谢随的寂白相信，这个世界上没有他想做而做不到的事情。他就像一团熊熊燃烧的火焰，狂妄而恣肆。

只可惜，在梦里，那场赛车意外终结了谢随的年少轻狂。

寂白没有坐车，而是溜达着回家，当是散步消食了。她看着小区外的鲜花店、副食店、甜点店……看着店里的叔叔阿姨吆喝着忙碌的样子，一切都是那般鲜活生动。

那一系列冗长的梦，让她在梦里走完了一生，再看同样的景色感受也有了不同。

寂白的家处于市中心的高档花园洋房小区，住的是精致的联排别墅。别墅周围环境清幽宁静，有小桥流水，也有绿萝藤蔓，寂白在自家门前种满了各类鲜花，它们一年四季轮流盛放，非常绚烂。

她享受自然，也热爱生活，曾经对自己的美好人生有着无限的憧憬——找一份喜欢的工作，嫁给心爱的男人，生两个宝宝，养一只猫，日子温馨平淡。

然而寂白在梦看到的自己的未来，就连这最平凡的梦想，到最后都成了遥不可及的奢望，别说结婚生孩子，父母连她谈恋爱都不允许，因为她生来的使命，就是成为姐姐的"血库"，予取予求。凭什么？

寂白回到家，家里空荡荡的，只有帮忙的阿姨在厨房里忙碌着。

她躺在了床上，摸出手机，看到了姐姐两分钟前发的一条微博，配图是全家人在餐厅吃饭的自拍合照——

"有爸爸妈妈的疼爱，我觉得自己是世界上最幸福的女儿，我一定会继续坚持的！爱你们！"

寂白往下拉，评论千篇一律，都是粉丝们的鼓励。

不过，她找到了一条与众不同的评论——

"奇怪，一家人吃饭，为什么妹妹不在场呢？"

这条评论就像一滴水倒入海中，很快便被淹没了。寂白心里还算有点安慰，至少，她在电视上露脸，让人们注意到了她的存在。这才仅仅是刚开始而已，她并不着急。

寂白休息了一会儿，便进了练功房，这里平日里是姐姐跳舞的房间，她的大提琴也摆在里面。

两姐妹很小的时候便报了兴趣特长班，姐姐喜欢跳舞，而寂白那时候什么都不懂，姐姐说让她拉大提琴，将来可以为自己伴奏，寂白便傻愣愣地学了大提琴。

大提琴难学程度五颗星，不过寂白还是坚持了下来，每个周末风雨无阻地背着笨重的大提琴去兴趣班。相比于寂绯绯的舞蹈而言，学习大提琴的过程要枯燥乏味许多，可既然选择了，不管喜欢不喜欢，她觉得自己都应该坚持。

她拉着埃尔加的《e小调大提琴协奏曲》，想着奶奶应该快过来了——梦里下了节目采访以后，奶奶便来了大宅，全家人集体批斗寂白，认为她在演播厅说的那番话，大逆不道。母亲甚至还声泪俱下地指责她没有良心，不顾念姐妹亲情。梦里的寂白被母亲说得泪流满面，真心实意地忏悔自己的"罪过"……

忽然，门外传来了敲门声，阿姨周婶对寂白说："小姐，老夫人来了。"

"哦，好的！"寂白放下大提琴，匆匆走出了房间。

楼下客厅沙发上，寂老太太正襟危坐，头发花白，戴着老花眼镜，打扮比一般的老太太要新潮很多。

寂家三代经营集团企业，也算是上流豪门之家，家里旁系支脉众多。奶奶虽年事已高，但精神矍铄，依旧把控着集团的命脉，寂白的父亲在几个兄弟中不太争气，现在仅仅拥有一家公司的经营权而已。因此，在寂家，父母都是要看寂老太太脸色的，平日里嘘寒问暖，殷勤备至。

过去寂白很怕奶奶，觉得她好凶好凶，很严肃。可是梦中在寂白临死之际，唯一陪在她身边的，却还是奶奶。

老太太从刀光剑影中一路走来，性格理智冷静，心肠却是善良的。目前看来，奶奶是这个家里唯一可以庇护她的人。

"很远就听见大提琴的声音，猜到是你，但又不确定，你的琴艺怎么突飞猛进这么多？"

寂白从下定决心改变自己的命运开始，就有意提高自己的琴技，以备之后的某些时刻能够用上，就比如现在。同时也不知道是否因为受到梦境的刺激，加倍练琴的寂白也感觉到了事半功倍的效果。

"可能是这段时间练得比较勤快吧。"

"勤奋好啊，我喜欢勤奋的孩子。来，坐到奶奶身边来。"

寂白乖乖地坐了过去，挽起了奶奶的手，要换以前，她肯定是不乐意亲近奶奶的，现在她不怕了。

"我今天看了访谈直播，你在节目中说的话，很有深意，我便想着过来看看你，也听听你的想法。"

梦里，奶奶是过来兴师问罪的，寂白也由此在奶奶面前失了宠。现在情形却完全不同。

"你说'当你与魔鬼搏斗的时候，也要谨防自己变成魔鬼'，这句话是什么意思？跟奶奶说说。"

"奶奶，没别的意思，我觉得不管是人还是事情，都有两面性，看上去善良的人不一定真的善良，看上去不好的事物，不一定完全没有好的一面。我希望和姐姐共勉。"

寂老太太诧异地看着寂白，这个从小到大便安安静静没多少话语的女孩子，思想觉悟竟然如此之高，过去倒是小看她了。

老太太以前是不太喜欢这两姐妹的，姐姐过于浮夸，不过因为生

015

病，还是招人怜惜的；妹妹则过于害羞腼腆，没有担当，不够聪明，成不了大器。家里子嗣众多，她从来没有在这两姐妹身上寄予过任何希望。

现在，寂老太太在寂白身上，倒是感受到一丝可交托重任的曙光。一切还为时过早，且要再慢慢观察观察。

寂老太太牵起了寂白的手："很好，平时多练练琴，看看书，充实自己，知道吗？"

"我会的，奶奶。"

这时，家里大门打开了，刚逛完街的一家人热热闹闹地回来了。寂家父母手里提着大包小包，都是给寂绯绯买的新衣服新鞋子。见到寂老太太，父母脸上露出惊愕之色。

"妈，您怎么来了？怎么不跟我们打个电话呢？还让您在这儿等着，真是不应该……"

"无妨。"寂老太太说，"我来看看孩子。"

寂绯绯连忙走到奶奶身边，殷勤地挽着她的手："奶奶，真开心您来看我。"

"我是来看寂白的。"寂老太太将手从她手中抽出来，轻轻拍了拍寂白的手，"这孩子，今天在节目里表现不错，我过来和她聊聊。"

寂绯绯脸色微微沉了沉，但不悦之色转瞬即逝。她脸上立刻堆满了笑容："那我们姐妹俩一起陪奶奶聊天。"

寂老太太望了望儿媳妇手里的大包小包，问道："出去逛街了？怎么没带寂白一起？"

陶嘉芝说："这孩子和朋友们一起出去吃饭了。"

"那肯定给她买了新衣服吧？"

陶嘉芝脸色变了变，尴尬地说："很多衣服要上身试穿，白白没有跟我们在一起，是不好买的。"

寂老太太点点头："这么说，这么多的衣服都是给绯绯一个人买的？"

"这……"陶嘉芝不明白为什么平日里忙碌的寂老太太会突然关心寂白，有些措手不及，"那赶明儿我带寂白去买新衣服吧。"

"不用了，你工作也挺忙的。"寂老太从手包里摸出一张卡递给了寂白，"想吃什么买什么，别委屈了自己，你也不容易。"当然，这句"你也不容易"是别有深意的，寂老太太是觉得寂家对寂白有亏欠。

寂绯绯看到奶奶递给寂白一张卡，眼底闪着嫉妒的火花。

"奶奶，我不用了。"

寂明志道："奶奶给你，你就收下吧。"

父亲发话，寂白这才收下卡，对奶奶道了声谢。

后来，陶嘉芝和寂明志一起送母亲出门上车，寂白靠在二楼的窗台边，听到寂老太对父母说："两个女儿，不要太过偏私，否则另一个心中积怨，家宅不宁。"

"妈，我们也没有委屈了寂白啊，吃的穿的，哪一样少了她。"

"当初你们说要再生一个孩子，给绯绯供血，我是不同意的，这对她太不公平，可是绯绯性命危在旦夕，我也着实没有更好的办法。总之，你们自己心里要有数，这事做得不厚道，终究损阴德。"

"妈，这也是没办法的事嘛，两个都是我的女儿，我能不疼吗？只是绯绯生病，我平时对她偏爱了一些，这也很正常，我相信白白会理解的……"

寂白没有再听下去，她将那张卡拿出来，锁进了自己的小抽屉里。卡里的钱不能乱用，都要留着，以备来日。

第二章

一

寂静的寂，纯白的白

清晨，寂白早早地洗漱完毕，下楼吃早饭。

阿姨的厨艺非常好，早餐特别丰盛，有牛奶、吐司，还有鸡蛋、豆浆和小笼包，算是中西结合了。

现在寂白很爱惜自己的身体，她见识过梦里的自己被贫血症折磨的那些惨痛岁月，甚至她已经在梦里死过一次了，现在她知道最重要的还是健康，身体垮了就什么都没了。

她吃过早饭，背起背包要去学校了，寂绯绯才打着哈欠下楼。

陶嘉芝忍不住说："绯绯，你看妹妹今天都好好吃早饭，你怎么又赖床了？"

"哎呀，妈妈，我困嘛。"寂绯绯向母亲撒娇。

母亲怜爱地揉揉她的头发："那快吃点东西，上课要迟到了。"

"没关系，让司机张叔送我。"

本来大学生都应该住学校宿舍的，但因为寂绯绯的病情，学校便特别允许了寂绯绯住在家里。姐姐病发的时候也随时需要寂白，因此寂白也留在了家里。

陶嘉芝对寂白说："白白你等等姐姐，待会儿司机送你们一起去学校。"

"不用，我骑自行车。"寂白已经穿上了白色运动鞋，推门走了出去。

陶嘉芝看着寂白的背影，对寂绯绯说："你妹妹好像有点变了。"

寂绯绯正忙着和朋友们发微信，压根儿没听见母亲的话。

寂白骑着她小巧的折叠自行车，慢悠悠地蹬踩着，算是锻炼身体了。过马路的时候，她看到了骑着山地车的谢随。

这男人，也是常年不住学校的。他穿着浅色T恤，斜挎包落在身后，因为山地车的车把和座位齐平，所以他微微弓起了背，宛如山脉。

他似乎也准备要过马路了。寂白加快了脚下的蹬踩，不想和他遇上。

过了马路，谢随也望见了寂白，她猛力蹬踩着脚踏板，马尾辫儿飞翘着，倒像是故意在躲着他。不过她的折叠自行车连变速都没有，怎么快得过他的山地车。

很快，谢随便和她并行了。他懒洋洋地偏头望她。

少女哼哧哼哧地骑着车，粗重地喘息，脸颊挂着自然健康的潮红。

"你叫什么？上次忘了问。"

"寂白。"

"我上哪儿知道是什么字？"

"……"

他说话风格一贯挺嚣张。清晨的阳光照耀在他的脸上，将他英俊的五官切割得立体分明，浅咖色的眼睛埋在了高挺的眉弓之下。他望着她，似乎在等她的回答。

寂白耐心解释："寂静的寂，纯白的白。"

谢随舌尖捻了捻这两个字，正要说一起走，寂白忽然按下了刹车："要不你先走吧，我想起来还要去文具店买支笔。"

谢随也按下了刹车，漫不经心道："一起啊。"

"不用了。"寂白推着车把，踟蹰着说，"我顺便还要等……等同学。"

谢随脸色忽然沉了下去，浅咖色的眸子里隐隐有了锋芒。他的心思何等敏锐，怎么会看不出来寂白的推托和闪躲——她不想和他有牵扯。他掉转车把，一言不发地离开了。

一阵风过，卷着落叶打旋儿，寂白看着谢随远去的背影，轻轻地叹了声。

梦里的谢随无论是爱或恨都很极端，得知她的死讯以后，甚至冲进殡仪馆，夺走了她即将火化的尸体……

梦外的寂白不希望自己成为令谢随疯狂的源头。接下来的路不远了，她索性推着车去了学校。

谢随拎着挎包走进教室，后排几个男孩见他过来，立刻停下聊天，相互挤了挤眼。

谢随的桌上，放着一块精致的拿破仑蛋糕，蛋糕壳上挂着可爱的海豚状彩色便笺，写着——

谢随收

丛喻舟说："是一班的安可柔送给你的。"

谢随坐下来，看都没看那蛋糕一眼，甚至碰都懒得碰，抄起书随手一挥，蛋糕直接飞进了教室后排的垃圾桶。

"哇哦。"

"这技术，满分。"

"不是，你不吃给我吃啊！这就扔了？！浪费啊！"

谢随将斜挎包重重地砸在了桌上，带着一股子无处发泄的火气。男生们瞬间噤声。

良久，丛喻舟才忐忑地问："谁惹你了，这么大火气？"

谢随没有回答，将背包塞进桌肚，倒头便睡了。上课的时候，公共课老师斥责了他，谢随头也没抬，嚣张地继续睡觉，压根儿不理任课老师。这位老师估计没见识过这么顽劣的学生，非常生气，说要罚他出去站走廊。

谢随抬头，眼底带着沉沉的戾气，一字一顿道："别吵我。"

老师被他的气势吓到了，一脸怨气地跑去办公室跟辅导员梁老师告状，对方听了是谢随，也只能摇摇头："别人还好，他……真管不了。"

谢随就属于所有老师都管不了的那一类，无论是以暴制暴型的老师，还是站在宇宙中心呼唤爱类型的老师，都管不了他。

他相当清楚自己需要什么，因此，无人能改变他。

课间，寂白看到同班的安可柔趴在桌上哭泣，好多女生围在她身边，安慰她。

"怎么回事？"

殷夏夏抱着手说："她早上巴巴地给谢随送早点，谢随不仅把她送的蛋糕扔进了垃圾桶，还发了好大一通火！"

谢随的性子总是阴晴不定的，喜欢上他这样的男孩，那真是跟自己过不去。可偏偏，谢随就是招人喜欢。和大部分被约束管教、谦和有礼的男孩不同，他无人约束，桀骜不驯，满身的男人味儿。别说女同学了，就连成熟女性经过他身边，都会禁不住多望他几眼。

　　而现在这个年纪，正是谢随最野的时候。

　　德新大学有对学生来说过于严苛的校规，但无论是教学质量还是学校里的硬件设施都非常不错，食堂也修得明亮宽敞，欧式的风格，高端大气。因此，中午很多同学会留在学校吃午饭。

　　寂白端了餐盘坐到闺密身边，不远处，寂绯绯也正和她的朋友一起吃饭。

　　寂绯绯不仅在网络上是红人，在学校里也是知名人物，很多女孩都想和她做朋友。虽然她对谁都会礼貌微笑，但是真正能和她当朋友的，还是那些家境富庶的女生。

　　寂白的朋友家境都比较普通，所谓物以类聚，人以群分，学校里大大小小的团体不少，每个人交朋友的方式和目的也都不同。

　　纵使是亲姐妹，在学校里，寂绯绯也很少和寂白交流。人多的时候，路上遇到了，她会假装亲切地和寂白攀谈几句，除此之外，两人关系寡淡生疏。

　　"对了，你们知道吗，下个月，知名校友骆清老师会来我们学院参观。"

　　"你是说，那个唱美声出名的骆清？她曾在维也纳演出过，好像去年还上过春晚吧！"

　　"对啊，就是她，她是我们学校九八级的校友，这次特意回咱们学院选拔优秀的苗子去市里比赛，学生会艺术部的微博上都发公告了，让同学们踊跃报名，说拿奖能加拓展分，甚至还可以保研。"

　　殷夏夏摇摇头："看来我是没戏咯，一不会唱歌二不会跳舞，唯一的特长就是吹笛子，还只会吹'一闪一闪亮晶晶'那种。"

　　"寂绯绯肯定会报名参加的吧？她不是会跳舞吗，去年元旦晚会还跳过。"

　　她当然会报名，寂白回想到梦里骆清老师来学校选人的情景，寂绯绯要求寂白拉大提琴给她伴奏，她在舞台上跳了支古典舞。

寂绯绯的舞蹈十分普通，并没有特别惊艳的部分，但是因为她是勇于和病魔做斗争的励志偶像，很有激励意义，所以骆清破格给了寂绯绯参加市里比赛的机会。

市里比赛的评委也看在寂绯绯是血友病患者的身份上，勉强给了她一个三等奖，让她因此得到了之后改变命运的机会。

根据寂白的梦境，这次演出，可以说是寂绯绯未来人生走向的关键转折点。而寂白演奏大提琴给寂绯绯的表演锦上添花，却被人忽视。

当然，不能全怪寂绯绯，梦里这个年纪的寂白琴技平平。不过梦外不同，特别是寂白现在拥有的是突飞猛进的琴技。她不想成为寂绯绯的点缀品，她也想要在自己的人生道路上发光，让别人看到自己。

吃过午饭，闺密们又拉着寂白去食堂的小吃区域兜了一圈，寂白买了夹冰淇淋的鸡蛋仔，和闺密们走出食堂，津津有味地吃着。

塑胶篮球场两旁种植了法国梧桐，夏天里走在树下，柔风轻轻地吹拂着，甚是惬意。

"白白，你也打算参加下个月骆清老师的选拔比赛吗？"

寂白点头："嗯，我要表演拉大提琴。"

殷夏夏笑了起来："得了吧，你拉大提琴的水平啊，跟我吹笛子有一拼了。"

江芸说："夏夏你别往自己脸上贴金，白白的大提琴拉得虽然一般，但比你吹笛子好听多了。"

殷夏夏拍了拍寂白的肩膀："没关系，宝宝，你这种重在参与的心态还是值得鼓励的。"

闺密们似乎都不太看好寂白的表演，可以理解，要是以自己之前的水平，寂白也不敢揽这瓷器活儿。

寂白拿着小勺子，一口一口地吃着冰淇淋，听着姐妹们叽叽喳喳地说着校园里的八卦。微风轻拂着她的面颊，梦里死亡的感觉那么真实，她第一次感觉活着真好，有伙伴们的陪伴，真好啊。

这时，身后有男孩骑着单车快速驰过，经过寂白身边的时候，不知是有意还是无意，与她来了个"亲密接触"。虽然自行车绕了个弯，没有碰到寂白，但她还是受了惊，趔趄着摔了跤。手里鸡蛋仔也飞了出去，"吧唧"一下，落在了柏油路面上。

女孩们连忙跑过来，关切地询问她有没有事。

寂白跌坐在地，连连摆手，让她们不要担心："没事，没受伤。"

尖锐的"刺啦"声响起，一个漂亮的漂移动作，山地车在寂白的身前停了下来。

谢随单手扶着山地车车把，微微抬了抬下颌，居高临下地睨着她。日光照耀着他浅咖色的眸子，透着宛如玻璃球般漂亮的光泽。他冷漠的表情令人心底生寒。

寂白扶着伙伴的肩膀站了起来，没有计较，只说道："我们走吧。"

殷夏夏其实有点生气，但是她很怂，不太敢和他们理论什么，毕竟这帮家伙在学校里横行霸道是连老师都不敢管的。她咕哝："你们都不看路的吗？"

丛喻舟扶着车把，无可奈何地看了看谢随，不太明白他脑子里在想什么。前面有女孩，大家都转方向避开了，他非得就这样大咧咧地撞上去，而且目标明确，不撞别人，偏把寂白给撞了。要是不认识还好，欺负也就欺负了，她们敢说什么？偏偏这几个女孩还是一起吃过火锅的，算是有了交情，这样还不太好意思轻易得罪。

"不好意思啊，随哥今天心情不太好，没看路。"丛喻舟解释道，"没受伤吧？要不要去校医院看看？"

"不用。"寂白不想与他计较，转身离开，自始至终看都没看他一眼。

谢随面无表情，眸子里的寒意越来越盛。

丛喻舟心里"咯噔"一下，心说完了，真生气了。还没等他反应过来，只见谢随骑着车，再度撞向了正前方的寂白！

男孩们都叫了起来——"哎！随哥你冷静啊！""妹子小心！"

这一次，寂白听到了声音，却也闪避不及。谢随在山地车即将撞到她的一瞬间，按下了刹车，带起一阵夏风，夹杂着他身上的薄荷香。终究还是不忍心欺负她。

殷夏夏都要急哭了："我们，我们招你了？你为什么揪着我们不放？"

谢随停下车，冷冷地望着寂白，眸子里透着野兽般危险的气息。

寂白绝望地想，自己好像把他惹毛了。她终于开口质问："谢随，你想干什么？"

现在正是食堂吃饭的高峰时间，不少同学注意到了路口发生的事故，纷纷驻足围观。

寂绯绯和姐妹们从食堂走出来，也看到了寂白和谢随的对峙。她不知道寂白是怎么惹恼这位大佬了，但因有这么多人围观，作为姐姐，还是要出面帮妹妹解围的，同时能寻着机会和谢随说说话。打心眼里，寂绯绯对谢随很有好感，但她不敢让别人知道。

"谢随，我妹妹不懂事，如果她招惹了你，我代她向你道歉。"寂绯绯的姿态不卑不亢。全校的同学都不敢得罪谢随，见了他都是绕道走。可寂绯绯觉得，她偏要做不一样的那一个，这样谢随才能够注意到她。

谢随压根没理她，依旧凝视着寂白："你怎么说？"

寂白低声问："什么怎么说？"

他挑眉冷笑："你说我要干什么？"

"……"

周围男孩发出几声不怀好意的低笑。虽然这话是对寂白说的，但寂绯绯自作多情地涨红了脸，谢随这种一身野气的痞坏男生，说出来的话总是撩得她这类好学生面红耳赤。

"谢随，你不要乱讲话欺负我妹妹！"寂绯绯故作镇静地警告他。她"护妹情深"的戏码也让围观的同学连连称好，在他们心目中，寂绯绯本来就是充满正能量的励志女神。

"你是什么东西？"谢随终于不耐烦地瞥了寂绯绯一眼，哺了一个字，"滚！"

还从来没有人对寂绯绯说过这样的狠话，且对方还是她心仪的谢随。她像是受了天大的委屈一般，红了眼睛，尽管现在被欺负的人根本不是她。周围已经有女孩出来安慰寂绯绯了。

对于突然有人横插一脚给自己加戏，谢随异常烦躁，同时觉得索然无味。他走到寂白身边，拎着她的衣领将她拉近自己，以某种温柔呢喃的低哑调子，冷冷道："不想理我，以后就别出现在我面前，不然见你一次，'欺负'你一次。"

寂白被他吓得往后缩了缩，连连点头。

谢随松开她，顺便替她理了理她有些凌乱的领口，转身离开。

看着他暴躁又隐忍的背影，寂白松了一口气，但同时，更复杂的情绪压在了她的心头。她不想招惹谢随，令自己的计划节外生枝。

当天下午，寂绯绯发了一条微博——

"妹妹招惹学校的坏男孩，被欺负了，我很生气，上去帮妹妹说话也被骂，呜呜呜，求安慰。"

评论区铺天盖地都是安慰寂绯绯的话语。

"绯宝真的是很好的姐姐呢。"

"是啊，我们绯宝很暖心。"

"妹妹怎么会随便招惹学校的坏男孩呢？"

"谁知道啊，不过不作死就不会死啦，闯了祸还让姐姐收拾烂摊子。"

"心疼绯宝。"

寂白现在也要开始经营自己的微博了，尽管她的微博人气低迷，不，应该说是完全没有人气，只有几个认识的人关注着她。但是这样一个小小的"僵尸号"，将来说不定会成为撬动地球的那支杠杆。

寂白随手对着黄昏的操场拍了一张照片，发微博鼓励自己："珍惜健康，感恩机会，小白要努力活下去！未来可期！"还附了一个"加油"的表情。

改变命运的机会真的来之不易，她一定会好好珍惜的。

操场上，谢随正在打篮球，燥腾腾的晚夏，男孩们挥汗如雨。

谢随的体力一直很好，攻势迅猛，整个人就像是有发泄不完的精力，好几个男孩都被他逼得筋疲力尽，坐下来剧烈喘息。

篮筐之下，丛喻舟刷着手机，忽然说："哟，有人把咱们拍下来了。"

蒋仲宁好奇地探头看他手机："这照片拍得巧，随哥的大灌篮啊！"

照片是从正对面的教学楼上俯拍的，时机把控得非常巧，正好把谢随起跳灌篮的俊逸身影抓拍下来。不过因为距离很远，拍摄者可能自己都没发现。

蒋仲宁问："你从哪儿看到的？"

丛喻舟指给他看："'附近的人'这一栏，这才发送两分钟呢，真是巧了。"

蒋仲宁念着这条微博的内容："'珍惜健康，感恩机会，小白要努力活下去！未来可期'，啧，挺励志啊，赌一包辣条，是个矫情的妹子，说得像是快死了似的。"

微博头像是《蜡笔小新》中小白的卡通照，丛喻舟顺藤摸瓜，戳进这个名叫"小新的小小白"的微博。

"这妹子看来是寂绯绯的粉丝呢，转的全是寂绯绯的微博。"

"哎，她还转了寂绯绯骂咱们的微博呢！"

"啥，寂绯绯骂咱们了？"

几个男孩连篮球都顾不得打了，连忙围住丛喻舟，疯狂窥屏。

"点开看看，评论里怎么说的。"

"说咱们是校园暴力……咱们从不欺负人，哪儿校园暴力了？！"

"过去是没有，但今天随哥做的事确实不厚道，在不知情的人看来，这就是校园暴力。"

"随哥也太冲动了，骑车撞人家女孩，很过分。"

"真的真的很过分！"

男孩们也开始倒戈相向指责起谢随了。忽然，篮球带着劲风飞过来，重重砸在丛喻舟身边的塑胶操场上，谢随冷声道："有完没完？"男孩们齐刷刷地闭嘴。

谢随拎过了丛喻舟的手机，拇指上滑看评论。

丛喻舟满心忐忑，生怕谢随怒气上头，跑去把寂绯绯揍一顿。不过幸好，他没说什么。

当天晚上，寂白发现自己又涨了个粉。

之所以会注意到，是因为这个粉丝的头像是蜡笔小新。她的微博名叫"小新的小小白"，乍一看这个粉丝的头像，跟她还挺有点情侣头像的意思。不过用小新头像的网友多了去了，寂白耸耸肩，并没有特别在意。

两天后，体育课上。安可柔嘲笑寂绯绯是病秧子，寂绯绯气不过，一定要跟她比跳高，结果摔跤了，膝盖破了，血流不止。

因为寂绯绯是血友病患者，一旦出现受伤的情况，则会非常危险，如果止不住血，甚至会危及生命。寂绯绯被同学和老师迅速送往了医院，医生说失血过多，需要立刻止血补液，扩充血容量。

还在课堂上的寂白，也被匆匆赶来的父母叫到了医院，要求抽血。事出突然，寂白完全没有准备，便被弄到了医院里，抽了两百毫升的血液。虽然她心里极不情愿，可是没有办法，寂绯绯状况很危险，流血虽然已经止住了，但如果不立刻补充血液，可能会一直昏迷。

寂绯绯最近情况稳定，很少犯病，所以输血次数也不多。偏偏寂绯绯自己要作死，去和别人比什么跳高，飞来一场横祸。

晚上八点，寂绯绯清醒了过来，父母围着她嘘寒问暖，关怀备至。

寂白因为头晕，一直靠坐在沙发上，无人问津。

"妹妹，你没事吧？"寂绯绯故作关切地询问她。

"我没事，谢谢姐姐关心。"

看到姐妹俩这般融洽地相处，父母神情里透着欣慰，陶嘉芝还坐到了寂白的身边，爱抚着她的脸蛋。

"白白又头疼了吧，妈妈帮你揉揉。"

梦里每每发生这种事，寂白都会疾言厉色地申斥姐姐不爱惜自己的身体，害得她也跟着遭殃。结果可想而知，寂白被父母骂没有心肝，不顾念姐妹亲情。她一而再，再而三地让父母失望，这也导致了父母对她最后的那点亏欠之意都没有了。

现在的寂白不会那样傻了，她明白，会哭的小孩才会有糖吃。

寂白闭上了眼睛："每次抽完血都会头晕，缓缓就没事了，妈妈不用担心我。"

陶嘉芝歉疚地说："白白受苦了，晚上回去，我给你做好吃的，补补。"

"没关系，看姐姐想吃什么吧。"

"白白真是懂事啊。"

寂绯绯脸上的笑意已经荡然无存，她看着寂白，表情复杂。寂白忽然抬眼和她对视，那双漆黑不见底的眸子，让她心底泛起寒意。她立刻恢复了笑容，打趣说："白白还像小孩子呢，跟妈妈撒娇。"

寂白依偎在母亲的身边，顺口提到："妈妈，我听说姐姐今天在学校里，故意跟我们班的安可柔比跳高，这才磕破了腿。"

陶嘉芝脸色一变，望向寂绯绯："是真的吗？"

寂绯绯和父母解释的是走路不小心跌倒，骤然被寂白戳破，她表情不太自然："是……是有这么回事。"

父亲寂明志也有些生气了："绯绯，你的身体状况如何，你自己清楚，怎么能和朋友逗意气呢！幸好白白及时赶到，万一白白赶不来，你失血过多丢了性命可怎么办？！"

寂绯绯很少被父母这般严厉地申斥，一下子绷不住了，哭着说："她怎么赶不来啊？不就在学校吗，一个电话就叫来了，你们干吗要这么凶？呜呜呜……"

眼泪是寂绯绯最厉害的武器，从小到大只要父母一责备她，她就哭，哭得梨花带雨让人心疼，父母便会立刻软下来，安慰她，这招屡试不爽。

还没等父母态度软下来，寂白开口道："姐姐，我的确能够及时赶来，为你献血，可是每次献了血，我也很难受，我不知道自己为什么要为你的错误买单？"她说着说着，竟然也哭了起来。

她一哭，寂绯绯倒是惊得忘了哭泣。她可是寂白啊！寂白什么时候哭过，她是受了天大的委屈都不会哭的小孩。小时候被父母责骂，她死死咬着下唇，唇肉要出血了都没让眼泪从眼眶里流出来。现在她竟然哭了！

就像在经常下雨的热带，人们对于雨水没觉得多稀罕，可是在沙漠里，天上落下一滴水都会让人觉得是世界奇观。寂绯绯的眼泪和寂白的眼泪，产生的效果截然不同。父母慌了神，顷刻间意识到了问题的严重性。

"寂绯绯！你还狡辩！"寂明志站起身来，指着寂绯绯怒声道，"妹妹给你输血，那是妹妹顾念亲情，可是妹妹没有义务为你的错误买单！如果以后再发生这样的事，我们不会管你了！"

当然，父亲说的都是气话，但是寂白想要的效果却达到了。

寂绯绯目瞪口呆，她从来没有被父母这般严厉地责怪过，过去在家里面，大部分时候，都是她作壁上观，笑着看父母责骂寂白。现在，一切都颠倒了。

"爸，你怎么能这样说我，我……我干脆不要活了！"寂绯绯又哭又闹，一刻也不消停。

寂白则皱紧了眉头："妈妈，我头疼。"

母亲陶嘉芝被寂绯绯吵得心烦，说道："你别吵了，妹妹还头疼呢。"

寂绯绯不是省油的灯，当她意识到风向不对的时候，便会及时刹车止损，她停止了哭闹，只愤愤地看了寂白一眼。

寂白坦坦荡荡地与她对视，她必须让寂绯绯明白，她已经不是过去那个任由寂绯绯拿捏的软柿子了。

晚上，寂绯绯发了一条微博——

"谢谢绯迷们的关心，我现在已经度过了危险期，虽然很痛苦，但是只要想到你们的支持，我就会鼓起勇气对抗病魔，谢谢你们陪我走到了现在，爱你们哦！"

评论区一如既往。

"摸摸绯宝。"

"绯宝真是坚强啊。"

"绯宝加油，我们永远陪着你。"

评论中有人询问："绯宝，你是怎么脱离危险的啊？"

寂绯绯回复道："是大家的支持，让我重燃了生的希望。"她的回复收获了几千个赞，而她却绝口不提寂白为她献血的事情。

夜里，寂白躺在床上，面无表情地浏览着绯绯的评论区，这么多喜欢和关心她的人……他们眼中的寂绯绯，就是一位阳光温暖的励志女神。寂白听过一句话，叫"人设就是用来崩的"。

寂白也发了一条微博，微博的配图是刚刚抽血的时候，她拍下来的照片，照片里她白皙的手腕上爬着一条殷红的抽血管，触目惊心——头疼。

她清空了过去所有鸡毛蒜皮的内容，现在她的微博不是用来发泄心情的，她的微博是发给别人看的。他人即地狱，寂绯绯现在所欺骗的每一个粉丝，以后都会变成她的地狱。

寂白发了这条微博以后，便睡觉了。睡觉能暂时缓解她的头疼。

两个小时以后，寂白收到了几条评论，其中大多是闺密们鼓励她的话语。

还有两条评论来自陌生人——

"咦，难道你真的是绯宝的妹妹吗？"

"看我发现了什么？！居然是绯宝妹妹的微博！"

寂白分别回了他们两个笑脸。

那天晚上下了一场雨，伴随着阵阵雷鸣。清早，寂白起床推开窗户，便感觉到了入秋的凉意，她穿上了带绒的卫衣。

第一节大课后，殷夏夏匆匆忙忙跑进教室，激动地对寂白说："谢随这下惨了，早上迟到，让教务处督导组的主任逮个正着，现在正在校门口淋雨罚站呢！"

自从那日谢随无缘无故找了寂白麻烦以后，殷夏夏就把他当成敌人了，只要有谢随不好的消息，她都会欢天喜地跑来告诉寂白。

寂白扭头望向窗外。大颗雨点"哗啦哗啦"拍打着硕大的梧桐树叶。淋雨吗？

"可算有人收拾他了！"殷夏夏十分痛快，"他还真以为自己无法无天了呢。"

"督导组的老师可不是软柿子，谁敢惹他们。"

寂白问："谢随怎么会迟到？"

今天可是教务处每周例行巡查的日子，聪明的学生不会在这个时候胡来，谢随就更加不会了，他比其他人更深谙世故，不会硬往枪口上撞。

殷夏夏漫不经心地说："大佬迟到还需要理由吗？"

挺有道理。

上完课，寂白背着包，撑着她的花边小伞朝着校门口走去。

今天下雨，陶嘉芝叫她不要骑车了，让她跟着姐姐一起坐司机的轿车回来，寂白不想等寂绯绯，每次她和她的闺密团一起，要磨磨蹭蹭许久才会出校门。寂白觉得挺浪费时间。

她独自走到校门边，发现谢随竟还在罚站，都整整一上午了。他站在保安室门口，大雨稀里哗啦地拍在他身上，湿润的黑发贴在他的额上，雨水顺着他的眉弓落下来，眼睛也被冲刷得有些睁不开，很狼狈。

同学们经过的时候，指指点点，低声议论。

一夜入秋，风带着微凉。

谢随单薄的 T 恤都已经湿透了，贴在身上，勾勒出他矫健的肌肉轮廓，看上去有些性感。女生们都不敢多看他。

寂白步履顿了顿，战战兢兢地从他身边走过去。虽然谢随警告过她，不要再出现在他的面前了，寂白也是谨遵他的警告，走路都避着他，不过她要回家的啊，这也没办法。

她混迹在人群中，低着头走出校门，希冀着谢随最好不要看到她，却没想到，经过他身边的时候，谢随突然将一口袋什么东西砸在她胸口，动作带了些粗暴。

寂白下意识地伸手接过，口袋上还染着身体的余温，竟丝毫没有被雨水淋湿，显然被他保护得很好。她打开口袋，发现是一盒布洛芬止痛药。

寂白诧异地抬头："给……我？"

谢随不爽地喃道："不想要就扔，敢还给我试试，揍死你。"他凶巴巴地说完，迈着步子离开了。

校门口保安追出来："喂！还没叫你走呢！谢随！谁让你走了！站住！你站住！"

谢随头也不回。

寂白愣愣地看着那盒布洛芬，整个人都蒙了。

所以……他是为了买药才迟到的吗？

下午，大雨丝毫没有停下来的征兆，哗啦哗啦，窗外碧绿的树叶被清洗一新，绿得发亮。南方的秋冬从来不会染上橙黄的色调，四季永远如春夏。

寂白发呆地望着窗外，想着谢随怎么会知道她头疼不舒服，还送给她一盒布洛芬。

梦里寂白因为贫血，每次头晕的时候，谢随都会将她的脑袋放在他的腿上，为她按摩太阳穴。他的手曾击败过顶级的拳击手，满是鲜血，也曾握着方向盘在极度弯道上急速漂移，而当他捧着她的脑袋为她按摩的时候，指尖带着他仅存的一点温柔，全给了她。

直到英文老师点名，寂白才恍然间回过神来。老师直接用英文很

033

不客气地问她，上课走神到底在想什么。寂白开口也是一连串流利的英语，说自己身体有些不舒服，所以才会走神发呆。

话刚说出来，英文老师便愣住了，她的英文流利程度令人咋舌，所用的口语也完全不像是大多数国内学生能说出来的，倒像是在国外生活了好几年的人。

梦境里，寂白为了考研，也苦学过英语，不仅仅是应试，还包括口语，每天早上都会早早去图书馆的草坪上练习。梦里的她也很努力地想要改变命运，正如现在梦外的她。

她说完以后，英文老师算是心服口服，只能叫她坐下来，说她感觉不舒服可以去校医院。寂白又回说没关系，这只是抽血的后遗症，自己缓缓就会好起来。

周围同学都诧异地望着寂白，就连英文最好的安可柔都愣住了，寂白这一口流利的英文说出来，完全不像平日里一起学习的同学，她口语太好了吧！

英文老师翻译了她的话，同学们纷纷朝寂白投来同情的目光。寂白当然也仅是随口一说，没想到英文老师会把她的话翻译出来，她更没想博得周围同学的同情。

下课后，坐在寂白后面的安可柔突然发难："姐姐爱装，没想到妹妹比姐姐还要装。"

寂白回头，安可柔正挑着下颌看着她，脸上写满了轻蔑之色。之前安可柔和寂绯绯发生冲突，连带着也开始讨厌寂白，在班级里给寂白使绊子已经不是一次两次了。寂白并不想理会她。

殷夏夏气不过，帮寂白出头："你说什么呢？别以为我们听不到！"

"说的就是你寂白。"安可柔指名道姓地说，"不就是会几句英语吗，卖弄什么？"

"我们白白的英语就是比你好，不服气啊，忍着！"

"谁说她英语比我好了！她去年考试成绩还不如我呢！不知道从哪里学了几句口语就在课堂上卖弄，真恶心。"

"你嘴真脏！"

"殷夏夏，看着人家家里有钱，你上赶着抱她大腿的姿势也太丑陋了吧。"

"你……你胡说八道！"

殷夏夏气得脸都红了，寂白伸手拉了拉殷夏夏的袖子，回头望向安可柔："劝你不要惹我。"

"哟，还威胁我！我偏惹你怎么了！你姐姐我都敢惹，我还不能惹你了？"安可柔走到寂白面前，抓起她纤瘦的下颌，死死捏着她的脸，威胁道，"我都能把你姐姐搞进医院，捏死你，就跟捏死一只蚂蚁似的。"

有同学赶紧上前及时拉开了安可柔，才算阻止了一场风波。

事实证明，做人还是应该给自己留条后路。

寂绯绯养好了伤重新回学校，做的第一件事就是找安可柔算账，现在寂绯绯最具杀伤性的武器就是她庞大的粉丝团，所以她发了一条微博——

"我想了很久，还是决定跟绯宝们坦白，那日的事故并不是意外，而是因为我和@可可可可可柔同学发生了一点口角和争执，这才出了事。在老师的协调下，我们已经握手言和了，这件事我也有错，已经向她道歉了，大家就不要追究了哈。爱你们。"

寂白一刷到寂绯绯的这条微博，就知道，安可柔完了。

果不其然，这条微博的评论区一改往日温馨有爱的画风，清一色的全是咒骂安可柔的评论。

"什么人啊这是……我们绯宝是病人，你太没有良心！"

"心疼绯宝，受害者居然还要跟加害者道歉，这是什么世道！"

"求你做个人吧！"

"老子真想找上门去，代替她爹妈好好管教她！"

"想找上门还不容易吗！这货不就是绯宝的同学。"

寂白戳进了安可柔的微博，安可柔的微博就跟圈地自萌的女孩的微博一样，喜欢发一些美食和自拍照，不过出事以后，她第一时间便清空了过去的所有内容包括照片，同时关闭了微博评论。

那几天，安可柔甚至都没有在学校露面。这样做是正确的，因为那几日校门外总会有一些陌生男女的面孔。寂白怀疑，他们都是来找安可柔麻烦的"绯迷"。

安可柔家境富裕，也是娇生惯养长大的，她一直很讨厌寂绯绯，看不惯她的虚伪做作。那次体育课，她也就随口嘲讽了寂绯绯几句，寂绯绯心高气傲，凡事不甘人后，主动提出要和她比跳高，这才出了事。

寂绯绯的那条微博，语气暧昧，明面上客客气气，但实际上她把所有的错都推到了安可柔的身上，甚至暗示粉丝，她被按头向安可柔道歉了。护主心切的粉丝们立刻就炸了。

至于粉丝自发的网络暴力行为，那可就全与寂绯绯无关了，她甚至还劝网友们冷静，不要为了她伤害别人，可是她越是这样说，网友们的谩骂就越疯狂……寂绯绯诱导粉丝的手段，寂白在梦里就领教过了。

然而这件事发酵三天以后，安可柔突然发了一条微博，在微博里，她愤慨地控诉了寂绯绯的恶劣行径。同时，她竟把寂白的微博也圈了出来！

"你们以为她是什么好人吗！她根本就是个吸人血的恶魔，你们问问她妹妹寂白就知道了@小新的小小白，寂白做错了什么，这么多年来一直被寂绯绯疯狂吸血，寂绯绯根本就是骗子，她欺骗了你们所有人！"

这条微博发出来，安可柔迎来了新一轮的疯狂咒骂。同时，也有很多人等待着寂白的回复。寂白放下手机，面无表情地继续听课。

安可柔走投无路，于是提到了寂白，希望她能帮忙解释。寂白的微博粉丝量几乎是呈次方倍增长，无数网友询问寂白，让她解释一下"吸血"的事情，甚至还有几个昏头的网友厉声质问她，为什么要和安可柔沆瀣一气陷害自己的姐姐。

寂绯绯的微博粉丝数百万，但并非所有人都在关心寂绯绯吵架的事，年龄稍大的网友对此事不置一词，激动跳脚的都是比较容易被煽动的年轻粉丝。仅仅一天时间，寂白的微博粉丝数量达到了四万。网友们都等待着寂白的回答。

不过要让他们失望了，寂白不会回应任何事。一则安可柔曾经疯狗乱咬人地针对过她；二则，现在还为时尚早。

通过梦境中的经历，寂白明白了一个非常深刻的道理：有时候你说出来的委屈，都不叫委屈，而是辩解；只有别人感觉到你的委屈，才是真的委屈。所以她不会傻乎乎地诉苦。

寂绯绯心里是有点害怕的，寂白的微博现在被很多粉丝发现了，她非常担心妹妹会说出有损她形象的话。幸好，寂白的微博一片安静，并没有回应安可柔。

寂白的微博里大多是积极美好的内容，譬如去闺密家聚会，或者逛街喝奶茶……虽然偶尔流露出对输血的不愿意，但是言辞并不激烈，也没有说寂绯绯的坏话，对她没不良影响。

寂绯绯安心了，和寂白僵持的关系也缓和了不少，又开始虚伪地对她嘘寒问暖，关怀备至。父母看到这样的情形，自然满怀欣慰。

半个月后，安可柔的父母登门，亲自向寂绯绯道歉，希望她能放自家女儿一马，现在安可柔整天神神道道的，医生说可能出现抑郁的倾向。

这一切全拜寂绯绯所赐，安可柔的父母对寂绯绯恨得咬牙切齿，但是为了自家女儿能够从这段噩梦中走出来，他们还是觍着脸登门，亲自向寂绯绯道了歉。

寂绯绯接受了长辈的道歉，出面安抚躁动的粉丝们，说这件事是一个误会，现在安可柔已经认识到错误了，希望粉丝们不要再对她进行人身攻击，让这一切都过去吧。

粉丝们骂了好几天，终于骂不动了，消停下来，安可柔也删掉了提到寂白的微博，这件事总算是告一段落了。

半个月后，安可柔回到了学校，原本开朗的性格变得有些阴郁。

相安无事地到了九月下旬，谢随和几个哥们儿走出教学楼，路过翻修好的自行车棚。几个没长眼的大男孩一阵风似的从旁边跑过，带翻了一排的自行车，哗哗啦啦的连锁反应，惊得路人回头观望。

谢随揉了揉耳朵，偏头便望见了倒在地上的一辆粉白色的小车。小车是折叠式的，车身被擦洗得干干净净，车把手前还挂着清新的白色小篮子。

几个黑 T 恤大男孩对自己的无心之失浑然不觉，嬉笑打闹着离开，不想谢随突然侧身，挡住了他们的去路。

几人防备地问："你干什么？"

谢随望向那辆粉白色的小自行车，冷峻的眉眼挑了挑，嗓音低沉而冰冷："扶起来。"

其中一个黑 T 恤男孩讪讪地说："你管太多了吧。"

谢随微微侧头，活动了一下脖颈，动作略有些跋扈。

"不要让我重复第二遍。"

这个黑 T 恤男孩惹不起谢随，心里发怵得厉害，只能服了软，走到自行车棚边，将四下里碰倒的自行车一一地扶起来。"这样行了吧？"

谢随给他让开了道，语调平静却带着不怒自威的味道："走路看着些。"

待那几个男孩离开以后，丛喻舟溜达到自行车跟前，摸着下颌观察了好一阵："让我用火眼金睛好好看看，这车是……女孩的？"

谢随没有理他，兀自从包里摸出湿纸巾，擦了擦自行车坐垫上沾染的泥灰。

"不会吧！就这小车，还劳烦您老人家亲自擦拭呢，交给我得了。"

丛喻舟正要接过湿纸巾，谢随推开他："不用。"

丛喻舟眼角晕开了笑意，抱着手臂和兄弟们斜倚在边上看热闹："随哥，它这车篮子好像歪了。"

谢随绕到前面检查，车篮子还真是歪歪斜斜地耷拉着。这个容易，扳正就行了。他伸手一扳，"哐"的一声，车篮子居然掉下来了！

谢随看着手里的车篮，又抬头望了望几个兄弟，嘴角扯了扯。

丛喻舟也是一脸蒙："这……随哥不愧是拳王，好手劲儿啊。"

好巧不巧，就在这时，寂白背着背包从教学楼里出来，到车棚边停下脚步。她的车篮子还在谢随的手里。

"……"

被她那双黑漆漆的鹿眼凝视着，天不怕地不怕的谢随，有那么一瞬间，居然心虚了。

"谢随，你为什么要这样做？"寂白的嗓音略带自然沙哑，语气如同她的表情一般，波澜不惊。

不知道为什么，谢随很喜欢听她叫他的名字，谢随，谢随，调子很沉，但是带着一种特别认真的质感。

"我……"什么都能丢，面子不能丢。谢随当下便冷了脸，凶狠地说："这什么破烂玩意儿，挡着老子的路了。"他说完，还把篮子掷了出去，篮子在地上滚了几圈，滚到寂白的脚下，变形得更厉害了。

丛喻舟嘴角一抽，艰难地咽了口唾沫。大哥啊，追女孩不是你这样追的啊！

寂白眼睁睁地看着车篮子滚到了脚边，她蹲下身把它捡了起来，拍了拍灰尘和泥土，一言不发地走到车边，尝试着将它装回车上。

谢随见她这不温不火的模样，有些耐不住性子了："你就不会跟老子生个气试试？"

寂白老实地说："我怕你打我。"

"你怎么总觉得我要打你？"

寂白抬起头，漆黑的眸子扫向他："你骑车撞过我。"

谢随喉结上下滚了滚，良久，他视线侧向一边，憋了很久，也没能憋出一句对不起。谢随何时跟人说过对不起？

寂白见篮子实在是装不上去了，只能放弃，将篮子挂在车后座，反正学校外面还有修理铺。

寂白推着车要离开，经过谢随身边的时候，谢随突然伸手握住了她的肩膀。她衬衣的料子是雪纺的，很柔，也很单薄，他甚至透过衣料摸到了肩带的形状。

艳阳高照的一天，气温很暖，风很燥。

他发觉自己的掌心有些潮，诧异地看了看自己的手，脱口而出："你怎么这么湿？"话刚问出来，身后一帮男孩立刻流露出了意味深长的坏笑。他问得有歧义了。

寂白的脸颊变得绯红，她的体质和别的女孩不一样，纵然是在盛夏，别的女孩都不会出很多汗。偏偏她，即便是在冬日里，只要气温稍高，她都会出汗。所以她每天都会洗澡，纵使如此，还是招架不住她身体的"充盈"。

梦里，谢随总会问她："为什么，为什么你身体那么湿？"寂白会屈辱地咬住牙，她才不会告诉谢随，她也有正常的生理需求，可是受过伤的谢随，偏偏不能。

寂白敏感地往后退了两步，因为车棚狭窄，她又推着车，险些绊倒了。

谢随连忙伸手揽住她，这一揽，她直接被谢随兜进了怀里，脑袋重重地砸在了他坚硬的胸肌上。

鼻息间，充盈着谢随身体的味道，那是一种淡淡的薄荷草的气息，让她想起了燥腾腾的夏日。他只穿了一件单薄的 T 恤，身体很烫，寂白感觉到他肌肉充实的密度……她立刻挣开了他，防备地往后退了退。

谢随看了看自己的手，更润了，他后背脊梁骨蹿起了一阵激灵。她的身体也太水了吧。

寂白以为他是嫌脏，红了脸，咬着牙推车离开："你别碰我了。"

谢随望着她的背影，心脏都快跳炸了。

寂白心里也暗骂谢随，蛮横不讲理，不过仔细一想，梦里的他就从来都是这样胡搅蛮缠。

寂白将自行车推到了校外的修车铺："师傅，你看我这篮子，能装回去吗？"

师傅穿着黑漆漆的皮革围裙走过来，接过寂白的车篮子说："你这都变形了，装不了了，换一个吧，我这里什么样的篮子都有，你选选。"

"不能修了吗？"

"修不了，这都坏成什么样了。"

"那新装一个多少钱啊？"

"五十的七十的，你想要好一点的也有，一百二。"

"这也太贵了吧。"

寂白家里虽然不差这点钱，但是她决定了要尽早经济独立，所以平日里不会乱花钱，零用钱生活费什么的，全都攒着，能多一分是一分。

就在寂白纠结之时，谢随走了过来，捡起了地上的车篮子，不由分说便推起寂白的自行车离开了。

"哎！"寂白追上去，按住车把，"谢随，你干什么！"

谢随偏头道："我带你去一个地方，能修。"

寂白半信半疑地跟着谢随，走在他身边。他个子高大，推着她的粉白小自行车，看上去挺不协调。

走了得有好几公里了吧，寂白实在忍不住，问道："什么地方能修呀？"

"哪儿那么多废话。"

寂白顿了顿，决定放弃。谢随不想说就不会说，阴晴不定，谁都摸不准他的心思。她沉默了几分钟，又想起另外一件事，忍不住问："谢随，你为什么会送我止痛药？"

"不知道。"

"哦，那……谢谢。"

"闭嘴。"

"……"

谢随就是一个怪人，寂白已经放弃和他交流了。

谢随将自行车推上了长江大桥的人行步道，左侧是奔流不息的车道，而右侧是波涛汹涌的江面。

江风很大，寂白额前的刘海被吹得乱飞，抚着她的鼻尖，微痒，她伸手揉了揉，偏头发现谢随在看她。

被抓包的谢随立刻别过头，故作漫不经心地平视前方。

寂白看到他左耳上的黑曜石耳钉切割了夕阳的余晖，耀眼夺目，很漂亮。男孩戴耳钉显得精致，但他不，他的气质很硬，耳钉也能戴出他独特的男人味。

"这都过江了，你到底带我去哪里啊？"

谢随依旧不说话，过了江之后，他将自行车停在了桥头两间铺的汽修店。

寂白打量着店铺，铺子坐落在桥头的十字路口边，烟尘很大，不过位置还算不错。店铺里停了两辆看上去非常酷炫的改装超跑，有几个工人正在车底忙碌着。

"小随来了。"

"嗯。"谢随熟门熟路地走进去，拿出了钳子铁丝一类的工具，蹲下身对着铁篮子捣鼓了一阵，然后将篮子装在自行车上，用钢丝固定住，甚至还拿出了电焊枪，啪啪啪地打了火。

寂白忐忑地问："这样行不行啊？"

谢随完全没有理会她，将车篮子焊在了车把前。

"那人骗你。"他开口说，"能修好，他骗你买新的。"

"哦。"

"以后车坏了，可以来找我。"他顿了顿，又补充道，"找别人会被坑。"

寂白不知道，谢随还有这种手艺，她只知道他玩赛车，没想到还能修自行车。篮子被稳稳当当地装在了车把前。

"谢随，这里是你家开的啊？"寂白望了望这间汽修铺，铺子门面还挺大，里面有不少改装车。

"不是。"谢随淡淡道，"我在这里打工，管住宿。"

"噢。"她都差点忘了，谢随出身底层，很穷。不知道为什么，寂白心里有点酸，就算知道他很苦，但是知道归知道，亲眼看见却又是另一种感觉。

谢随的心思何等敏锐，一眼便看出了少女脑子里在想什么。他脸色沉了沉："看不起？"

寂白连连摇头，不是的！她或许会看不起寂绯绯的虚伪，安可柔的嚣张，甚至父母的无能和偏心，但在这个世界上，她唯一不会看不起的就是谢随。

其实谢随也是故意吓唬她的，他能感觉到，寂白和别的女孩不一样，她眸子里透着一股温暖与美好，令他情不自禁地想要靠近。"那我知道了。"

寂白连忙问："你知道什么了？"

谢随低着头，嘴角勾起一抹微笑："你心疼我。"

寂白通过梦境知道，念书的时候，谢随挣了很多很多钱，可是那场惨烈的事故以后，他的钱全部用于医疗和赔偿，负债累累。

寂白因此觉得，如果未来真如梦境所示，那命运对谢随实在太残酷了，他没有好的出身，甚至拥有一个平常普通的家庭，对他而言都是奢望吗？

他隐忍、拼命，所有的东西都是靠自己去挣。可是在梦里，命运与他开了个天大的玩笑，他失去了尊严，一无所有。

或许命运未曾对任何人公平过，梦里的寂白在最好的年岁里失去了健康，也失去了生命，难道这就应该是她的宿命吗？

寂白不甘心，她不会让悲剧上演，无论是她的……还是谢随的。

这时候，几个男孩骑着车来到了车铺，丛喻舟说："随哥，准备准备，今晚拉力赛跑回虎山，和秦少他们约了，一场跑下来能有五位数。"

寂白走了两步，她又按下了刹车，回头。谢随站在赛车前，浓烈的夕阳余霞在他的背后染开大片殷红的色彩，他左手随意地揣兜里，颀长的身形变成了剪影，看不清神情。

她掌着车把，单脚撑着地面，唤了他一声："谢随。"

谢随回头望她。

"你能不能别去赛车啊？"

谢随还没回答，丛喻舟几人却都笑了："怎么，小同学想约我们随哥出去玩啊？"

"不是，我就……觉得很危险。"

寂白也不知道怎么说，她如果告诉谢随，他如果继续玩赛车，将来可能出事，连男人都当不成了，他会不会觉得她在侮辱他啊？那样真的会挨揍吧。

"小同学，你是在关心随哥吗？"

"不……不是。"寂白真不知道该怎么说了，"如果一定要去，那你开慢点。"

谢随出意外应该没那么快，寂白记得梦里的情形好像是，她大一大二经常见到谢随，他出事以后办理休学，后来就不再见面了。估计时间是在考研前夕。

谢随微微侧身，夕阳洒在他的侧脸，刘海儿遮着眼睛，嘴角扬了扬："开慢点，我怎么赢？"

"呃……"寂白觉得总不能为了赢钱，丢了命。

而谢随轻佻地笑着，欣赏着她绯红的面颊："不赢，你养我啊？"

寂白的小手紧紧地攥着背包的肩带："赚钱的方式有很多，不一定要玩命。"

"不玩命，挣不了大钱。"挣不了大钱，就养不了他想要的女人。

"快回去吧，寂小白。"

谢随温柔地唤了她的名字，便不再废话，拉开超跑车门，上了车。丛喻舟几人也跟着上了另外一辆车，超跑油门声很大，风驰电掣地从她身畔驶过了。

寂白回到家，父母和寂绯绯已经在吃晚饭了，因为姐姐身体不好，他们吃饭从来不会等寂白。这个家庭所有的关注都放在了寂绯绯的身上。

陶嘉芝问了一句："白白怎么才回来？去哪儿了？"

"自行车坏了。"寂白解释道，"我去修车了。"

"快去盛饭，吃了饭之后，陪你姐姐练习。"

"练习？"

陶嘉芝说："你姐姐要参加艺术选拔比赛，你拉大提琴给她伴奏。"

"是骆清老师的选拔赛啦。"寂绯绯解释道，"如果能选上，就可以去市里比赛，还可以加拓展分呢。"

寂白漫不经心地说："那个比赛我想单独参加。"

"你为什么要单独参加，跟姐姐一起不好吗？反正都是两个人报名，你也不会亏。"

寂白当然知道寂绯绯打的什么主意，虽然两个人合作参赛，报的是两个人的名字，但是寂绯绯跳舞，她拉大提琴，观众肯定是最容易被视觉动作所吸引，而忽视听觉感受。寂白依旧是寂绯绯的陪衬。

"妈妈，这次我想单独演奏。"

陶嘉芝还没说话，寂绯绯却开口了："妹妹，你真笨，跳舞弹琴的参赛者肯定不少，要是咱们单独分开表演，不一定竞争得过他们。可是如果我们强强联合，那就是一加一大于二的效果，我们肯定能脱颖而出的。"

"但是……"

"白白，不要任性，这次就听姐姐的。"

"妈妈！"

"姐姐是病人，你应该让着姐姐。"

"……"

又来了，从小到大都是这一番说辞：姐姐身体不好，你做什么都应该让着她；姐姐身体不好，你给她输血也是应该的；姐姐身体不好，家里最好的都应该是她的……寂白知道拗不过陶嘉芝和寂绯绯，自己的想法从来不重要，只要她们决定了的事，就不会改变。

寂白本来想着给寂绯绯留一条后路，让她凭自己的实力去演出，能不能选上都是她的造化。既然寂绯绯一定要逼着她合作表演，寂白便不会再手下留情。

吃过晚饭以后，两个人来到了练功房，寂绯绯换上了紧身的舞蹈服装，还给自己化了个妆，磨磨蹭蹭了半个多小时才准备好。

　　寂白一边拉琴，一边看她化妆。本来只是试练，不必非要化妆换舞蹈服，而寂绯绯化完妆，摸出手机打开美颜相机，开始自拍了。寂白这才知道，原来她要发微博了。

　　"下个月要参加选拔赛了，加紧训练，希望取得好成绩，嚯嚯！加油！"

　　评论区——

　　"绯宝加油啊！"

　　"有投票环节吗？绯迷们去给你投票！"

　　"有我们在，一定帮你选上！"

　　寂绯绯："谢谢绯迷们，到时候会开放微信投票，不过没关系的啦，我参加比赛不是为了得奖，仅仅是因为兴趣而已，不忘初心！"

　　"绯宝真的不愧是我们的女神！心态真好！"

　　"绯宝放心，我们一定去投票！"

　　"永远爱你！"

　　寂白知道，寂绯绯的每条微博都是有目的的，她虽然嘴上说不用大家去投票，但她越这样说，粉丝们就越会去帮她。

　　梦里，她便是靠着血友病病患的身份和粉丝们的投票进入了总决赛，把很多才艺展示比她优秀的女孩都给挤了下去。非常不公平，谁让她是寂绯绯呢，因为她有病，全世界都该让着她。

　　"姐，你发完微博没有？可以开始了吗？"磨磨蹭蹭都快四十分钟了。

　　寂绯绯微笑着放下了手机，起身踮起了脚。寂白开始演奏大提琴，随着旋律缓缓响起来，寂绯绯翩翩起舞。跳舞并非她的专业特长，甚至连兴趣爱好都算不上，仅仅是觉得可以为自己的魅力加分，所以她坚持着跳了很多年。

　　寂绯绯从来没有下功夫去苦练，所以舞蹈很一般，很多专业性的动作她都做不到，仅仅是虚有其表，专业舞蹈老师一看就能看出破绽。

　　练了不过半个小时，寂绯绯便觉得累了，说不练了，转身出了练功房，去洗澡了。她离开以后，寂白也停下了动作，看着怀里深红色的大提琴，大提琴静静地躺在她的腿边，无声地与她对视着……她将手机放到对面的曲谱架上，打开了微博直播。

托安可柔的福，寂白现在已经有了小几万的粉丝，她刚开直播，便有粉丝戳了进来。

"咦？果然是绯宝的妹妹啊。"

"妹妹开直播了。"

"是要干什么呢？"

寂白没有说话，她坐在柔和的灯光下，闭上眼，开始拉大提琴。

悠扬而低沉的旋律缓缓跃出，奔放的乐章里充斥着某种苍凉感，令人情不自禁地联想到蒸汽时代的火车冒着滚滚的白烟，隆隆地穿过了金灿灿的麦田和湖畔。

"好听！"

"没想到绯宝妹妹大提琴拉得这么好！"

"圈粉了圈粉了！"

寂白看到屏幕提示，那个小新头像的粉丝也进入了直播间。不过他自始至终都没有说一句话。

回虎山险峻陡峭，被称为"苍鹰不过峰，老虎不越崖"，山间公路修于悬崖之上，盘旋蜿蜒。

几辆花花绿绿的超跑赛车呼啸着，奔驰在狭窄的公路上，曲折的弯道上留下黑色的漂移印记。

驾驶座上，谢随单手握着方向盘，目光平视前方险峻的公路。

挂在方向盘侧的手机里，女孩穿着白裙子，安安静静地坐在灯下，柔和的灯光裹在她身上，细细软软的碎发垂在鬓间，皮肤白皙而通透。车窗外，狂乱的风呼啸而过。她成了无边黑暗中，他眼底唯一的光。

他开车的同时，指尖戳了戳屏幕，随手给她打赏了四位数的礼物。

事后，寂白看着账户里莫名其妙多出的几千块钱，目瞪口呆。

第三章

老子对她，只有温柔

寂绯绯喜欢谢随，藏得很深，深到学校里只有寂白知道。

谢随不是什么好男孩，他有许多不良嗜好，游走于社会底层的危险边缘地带，性格也非常乖戾。寂绯绯拥有阳光开朗的女神人设，当然不敢和这样的男孩走得太近。

但是天知道，她就是这样一发不可收拾地喜欢上了谢随，哪怕在学校里多看他一眼，都会脸红心跳。她谨慎小心，绝不会流露出半点喜欢谢随的神情，让周围人知晓。毕竟，她是要面子的。

那天下午，寂绯绯约了寂白一起回家练节目，姐妹俩刚走出校门，便听到路边传来一声轻佻悠扬的口哨声。

谢随和几个男孩骑着山地单车，倚靠在香樟树下。他挑挑眉，望了寂白一眼。

寂绯绯以为谢随在看她，有些脸红了，端着女神的架子走到谢随身边，义正词严道："谢随，我希望你以后不要骚扰我们姐妹。"

谢随还没说什么，身后的丛喻舟和蒋仲宁反倒乐了："绯绯女神，这话从何说起啊，我们随哥什么时候……嗯，骚扰你了？"

"有没有，你们自己心里清楚。"寂绯绯看着谢随的眼睛，朗声说，"谢随，我真心希望你能够变得更好，努力上进，而不是整天只知道欺负别人。"

寂绯绯其实很有心机，她知道学校里好多好多女孩都迷恋着谢随，包括安可柔。但谢随压根没把她们放在眼里，如果她能反其道而行，也许能让谢随注意到自己。好多偶像剧不都是这样演的吗，女主角一开始就和男主角发生各种矛盾冲突，反而让男主角越来越喜欢她。

谢随挑了下下颌，满目戾气地望着她，冷笑："我欺负你了？"

寂绯绯还没开口，谢随又啐了声："你也配？"

寂绯绯的脸色蓦然涨红："你……你真粗鲁！"

"还有更粗鲁的。"谢随走近她，单手便捏住了她的下颌。

强大的男人气息令寂绯绯难以喘息，而他指腹的粗粝感也让她全身的细胞都战栗了起来："你……你要干什么？"

寂白从谢随的神情里感觉到了他情绪的变化："谢随，你放开她。"

谢随闻言，目光穿过寂绯绯，望向寂白。她穿着普通的背带牛仔裤，洁白的衬衣更衬得她肌肤白皙剔透，可爱的马尾辫儿很有夏天的清新感。她漆黑的眸子带着小兽般的警惕。

谢随决定给她一个面子，松开了寂绯绯，同时摸出纸巾，擦了擦手上的脂粉，面露嫌恶之色："离老子远点。"他说完便要离开。

寂绯绯哪里遭受过这样的屈辱？她冲着谢随大喊道："你以为学校里那些女孩是真的喜欢你吗，安可柔她们……不过是看你长得帅，就你这样的出身，你就算奋斗一辈子，都配不上她们！"

寂白连忙扯过寂绯绯，阻止她继续说下去。倒不是怕寂绯绯真的惹恼谢随，而是……她知道谢随的软肋，这样的侮辱会伤害他的自尊心。

果不其然，谢随蓦然转身，变暗的眼眸蓄积了怒意："再说一遍。"

寂绯绯被他戾气横生的眼神吓到了，支支吾吾地不敢开口。

谢随又偏头望了望寂白，女孩站在路边，清澈的眸子漾着无害的神情。

"你也这样觉得？"

寂白连连摇头，她没有觉得谢随配不上任何人。本来感情的事就没有配不配得上，只有愿意不愿意。

"谢随，你不要介意，我这样说没有别的意思，我只是希望你能够振作起来，努力奋进。"寂绯绯努力想要圆回自己刚刚冲动的话语，"我没有看不起的意思，你千万不要误会，我和那些女生不一样，我不介意你是体育生。"

一连番迫切的陈情，让她的心思尽人皆知，丛喻舟和蒋仲宁对视了一眼，眼底浮起冷笑。以前没觉得她多讨厌，现在看来，还真有点招人烦了。

"只要你好好努力，未来一定会有希望！我……我觉得，出身不能决定一个人的命运，努力什么时候都不晚。"寂绯绯兴许是在微博上灌多了鸡汤，现在说话也是充满了浓郁的鸡汤味儿。

谢随挑眉望了望寂绯绯，冷笑："老子努力不努力，关你什么事？"

寂绯绯脸颊通红："谢随，我只是想和你交个朋友而已。"

丛喻舟也是挺看不惯寂绯绯这虚伪的做派，想给她点教训，于是笑着说："女神，想和随哥当朋友，是有条件的。"

"什么条件？"

"够胆子跟我们去山上跑一圈。"

寂绯绯微微一愣，见谢随没有拒绝的意思，登时心下大喜，从来没有女孩跟谢随去赛过车呢。寂绯绯想表现得矜持些，低声说："可是人家还要回家呢，晚了爸爸妈妈会担心。"

"那算了。"

谢随转身要走，寂绯绯见势不妙，立刻改口："不过一次两次回去晚了没关系的。"她像是生怕谢随反悔，连忙回头对寂白说："白白，你自己回家吧，跟爸妈说一声，今天我和朋友玩，晚些回来，不要担心。"

寂白蹙眉："你到底还练不练习了？骆清老师的选拔赛就在下个月。"

"没关系，回来再练。"

寂白骑上自行车，无奈地要离开，谢随突然道："要玩就两个一起，不玩就一个也别去。"

"……"

回虎山的山脚下，好几辆拉力赛车停在了公路入口停车场，几个纨绔子弟落拓地斜倚在车边，挑起下颌望向谢随。

谢随帮他们赢了不少场比赛，现在是他们最得意的赛车选手。有能力的人无论走到哪里都是被人尊敬的，他们也恭恭敬敬地称他一声"随哥"。

"随哥，今天难得，居然带了妹子过来！"

谢随没有说话，反倒是寂绯绯，展示了她优秀的社交才能："你们好，我是寂绯绯，是随哥的朋友。"

寂绯绯本来巴望着丛喻舟等几个男孩能介绍介绍她，最好是把她网络红人的身份带出来，可是丛喻舟竟也稳如泰山，一言不发，完全没有要介绍她的意思。寂绯绯轻轻咳了一声，对几个男生嫣然微笑着。

这些男生有自己的娱乐圈子，平日里接触的都是超模之流，当然不可能知道什么网络励志红人，也没有认出寂绯绯。当然，更看不上她的长相和身材。寂绯绯自讨了个没趣，脸上的笑容有些尴尬。

"今天晚上想怎么玩？"谢随开口问他们。

"既然随哥带了妹子过来，那咱们就尝试一种新玩法呗。"

几个男生相视一笑："这次副驾驶座带女孩，不过两个人的手得铐在一起。"说完，他们摸出了两副银光闪闪的假手铐。

丛喻舟说："铐在一起怎么可能，不是影响操作了吗？"

"只要妹子肯听话，没多大影响，再说，这条公路随哥不是闭着眼睛都能开吗？"

蒋仲宁看着谢随："不行，这太危险了。"

"嘿嘿，要是不敢就算了。"

谢随面无表情地问："赌注是什么？"

其中一个穿黑T恤的走出来，手里揽着一个身材火爆的超模："咱们各带一个妹子，不用开全程，把旗子插到绝鹿岭一段，然后开回来，谁快谁赢，赌注十万。"

"十万！"

发出惊叹的人是寂白，她情不自禁地惊呼出来之后，几个男孩全都回头看她，眼神怪怪的。她捂了捂嘴，知道自己表现得非常不像有钱人了，连寂绯绯都忍不住轻蔑地看了她一眼。

十万块在寂家的确不多，但是对于零花钱少得可怜的寂白来说，这不是小数目。看看谢随他们的神情，这点钱在他们眼里好像也不算什么。寂白终于知道，他们玩命挣钱是怎样的玩法了。

谢随答应了这些豪门公子的赌局，蒋仲宁回头望了望两个女孩："你俩谁愿意跟随哥出去兜兜风啊？"

寂白："……"

他管这叫兜风，这是玩命好吗！本来回虎山这边的公路就很陡峭险峻，很多九十度的弯道，两个人把手铐在一起，这不是嫌命太长？

当然，不只寂白这样想，寂绯绯也开口道："这太危险了，谢随，你不要参与这么危险的活动。你要是缺钱，我，我有钱的，十万不算多……"

谢随冷冷地睨她一眼，不辨喜怒地说："你想养我？"

寂绯绯当然羞于启齿，尽管她觉得这没什么问题，以她的家世及现在的人气，要是谢随和她在一起了，以后前途肯定一片光明。

"不是随便什么人都养得起随哥的。"丛喻舟开了个玩笑，缓和气氛，"随哥平时花销很大哦。"

寂绯绯脸又红了，低声说："如果一定要我上车的话，我就……"

不想她话音未落，谢随忽然转向了寂白："上车。"

寂白愣住："啊？"

谢随将手撑在车门边："上车，我带你兜兜风。"

寂白看着那辆锃亮的改装超跑，本来是准备拒绝的，不想谢随径直朝她走来，拉住她的手，连拖带拽地将她塞进了副驾驶位置。

"谢随，我……我不去！"

谢随撑在门边，冷冷一笑："怕了？"

寂白嘴唇都哆嗦了。

丛喻舟说："寂白同学，可不是谁都能坐上随哥的副驾驶座，你是他带的第一个女孩。不用担心，随哥开车很稳的。"

寂白望了望谢随，他挡在副驾驶的车门边，似乎并不准备放她离开，从她的角度望去，能看见他线条分明的脖颈，下颌缀着淡青色的胡楂。

"那……你慢点开。"

女孩一松口，场子热闹了起来，男孩们躁动不已，围着两辆准备的超跑嗷嗷地叫器着。

漂亮的超模倚在"黑T"的身边，手拍着他的胸脯，撒娇说："人家要奖励。"

"黑T"出手很阔绰："行啊，只要老子能赢，给你六位数。"

超模拍着手："好呀好呀。"

这时，"黑T"注意到了寂白，她之前一直很安静地跟在谢随身边，似乎没有什么存在感，但是乍一眼看去，真是乖啊，漆黑的眼眸衬着无比白皙的脸蛋，越看越觉得惊艳。

"黑T"一把推开了超模，对寂白说："哎，要不要换搭档啊？你到我车里来，不管输赢，我给你六位数。"

谢随站在车门边，并没有坐进去，他望向寂白。

寂白抿了抿莹润通透的唇，拒绝道："不了，我跟随哥，不，不要钱。"

比起这些不知道技术如何的纨绔子弟，寂白更愿意相信谢随的车技，她对他无与伦比的信赖感正是来自那些比现实更真实的噩梦。更何况，她对这些纨绔子弟的不良言行也是嗤之以鼻的。

这些纨绔都还仰仗着谢随，所以也不好轻易得罪，寂白不愿意，他们便不再勉强。

谢随嘴角不知不觉勾了笑，"随哥"，从她嘴里念出来，软软糯糯的，听着格外撩人。

"黑T"将银手铐扔给了谢随。两人分别系好安全带以后，谢随在众人的注视下，亲手将手铐铐在了自己的右手，而另一边铐住了寂白的左手。

"怕吗？"

"不怕。"

那是不可能的。寂白心脏都快蹦出来了。

谢随感受到女孩紧张的情绪，侧头睨她一眼，嗓音低沉："不要怕，我活着，就不会让你死。"

寂白感受着左手手腕上冰凉冷硬的质感，心底也有些紧张："嗯。"

谢随启动了发动机，表盘转亮，寂白还没坐稳，"轰"的一声，他已经将车驶了出去。

寂白不记得是从哪里看到，说通过一个男人开车，可以看出他的性格气质。

寂白的父亲开车四平八稳，不争不抢，这样柔弱的性格也导致他在家产争夺战中落于下风。

谢随开车只能用一个字来形容：野。好几次漂移转弯都是九十度直转，轮胎与公路摩擦，发出尖锐的"刺啦"声，而他丝毫不会减速。

寂白感觉整个人都要被甩出去了。她的左臂被他把盘的动作牵扯着，为了不影响他的操作，寂白尽可能让身子斜倾，靠他近一些。

一个九十度的逆转，寂白不受控制地扶住了他的肩膀。他身体硬得就像炽热的烙铁，肌肉结实强韧，仿佛全身没有一块肉是柔软的。这样坚硬的身体能给人带来安全感。

　　梦里走完人生的寂白恰恰最缺乏的就是安全感：狭窄的出租屋里，每每入夜，与谢随相拥入眠，梦里的寂白不会再感到不安。

　　当然，他不是老实的男人，他会撩拨她，令她迷乱……当她回身热切回应的时候，谢随便会停下来，冷静一会儿，沉着脸离开房间。倒像是她做错了什么。

　　谢随的性子就是这样阴晴不定，行为也不可捉摸。

　　她重新坐直了身子，闭上了眼睛，不去看窗外急速飞过的景色，看了可能会害怕，因为速度实在太快了。

　　因为紧张，寂白又开始发汗了。谢随嗅到了她身体散发的某种馨香，像牛奶沐浴乳混合了淡淡的花香，让他想到了小时候吃过的一种牛奶糖。他吸了吸鼻子。

　　寂白察觉到谢随呼吸加重，她捻了捻自己的衣领，然后打开窗户透风。

　　"把窗关了。"谢随说，"老子冷。"

　　寂白不太愿意，低声说："开一分钟。"

　　谢随睨了她一眼，笑道："怕老子嫌你身上有味？"

　　被戳破心思的寂白垂了垂脑袋，脸颊变得绯红滚烫。

　　谢随抬起右臂，寂白的手也被他牵引了过来，他居然探身嗅了嗅她！

　　寂白惊慌失措，连忙往右躲。她知道自己有味道，挺自卑的，但她体质就是这样，老爸带她去看过医生，医生都检查不出来，为什么她身上会有这种甜香味。但并非所有人都喜欢这种味道，譬如她初中的男同桌，是个坏男生，说她身上有狐狸精的骚气，一看就是会勾人的那种。

　　自那以后，寂白就自卑了，即便夏天也不敢穿吊带裙。

　　谢随还在嗅着她，寂白连连躲避："你，你别闻了！"

　　"你味儿真重！"

　　寂白紧紧咬着唇，唇肉都泛白了，嗓音颤抖："让你开窗透气的。"

　　谢随眼看着她都快抹眼泪了，他突然轻佻地笑了："哭什么，老子

054

又没说不喜欢。"

"谁……谁为这个！"寂白只觉得自己真是百口莫辩了。

谢随揉了揉鼻翼。讲真的，他都有点兴奋了。

寂白不再说话，谢随也专注开车，尽可能让自己冷静，否则这四下无人的山野路，他真怕自己当了"禽兽"。

良久，谢随喃了声脏话。车在路边停了下来。

"怎么了？"

"前面封路了。"

寂白望向窗外，果不其然，远光灯照见了一块黄澄澄的牌子，写着"泥石流危险路段，来往车辆请绕道"。

"那怎么办？"

"还有一条路，不过是连续上坡弯道，且没有护栏，非常危险。"谢随踩下刹车，问寂白，"去吗？"

"如果不去的话，就算输了吗？"

他冷漠地笑了："你以为那帮人的钱那么好挣的，放弃就算认输。"

寂白还没有回答，谢随已经毫不犹豫地重新启动发动机，迅速转弯，驶上了另外一条公路。

这条路比刚刚的国道公路要狭窄许多，一侧是山壁，另一侧便是万丈悬崖，走不过几秒便是九十度的弯道。

安静的车厢里，寂白能听到自己怦怦的心跳声。

"谢随，这条公路太危险了！我们回去好不好？"她嗓音战栗，显然被侧面悬崖绝壁吓到了。

谢随嘴角勾了笑："要死老子也垫在你下面。"

寂白望向谢随，在他浅咖色的眸子里，她真真切切感受到某种死亡降临前的无边空寂。亡命之徒。

寂白无可奈何地将脑袋偏过去，望向窗外，远处城市的灯火星星点点，山野除了风呼啸的声音，便是两个人凌乱的心跳声。

半个小时后，车驶入了绝鹿岭，谢随踩下刹车，惯性带得寂白的身体往前倾了倾。

谢随拉开车门，让寂白从驾驶座这边出来。"把旗子插到对面悬崖边，然后一起跑回来，不要耽搁。"

"哦，好！"

两人铐在一起，只能同时奔赴公路的弯道尽头，寂白很拼命，快速冲到公路尽头的悬崖处，蹲下身将红艳艳的小旗子插进泥土里。

谢随突然握住了她的手腕："路滑，别摔下去了，不然老子也要给你陪葬。"

寂白能感受到他掌心的粗粝。

对面公路边有远光灯朝她射来，刺得寂白睁不开眼，转眼间，对手也已经抵达了。

"快下去插旗子！速度！""黑 T"埋怨超模，"没吃饭吗，看人家是怎么跑的，跑快点！"

超模娇滴滴地说："我穿的是高跟鞋啊。"

"穿个屁的高跟啊！"

寂白重新回到车里，爬向副驾驶，兴奋地回头大喊道："快快快！快走，咱们要赢了！"

谢随嘴角扬了扬，原来以为她是个对任何事都波澜不惊的木头人，没想到也有这么兴奋的时候。"肯定带你赢。"谢随说着踩下了油门，快速掉头，轰轰几声，车消失在了马路尽头。

超跑稳稳当当地抵达了终点，伙伴们围了上来，兴奋地说："随哥，真行啊！又赢了！"

"小同学，第一次坐随哥的车，怕不怕？"

寂白脸颊漾着绯红，老实地点了点头："有点儿。"

谢随伸手拍了拍她的后脑勺，随口道："怕个屁。"

寂白被他拍得身体往前面突了突，觉得这个动作有点亲昵了。

丛喻舟说："甭害怕，你随哥开车稳，出事的概率比飞机出事故还低呢。"

这话寂白是认同的，通过梦境她就知道，谢随开车虽然疯，但他技术真的很好，因此梦里的那场事故，寂白总觉得没那么简单，那或许不是意外，而是人为导致……

就在寂白愣神之际，谢随已经解开了手铐，过去和对面几个男生说话，然后相互摸出手机转账收款。

寂白环顾四周，不见寂绯绯的身影，蒋仲宁说："她觉得无聊，已经回去了，看样子还不太高兴。"

"哦。"寂白隐隐约约觉得，回去可能会面临一场风波。

几分钟后，谢随回来，对寂白说："加个微信，给你分红。"

寂白乖乖摸出手机，扫了谢随的二维码。谢随的微信没有名字，正方形的头像块是一片漆黑，正如他崎岖坎坷的人生之路，是漫无边际的黑暗。

谢随给她转了五万，对半砍。寂白只觉得，他真大方。

几个男孩也跟着下注赢了钱，心情不错，准备去酒吧玩。

"小同学，不跟我们去玩玩？"蒋仲宁问。

寂白看看时间，现在已经九点多了："我要回家了。"

"这才九点啊，夜生活刚开始，回家多没意思。"

"回去晚了会被骂。"

谢随看着她这乖巧的模样，知道她和自己不是一路人，对于他们这群游荡在城市阴暗处的人而言，夜晚是狂欢的开始；可是对于寂白这样温顺的乖乖女来说，夜晚便意味着危险。

"随哥，咱们送她回去吧。"

"送什么送。"谢随凝视着川流不息的马路，"这里又不是打不到车。"

寂白当然不愿意让他们送了，这花花绿绿的超跑赛车把她送到家门口，让邻居和认识的人看见了还不知道怎么说呢。她走到谢随面前："你帮我把手铐解了，我就回去了。"

之前谢随只用钥匙开了自己那一环，便下了车，她这一环还没有解开呢。

谢随摸出钥匙，在修长的指尖上兜了一圈："我觉得它挺适合你。"

寂白一听他这话的意思，立刻预感到不妙，急切地说："谢随，你快给我解开！"

他薄唇扯开一丝邪气横生的笑："这样，明天下午上完课，到学校后山湖边来找我，我给你解开。"

"你现在就给我解开！"寂白瓷白的脸颊急得通红，迫切道，"会被同学看到……"

"嗖"的一声，谢随收起了钥匙串，毫不犹豫地转身离开——

"就说是谢随送你的礼物。"

鱼龙混杂的地下酒吧。

丛喻舟点了瓶啤酒，递给谢随，劝道："哎，随哥，你怎么想的，老是跟人家一个小姑娘过不去，有意思吗？落个欺负女孩的名声可不好听。"

谢随接过啤酒，一饮而尽。橙黄的液体流过他燥热的喉管，带来细密的清凉感，他又想到了女孩那白皙的肌肤，仿佛轻轻一掐便能落下印记。谢随将酒瓶扔开，心头有点躁。

有打扮时尚的年轻女孩走过来，靠在谢随身边的凳子上，轻浮地拎起他的酒瓶，给自己倒了杯酒："随哥，难得过来玩，我敬你一杯啊。"女孩声音娇软，喝了酒之后，在杯子上留下了嫣红的唇印。

谢随眼角挑了挑，顿觉恶心，二话没说，抬腿蹬开了女孩斜倚着的高脚凳。

女孩重心不稳，险些跌倒，手里的酒全洒在了胸口，顷刻间单薄的衣料透出了肉色，狼狈不堪。她捂着胸，气急败坏地离开了。

谢随望向丛喻舟，淡淡道："看到了吗，这才叫欺负，老子对她，只有温柔。"

丛喻舟咧咧嘴，无话可说。

寂白将手铐藏在了袖子里面，缓步走回了家。

灯火通明的客厅里，父亲寂明志、母亲陶嘉芝及姐姐寂绯绯，像开三方会谈似的，神情严肃地坐在沙发上。

寂白刚进屋，便听到陶嘉芝拉长了调子问："这么晚才回来，去哪儿了？"

寂白如实回答："和同学去玩了。"

"男同学还是女同学？"

寂白望了望寂绯绯，猜测她肯定是添油加醋地跟父母告了状，因此，她只能老实交代："男同学。"

"砰"的一声，寂明志将茶杯重重拍在茶几上："你知不知道现在几点了！和男同学出去玩到现在才回来，你还有没有点羞耻心！"

她没有羞耻心？也不知道是谁哭着喊着要跟谢随去赛车兜风，生拉硬拽地要把她拽上。

寂绯绯把弄着卷卷的头发，开口说："爸爸，您不要生妹妹的气，我相信妹妹只是一时贪玩，没有别的事情，更不存在随便谈恋爱的情况。"

"她还敢乱谈恋爱！哼，要是让我知道了，肯定打断她的腿！"

寂白嘴角扯了扯。即便上了大学，父母也不会允许她谈恋爱，因为她就是姐姐的备用工具人，工具人哪能拥有自己的人生。

陶嘉芝责备寂白道："白白，你也太不懂事了，这么晚回来，你知不知道爸爸妈妈多担心你，还有姐姐，一整晚都在等你练习呢。"

寂绯绯望着寂白，本来以为她会闷声吃了这个哑巴亏，毕竟从前的寂白笨嘴拙舌，脑子也不太会转弯，一直都被她拿捏着，从不知道在父母面前辩解。

谁承想，寂白坐到了寂绯绯身边，拉着她的手说："姐姐，我还要问你呢，你怎么把我一个人丢给那些人啊？你知不知道，我下车后看见你不在，我多害怕。"

"你……我听不懂你在说什么。"

寂白对陶嘉芝道："我根本不认识那些男孩，出校门的时候，看见姐姐和他们讲话。我本来是想和姐姐一起回家的，谁想姐姐居然要和那些男孩一起去赛车，怎么劝都不听。我担心姐姐会出事，只好陪着一起去了，谁想姐姐把我推给其中一个坏男孩，自己反而跑掉了。"寂白说着，眼睛都红了。

父母疑惑地看了眼寂绯绯，显然是有些相信寂白的话了，因为寂绯绯的确回来得比较晚，而且寂白自小温厚老实，从不说谎。

"绯绯，怎么回事啊？"

"妹妹说的是实话吗？"

寂绯绯耐着性子解释："爸、妈，我相信妹妹她是害怕惩罚才这样说的。唉，谁让我是姐姐呢，我没有照顾好她，是我的不对，你们惩罚我好了。"

寂白摸出了手机，点开了相册，里面有一张照片，是寂绯绯站在赛车前，寂白顺手拍下来的："姐，你还让我给你拍了照呢。"

寂绯绯脸色骤变，一阵红一阵白，她难以置信地望向寂白。过去那个总是犯傻被她算计的小白兔，怎么会有这般心机，竟还偷拍了她的照片！

寂明志看了看手机里的照片，彻底火了："寂绯绯，这到底是怎么回事？"

"爸，您听我解释！"

陶嘉芝也急切地说："你怎么能把妹妹单独留在外面呢！万一出了事怎么办！"

"妈妈，我没有！"

"刚刚你一个人回来，我就怀疑了，白白从小到大什么性子我是知道的，她从来不会撒谎，更不会和那些坏男生来往。我现在真是越来越不明白，绯绯，你心里在想什么？为什么要伤害妹妹？！"

"妈妈，难道你是这样想我的吗？"寂绯绯眼圈通红，泪珠子"唰"地掉了出来，"我为什么要这样做，还……还不是因为……因为……"

寂绯绯故作悲伤地掩面哭泣："因为我嫉妒妹妹，你们那样疼爱她，这让我觉得难过，我害怕你们会不要我，我生了病，你们生下妹妹就不要我了，呜呜呜。"

眼泪是寂绯绯的终极武器，只要每次挨骂的时候，哭一哭，装装可怜，父母一定会心软，所有事情都会大事化小小事化了。

果不其然，陶嘉芝的态度已经松动了："绯绯啊，你怎么会这样想呢，爸爸妈妈怎么会不要你呢？"

"真的吗？"

"对啊，爸爸妈妈最疼你了。"

这时，寂白恰如其分地开口道："姐姐，父母生下我，难道不是为了给你治病吗？你早就知道这一点，又何必说这样诛心的话。"

寂绯绯眼神凌厉地剜了寂白一眼。

寂明志听到寂白这样说，愧疚感更是溢于言表："白白，你千万不要这样想，你和绯绯都是我们的孩子，没有谁更重要，你们都重要。"

这样的话，他们以前也讲过，却只是为了安抚寂白。听听便罢，寂白已经不会当真了。

寂明志严厉地对寂绯绯道："做错了事，哭有什么用？快跟妹妹道歉，然后去练功房待三个小时再出来！"

"爸！"

"道歉！"

寂绯绯咬牙切齿地看着寂白，非常不甘心地说了"对不起"三个字，然后噔噔噔地上楼，进练功房，用力关上了门。

陶嘉芝说："这绯绯的脾气越来越大了。"

寂明志神情复杂地看向寂白："白白，真是委屈你了。"

寂白摇了摇头，也起身回了房间。

一场自导自演的闹剧，以寂绯绯惨淡收场而告终。

第四章

一

可我知你的孤独

周五下午，寂白匆匆忙忙收拾了背包，骑上自行车，朝着学校后山澄湖湖畔飞奔而去。她穿着宽松的卫衣，勉强遮住手上的手铐，这手铐是特殊的样式，还带着粉粉的绒毛。

寂白也是醉了。每次抬手的时候，她袖子里都会发出哗啦啦的响声，引得殷夏夏不住地看她。无论如何，寂白必须找谢随解开手铐了。

学校后山湖畔一片荒芜，野草丛生，人迹罕至，是学校里有些男生经常聚集的地方。

今天有风，半人高的草随风摇摆着，谢随驱散了他的那帮兄弟，一个人蹲在湖畔，嘴里叼着根草，平静地凝望着湖畔。

其实好几次都想要离开，他不知道自己在干什么，约她来有什么意思……终究还是控制不住想见她的欲望。

就在他发呆的时候，一块石子蓦然飞了过来，落在湖中，冰凉的水花溅了他一身。

谢随回头，看到几个打扮非常"杀马特"的男生走了过来，其中一个飞机头男生身边倚靠的……正是昨日酒吧里讨好谢随吃了闷亏的女孩。

"谢哥，怎么落单了？"飞机头男生率先开口了，"你那几个公不离婆秤不离砣的兄弟呢？"

谢随吐掉了嘴里的草，稍稍活动了一下右手筋骨，不想和他们废话："有事说事。"

"你昨天欺负我女人，这事怎么算啊？"

谢随睨了那女孩一眼，淡淡道："你自己头顶一片绿，干老子屁事。"

女孩立刻哭哭啼啼地辩解："不是的，超哥，是他调戏我。"

谢随咧嘴："老子眼睛不瞎，就你这样的，看不上。"

"你说什么呢！嘴巴放干净点！"

谢随嚣张跋扈惯了，对谁都没什么好脾气，几个男生平日里没胆子惹他，此刻见他是一个人，也没带怕的。

"要打架速度点，老子今天还有事。"

几个"杀马特"一哄而上，朝他扑了过去。

他们打架没有章法，大锅乱炖式，只会用蛮力，东一榔头西一棒槌。谢随截然不同，他平常打拳，练过身手，是一等一的好手，分分钟便撂倒了周围几人。

"杀马特"们被他揍得嗷嗷叫，飞机头男身边的几个男生见势不妙，纷纷从包里摸出了刀子，朝着谢随跑过来。

明晃晃的刀子带着锋锐的光芒，谢随只身肉搏，也知道应该避其锋芒，因此连连后退，闪身躲过了几刀。

逞凶斗狠的年纪下手不知轻重，刀都是往肚子上划，一不小心就要人肠穿肚烂。

这时，谢随听到了最不想听见的自行车车铃声。

谢随回头，只见女孩手里推着自行车，站在步道边，目瞪口呆地望着眼前发生的一切，嘴唇都在哆嗦，吓坏了。

谢随是"亡命之徒"，哪怕几次与死亡擦肩而过他都没有一刻感觉害怕，但现在，看着女孩那般惶恐的神情，他居然有点怕了。

凌厉的刀刃，丧失理智的暴戾……这一切，足以吓退任何一个乖巧听话的好女孩。

谢随趁着躲避的间隙，捡起地上的一块石头砸到寂白脚边，声嘶力竭地喊了声："看什么，滚啊！"

寂白这才反应过来，连忙重新跨上自行车，歪歪斜斜地骑着跑掉了。

谢随松了一口气，也开始亡命奔逃。身后的男孩们显然是不依不饶，不让谢随血溅当场，他们誓不罢休。

不知跑了多久，在灌木丛生的树林子里，众人听到了呼啦呼啦的警车鸣笛声。

"有人报警了！"

"超哥，怎么办！"

"什么怎么办，跑啊！"

几个男生转眼间跑了个无影无踪，警察冲进林子里，擒住的是筋疲力尽的谢随。

谢随被警察铐着手带出来，警车边，寂白呼吸急促，断断续续地向警察解释情况。

柔和的夕阳光铺在她的脸上，她额头渗满了汗珠，刘海也湿润了，黏黏糊糊地粘在额头。看到谢随的时候，她停下了比画，紧蹙的小眉头骤然松懈下来，俨然是松了一大口气。

谢随这么多年没进过局子，这次算是阴沟里翻了船，不过……好歹捡回一条命。

警察按着谢随的脑袋，让他坐进警车里，谢随并没有轻易就范，凶狠地吼了声："别碰老子！"他冲寂白扬了扬下颌，喊了声："过来。"

寂白连忙朝他跑过去，还没开口，谢随侧了侧身——

"钥匙，左边裤兜里，自己摸。"

寂白也被带进了警局，作为目击证人，做笔录。

"是那些人，我亲眼看到他们拿刀要……要伤害他！

"他是无辜的，是受害者。

"嗯嗯，警察姐姐，你们一定不要放过坏人。

"他是我同学，嗯……他平时表现，很好的。"

在寂白刚说出"很好的"三个字时，隔壁审讯室传来谢随暴躁的声音——

"还要我说多少遍，没有父母，都死了！"

做笔录的女警官嘴角抽了抽："他表现很好？"

寂白吞吞吐吐地解释："就……脾气不好，其他都很好。"

做完笔录已经是晚上七点，女警官温柔地拍了拍寂白的肩膀："同学，你今天及时报警的做法很正确，没事了，快回家吃晚饭吧。"

寂白连忙问道："那他什么时候能走？"

"他的问题比较严重，等他父母过来领人吧。"

寂白点了点头，背着背包走出了警局。但她并没有立刻离开，而是在与警局隔了条巷子的水饺铺点了盘韭菜馅儿水饺，边吃边等着谢随。

即便谢随打死不肯开口透露父母信息，但这世界上就没有警察查不到的事，他们了解到谢随的父亲早年进了局子，判的是终身监禁。母亲还在，不过已经改嫁了。警察当下便联系了她。很快，谢随的母亲程女士急匆匆地赶到警局，办理了手续，将人领了出来。

程女士看上去很年轻，五官与谢随有七八分相似，模样非常漂亮，是个美人。

仿佛是见不得光，程女士将谢随领到警局隔壁狭窄潮湿的泥巷子里，细长的指尖戳了戳他硬邦邦的胸膛："我早就已经说过了，桥归桥路归路，你都这么大了，还要害我到什么时候！"

谢随冷着脸，没有说话。

寂白从饺子铺里出来，悄悄探头朝巷子里望去，小巷幽暗，她完全看不到那边是什么情况。

"我先生的家庭对我嫁过人的事非常敏感，婆婆让我跟你断干净，如果不是还有你弟弟，我的日子真的不好过，求求你了，别再找我了，就当我没有生过你吧！"

谢随依旧没有讲话，程女士又从"古驰"手包里摸出一沓钱塞进他兜里："要钱是吧，全都给你，只要你别害我了。"

他的脊梁屈成了紧绷的弓，突然，他将那些钱朝天撒了出去，嗓音阴冷地唔出了一个字——"滚。"他转身，侧脸从阴影中出来，眼底带着刻骨的恨意。

红艳艳的票子漫天纷飞。

"小王八蛋！你怎么不去死！"女人的咒骂声回荡在空寂的巷子里，"你死了对大家都好！"

谢随头也没回，走出了巷子，很快去了马路对面。

寂白回店里拎了一盒打包的水饺，站在马路这边的斑马线旁，抬头望着谢随。路边的霓虹灯闪了闪，她白皙的脸上落下一片灯影，照着她细密卷翘的睫毛。她刚要向前迈出脚，这时，红灯亮了，停在斑马线前的车辆启动，她踟蹰了一下，迈出的脚又收了回去，焦急地等待着红绿灯。

谢随面无表情地沿着街道另一边走远。

寂白见他离开，也连忙顺着他的方向走去，隔着一条川流不息的公路，她追着他的身影，眼神迫切，仿佛是怕他走丢了。

到了十字路口，谢随想也没想便右拐了，而马路上有护栏，寂白也没有办法直接穿行，等她匆匆忙忙过了天桥到达马路另一边的时候，谢随早已经不见了踪影。

寂白站在路口，轻柔地叹了口气，从包里摸出那只银色带粉毛的手铐，还有钥匙串。

幽暗的车库里，空气中弥漫着淡淡的机油的味道，这种略带着某种锈质的味道几乎构成了谢随生命的全部。

穿过车库，院子里有一栋破败的出租楼，他走上发霉的楼道，站在单元门前，摸了摸口袋。口袋空空如也。

这时，他的手机响了，寂白的小白头像跃出屏幕——

"谢随，刚刚你走太快了，我没追上，钥匙还在我这里，我给你送过去吗？"

原来，她刚刚迫切地想要追上他，只是想把钥匙还给他。谢随鼻息间发出一声轻噬，没有回信息，收了手机，下楼，进了边上一家通宵营业的网吧。

寂白独自走在街上，迟迟等不来他的信息。现在的她很了解谢随的性子，不想搭理你的时候，就绝不会多和你说一个字。寂白不再耽搁，径直回了家。

谢随甚少提及自己的家庭，以至于寂白几乎就本能地以为他自始至终就是一个人。可他又不是从石头缝里蹦出来的孙猴子，怎么可能是一个人呢？

刚刚从他和那位女士的争执中，寂白了解到，谢随的父亲应是犯事入狱了，母亲改嫁，以她现在的姿容和精神状态，应该嫁得很不错。对方家庭对谢随的存在很忌讳，因此，母亲也不想认这个儿子。

他宛如行走在城市边缘的孤魂野鬼，无家可归，阴暗而孤独。

寂白坐在窗边，看着窗外那轮皎洁的明月，发出一声幽幽的叹息。

经历了仿佛是预知未来的梦，寂白想着最好远离谢随，偏执的疼爱很多时候往往会酿成巨大的悲剧，她不愿意自己和他遭受伤害。哪怕说她自私、无情，都好。谁说爱情一定要轰轰烈烈、生生死死，她只想拥有温馨平凡的人生，这没有错。

早上七点，谢随从网吧出来，身上的衣服有些皱了，眼角也明显带着倦意，冷漠的眸子越发显得轻狂不羁。网吧通宵一宿，枪下亡魂无数，他烦躁的心情已经驱散了大半。

进了学校走到一间教室门口，他发现寂白正站在窗边。

她穿着干净宽松的卫衣，扎着高翘的马尾，晨风轻拂，鬓间几缕碎发晃动，撩着她白皙通透的耳垂。她漆黑的眸子专注地凝望着楼下，不知道是在等谁。

谢随从她身畔经过，漫不经心地吹了声口哨。

寂白听到熟悉的口哨声，连忙叫住他："谢随，等一下。"

谢随停下脚步，却没有回头。

寂白放下自己的背包，笨拙地在里面捞了半晌，终于把他的钥匙串摸了出来。

"这个。"她将钥匙还给他。

他嘴角轻浅地扬了扬，伸手去接。

寂白注意到，他手背白皙，手指细瘦而修长，掌心却生了茧，纹路复杂，一道突兀的断痕刺破了生命线，在掌中戛然而止……掌心纹路已经昭示了他未来坎坷的命途。然而唯一的变数是，寂白。

她将钥匙小心翼翼地放回到他的手上。

谢随低头看着手里的钥匙，钥匙扣上，挂了一个白色的小配饰，那是一个凶巴巴的小狗吊坠，小狗蹲坐着，瞪着眼，龇牙咧嘴吓唬人。

"干吗给我这个？"他拎着小狗吊坠打量，觉得挺幼稚，挂在钥匙上可能会显得"娘炮"。

"我觉得它凶起来跟你很像。"

谢随怔了怔，反应过来："骂老子像狗，信不信揍你？"

寂白像是生怕挨揍似的，脚底一抹油，跑掉了。

谢随拿着卡通吊坠看了很久，嘴角情不自禁地扬了起来，心里酿起了几丝甜意。他将钥匙串小心翼翼地放回包里，心满意足地走了。

骆清老师的选拔赛定在了十月中旬进行，这天早上，寂白将她的大提琴背了过来，放在了选拔比赛的排练室。

　　两个人都没课的时候，寂绯绯拉着寂白去排练室进行了彩排。寂绯绯这段时间压根没怎么练过舞，三天打鱼两天晒网，所以临到末了才抱抱佛脚。

　　寂白去洗手间的时候，寂绯绯姐妹团的女孩们凑上来，围着寂白的琴打量着："绯绯啊，这琴不便宜吧？"

　　"当然。"寂绯绯抬起高傲的下颌，"卡斯洛的牌子，好几十万呢！"

　　女孩们感叹着说："绯绯，你怎么不学大提琴呢？"

　　"没办法啊，妹妹想学琴，我只好让给她啦。"

　　"不过说真的，你妹妹的琴技不怎么样啊，你还真敢让她帮你伴奏？"

　　寂绯绯猜测姐妹们是没有听到刚刚寂白的演奏，才会这样说。也不知道是怎么了，寂白这几个月的琴技突飞猛进，拉得比以前好太多了，这也是寂绯绯让她给自己伴奏的主要原因。

　　她伪善地笑了笑，说："谁让她是我妹妹呢，我一定要带她拿到名次啊。"

　　"绯绯你真好，处处为别人着想。"

　　姐妹们寒暄了一阵，便离开了，寂白回来和寂绯绯继续排练。后来寂绯绯就说累了，要出去买杯奶茶，在她擦着汗离开以后，有女孩叫了寂白一声。寂白回头，发现叫住她的是唐宣琪。

　　唐宣琪是艺术学院的学姐，舞艺精湛，这次准备的是芭蕾舞剧《天鹅湖》的独舞选段，刚刚寂白看了她的排练，跳得很好。唐宣琪和寂绯绯都是学校的风云女神，因此一直都是死对头。

　　"找我有事吗？"寂白用纸巾擦了擦额头上的汗珠。

　　"我刚刚看了你和你姐姐的排练，真的很不错。"唐宣琪客套地赞美了她们。

　　"谢谢，你的排练也很好。"

　　"是这样，我说的好，仅仅是指你的琴艺。"

　　唐宣琪那双漂亮的杏眸扫了扫寂白的大提琴："我有一个提议，反正都是伴奏，不如你来给我伴啊，我的节目肯定能被选中，寂绯绯就不一定了。"

原来她是来挖人的。寂白笑了笑："未必吧。"

梦里，唐宣琪并没有被骆清老师选中，原因是她的名额被寂绯绯顶替了，骆清老师也是考虑到寂绯绯身份特殊，选择她，很有励志意义。寂绯绯的血友病病患身份，仿佛就是她的绿色通行证，令她的人生变得容易而轻松。

唐宣琪浑身上下都散发着自信的气质，她骄傲地说："你在开玩笑吗？寂绯绯每次节目都跳一样的舞蹈，她也就只会一支舞，而且跳得还挺'辣眼睛'，你觉得她比得过我吗？"

寂白耸耸肩："我不知道。"

唐宣琪挑起下颌："所以你是为了姐妹情，不愿意跟我合作咯？"

寂白无可奈何地笑了笑："时间已经很紧迫了，我和你从来没有练过，怎么合作啊？"

"你会拉《天鹅湖》里的曲子吗？"

"会。"

"那就行了，你不用管我，到时候你只管拉你的曲子，我会跟上你的节奏。"

唐宣琪刚才一直在听寂白拉曲子，她是真的被寂白的琴艺深深吸引了。寂绯绯那个傻瓜，还不知道自己捡了个宝贝，有这么琴艺精湛的妹妹给她伴奏，绝对能够达到惊艳四座的效果。她不好好珍惜就算了，跳成那个鬼样子，简直"辣眼睛"啊。如果寂白可以为自己伴奏，那她肯定可以夺冠！

"抱歉，我不能答应你。"寂白礼貌地拒绝了她。

"你确定？"唐宣琪脸色冷了下来，"听说你和你姐姐的关系非常好，但是我个人感觉……她没有外面传的那么好吧？大家都是女孩子，谁还看不出来了。"

"这不关你的事。"

寂绯绯虽然坏，但是这个唐宣琪也好不到哪里去，不过五十步笑百步而已。更何况，寂白有自己的打算，不想让任何人打乱她的计划。

就在唐宣琪找寂白说了这件事没多久，就出了意外。寂白的大提琴丢了。

排练室里放了不少乐器，一般而言是不会丢的，可是中午寂白去练琴时却发现，所有人的乐器都在，唯独自己的大提琴不见了。

她惊慌地找到楼管的阿姨，说大提琴不见了，阿姨也说今天排练室人来人往，她没有注意，会不会是有同学拿错了？大提琴整个教室只有一把，不可能拿错的。

琴丢了，寂白心想，这件事最大的嫌疑人自然是唐宣琪。寂绯绯非常激动地去找唐宣琪理论，问她为什么要偷大提琴。

唐宣琪当然一口否定，说她没有偷，这件事闹到了保卫处，双方各执一词。

寂绯绯控诉唐宣琪："她想拉寂白入伙，被拒绝，故意报复才偷走了大提琴，就是想破坏我的演出！"

唐宣琪矢口否认："我的确是跟寂白说了几句话，想请她和我合作，但是我唐宣琪绝对不会做偷东西这种下作的事情！"

寂绯绯见唐宣琪这般振振有词，于是她祭出了最强武器——抹眼泪："老师，我……我知道，我这样的身份是不适合参加比赛的，但是我也想像个正常女孩一样，唱歌、跳舞，我……我真的不知道哪里得罪唐宣琪同学了，她要这样害我，呜呜。"

保卫处主任是个中年男人，他和寂白的父母一样，似乎很吃寂绯绯这一套，板着脸对唐宣琪说："唐宣琪同学，你到底有没有拿寂白的大提琴？如果拿了，马上归还！我可以既往不咎，否则查出来，我会让你付出代价！"

"我没有！"唐宣琪脸色惨白，"我可以对天发誓！我真没有！"

"唐宣琪，你想成为第二个安可柔吗？"寂绯绯哭着说，"她就是这样欺负我的呢，你们都欺负我。"

"你……你在威胁我吗！我可不会像安可柔一样软弱！"

寂白看了看激动得嘴唇都在发抖的唐宣琪，又望了望哭得梨花带雨的寂绯绯，脸色冷了冷。她根本没有告诉寂绯绯唐宣琪挖墙脚的事情，寂绯绯又是从哪里知道的？

正午的烈日下，清澈的澄湖倒映着粼粼波光，宛如翻动的鱼肚。

谢随挽起窄窄的黑色长裤的裤脚，从浅滩边将红色的大提琴拖上了岸。这把大提琴颜色呈深红，表面流溢着通透的光感，应是价格不菲。

丛喻舟和蒋仲宁蹲在青草丛生的坡地上，眼睁睁地看着谢随脱下了T恤，仔仔细细擦拭着大提琴的每个角落。琴身已经浸水，琴弦也被崩扯得乱七八糟，肉眼可见应该是用不了了。

丛喻舟喊了声："随哥，甭擦了，这琴废了。"

谢随尝试着拨了拨琴弦，琴身发出一声沉闷的呜咽，像是在控诉偷窃者对它所施加的暴行。

"还能响。"谢随赤着上身，继续擦琴。

"哎哟，随哥，能发出声不代表它就没坏啊，这种高级乐器很金贵的，平时磕着碰着都不行，直接在这水里泡了几个小时，能用就有鬼了！"

谢随对此充耳不闻。

丛喻舟双手叉腰，皱着眉头，无可奈何地看着他："这一出事，你就忙不迭地给艺术学院那个小美女找琴，找到了不在第一时间表功，平时还这么欺负人家。你说说，你是咋想的，当坏人就当得这么爽啊？"

谢随冷冷地睨了他一眼："闭嘴。"

丛喻舟立刻比了个封嘴的动作："得，不说了。"

谢随将大提琴擦拭干净以后，冲丛喻舟道："衣服脱了借老子。"

"你干啥？"

"表功。"

寂绯绯拉着唐宣琪在保卫处闹了两个小时，没有任何结果，因为排练室没有监控探头，保卫处主任说去调全校的监控视频，但这需要时间。距离选拔赛也没剩几个小时了，唐宣琪先行离开，兀自排练去了。

寂绯绯闹了一场，现在也有些疲倦，她擦了擦眼角的泪花，对寂白说："白白，大提琴丢了，这也是没有办法的事，不过比赛不能耽搁，我就只好用音频伴奏了，你不能参加比赛了哦。"

是的，她不能参加比赛了。寂白发现，闹到最后，其实这事对寂绯绯和唐宣琪都没有影响，真正的受害者，只有她。

寂绯绯拍了拍寂白的肩膀，安慰道："白白，别难过了，姐姐一定会帮你拿下冠军的。"

"我相信你可以。"

寂白勉强挤出的微笑，在寂绯绯离开以后，烟消云散。她轻轻地叹息了一声，准备离开，而就在这时，少年拎着大提琴出现在了楼道尽头。

午间的日光稍斜，空气中翻飞着细微的尘埃。他穿着一件红色圆领卡通 T 恤，站在楼道边，远远地望着寂白。

寂绯绯顿住脚步，怔了。有些人总是能及时出现在你最绝望的转角，令你的人生，峰回路转。

不少同学从窗边探出脑袋看热闹，望见谢随手里的琴，低声议论："居然是谢随偷了琴？"

"要不要这样啊，他太过分了吧。"

"他一直都很看不惯寂白，三番五次找她麻烦，但偷东西……真的很过分了。"

只有寂白坚信，谢随绝对不可能干出这种下三烂的事情。他虽然脾气不太好，但是为人光明磊落，坦坦荡荡。他是帮她把琴找了回来。

谢随拎着琴朝寂白走来，寂绯绯立刻挡在他身前，怒声道："谢随！你为什么要偷我妹妹的琴？你太过分了！"

谢随目不斜视，冷冷地喃了声："挡路了，滚。"

他身上散发着某种淡淡的冷冽气场，压迫感十足，寂绯绯根本不敢和他僵持，讪讪地让开了。

寂白没有感觉谢随有多凶，她一直在看他身上穿的这件卡通衫。卡通衫胸前印着一个机械性感美少女，和他周身散发的冷酷气质十分违和。这么不正经的衣服，明显不是他的。寂白抿抿唇，忍住了笑意。

谢随走到她身前，将琴递给了她。

寂白小心地接过了琴，轻轻地拨了拨，脸上惊喜的神情又淡了些。她抬头望了望周围疑惑不解的同学，朗声道："谢谢你帮我把琴找回来。"她不想让别人误会谢随，所以故意这样大声说，破除他们的疑虑。

谢随却好像并不太在意周围人的闲言碎语，挑眉问她："坏了？"

"嗯，坏了。"

"还能修？"

"可以修，但是……今晚的比赛可能赶不上。"

"那就别耽搁了。"谢随攥着寂白的衣袖，拉着她走出去。他不懂怜香惜玉，更不知道怎么牵女孩的手，所以动作有点粗暴，连拖带拽地拉着她。寂白手腕都被他捏红了。

"谢随，去哪儿啊！"

谢随接过了她手里笨重的大提琴，轻描淡写地说："修琴。"

"这又不是自行车，不是说修就能修好的。"

"不试试怎么知道。"

谢随从来就不是听天由命的人，他只相信自己，认定的事绝不改变。

学校外面就有不少高级琴行，琴行的师傅戴上手套，调了调寂白的琴，说道："怎么坏成这个样子啊？"

"叔叔，还能修吗？"

"你这损伤太严重了，能修是能修，但是……"

谢随打断了他的废话，开门见山道："需要多少钱？"

"哎呀，不是钱的事，修这个需要时间，我手头还排着两架钢琴和一台古筝呢。"

"叔叔，我真的急用，您能在今天晚上前修好吗？"

"这……不可能，今晚肯定不行，我下午还要带钢琴课。"

谢随直接摸钱包了："多少钱你可以修？"

"我说了不是钱的问题。"

他淡笑道："所有问题都是钱的问题，三千够不够？"

"哎呀，你这个同学，你什么意思嘛，我今天下午还带课呢……"

"那五千。"

寂白连忙拉了拉谢随，拼命给他使眼色，示意这太贵了！

"那我就试试吧。"男人虚伪地说，"主要是看你们催得这么急，我也不忍心耽搁你们的事，就五千，我帮你修。"

谢随说："六点以前，我要取到琴，耽搁一分钟，一分钱你都别想拿到。"

"没，没问题，六点来取就是了。"

寂白还有些犹豫，谢随直接将她拎出了琴行。寂白心疼而责备地说："五千块都可以买把新琴了。"

谢随手揣兜里，漫不经心地说："我拿钱，你不用管。"

寂白立刻道："不用你，本来这就是我自己的事，已经很麻烦你了。"

她自己的事……谢随本来心情挺好的，但不知道为什么，几句话又令他火大了。这女孩，总有力量左右他的心情，这让他非常不爽。

"这事我既然管了，就会管到底，不管是修琴的费用还是偷琴的人，我都会弄清楚。"

"谢随，能不能别总这样固执，你会……"会害死你自己的。这句话卡在寂白的喉咙里，怎么都说不出口。

"你在教训我吗？"他冷冷地望着她。

一阵风过，撩动她耳边的发丝，痒痒的。寂白低下了头，紧抿着唇不再言语。

"说啊，你在教训我？"

寂白依旧不吭声，面对愤怒的谢随，她能做的只有沉默。不要惹他。

谢随等不来回答，眼角肌肉轻微地颤了颤，戾气横生。他不再等她，加快步伐朝着学校走去。

寂白知道谢随性格偏执，很难有人真正走进他的心里，梦里的未来，她没能令他得救，现实中……能做到吗？

六点，寂白去取琴，师傅果然准时地修好了琴，换上了最好的琴弦，还帮她调了音。寂白感谢了师傅，准备掏钱，却被告知钱已经付过了。不用想也知道是谁。寂白背着大提琴走出琴行，掏出手机给谢随转了五千块，但谢随并没有接收。

这件事虽有波折，但也阴差阳错地让寂白和寂绯绯的节目分开了。寂绯绯完全没有想到，琴都破成这个样子了居然还能修好，所以当她重新填报了节目之后，看到寂白背着修好的琴回来，后悔得简直想掐死自己。

选拔赛开始，同学们一一走进排练教室，开始各自的表演，然后由骆清老师打分评选出前五名，参加市里的表演比赛。

寂白刚好排在寂绯绯后面，当她看到寂绯绯志得意满地走出来的时候，就知道，寂绯绯肯定成功了。骆清老师很同情寂绯绯的遭遇，给了她一个"自强不息"的高分，情理之外，意料之中。

寂白走进了排练室，回头望了望走廊。走廊里围聚了很多看表演的同学，她突然想，刚刚其实不该和谢随吵架。她挺感谢他的，至少这首曲子，应该让他听到才是。毕竟，是他及时帮她把琴找回来，又当机立断地带她去修琴，半强硬威胁半金钱诱惑，才让她及时拿到完好的琴。没有他，也许寂白真的就放弃这次机会了。

楼下的小花园中，谢随倚靠在墙边。他微微抬头，望向了排练室的方格玻璃。

大提琴低哑的调子，如泣如诉，仿佛在讲着一个关于前世今生的轮回故事——

父母抛弃，朋友算计，无人了解你，亦无人爱你。

可我知你的孤独。

寂白的独奏节目非常成功，骆清老师对她青眼有加，给了她一个全组的最高分，她稳稳当当地入选了市级比赛的名列。

当天晚上，谢随和几个朋友走出校门，听到身后有女孩子叽叽咕咕地议论——

"我刚刚去排练室看选拔赛了，拉大提琴的小姐姐，简直美呆啊，和其他人都不一样，她好有气质。"

"有照片吗？"

"我拍了。"女孩拿出手机分享给朋友们。

"她静静地坐在那里，好优雅，以前都没发现，咱们学校有这么好看的女生。"

"艺术学院的啦，听说是寂绯绯的妹妹。"

"寂绯绯本来就是女神嘛，她妹妹肯定不差啦！"

"何止不差，我觉得她比寂绯绯有气质，完全不在一个层面上比较的。"

丛喻舟明显感觉到谢随的步伐放缓了。他正道不妙，果不其然，某人停下脚步，回身望向拿手机的女孩。

丛喻舟知道谢随占有欲极强，听不得旁人嘴里提到寂白，仿佛那个女孩生来就应只属于他一个人似的："别冲动啊随哥，人家是妹子……"

丛喻舟话音未落，却听谢随道："同学，加个微信。"

女孩张着嘴，怔怔地看着谢随。她一再确认，面前这英俊的少年真的是谢随，那个嚣张跋扈却帅到没朋友的谢随！谢随居然主动搭讪她，还问她加微信！幸福来得好突然啊！

"能加吗？"谢随眼角上扬，露出一抹轻佻的微笑。

女孩都快被电晕了："好……好啊。"她颤抖的手戳开二维码，让谢随扫了。

相互添加好友之后，谢随淡淡道："手机能借我一下吗？"

女孩忙不迭地将手机递了过去。谢随拎过了她的手机，给刚刚添加的自己发了张照片，正是相册里寂白拉大提琴的那张照片。发送完毕之后，谢随将手机还给了女孩，轻轻地道了声"谢了"，然后转身离开。

女孩望着谢随的背影，久久愣神，谢随真是……帅瞎了。

朋友连忙提醒她："快给谢随发你的名字啊！这不就认识了吗！"

女孩兴奋地低头给谢随发信息，却被浇了一头冷水，他已经将自己删除了。

路上，丛喻舟和蒋仲宁两人对谢随的行为表示强烈鄙夷及不满，觉得他用美色欺骗妹子的感情。

谢随全然不在意，他就是这样的人，偏执又自我，从不在意任何人的感受。世界本就待他不公，因此他的心很小很小，只够装下一个人，将她死守在狭窄的一隅，哪怕外面的世界毁灭崩塌，又与他何干。

他边走边低头看手机，照片里的女孩穿着淡蓝的格子布裙，安安静静地坐在排练室的顶灯下，双腿分开，低头拉着深红的大提琴。

光线中，淡淡的尘埃在空气中翻飞，她的脸颊白皙而通透，她闭着眼睛的模样，令谢随想到了万籁俱寂的森林，晚风刮过，小鹿在林涧饮水，夕阳照射着木屋，一切都是那样安宁和平和。

他躁动沸腾的血液，在看到她的那一瞬间，忽然静了下来，心跳也变得好慢好慢。他小心翼翼地保存了照片。

蒋仲宁看着谢随柔和的脸色，用手肘戳了戳丛喻舟，低声道："我觉得这次随哥是玩真的了。"

丛喻舟无奈地摇了摇头："那妹子完了。"

谢随的感情太过深挚，被他喜欢上，一定是此生最大的幸事，也必然是最大的不幸。

好几次，寂白去保卫处办公室询问，监控视频有没有拍到盗窃大提琴的罪魁祸首。

一开始，保卫处主任说还没有查清楚，后来直接告诉她，监控没有拍到是谁偷了大提琴，不过既然现在琴找到了，她也参加了比赛，这件事就算了。

"怎么会没有拍到？我们学校有那么多监控探头，从排练室到后山澄湖，一路上总会拍到小偷啊！"

"你这同学，怎么这样固执呢？难道老师还骗你不成吗？我们学校的监控探头有不少都损坏了，真的没有拍到，好了，这件事到此为止。"

寂白不愿意就这样放过小偷，可是保卫处主任不配合，她也无可奈何。

那天下午，她推着自行车走在学校林荫路边，一颗小石头突然滚到了她的脚边。寂白抬头，看见丛喻舟几人坐在塑胶操场边，几个男孩冲她露齿微笑，表示友善。

谢随斜倚着篮球架，手里把玩着几颗石头，视线平视远方山峦，神情散漫。

"有事吗？"她开口问。

丛喻舟笑说："这么多哥哥，你问谁？"

寂白望向了站着的谢随："谢随，你有事吗？"

他又朝她脚边了一颗小石子："有事没事，过来就知道了。"

"你要是没事，我就走了，还要回去练琴。"她说完，推着车径自离开了。

几个哥们儿诧异地看着寂白的背影。这位很刚啊！他们都不敢去看谢随的表情，不用看也知道，肯定很难看。

然而事实上，并不……谢随居然笑了。他笑着追上了寂白，和她并肩走在校园中，沉声道："你真的不怕死。"

寂白偏头望了望他干净的球鞋，心说其实自己很怕死，因为在梦里死过一次。但是她知道，谢随不会对她做什么。即便全世界都背叛她、伤害她，但谢随却是那个永远不会伤害她的人。

"你找我有事？"

"没事不能找你？"

"没事找我干吗？"

"……"

她真的是聊天终结者。谢随摸出手机，直入主题："我搞到学校的监控了，想不想看谁偷了你的琴？"

寂白停下步子，惊讶地望向他的手机："你……你怎么弄到的？！"

"这个你别管，我有我的办法，就说想不想看。"

寂白点了点头，漆黑的鹿眼望着他："想。"

谢随嘴角浅浅一扬："有交换。"

"什么交换？"

"随哥想让你亲他一下。"

身后丛喻舟等人笑闹着说："看一眼，亲一下。"

寂白："……"

那不看了。

谢随手里剩下的碎石子扔向了丛喻舟，驱散了几人。他当然知道没这么容易，索性道："答应我一件事。"

"什么事？"

"还没想好，等我慢慢想，反正你先答应。"

"不行……万一你……"

"放心，不会叫你做奇怪的事情。"

谢随本质光明磊落，应该不会勉强她做她不愿意做的事，她索性也就答应了，反正最后同不同意的决定权还在她的手上。

"自己看。"

谢随将手机递给她，寂白转身走到树荫处，戳开了视频。这是几个视频的剪辑版，虽然有些模糊，但还是能清晰地看出，那个拖着重物艰难移动的身影，是寂绯绯。她一路都很小心，东张西望，趁着上课时间尽可能地避开了同学，却没能避开学校里随处可见的监控探头。

当寂白看到她将自己心爱的大提琴扔进湖里的那一刻，只感觉心脏猛地抽了抽。宛如梦里父母将她的尸体推进火化池一样，那样地毫不留情，仿佛扔的是不值钱的垃圾。

当然，也并非所有的梦境都是冰冷的。譬如梦里的谢随拼死冲进殡仪馆，将她的尸体夺回来。他眼睛赤红，流着眼泪但没有发出哭声。他紧紧地抱着她，深情地亲吻她的脸颊……在谢随炽热的怀抱中，寂白那冰凉的身体似乎也染上了一丝温度。

谢随见寂白不对劲，问了声："你怎么了？"

"没事。"寂白看着视频，淡淡道，"猜到了。"

丢了琴之后，寂绯绯表现得比她还要激动，非拉唐宣琪去保卫处对质，这令寂白生了疑心。多半是寂绯绯听到了唐宣琪想拉寂白入自己的队伍，担心寂白"反水"，所以才想方设法毁了她的琴，同时把污水泼到唐宣琪的身上，一石二鸟。

以前寂白总觉得姐姐的手段好高明，可是现在却发现这些手段真的……非常幼稚。

如果说她真的有任何高明之处，那便是她早已经预料到，学校会包庇她。寂绯绯是学校的形象大使，她的励志网络红人的身份，为学校带来了不少的好处，她的照片现在都还挂在学校的官网上。

寂白不敢想象，学校到底包庇了寂绯绯多少事，之前的安可柔事件，学校便纵容了寂绯绯。如果不是自小父母溺爱，学校一再纵容，或许寂绯绯的心理不至于如此扭曲。寂白想想都觉得可怕。

"谢随，这件事不要告诉任何人。"寂白将手机递给了谢随，郑重地警告他，"谁都不可以讲。"

谢随眉宇间透着不解，眼角挑起轻蔑之意："老子费力帮你搞到这个，别告诉我，你要当个尿货？"

寂白摇了摇头："谢随，你知道量变和质变吗？"

寂白望着远处连绵起伏的山，平淡地说："我在等一个质变。"

她要在最恰当的时机放出这些证据，把寂绯绯的面具一次性地撕下来。登高跌重，她要令寂绯绯永远都爬不起来。

那天晚上，寂白发了一条微博，内容是——

"心爱的大提琴失而复得，很高兴，姐姐很热心地帮我找小偷，感谢姐姐。"

这条微博被寂绯绯转发了。这是寂绯绯第一次公开转发寂白的微博，寂白知道，她是觉得这条微博有助于她捏温柔长姐的人设，所以才会转发。

比起故意在微博中避开谈及妹妹的话题，粉丝们更愿意看到姐妹融洽相处的内容。

寂白早有预料。她索性在微博上和姐姐秀了一回姐妹情深，帮姐姐完完整整地捏人设。反正……人设最后都是用来崩的。

这件事对寂白的好处就是，她的粉丝人数一直在增加，现在已经有十多万了，甚至有微博官方的管家助手找到她，说要帮她注册认证。认证的名字是——励志女神寂绯绯的妹妹。

寂白拒绝了这个认证。她的身份就是她自己，不需要加任何人作为定语，作为前缀。

不出寂白所料的是，正式比赛之前，寂绯绯还是觍着脸，跟她开口了。

在一家人其乐融融吃完饭的时候，寂绯绯故作不经意地对寂白说："妹妹，咱们都被选入了市里的比赛，这真是一件值得高兴和庆祝的事情。"

寂白"嗯"了声，不动声色。

寂绯绯看看父母，又说道："妹妹，我听说这次比赛的选手，都是来自咱们市各大院校的佼佼者，非常优秀，有很多人还拿过大奖呢。"

"所以？"

"所以啊，我觉得咱们姐妹还是应该强强联合，可不能被他们比下去。"

寂白缓缓放下筷子，面无表情地看着寂绯绯："我丢琴的时候，是姐姐亲口说，这次比赛就不和我合作了，要一个人参加，怎么现在又改变主意了？"

寂绯绯讪讪地笑了笑："当时我以为你的琴不能用了。这也没办法啊，总不能因为你无法参加比赛，我也陪你不参加比赛吧。为了这次比赛，我可是练习了好久呢。爸妈，你们也说说话啊。"

父母突然被提到，便放下了碗筷。陶嘉芝本能地选择帮寂绯绯说话："白白，当时丢琴也实属意外，姐姐也是没有办法，你要理解姐姐啊。"

寂明志也说："是啊，白白，你也应该懂事了，姐姐身体不好，你要多让着她。"

这套说辞，从小到大寂白听得耳朵都起茧子了。寂绯绯身体不好，所以家里有什么都是紧着她，父母的关心和爱护，也都只属于她一个人。她理所当然在这个家里享受最优质的一切，独占父母的爱，理所当然成为最闪耀的那一个。哪怕走出这个家庭，她也属于弱势群体，应该被同情，被关照。可是看她这得意的模样，哪里有半点弱势群体的样子？

"姐姐又想让我给你拉琴伴奏了？"

寂绯绯现在有求于人，脸上挂满了笑容，恳求道："妹妹，算姐姐不对，姐姐跟你道歉。"

"既然是道歉，那就把问题都交代清楚吧，什么时间，什么地方做得不对，都说明白。"

寂绯绯脸色变了变："你一定要这样咄咄逼人？"

寂白温和地笑了笑："姐姐，现在是你在求我，你要道歉我也接受，怎么是我咄咄逼人呢？你不想说就算了。"她放下筷子起身要回房间。

寂绯绯连忙拉住她，咬牙切齿道："行，我说，我寂绯绯之前因为寂白丢了琴，选择放弃队友独自表演，这件事我做得不厚道，我向寂白道歉。作为亲姐姐，无论任何时候，我都不应该放弃妹妹，我应该陪着她一起把问题解决了，这样总行了吧！"

寂白转过身，定定地看着她："姐姐，你真的只为这件事道歉吗？"

寂绯绯防备地说："你什么意思？"

她淡然一笑："没意思，我接受你的道歉。"

寂白并不着急，总有一天，寂绯绯会为她曾经做下的一切，道歉。

父母见姐妹终于和解，脸上也露出了欣慰的神情："好，真是太好了，白白，既然姐姐已经道歉了，你就不要再揪着不放了，这次演出，你就为姐姐伴奏吧。"

寂白说："我还有个条件。"

"你又想干什么！"

寂白淡淡地睨了寂绯绯一眼："这件事是你不对在先，你也认了，我觉得我提出一些要求，应该也是合理的。"

"你到底想要什么？"

"这次比赛，我可以跟你合作，但是演出的奖杯和保研的拓展分，都归我。"

此言一出，寂绯绯呆了："什么！你太霸道了吧！"

寂白无所谓地说："姐姐不愿意就算了，我们各凭本事，舞台上见。"

寂绯绯知道，如果不和寂白合作的话，她的舞蹈根本就上不了台面，她看过了其他参赛者之前参加各大比赛的视频，她根本不是他们的对手。

"奖杯可以归你，但加分归我！"寂绯绯讨价还价。

寂白摇了摇头："我单独参加比赛，同样有信心能拿下这两样，为什么要跟你合作呢？"

"爸妈，你们看她！"寂绯绯又开始对着父母撒娇了，"她太霸道了！"

陶嘉芝说："白白，不要胡闹，哪怕姐姐不对，但她身体不好，你不该多包容她吗！"

寂白早就料到父母会偏帮姐姐，于是说："如果爸爸妈妈都是站在姐姐这边，我们可以找奶奶评评理，如果奶奶觉得我应该无条件帮助姐姐，那我绝无二话。"

寂绯绯连忙扯着陶嘉芝的衣袖："妈妈，咱们给奶奶打电话，看奶奶怎么说！"

"这……"陶嘉芝犹豫了，如果给寂老太打电话，指不定又是一阵责骂。上一次寂老太离开的时候，特意将她叫出去，说让她对两个女儿不可以太偏心，否则容易生出事端。这次事件明显寂绯绯不占理，如果闹到老太太那里去了，指不定老太太还会觉得她治家无方，更不会把家里偌大的产业交给他们了。

陶嘉芝只能反过来劝寂绯绯："绯绯啊，要不你就答应妹妹吧，妈妈相信你，以你的能力，不用加学分也可以顺利保研的。"

寂绯绯傻了："妈，你怎么帮她说话，我是你的亲女儿啊！"

寂明志显然也是和陶嘉芝想到一起去了，说道："你是我们的亲女儿，白白也是，我们这是帮理不帮亲，这件事不用多说了，要么你答应妹妹的条件，要么就分开演出，你自己选一个。"

寂绯绯眼见无望了，眼神恶毒地看着寂白，她很想不明白，为什么寂白变了，不仅仅是她，现在连父母好像也……变了。

寂绯绯无可奈何，也只能暂时答应了寂白提出的要求，奖杯和加分，全都给寂白……她想要的只不过是能够在众人面前露露脸，至于奖金倒是无所谓，反正父母给她的零花钱用都用不完，加分这个……以她血友病病患的身份，以后机会还有很多。

闺密们对于寂白和寂绯绯再度合作的事，表示相当愤懑憋屈。回家的路上，寂白将好不容易拿到的几张音乐厅入场券给了闺密们。

殷夏夏说："白白，你也太好说话了吧！她说合作就合作，说不合作就不合作，你就这样认了？"

寂白推着车说："奖杯和加分都是我的。"

"这根本不是什么奖杯的事儿！这是尊严好吧！"殷夏夏恨铁不成钢地说，"这么多年，她欺压你还不够吗？你什么时候才能开窍，不再受欺负啊！"

寂白沉声说："我没有受欺负，即便她不答应我的条件，我也会跟她合作，这就是我的计划。"

伙伴们目瞪口呆地看着寂白："你……到底在想什么呢？"

"人总要为自己的行为付出代价，仅仅因为她生病了，我……甚至是那些无端被她用特权挤下去的选手，就理应让着她吗？天底下没这道理。"

听到这里，闺密们都兴奋了："白白，你打算怎么做？"

寂白转身，望着桥下波涛汹涌的深碧色江水，漆黑的眸子一片沉静——

"我会让所有人知道，不行就是不行，怎么样都不会行。"

午后的篮球馆，阳光温煦，丛喻舟懒洋洋地打了个哈欠，撇撇嘴，看着谢随拆包裹。"嗖"的一声，折叠军刀展开，刀刃在阳光下透着锋锐的光芒，他修长漂亮的手指按着包裹，用刀子快速划开了纸封。

丛喻舟以为是他新买的拳击手套，再不然就是机车配件，却不想，他直接从里面取出了一套当红流量影星的签名写真集。

丛喻舟揉揉眼睛，确定封面的确是赤着性感上身的凹造型的男明星，他看了看那个看着明星裸照、嘴角勾了一丝邪笑的谢随。

"随，随哥好这口啊？"

"……"

这天课后，殷夏夏和朋友们刚走出教学楼，便被几个男孩叫住了。

"哎，夏夏同学，"蒋仲宁将自行车停在边上，冲她道，"我这里有笔生意要和你做，你有明天的演出入场券吧？卖给我们，行不？"

殷夏夏抬头，望见了坐在护栏上的谢随和丛喻舟。丛喻舟冲她友好地扬了扬手。

"对不起，不熟，不卖。"殷夏夏可没忘当初谢随欺负寂白的事呢，她不客气地说完，转身便走。

蒋仲宁无奈地回头看了看谢随，谢随面无表情地比了个抹脖子的动作。蒋仲宁只好硬着头皮追上去："殷夏夏同学，你要是不换，老子揍你了！把你揍哭，看你换不换！"

殷夏夏防备地摸出手机，随时准备按下一键报警。

谢随翻了个白眼，从护栏边一跃而下，从包里摸出了签名写真集："亲笔签名，珍藏限量版，换三张入场券。"

殷夏夏还没反应，身边几个妹子疯了一般尖叫起来——

"啊啊啊！我老公！我老公的写真！"

"换换换！谢随，我跟你换！"

"我的票在前排，和我换和我换！"

殷夏夏："……"

出息！

第五章

一

有人想陪你回家

演出的主办方邀请了电视媒体，阵势弄得很大，还会上地方电视台的直播。

化妆间，寂绯绯心情很激动，换上了父母为她买的高级定制款漂亮裙子。

因为过剩的营养，她的身材丰腴，当初定裙子的时候，寂绯绯碍于面子，谎报了三围数据，她本来以为自己减肥能够成功，结果没承想还胖了两斤，现在穿上这套裙子，非常紧绷，背后的拉链无论如何都拉不上。

"用力，用力拉！"寂绯绯咬紧牙关说，"我一定要穿上去！"

几个工作人员围着寂绯绯，用力拉着裙子后面的拉链："吸气，再吸气！"

寂绯绯憋得脸都红透了，她无意间回头，瞥见了寂白。

寂白坐在化妆镜前，为自己扑着一层薄薄的散粉，灯光打在她的脸上，映衬着她白皙通透的肌肤。她化了舞台妆，眼窝深邃，显出了立体的五官。

那一瞬间，寂绯绯看呆了，那是一种什么样的感觉呢？仿佛看到破茧的纤蝶绽开了五彩斑斓的翅膀。她竟未曾发觉，和自己朝夕相处的妹妹，已经蜕变得如此美丽！这种蜕变并非五官模样的改变，而是从气质而来，她整个人都好像在发光。

她安安静静地坐在化妆镜前，光芒却胜过了张牙舞爪的自己百倍。即便是穿着这么漂亮的裙子，寂绯绯也觉得自惭形秽，及不上她万分之一。若是别人这样说，她兴许会感到无比愤怒，但这是她自己发现的……现在，她只为自己羞愧，为自己悲哀。

姐妹俩的对比太过强烈，连周围的化妆师们都发现了，有人小心翼翼地问寂绯绯："这条裙子，实在穿不上去，要不……就给妹妹穿吧？咱们再选一条，你看看架子上有好多呢！"

寂绯绯克制着想要骂人的冲动，急促地呼吸着："谁要穿那些廉价的舞台装，这条裙子，我一定穿得上！"

就在这时，跟在寂老太身边的秦助理送进来一条礼裙："二小姐，这条裙子是寂老夫人为您准备的，您试试。"

寂白惊喜地说："奶奶为我准备的？"

"是啊，老夫人说您今天要演出，特意为您选了这条裙子呢！快换上试试！"

"谢谢秦助理。"寂白高兴地接过了礼盒，去更衣室换了裙子。

这条高定礼裙无论是做工还是面料，都更胜寂绯绯的那一条。寂老太太的审美肯定是要高于寂家父母的，寂绯绯的裙子上面镶满了钻石，样式也很繁复，令人眼花缭乱。可是这条礼裙，颜色低调，款式也非常收束，很能衬寂白安静优雅的气质，她美得令人窒息。两相对比，高下立见。

寂绯绯死死地咬着牙，唇肉都发白了，她气愤地转身进了洗手间……被寂白这一刺激，寂绯绯决心一定要把裙子穿上去！

洗手间里传来了阵阵呕吐声，门外的化妆师们面面相觑，都皱起了眉头。

寂绯绯出来的时候，眼睛里满是血丝，眼角噙着眼泪，妆也花了，嘴唇肿得像香肠。催吐是有效果的，她终于穿上了这条裙子。

寂白看着紧绷得像木乃伊似的寂绯绯，提醒道："你确定……要穿成这样去跳舞？"

"怎么了，你有意见吗？"

"我只是觉得，太紧了可能会束手束脚，施展不开。"

"关你什么事，管好你自己吧。"

寂绯绯才不在乎能不能施展开呢，她固执地一定要穿着这条漂亮的裙子上台，让所有人都看到她的风采。

寂白摇了摇头，觉得都不用自己出手了，寂绯绯是唯恐自己死得不够快，临到头还要作一下。

补好妆以后，寂绯绯的心情也变好了，她开始各种自拍，修图，然后发微博——

"就要上台了，今天有直播哦，绯迷们都在吗？"

"在的在的，绯宝加油！"

"好期待啊！第一次看绯宝跳舞，一定要好好表现哦！"

"爱你！"

寂绯绯刷着微博，抬眼瞥见寂白给自己涂上正红色的口红。她冷冷地睨着寂白，说道："其实你根本不用化妆。"

"什么意思？"

"没什么意思略，这场演出的主角是我，你化了妆也没用。"

寂白面无表情："是吗？"

寂绯绯眼底含笑："走着瞧吧。"

想起那些预知未来的梦，寂白大概知道寂绯绯会怎么做。

在梦里，寂绯绯告诉灯光师，为了保持最佳的舞台效果，要让所有聚光灯都投在自己的身上，她才是表演的主角。寂白全程坐在黑暗的角落里，没有一束光打在她的身上，从演出开始到结束，她没有被任何一个观众看到。所以观众根本不知道这是两个人的演出。寂白成了名副其实的……陪衬。

现在，寂绯绯想故技重施，寂白正好可以将计就计，令她自食其果。

操刀为生者，必死于刀下。

寂绯绯的舞蹈是作为压轴节目出场的，舞台之下，所有观众都凝视着她。她穿着洁白漂亮的舞裙，踮着脚摆好了姿势。高亮的舞台灯全都汇聚在了她一个人身上，她看上去是那样光鲜动人。

在聚光灯所照不到的角落里，寂白独自坐在椅子上，双腿分开，笨重的大提琴搁在了她的腿间，她拿起琴弓，轻轻地划下了第一道旋律。大提琴那婉转的调子宛如丝带般缠绕在每位观众的心上，一瞬间便将他们带入了情境中。

伴随着琴声响起，寂绯绯开始翩跹起舞了。观众沉浸在这一场视听享受的盛宴中。渐渐地……大提琴调子转向了低沉，转向了悲伤，渲染了某种死亡的氛围，宛如一声又一声沉重的叹息。

寂绯绯那欢快又笨拙的舞姿，与悲伤的大提琴的吟唱已经不再契合了，她像个局外人一样在舞台上摆弄着身姿。台下的观众已经被大提琴的悲伤诉说带入了伤感的情绪中，再看寂绯绯轻浮的表演，都不由得蹙了眉，觉得有点讨厌。

就在这时，大提琴的调子陡转，宛如潺潺的溪水忽然进入陡峭地带，开始变得急促而激越，像是某种愤怒的反抗，像嘶吼也像控诉。

坐在观众席中间的谢随微微蹙了眉，视线死死锁定着舞台阴影中的那个黯淡的身影轮廓，心脏忽然感受到一丝尖锐的刺痛，呼吸也变得有些困难。即便看不清她的脸，但谢随好像能够感觉到，她在哭。

寂绯绯的舞蹈已经彻底跟不上大提琴的旋律，她只能停了下来，尴尬地站在舞台之上，宛如跳梁小丑般可笑。

两位灯光师也是第一次见到这种情况，他们面面相觑，然后一致决定，将舞台灯光重新调整。

打在寂绯绯身上的灯光黯淡了下去，而寂白头顶落下一束洁白的追光。观众终于看到了阴影中独自演奏大提琴的女孩。

她穿着一件漂亮的流苏连衣裙，裙子的颜色宛如鲜血般殷红，衬得她的皮肤越发白皙无瑕。她闭着眼睛，晶莹的泪珠顺着眼角滑落，她沉浸在自己强烈的情绪之中，丝毫没有注意到周遭的变化。追光灯之下，她的五官显得立体而分明，美得令人心悸。

寂绯绯不甘心风头全被寂白抢了去，她重新开始起舞，决定跟上寂白的节奏。然而她本就舞艺不佳，平时又没有好好地训练，加上这一着急，步子迈得大了些，只听"刺啦"的一声，舞裙侧腰处竟然崩开了！

台下观众发出惊呼，低声地议论着，讪笑着，同时对她破坏大提琴演奏表现出相当的不满。

演出助理一再地对寂绯绯比手势，让她快下台，不要再丢人现眼了。寂绯绯捏着自己衣侧的裂缝，坚持不肯下台，这是她的演出，她才是主角，凭什么下台！

琴声在高潮的部分戛然而止，宛如女孩骤然中断的人生。

大礼堂久久地安静着，观众仿佛都还沉浸在寂白那激越的演奏中，没有回过神来。

"啪、啪……"干脆的掌声缓缓响了起来，回荡在静寂的舞台中央。

寂白睁开眼，看到的是谢随那浅咖色的眼瞳。他在为她鼓掌，动作懒懒散散，声音却格外清脆。

片刻后，观众才反应过来，一时间，整个礼堂充斥着热烈的掌声！

不愧为压轴，整个节目的档次和品质被最后的大提琴演奏生生拔高了一大截。就连前排的市领导和校领导都忍不住站起来，真心实意地为寂白鼓掌。

寂白提着裙子，走到了舞台中央，微笑着牵起了姐姐寂绯绯的手，向全场观众鞠躬致意。暴躁的寂绯绯本能地甩开她的手，然后保持着高贵的姿态，屈膝谢幕。

她这个微小的动作，还是被在电脑前看直播的细心的粉丝们注意到了，他们有些讶异，低声议论着：素来温婉善良的寂绯绯，竟然发脾气了，是因为风头被妹妹抢了，所以气不过吗？这和她平日里表现出来的大方得体，很不一致啊。

下台以后，闺密们拥了过来，抱着寂白"嗷嗷"大叫着——

"这个女孩是我们家白白啊！"

"太惊艳了，我觉得我要重新认识你了！"

"语言贫乏的我只会说太太太太棒了！"

寂白和她们闹了会儿，问道："哎，怎么就你俩啊，艾小小和许欢呢？"

提到这茬殷夏夏就来气，冷哼道："别提那几个叛徒了，她们为了眼前利益，罔顾革命友情，把票卖了！"

寂白嘴角抽抽："这种票还有人买，哪个冤大头买的？"

殷夏夏努努嘴："喏，就那几个。"

她顺着殷夏夏手指的方向望去，只见谢随手肘撑着膝盖，居然坐到了椅子的靠背上，双腿分开蹬着把手。寂白嘴角抽了抽，大佬不愧是大佬，连坐都坐得那么嚣张。

谢随五官凌厉，眼角微微上挑，冲她抬了抬下颌，扯出一抹不羁的笑："惊喜吗？"

寂白没有回答，对于谢随的到来，她显然有些无所适从。

谢随从椅子上一跃而下，迈着疏懒的步子，走到了寂白的面前。他的眼下有一颗颜色很浅的痣，痣长在这个位置，昭示着他极端的性格，爱与恨，都会深入骨髓。

"惊喜吗？"他问她。

寂白淡淡道："惊吓。"

谢随见她额间渗了薄薄的一层汗珠，于是伸出手用手背轻轻抚了抚她白皙的额。

寂白侧身避开，几缕垂下来的发丝撩过了他的手背，给他皮肤留下淡淡的柔滑触感。礼裙勾勒着她美好的身形，她腰线深凹，脖颈修长，锁骨宛如蝴蝶展翅般性感，皮肤格外细腻。这一切，都让谢随的心无比"暴躁"。

寂白低声对闺密们说："我去后台卸妆了。"

"快去吧。我们在音乐厅外等你。"

她点点头，临走的时候又望了谢随一眼："谢谢你来看我比赛，其实可以提前跟我说，就不用花冤枉钱了。"说完她也不等回应，径自离开。

谢随舔了舔下牙龈，突然有种受宠若惊的感觉。

丛喻舟发现，这人都走远了，谢随的视线还是没能抽回来。

"随哥，别看了，眼珠子都掉出来了。"

谢随将他脑袋拍开："挡着老子了。"

"看什么啊，人都没了还看！"

"关你屁事。"

"那今天晚上的拳击赛，还去不去啊？"

谢随这才回过头，心情愉悦，爽快地说："去。"

寂白回到后台卸妆，姐姐寂绯绯坐在化妆镜前，哭得脸上的妆都花了，黑色的眼线膏顺着眼泪流下来，看上去有点狰狞。爸爸妈妈陪坐在姐姐身边，低声安抚她。

"绯绯别难过了，回去以后爸爸一定教训寂白！让她给你个说法！"父亲寂明志义愤填膺，"真是不像话，明明是两个人的节目，搞得像她一个人的独奏，她眼里还有没有姐姐了！"

寂绯绯看到寂白走进来，连忙拉着寂明志的衣袖说："爸，我相信白白是无心的，她可能只是想出风头而已，我理解。作为姐姐，我应该让着她。"

寂绯绯真情实感的一番话，让父母非常心疼，他们也越发觉得寂白不懂事了。

姐姐的套路，真是屡试不爽。

天底下没有什么父母不疼爱自己的孩子，可是在寂白的那些梦里，到她死，父母都没有为她掉一滴眼泪，这里面少不了寂绯绯的"功劳"。

梦里的寂白毫无心机。在姐妹俩漫长的成长过程中，寂白一步一步落入寂绯绯的圈套，寂绯绯成功离间了寂白和父母的感情，也让亲戚误解寂白，让同学朋友讨厌寂白……直到令寂白成了千夫所指的对象，众叛亲离。

而梦外的寂白不会让姐姐的阴谋得逞。

寂白走进化妆间，默默地坐到了寂绯绯的对面，开始给自己卸妆。

父亲寂明志忍不住质问寂白道："你为什么要这么做？！"

寂白费解地望向父亲："爸爸，您说什么？"

"你为什么要抢你姐姐的风头？！"

寂白用手里的化妆棉擦掉眼影，无辜地说道："我没有抢姐姐的风头，因为曲目是之前就定好的，彩排也是这样练的，我不知道姐姐为什么会突然跟不上节奏，可是因为是现场直播，我也不能因为姐姐停下来，就跟着停下来呀。"

寂绯绯眼底闪过一丝怨毒之色，分明就是寂白突然加快了节奏，这才导致了她的步调跟不上。可是她已经在爸爸妈妈面前说了不怪寂白，都是自己的错，这个时候便不能再出尔反尔地戳穿寂白了。

爸爸妈妈对大提琴也是一窍不通，便问寂绯绯道："妹妹说的是真的吗？是你没有跟上节奏？"

寂绯绯哭得上气不接下气："都是我不好，都是我的错，爸爸妈妈，你们千万不要责怪妹妹。"

寂白说："姐姐，别哭了，这次你虽然有点小失误，但是整体还是成功的，我也不会怪你的。"

寂绯绯的哭声生硬地断了两秒，然后趴在桌上哭得更厉害了。

父母面面相觑，陶嘉芝也只好说道："行了，别哭了，幸好节目还算成功。白白，这次多亏你了，你也别放在心上，回家妈妈给你做好吃的。"

"妈妈，今天晚上我和朋友在外面吃饭，夏夏她们说要帮我庆祝。"

"那也行，早点回来。"陶嘉芝回过头去继续安慰寂绯绯："宝宝，想吃什么，回去妈妈给你做。"

"呜呜，我要吃红烧肉。"寂绯绯抱着母亲撒娇。

寂白又看了眼旁边的礼裙，漫不经心地道："姐，你还是控制一下食欲吧，这高定的裙子可不便宜，居然撑破了。"

寂绯绯脸色一瞬间变得绛紫，回想刚刚在舞台上的窘迫，她又放声大哭了起来，而寂白不再理会她，走出了更衣室。

喧嚣沸腾的拳击场空气混浊，弥漫着男人的汗臭和体臭，叫好声和谩骂声夹杂着响成一片，正中间的擂台之上，两个赤着上身的男人正在激战。

谢随其人，狠是真的狠，拳头很硬，命也很硬，他是今天晚上车轮战的庄家，一个人连续迎战了五名优秀拳击手，将他们全部打趴下。他打架是不要命的那种，很少有人能够做到像他一样无所顾忌，所以没人是他的对手。

最后一场，筋疲力尽，他的下颌吃了一记猛拳，嘴角渗出了鲜血，他回身一踢，膝盖反扣，直接将对手压在身下，令对方毫无还手之力……

"谢随！"

"谢随！"

"谢随！"

全场都在叫着他的名字，他是战无不胜的代名词。

谢随下场的时候，步履已经有些虚浮了，丛喻舟和蒋仲宁连忙跑过来扶他休息，拍着他的脸让他回过神来。

"今晚多少？"谢随偏头问丛喻舟。

丛喻舟刚刚去经理办公室领了奖金，放进了谢随的背包里："一场

095

一万，一共五万。"

谢随点了点头，疲劳得像是被抽空了所有的力气，肌肉拉扯着，碰一下都是一阵生疼。

"随哥，我听说上一个打了车轮战的男人，现在还在医院躺着呢，以后咱可不能再玩这种局了，这要钱不要命啊！"

谢随啐了口带血的唾沫："你懂个屁。"

"我当然懂，钱谁不喜欢，关键咱也得有命花不是？"

谢随指头滑过厚厚的一沓红票子，票子上也沾了他指头上的血迹。他的脑海中又浮现了女孩坐在聚光灯下，闭眼拉琴的样子，她美得不可方物，宛如圣洁的小公主，与他所在的血腥与肮脏的世界截然不同……

他站在淤泥中仰望着她，渴望着她。

这些沾满鲜血的钱，是他所有的底气。

寂白和闺密们在私房菜馆吃了晚饭，又逛了街，心情非常不错。

"白白，我对你真的是刮目相看了，没想到你的琴技这么好。"殷夏夏很不可置信地说，"我记得暑假你来我家练琴，那会儿拉大提琴就跟弹棉花似的，这短短几个月，进步神速啊！"

"不仅如此，今天还让寂绯绯出了丑，真是痛快！"

"寂绯绯那是自作孽不可活，跟咱们白白可没关系，谁让她舞艺不佳呢。"

寂白没有说话，其实闺密们分析得都很正确，寂绯绯的确是自作孽，一则她因为不甘心，非要穿着那条不合身材的礼裙；二则她在灯光上动了手脚，只想一个人出风头，这是她今天晚上犯下的最大的错误。

回想梦里比赛后的情形，她被姐姐算计，全程没有露脸，这会儿正把自己关在房间里伤心难过，而寂绯绯装好人走到她的房间里，安慰她，告诉她这个世界是不公平的，自己身患疾病，这就是不公平的，因此健康的她必须让着自己，父母的亲情，同学的友情，所有的荣耀和奖励，都应该属于身患疾病的自己……梦里的寂白还真的信了寂绯绯的胡扯，觉得姐姐真的好可怜，所以寂白宁愿让着寂绯绯。

这也是梦里的她丧失健康的原因，那点虚假的姐妹情谊和她不值钱的同情心，让她被寂绯绯吸干了血。

寂白看着车水马龙的街道，陷入了沉思，这一切只不过是刚刚开始，寂绯绯的"好日子"，还在后面。

"哎，是他们。"

"真是冤家路窄，又遇到了。"

女孩们停下了脚步，聚在一起像小鸽子般嘀嘀咕咕，不敢再往前多走一步。

寂白抬头便望见了丛喻舟他们，他们几个斜倚在马路护栏边说笑，周围路人经过，见到这群自带痞气的男生都要绕道走。

寂白看见谢随眼角有瘀青，嘴皮的位置好像还结了不明显的血痂。他又打架了。

当然，谢随也看见了寂白，她穿着一件米色的针织外套，搭配学生样式的牛仔裤，看上去就是一个普普通通的女学生。

可是不知道为什么，谢随只要一看到她，就会觉得燥，像盛夏里雷雨来临之前的燥闷，有一股子热力在身体里东突西撞，不知如何纾解。他本能地就会兴奋。

女孩们商量着换了另外一条路走，不要去招惹这帮男孩。

蒋仲宁拍了拍谢随的肩膀："看吧，那种有钱人家的女孩，跟咱们不是一个世界的人，不管赚再多钱，她们打心眼里就瞧不上咱。"

谢随望着寂白远去的背影，内勾外翘的眼睛微微眯了眯，透出一丝戾气。

寂白走了两步，看到旁边有一家灯火通明的连锁药店，她对朋友附耳说了几句，便走进了药店，买了一盒创可贴。

就在谢随跳下栏杆准备离开的时候，身后传来女孩糯糯的声音——

"谢随，你等一下。"

谢随回头，只见女孩将一盒创可贴递到他的手边："你流血了。"

她指了指自己眼角的位置。谢随看着她那双清澈无害的眼睛，心底滑过丝丝甜意，宛如干涸的泥缝里冒出清甜的甘泉。他淡淡道："老子不用那玩意儿，太丑了。"

寂白却固执地说："不好好处理伤口，可能会破相。"毕竟是伤在脸上，他容颜英俊，破了相真的很可惜。

谢随俯下身与她平视，嘴角扯出一抹危险的笑意——

"我破相了，你心疼？"

"……"

她索性低头扯出一枚创可贴，撕开两边的胶纸，递给谢随："还是贴一个吧。"

谢随闭上了眼睛。

寂白不明所以，望了望丛喻舟。

丛喻舟笑说："随哥都弯下腰了，还不懂吗？帮他贴啊！"

寂白的动作很轻，如同蜻蜓点水一般，将创可贴贴在了他眉侧伤口的位置。谢随甚至能够感受到小姑娘轻柔的呼吸，宛如一阵幽凉的夏风，拍在他的脸上。

在她抽手离开的那一瞬间，谢随忽然用力地握住了她的手腕。寂白心头一惊，她感觉到男孩手掌传来的热力，本能地想挣脱。而谢随牵引着她的手，让她的手指头，一点点地按在创可贴的表面。

"贴紧一点。"他似知道自己吓到了她，所以解释了一句。

透过创可贴，她甚至摸到了他凸出的眉骨，带着温度，质感很硬。寂白抽回了手，甚至还带得身体往后退了退。

谢随挺直了身形，轻浅地笑了声："谢了。"

"没事。"寂白抿抿嘴，叮嘱道，"你以后别和人打架了。"

"不是打架。"谢随解释，"是拳击。"

"那也是打架。"

谢随不知道怎么跟她解释拳击和打架的区别，索性又凶巴巴喃了声："少管老子。"

丛喻舟连忙用手肘戳了戳谢随，好不容易人家女孩主动关心一次，眼瞧着这家伙是又要作没了："随哥不是这个意思，寂白同学，你别放在心上。"

"就是你理解的意思。"谢随淡淡道，"想管我，等你当了我的女人再说。"

"……"

这家伙，自己都还是个小破孩儿，就一口一个女人了。寂白跟他们告了别，回到了闺密身边。

殷夏夏一路上都在嘀咕："谢随之前那样对你，你还给他买创可贴，要是我啊，肯定有多远就离他多远了……"

"是啊，白白，那种坏脾气、爱惹事的男生，咱们还是少接触为妙，说不定什么时候又做出伤害你的事。"

寂白摇了摇头："他不会伤害我。"

在预知梦里经历过宛如现实般的众叛亲离与死亡后，在这个世界上，如果还有人值得寂白相信，那就只有谢随了。

谢随脸上挂彩，冷酷的眉骨位置贴上了创可贴，竟然莫名地添了几分亲和力。主要因为寂白买的创可贴不是那种木色创可贴，而是……卡通创可贴。

每次有女孩经过谢随身边，偷偷打量着他眉间的创可贴，都忍不住掩嘴偷笑。

谢随的气质素来高冷，现在画风突变，竟然变得有点可爱了。而他竟然挺舍不得撕下创可贴，贴了整整一周都没换过。

打球的时候，丛喻舟指了指自己的眉毛："随哥，创可贴掉了。"

谢随额间缀满了汗粒，创可贴耷拉在他的眼皮上，被他顺手一捞，又捞上去贴起来。

丛喻舟："……"

恶心不！

后来公共课上，丛喻舟打瞌睡醒来，目瞪口呆地看着谢随将早已经不再黏的创可贴上粘了双面胶，重新贴在了早已经痊愈的眉骨位置。

这……有点走火入魔啊。

清晨，丛喻舟还是把寂白找了过来："你随哥现在已经疯魔了，解铃还须系铃人，小白帮帮忙，把他创可贴撕掉，主要哥儿几个看着实在太恶心了！"

寂白无可奈何，在楼梯口拦住了谢随："谢随，创可贴还要贴到什么时候？"

谢随穿着一件黑色的夹克，没扣扣子，随意地敞开着，露出里面的浅色毛衣。他将左手随意地插兜里，漂亮的桃花眼微微一勾，念了句颇有文艺气质的句子："直到世界的尽头。"

"……"几个男孩强忍住要暴揍他的冲动。

早操的广播已经响了，寂白将手伸到谢随眉间，柔柔地说："撕了噢？"

意外的是，谢随并没有表现得如其他男孩过来扯创可贴时那般暴躁，他温顺地闭上了眼睛，喃道："嗯。"

于是寂白扯掉了那枚彩虹卡通创可贴。

"咦？"

他睁开眼睛，女孩站在楼梯的上方两级阶梯处，恰好与他身体高度平行，她那乌黑的鹿眼打量着谢随的额头，看了又看，还忍不住伸手去摸了摸。谢随感受着女孩冰凉的指头，滑在他眉毛上，一下一下，在他心头激荡起阵阵酥麻的电流。

"眉毛，断了。"

谢随的左边眉毛三分之二处被创口生生截断，成了断眉，更显得戾气很重。

蒋仲宁他们几个围过来，扳着谢随的脸大喊道——

"哇，真的断了！"

"完了完了，随哥破相了。"

"苍天啊，我随哥的盛世美颜，毁于一旦。"

寂白从兜里摸出小镜子递到谢随眼前："现在看着有点凶。"

谢随看了看自己左边眉毛，他眉毛本来就浓密飞扬，突兀地断了一截，的确显得凶狠了许多。谢随好像很在意自己的眉毛，脸色都变了："凶……凶吗？"

寂白："凶。"

一众男孩："凶。"

谢随低声骂了句。

喇叭里再度传来广播声，寂白匆匆地要离开了，谢随忽然拉住她的手腕，急切地说："我眉毛还会再长出来的。"

寂白不明所以，却听他道："你别怕我，行吗？"

教育部门近年来比较关心大学生的身体素质，广播体操也成了德新大学的特色必修课。每日清晨有三十分钟的固定时间，大一大二的同学都会聚集到操场上，按照班级顺序依次排开，然后做广播体操。

本来以前一直是由寂绯绯领操，有一次，院领导在巡视过程中，发现了前排的寂白不仅动作标准，而且特别有精神头儿，看上去令人精神爽利。

而他抬头望向领操的寂绯绯，她的每一个动作都没有做到位，懒懒散散，看上去相当不认真，而且她连学校要求做操时统一穿着的运动服都没有穿，穿的是一条略显束缚的棉质冬裙。

马上学校就要拍宣传片了，每天早晨的广播体操也都有无人机拍摄，选取最好的视频画面剪辑到宣传片里，领操员这样无精打采，这怎么能行呢！

"寂绯绯同学，你下来，换寂白上。"

寂绯绯讶异地回头："什么？！"

"你下来，让寂白同学上去领操。"

寂绯绯目瞪口呆，看了看身后一排同学，脸羞得通红，愤愤地下了场，站在了寂白所站的位置。

院领导似乎觉得她站排头好像也不行，于是道："你到后面去站，后面同学依次前进一位。"

"老师！凭什么！"她愤怒地质问，"凭什么我要到后面去？"

殷夏夏几个妹子笑了起来："还能凭什么，凭你动作难看、姿势丑啊！"

寂绯绯羞愤难当："老师，我是学校的励志形象代言人，我怎么能站到后面去呢！宣传片里也应该是由我来领操才行啊！"

院领导责备地说："你刚刚的动作，要我录下来给你看吗？"

寂绯绯不敢和老师发生正面冲突，她气愤地走到了后排站着，听见后面的男生在讥笑她。她抬头望着台上的寂白，恨得咬牙切齿。

寂绯绯一回到家，便扑到母亲陶嘉芝怀里哭诉，说寂白抢了她的领操员，是存心要和她作对。而父母也秉承了过去一贯的原则，包庇寂绯绯，斥责了寂白几句："白白，你怎么能和姐姐争呢？姐姐身体不好，你应该让着姐姐啊。"

"听话，去跟老师说，你不当领操员，把这个位置还给姐姐。"

寂白正在看书，闻言，抬起头道："妈妈，以前早操这三十分钟，我要是自己有事就可以请假，现在当了领操员，没有特殊情况不能缺席。如果姐姐能想办法让我别做领操员，那我就真的谢谢姐姐了。"

她这话说得相当有技巧，既表明了自己并没有刻意和姐姐争，又把皮球重新踢到寂绯绯的手里，把自己择了个干净，这样父母对她也无可指摘。

寂绯绯指着寂白说："明明就是你故意争表现，做操动作比我规范，这才让老师选你当领操员的！"

寂白说："爸爸从小就教育我们，玩的时候好好玩，但是学习的时候，就要认认真真，哪怕你并不想做这件事，但是既然做了，就应该用心把它做好。姐，这有什么问题？"

寂绯绯哑口无言，愣了很久，然后推搡母亲："妈妈，你一定要帮我讨回公道！"

"寂白！"陶嘉芝说，"你明天就去告诉老师，你要把领操员的位置还给姐姐！姐姐身体不好，你应该让着她！"

就在这时，门外传来一个苍老的声音："不用让，我看她身体好得很，还有精力在这里强词夺理。"

众人微微一惊，寂明志连忙将房门打开，寂老太拄着拐杖，走了进来。

"妈！您怎么来了！"

"奶奶。"

"奶奶好。"

寂老太走进屋，看着客厅里的两姐妹，说道："吵架的声音院子外就听到了，丢不丢人！"

寂绯绯立刻红了眼睛，哭哭啼啼道："奶奶，寂白她……她欺负人！您一定要给我做主！"

寂白捏紧了手里的中性笔，以前，寂绯绯因为嘴甜，很讨老太太的欢心，而她因为害怕老太太，和老太太的关系一直很疏远，寂老太对她感情也很淡。"奶奶。"她乖巧地唤了她一声。

寂老太扯开了寂绯绯拉着自己的手，那双淡然而犀利的深褐色眸子睨了她一眼，看得她心慌意乱："奶奶，您这样看着我干什么呀？"

寂老太朗声说："今年集团的年会，我本来想着让你参加，你是家里长姐，我正好把你介绍给公司里的人认识。不过就在刚刚，我改变主意了，连自己的位置都保不住，丢了就四处告状，仗着自己有点特殊，非逼着别人谦让自己，这样的人，我不想邀请她。"

寂老太望向了寂白："小白，你准备准备，年底来参加集团年会。"

寂白成了领操员，每日清晨站在台上带领大家一起做广播体操。她的动作也不是特别标准到位，但是那一股朝气蓬勃的劲儿，看着就特别有精神。同学们被她感染也变得精神抖擞，认真地做广播体操。

老师也欣喜地发现，自从寂白开始领操以后，从来不出席广播体操的那几个令人头疼的男孩，居然也出现在了队列的后排。

而最破天荒的是……谢随居然穿上了校运动服！

"不良学生"穿上运动服以后，竟然出人意料地整个人都开始发光了，一路走过来引得不少女孩回头观望。衣服链拉到胸口的位置，内里是浅色的毛衣打底，蓝白色的袖子随意地挽到手肘的位置，露出了他白皙的手臂，薄薄的表皮下几条淡青色的血管。

谢随穿校运动服的样子，宛如邻家大哥哥一般亲和温厚，不过耳间缀着黑耳钉，左眉截断，给他添了几分戾气。

他望向台上认认真真做操的寂白。也只有在这种时候，他能够肆无忌惮地紧紧凝视着她，和其他人一样。她面对着所有的同学，温煦的阳光倾洒在她的身上，无所顾忌地照耀着她清秀的五官，刺得她有些睁不开眼，微眯着……

不过谢随能感应到，她是看到他了。她露出了一个明朗的微笑，嘴角旋起了淡淡的梨涡。他可以确定，那个微笑是给他的，于是心底泛起丝丝缕缕的清甜。

丛喻舟看过谢随开车，也看过谢随打拳击赛，可是没想到有生之年还能看见他做广播体操："随哥，这衣服从来没穿过吧？吊牌你都还没剪呢。"

谢随回头，果不其然，衣角边还挂着某某厂家的吊牌："哦，忘了。"

"我帮你扯掉。"丛喻舟热心地走上前来，给谢随扯吊牌。

"你小心点，别给老子扯坏了。"

"你还稀罕这破衣服呢？"

谢随抬头望向台上的女孩，她个子小小的，笼在运动服里面，每每抬手都像是穿了蝙蝠袖似的。他挑眉道："情侣装。"

丛喻舟看了看寂白，嘴角抽了抽："随哥，请你睁开眼睛看清楚。"

整个大一大二女生都和你穿的情侣装好吧！

晚上，寂白推着自行车出了校门，正要上车，忽然感觉蹬踩十分费劲，她还以为是车胎瘪了气，回头却发现，谢随不知道什么时候坐在了她的自行车后座上。

自行车是折叠式的，车轮很小，谢随坐在车后座，大长腿压根没地方搁，一耸一耸地点着地。她的车轮胎是真的要瘪了。

"谢随，你干吗呀？"寂白蹙眉看着他，"快起来，你把我车坐坏了。"

谢随很喜欢听她软软的嗓音念出他的名字，就像奶奶用竹叶包的糯米粽，糯糯的，黏黏的。

谢随赖在她的车上不肯下来，寂白跳下了车，离他远一些。谢随索性上前来，骑着她的自行车，弯弯曲曲地骑着 S 线，慢速跟在她身边。"我干吗，你说我要干吗？"

寂白闷闷地说："我怎么知道。"

谢随打了打车铃，发出一串清脆的"丁零零"，他望着前方的柏油路说："有人想陪你回家。"

"不用。"寂白掌着车把，"你下车。"

"偏不。"

寂白有些急了，伸手推了推他，碰到他坚实硬朗的胸脯，能明显感受到结实的肌肉，凝聚着力量。她这小手，哪里推得过他啊。

"还跟我动手了？"谢随握住了她的手腕，将她拉近自己。寂白的手腕是真的细，一层薄薄的肌肤包裹着腕骨，给人一种特别脆弱的感觉，仿佛只要他稍稍用力，都能把她的骨头捏碎了。

寂白往后缩了缩手，着急地说："谢随，你松开，你弄疼我了！"

谢随觉得自己没用多大力，但她的手腕白皙的肌肤间已经漫起了红痕。谢随还是松开了她，评价："你也太不受力了。"

寂白揉了揉自己的手腕，嫌弃地瞪他："车还我。"

"不还。"

"谢随！"寂白柳眉向中间聚拢，拧了起来："你别这么不讲道理。"

他轻松地笑了笑："小白，这个世界上，我只跟我自己的女人讲道理，只听她的话，对她温柔，也不会欺负她……"

一阵风起，法国梧桐金黄的叶片簌簌作响，纷纷扬扬地落下来。

她不敢看他的眼睛，却听到他温柔的嗓音说："当我女人贼幸福，你要不要试试？"

寂白脸红透了，连耳垂都没有放过，跟挂了颗小樱桃似的，转身离开："你再说这样的话，以后我都不见你了。"

她害羞的样子让谢随全身都痒痒了起来，可是又说不清楚哪里痒，挠也挠不了……谢随知道过犹不及的道理，他不再提及这个话题，骑着粉白的小自行车追上她。

"陪我去看场电影。"

"不去。"

"为什么？"

"这周作业很多。"

谢随挑眉笑了笑，理所当然地说："陪我看电影，我帮你写作业。"

"……"

不劳驾了。从不认真听课的谢随给她写的作业，她还真不敢收。

"你那是什么表情？"谢随望向她，"觉得老子不行啊？"

"没，没有。"寂白忍住了笑，认真地说，"真的不去。"

谢随也没有坚持，听从了她的安排："上车，我载你回去。"

"不用了。"

谢随不耐烦地道："别浪费时间了，不是要回去做作业？"

寂白无可奈何地看着谢随，她觉得今天要是不答应谢随点什么，他是不会轻易放过她了。她浅浅地叹息一声，对他说："那你陪我走到前面的桥上吧。"

谢随看着她这又心痛又无可奈何的模样，倒是觉得有几分好笑："你怕老子把你车弄坏了？"

"车太小，不好载人。"

"行吧。"

谢随心情不错，打了声清脆的铃，从车上下来，陪她走上了宽敞的步道。

秋高气爽的日暮里，周围的一切仿佛都染上了温柔的淡黄色，谢随的心情也变得柔软了。

寂白抬头望向他，他的背影宽大挺拔，渐渐有了男人外廓的骨架，看上去很有安全感。他的衣服很硬，是那种经常清洗的硬感，她又不禁抬头，看到他衣服背面的几个橙色英文字母都被洗得掉色了。

"谢随，你怎么不给自己买几件衣服？"

"管这么多，我旧衣服寒酸到你了？"

寂白撇嘴，明明是他衣服都掉色了，她才善意地提醒他的："你挣那么多钱，都干什么用了？"她很好奇这一点。

他随口道："存着。"

"存着干什么？"

"娶你。"

"……"

能不能不要总是说这样的话，现在才什么年纪啊！她的脸颊泛起淡淡的潮红，侧开了视线，不再说话了。

从学校出来的这一路，以餐饮店居多，路过一家糖果色系装修的甜品店，谢随停下了。他将自行车停在路边，对寂白说："我去买点东西。"

"噢。"

谢随进店的时候，又回头望了望寂白，很不放心地说："你别跑了。"

"……"

他不提醒她，她还没想着跑，他一说，她反而看向了身边的自行车。完全可以跑路了。

谢随又威胁道："你要是敢跑，明天来学校，我会让你知道什么是悔不当初。"

寂白看着他凶巴巴的样子，带着少年的青涩和骄矜，和梦里那个阴鸷又腹黑的男人相比，判若两人。"快去吧。"寂白催促他。

谢随进了甜品店，扑面而来的是一阵甜腻的奶油香味。他挤进女生堆里，看了看菜单，又望见身边有女孩拿着鸡蛋仔夹冰淇淋走出去。

"我也要这个。"谢随指了指鸡蛋仔，"夹冰淇淋的。"

"帅哥，要什么口味？有草莓、巧克力、香草还有奥利奥。"服务员是个女孩子，一双眼睛落到谢随身上便有些抽不开了。只要是女孩，看到他英俊凌厉的五官，都会情不自禁地害羞。

谢随想了想，问道："粉红色的是什么味道？"

"粉红色啊，是草莓味哦。"

他恍惚间记得，那日在学校里，他骑车经过她身边，撞翻了她手里的鸡蛋仔，冰淇淋夹心好像是粉红色的。

当谢随拿着鸡蛋仔夹草莓味冰淇淋从甜品店出来时，步道边已不见了寂白的身影。谢随蹙了眉心，左右望了望，周围都是陌生人，女孩俨然已经离开了。暗骂一句，谢随低头看着手里的鸡蛋仔，心情烦闷，走到垃圾桶边，直接扔了进去。

这时候，有女人牵着几岁的小男孩从他身边经过，小男孩看着谢随扔掉的鸡蛋仔，拉了拉妈妈的手："妈妈，你看，那个哥哥好浪费哦。"

程女士抬头看了谢随一眼，表情忽然僵住了。

这时候，谢随也抬起头，看到了母亲程女士那熟悉的面容，她化着精致的妆容，豆沙色的口红将唇角勾勒得线条分明。

母子俩都没想到会在这里见到对方。

谢随目光下移，望见了那个不过五岁的小男孩，男孩皮肤白皙水润，浅咖色的眸子剔透，瞳色与他一模一样。程女士把这个宝贝儿子保护得很好，算起来这还是他第一次见到这个同母异父的弟弟。

"你在这里干什么？"程女士面无表情地问。

谢随心情不佳，转身离开，懒得理会她。

程女士不依不饶追问："谢随，你在跟踪我们吗？！"

"你搞清楚。"谢随突然回头，狠戾地望向她，"我们学校在这儿，老子没那么无聊。"

小男孩似乎察觉到两个人之间的剑拔弩张，他站在母亲面前，捡起脚边的石子恶狠狠地砸向谢随："你欺负我妈妈，我揍你！揍你！"

谢随纵然脾气暴躁，也不至于和小孩子动手，挡开了石子，没搭理他。而就在这时，寂白拎着奶茶跑过来，挡在了谢随面前，扯着那小孩的手说："你妈妈教你年纪这么小就动手打人吗？还有没有礼貌了？"小男孩死命挣扎。寂白将他两个手都握住了："别以为你是小孩，我就会让着你了！"

"你干什么！欺负小孩子还有没有天理了！"程女士激动地护住了自家小孩。

"呜呜，妈妈！"

"小意，我们走。"程女士不想再生事端，抱起了小男孩匆匆离开，上了远处的一辆黑色奔驰车。

寂白踹开了脚下的碎石子，撇撇嘴，回过头，却迎上了谢随复杂的目光。

"你去哪儿了？"他的声音有点沙哑，清了清嗓子。

寂白晃了晃手里的奶茶口袋："渴了，买杯水而已，你不是去买甜点了吗？"

谢随望了望边上的垃圾桶，有些尴尬："我以为你走了。"鸡蛋仔也扔了。

寂白似乎明白了怎么回事，她无可奈何地问："还吃吗？"

"当然。"谢随又恢复了兴致，拉着寂白进了甜品店。

出门的时候，两个人的手上都拿了鸡蛋仔，寂白对他说："你也尝尝，趁热。"

谢随从来不吃这些看上去花花绿绿的甜品，不过寂白坚持让他试试，于是他听话地咬了口。酥脆微烫的鸡蛋仔夹着沁甜的冰淇淋，两种截然不同的感觉在舌尖绵延开来，甜腻蔓延到了心底。

走到树下，谢随突然停下脚步，轻笑了一声。

寂白不解地望向他："你笑什么？"

"你刚刚，是在保护我？"

寂白垂了垂首，又咬了一口鸡蛋仔："哪有，我就是不喜欢看别人欺负人。"

"挺厉害，连小孩都敢动。"

寂白撇撇嘴："仗着小孩子的身份，就可以肆无忌惮地欺负别人？谁弱谁有理，我偏不信这个理。"

谢随发现，面前这个看起来柔柔弱弱的女孩子，漆黑的眸子里却透着坚毅之色。一般的女孩，不都是谦让和喜欢小孩子的吗？

"你觉得，这个世界是谁强谁有理？"

寂白想了想，道："肯定不是弱者有理。"

谢随的手落到了她的腰间，轻轻一提，寂白被迫踮起了脚，整个身体忽而贴在了他的身上，严丝合缝……她甚至能感受到他单薄 T 恤之下紧绷灼烫的肌肉。

"你……放开我！"

他的手又扣住了她的后脑勺，柔顺的发丝从指缝间流泻而出，他迫使她看着自己的眼睛，那双浅咖色的眸子在阳光之下，宛如玻璃球一般澄澈剔透。

"小白，问你一个问题。"

"你问啊，但是干吗这样……"

谢随嘴角微微勾了起来："我可不可以强吻你——"

"……"

谢随虽然是在征求意见，但完全没有想要等她回答的意思。寂白眼睁睁地看着谢随不要命地闭上了眼睛，吻了过来。千钧一发之际，寂白用手挡住了自己的嘴，隔开了他的吻。

谢随吻住了她的手背，手背肌肤柔滑而微冷，他睁眼看了看她，两个人四目相对，寂白那黑漆漆的眸子里透着防备和慌张。谢随似乎并不在意被隔开，他再度闭上眼睛，深情地吻住了她的手。他的唇很烫，烙在她的手背上。

微风吹过，谢随细密的睫毛轻轻地战栗着，他也脸红了。

寂白推着车走回了家，她腿都软了，没力气踩自行车了。凉风习习，她脸上的燥热还是没能散开。该死的……阴沟翻船，她的初吻都差点被这小破孩儿夺走了。

寂白进了院子，将自行车停在爬满翠绿藤蔓植物的墙角，远远地听见屋里传来寂绯绯的哭声。

"妈妈，我想去参加年会，你给奶奶打电话，让我也去参加年会，求你了，呜呜呜。"

寂白推门进屋，寂绯绯正坐在沙发上，手里攥着纸巾，哭得眼睛都肿了。

父亲和母亲陪坐在她的身边，焦急地安慰道："绯绯，你别哭了，哭得妈妈心里也难受啊。"

"给奶奶打电话，现在就打！"

陶嘉芝推了推寂明志："打啊，快给你妈打电话，凭什么年会不让咱们绯绯参加啊？她又不是不知道，咱们绯绯的病不能受刺激。"

寂明志无可奈何地拿起了手机，给寂老太拨去了电话。半晌之后，他放下手机："秦助理说老夫人还在开会。"

"开什么会啊，都开了一整天了，我看她就是故意不想接咱们的电话。"寂绯绯哭得更大声了。

陶嘉芝对寂明志说："要不你找个时间，亲自去总公司跑一趟，跟老太太说说情。"

寂明志眉头皱成了山，焦灼地说："我每次去总公司，不是报亏损就是要资金，总没好事儿，现在又为了这点小事去讨人情，我拉不下这个脸，要去你自己去，我不去。"

寂绯绯闻言，抓住了陶嘉芝的手："妈妈，只有你能帮我了。"

陶嘉芝也很为难，叹息着没作声。寂老太是何等手腕的人物，决定的事情哪里是他们求求情就能改变的？"绯绯啊，要不还是算了，集团总公司的年会去不了，你还可以来咱们公司的年会嘛。"

寂绯绯嫌弃地说："我才不去你们那个亏本的小公司呢！丢不丢人！"

一听这话，寂明志火了："怎么，你还看不起你爸妈了是吧！"

陶嘉芝立刻拍了他一下："哎呀！你别吵，自己没本事，凶孩子做什么。"

"哼，我看她就是让你惯的，才惯成这种坏脾气！"

寂白无声无息地进了屋，背着背包准备上楼："爸妈我回来了，回房间学习了。"

"你等一下！"寂绯绯的矛头突然对准了寂白，"你抢了我的年会名额，奶奶都说了，本来是邀请我的，都怪你出风头抢了去！"

寂白的脚步倏忽间顿了顿，她淡淡地说："本来是邀请你的，可是为什么奶奶改变主意，你自己心里没数吗？如果不是你无理取闹，我有这个机会？"

这时，家里的阿姨将药拿了过来："大小姐该吃药了。"

寂绯绯哭闹了起来："妈妈，奶奶都不喜欢我了，这样我活着还有什么意思？我干脆不要治疗好了！"

陶嘉芝慌了神："绯绯啊，你千万不要有这样的想法。来，把药吃了。"

"如果她不把名额让给我，我就不吃药！"

寂白站在楼梯上，冷冷地看着她表演。

陶嘉芝说："白白，你去跟奶奶说，把名额让给姐姐，你看姐姐病成这个样子，你是她亲妹妹啊。"

寂白面无表情道："奶奶说要在年会上办一场音乐会，邀请我去拉大提琴，如果妈妈不想我参加的话，自己去和奶奶说吧。"

陶嘉芝也没法子，急得不知道怎么办才好。

寂绯绯说："你就跟奶奶讲，你那天身体不好，去不了了！"

"姐，你还没有弄清楚问题的关键，寂氏集团的年会，多一个人不嫌多，奶奶完全可以邀请我们姐妹俩一道参加，为什么不？你放聪明点，即便我不去，你也去不了。"寂白丢下这句话，转身上楼回了房间。

寂绯绯还在楼下哭闹不止，寂白戴上了降噪耳机，周遭一瞬间安静了下来，她拿出书本开始看。现在还有机会，寂白想要努把力，考上研究生，为自己筹谋一个好前程，而不是像梦里一样，顺其自然地毕了业，最后还是要依靠父母、家庭，被扒着吸血……

寂白专心看书，手摸到桌边的粉樱桃水杯，杯子已经空了，她起身接热水，不想出门便看到寂绯绯倚在墙边，冷冷地看着她。寂绯绯眼角绯红，还没擦干净的泪痕，看上去很是狼狈。在她的面前，寂绯绯不再演戏，恢复了本来面目："寂白，你为什么要抢我的东西？"

寂白握紧了空水杯："什么叫你的东西？"

"你抢走了我的风头，还抢走了我的机会！甚至爸爸妈妈都不像以前那样对我百依百顺了！"

"你觉得这些东西，原本就应该属于你吗？"

"寂白，你不用觉得委屈。"寂绯绯狰狞地冷笑着说，"爸爸妈妈就是为了给我治病输血，这才生了你，你的存在就是为我服务的，知道吗？你根本不配当我妹妹，你根本就是我的活体血库！你连人都不配当，你就是我们家的一条狗。"

"姐姐，说话小心，你在侮辱我。"

"侮辱你又怎么了！你把我的一切都夺走了，我现在一无所有了！你还想怎么样！"

寂白走到她的身边，轻轻拍了拍她狰狞的脸蛋。寂绯绯一把拍掉了她的手。

"寂绯绯，这就一无所有了？"

"你什么意思！"

"我的意思是，这才哪儿到哪儿啊。"寂白沉声道，"你从我这里拿走的一切，我都会让你慢慢吐出来。"寂白说完转身回了房间，不再看她的反应。

寂绯绯愣了半晌，然后发了疯似的跑下楼："爸妈！刚刚寂白说要杀了我！你们……你们快把她赶出去啊！我不要和她住一起了！"

她闹了半晌，父母也没有去找寂白，寂明志反倒说："绯绯啊，我预约了医生，明天跟爸爸一起去见见，好吗？"

"我为什么要去见医生？医生不是说我的病情已经稳定了吗！"

"是这样，这个医生是心理方面的。"

寂绯绯目瞪口呆："什么……你们以为我疯了？"

陶嘉芝严厉地说："绯绯，你现在明显精神不正常，听妈妈的话，明天和爸爸一起去医院，和医生聊聊！"

"我说的都是真的！寂白真的说要杀了我！"

"绯绯！你不要再妄想了！爸妈是看着妹妹长大的，她什么性格我们比你清楚，妹妹怎么可能说那种话？这话从你嘴里说出来反倒更有可能！"

寂绯绯跟跄地往后退了退，哭着跑回了房间。

欲使人灭亡，必先让其疯狂。

寂白靠在门边，回想着刚刚寂绯绯的一字一句——

"爸爸妈妈就是为了给我治病输血，这才生了你……

"你根本就是我的活体血库！

"你连人都不配当，你就是我们家的一条狗。"

这才哪儿到哪儿，总有一天，她要为自己的言行付出相应的代价。

不出寂白所料，五分钟以后，寂绯绯发了一条微博——

"寂白那个贱人！她心机太深了，居然威胁说要杀我，还在爸妈面前装好人！盛世白莲花也不过如此！她太贱了！气死我了！@小新的小小白，大家帮我骂死这个贱人死狗！！"

寂白被寂绯绯"艾特"以后，手机里的消息就一直没有停下来过，评论区里多是不明真相的吃瓜群众——

"怎么回事呀？姐妹闹矛盾了吗？"

"绯宝今天的画风，好奇怪。"

"怀疑盗号。"

"绯宝，真的是你吗？"

"女神人设有点崩啊。"

"不是，就算姐妹闹了矛盾，但是你也不该这样骂人吧。"

"还让我们帮你一起骂，你这是拿我们当枪使呢？"

寂绯绯平日里捏的是励志阳光的人设，所以这条暴躁的微博发出来，一石激起千层浪，粉丝们都惊呆了。没有人听她的话去谩骂寂白，反而是各种猜疑，寂绯绯为什么会变成这样。

"居然叫自己的亲妹妹'贱人'，难以置信！"

"粉转路人，再见，取关了。"

这条微博发出去不过十几分钟，寂绯绯的粉丝数居然掉了两万！

寂绯绯意识到了形势不对，她赶紧删掉了这条微博。然而，这条微博早已经被不知道多少人截图了，很多没有来得及看到微博的粉丝跑到网络上去搜：寂绯绯骂人。

于是带"寂绯绯骂人"话题的微博截图，在几个小时之内，上了好几个平台的热搜榜，几乎全网的网民都赶过来围观寂绯绯骂人的事情。

"我还以为她真的像微博里面表现的那样岁月静好呢，啧。"

"都是装的吧，都是人设而已。"

"不许你们这样骂绯宝！"

"我们绯宝只是气坏了而已。"

"楼上惊现两个闭眼胡说的粉丝。"

"看看清楚，你们女神开口贱人闭口死狗，这心是有多脏才能骂出这样的话啊！"

寂绯绯一整晚都拿着手机，双手颤抖地看着别人对自己的质疑和谩骂，当初她对安可柔所做的事，现在全报应在了自己身上。一夜无眠。

第二天早上，她终于发了一条道歉声明——

"昨天因为我身体状态不好，影响了心情，我要向网友们尤其是绯迷们道歉，请你们看在我是病人的分上，原谅我，以后我再也不会了。"

"抱抱绯宝，事情过去就过去了，绯迷们不怪你。"

"对啊，谁都有心情不好的时候，我们理解，那些骂人的消停些吧，绯宝又不是圣人。"

"你最该向你妹妹道歉吧。"

"对啊，不管你们闹了什么矛盾，你都不该那样骂她吧。"

"女神人设已经崩了，江湖不见吧。"

寂绯绯还是没有对寂白道歉，她的真爱粉掉了好几万，而留下来的粉丝，很多对她也很失望。同时，还有不少是网上不粉她的吃瓜群众，留下来看热闹的。

为了弥补这条微博对她人设的伤害，寂绯绯在几天之内，连发了好几条正能量的微博，不是去吃美食就是逛街，表达对生活的热爱。不过肉眼可见寂绯绯的评论量降低了很多，不足过去的三分之一，而且评论也不再是和谐的吹捧，中间夹杂了不少冷嘲热讽。

寂白没想到寂绯绯的人设会崩得这么快，她觉得，其实都不用自己出手了，寂绯绯自己就能把自己作死。

第 六 章

一

脏 的 、 累 的 …… 都 交 给 我

晚秋伴随着渐淅沥沥的雨，一夜之间忽然降温，很多同学都穿上了棉袄和羊绒大衣。

江城多山多水，冬日里的湿冷，能冷到骨子里去。

风一吹，枯黄的银杏叶簌簌地落下来。于是周五下午，学生会再次组织学生进行大扫除，主动报名的学生有拓展分可以加。寂白和闺密们非常主动地报名参加了大扫除，被安排打扫学校的小花园。

殷夏夏一只手提着桶，另一只手拿着抹布，擦拭花丛正中间摆放的鲁迅和胡适的雕像。

"小白，好看不？"她捡起了地上的一簇落花，放在雕像鲁迅拿烟的手上。

寂白咯咯地笑弯了腰，走过去拍掉了雕像手上的花："你别这样啊，不尊重先贤。"

"多有意思啊。"

"别瞎玩儿了，快干活吧。"

"行。"

寂白拿着扫帚来到花园侧面的石板小径上，因为前一晚的雨，小路上湿漉漉的，不少枯叶和落花零落在路边。她弯下腰，仔仔细细地打扫着地上的叶子。

谢随和朋友们抱着篮球经过，不经意间侧头，望见了女孩。她穿着单薄的防水式透明外套，袖子挽到了手肘处，露出了一截白皙的手臂，鬓间的发丝也全部别到耳后，露出了乖巧的脸蛋。或许是今天天气格外阴沉，在背后深绿的色调的陪衬下，她的五官显得清透极了。

太乖了。谢随情不自禁地迈腿朝她走过去，身后，丛喻舟喊了声：

"随哥，晚上还有局呢。"

"我会去。"

"那行，你别迟到了。"丛喻舟颇感担忧地说，"迟到了会扣钱的哦！"

"知道。"

寂白一边扫地，一边摸出手机切换了歌曲，没有听到身后传来的口哨声。直到她回头，才看到谢随蹲在湿漉漉的花台上，遥遥地望着她，不知望了多久。

寂白摘下了一只耳机，不解地问："你在这里做什么？"

"看不出来？"

天空又飘起了淅淅沥沥的雨，不大，飘在脸上就像绒毛一般。

谢随说："下雨了。"

"哦。"寂白将帽子捞了起来，盖住了脑袋。

谢随翻了个白眼："你还真是学雷锋做好事。"

"我加拓展分。"

寂白一丝不苟地将地上的树叶全部扫进了簸箕里，然后端起来倒进垃圾桶。

谢随走过来，想接过她手里的扫帚，寂白退了两步，没有给他。

"干吗？"

"还能干吗！帮你啊。"

寂白狐疑地问："抢我拓展分？"

"……"

谁要那几分。寂白不肯让他代劳，谢随气呼呼地回到树下，原地看了她一会儿，然后说："我走了，晚上还有拳局。"

"哦。"

谢随走了两步，雨点似乎变大了些，他蹙了蹙眉，在原地顿了几秒，然后加快速度离开了。谁管她怎样。

半个小时后，殷夏夏给寂白发语音，问她结束没有，寂白回复说："我这儿还有一会儿，下雨了，你要是结束了就先离开，不用等我。"

殷夏夏："好哦，我先去自习室写会儿这周的作业，周末就能出去玩啦！"

寂白："快去吧。"

锁上手机屏幕，光滑的黑屏上反射出的倒影不再是暗沉沉的天空，而是一柄蓝色的格子雨伞。寂白诧异地抬头，不知何时，谢随站在她身后，单手揣兜，另一只手撑着雨伞，皱眉望着她。

"你怎么又回来了？"

"你废话怎么那么多，快扫啊。"

"不是……我穿着雨衣呢，你不是还有事吗？"

"你再废话，老子抢你拓展分了。"

谢随说完便要夺她手里的扫帚，寂白连忙闪身避开，弯下腰继续扫地："我自己来。"

谢随就这样撑着伞，她走到哪儿，他就跟到哪儿，雨伞整个偏在她那面，没让一滴雨水溅到她的身上。

寂白无意间回头，见谢随整个肩膀都是湿漉漉的，灰白色外套的颜色深了一大片，头发也湿了，耷拉在额上，很狼狈。而他却浑然不觉。

寂白抿抿嘴，朝他靠得近些，这样能够让伞遮住他们两个人。

谢随察觉到女孩的靠近，也嗅到了她身上散发的那种淡淡的馨香，那是属于女孩的味道，和男孩身上的汗臭脚臭截然不同，是完全不同的两个世界……

簸箕里已经装满了落叶，谢随没让她碰这玩意儿，将雨伞塞进她的手里，然后弯腰端着簸箕，朝着不远处的垃圾桶跑过去，将落叶全部倾倒进垃圾桶。等他回来的时候，身上衣服已经全淋湿了，他索性不再进伞里了，端着簸箕站在雨中。

寂白想给他撑伞，谢随却往后退了退："不用。"反正都湿了。

寂白心里挺过意不去，向他道了声谢。

雨越下越大，淋得谢随眼睛都快睁不开了，他忽然沉声道："小白，你听着，以后有这些粗活儿都来找我，我帮你做，什么破拓展分老子也不抢你的。"

寂白不解地眨了眨眼睛。

谢随垂首看了看手里肮脏的簸箕，想了想，挺不好意思地说："你的手很干净，好好拉你的大提琴，脏的、累的……都交给我。"

寂白的心狠狠地战栗了一下。

她想起，梦里的谢随，正是将她像公主一样保护着，为她做了很多很多事，那些脏的、累的、不见天日的事。

冬日里的阳光非常难得，谢随倚在窗边阳光下，睡得迷迷糊糊。

教室后排有几个男生正在看手机视频，是学校刚发的宣传片，宣传片里有寂白领操的画面，整整有二十秒之久，而且还是正前方的特写镜头。画面里，小姑娘白皙的脸蛋绽放着灿烂的微笑，清澈的眸子在阳光下格外通透。

男孩们低声议论着——

"寂白太漂亮了吧！"

"这比她姐姐不知道好看到哪里去了！"

"早知道老子当初就不追她姐姐了，还被人笑话了，老子直接追她不就得了吗！"

"哈哈哈，对啊，姚哥，你追她肯定有戏，这妹子从来没被男孩追过，说不定早就饥渴了，一瞄一个准呢！"

"现在也不晚嘛，你看她这么纯，肯定不错。"

男孩们聚到一起，聊起女生来多半是没有好话的。

丛喻舟预感到不妙，侧过了脑袋，果不其然，谢随睁开了眼睛。

"随哥……"

谢随起身穿过人群，走到出言不逊的姚武身前，拎着他的衣领将他提起来，重重地按在了墙上——

"奉劝你，这张臭嘴里，这辈子都不准提到'寂白'两个字。"他眼角透出狠绝的意味，看来是真的动怒了。

姚武也是体育生，仗着家里有钱，平日里在学校作威作福、恃强凌弱，从来不是吃素的。他挣开了谢随的手，冷笑道："哟，原来随哥也看上了？怎么办，看来只能自由竞争了，要不咱们去厕所比比……让寂白自己选。"

丛喻舟看到谢随眼睛里瞬间起了血丝，心道不妙，还不等他阻拦，谢随直接拎起身边的铁凳子，反手朝姚武砸了过去！

只听一声闷响，铁凳子稳稳地砸在了姚武那硬邦邦的脑袋上，直接开了瓢！鲜血自他的脑门上流下来，宛如蜿蜒的血蚯蚓。滴答、滴答……血流了一地。

整个教室安静了整整十秒，然后炸开了锅。

"姚武流血了！"

"你没事吧！天哪，好多血，快去校医院！"

姚武甚至还没反应过来，单手捂着头，鲜血顺着他的指缝流了出来。

"你嘴里再敢提她名字，老子让你死。"谢随冷冷说完，扔了凳子，暴躁地转身离开。

好几个男生拥着姚武走了出去，一路上不少人都停下来看热闹。

寂白正在本子上整理笔记，殷夏夏急急忙忙跑过来说道："听说刚刚……谢随打人了啊！"

寂白笔下突然拖出很长一笔，她转头问殷夏夏："谢随从不会在学校动手，更不会打同学，你看错了吧？"

殷夏夏也是半信半疑："我没亲眼看到，就看见有人捂着头，流了一地的血，听说是谢随干的，不过你这么一说，好像真的没见他在学校动过手，不知道真的假的。"

上课铃声响了起来，两人也不再讨论这件事。

寂白有些不太放心，上完课在自行车棚边开锁的时候磨磨蹭蹭，时不时抬头张望。平日里这个时候，总能看见谢随抱着篮球出来的身影，可是今天却没见着他。

寂白推着车走出车棚的时候，看到丛喻舟他们几个男孩从楼里出来，她走过去："听说你们班刚刚有同学受伤了？"

"对啊，我们刚从学院办公室……"蒋仲宁正欲开口，却被丛喻舟一把拉到了身后，截住了话头。

"让他不要站桌上修灯泡，非得站上去，摔了活该，没多大事，磕破点皮而已，死不了。"

寂白点了点头，也不再多问了，她又朝他们身后望了望，没见到那抹熟悉的身影。

丛喻舟说："随哥今天有事，先回了。"

她讪讪地抽回目光，低声说了句："我又没问他。"然后骑上自行车离开了。

蒋仲宁不解地问丛喻舟："你怎么不跟她说实话啊！随哥为了她跟人打架被处分了。"

丛喻舟睨了他一眼："你敢把姚武说的那些下流话对人家妹子讲一遍，信不信谢随能搁你脑袋瓜上再开一瓢？"

两天之后，寂白才从很多人口中获得确证，有人受伤的事，跟谢随脱不了干系。至于原因，这些男孩一个个眼神暧昧，不肯说，或者干脆掩嘴偷笑，问不出什么结果来。

说来也奇怪，过去寂白躲避谢随，跟躲瘟神似的，生怕在学校里遇到他。现在寂白总会下意识地朝篮球场探望，寻找他的身影，却总见不着。倒是偶尔会看见丛喻舟他们在打球，但谢随不在其中。

寂白确定，谢随这几天根本没在学校，她给谢随发过去的问候信息，他也没回复。

寂白很心烦，说他要是不回信息，那就一辈子都别回了。

这几天，谢随的确没有来学校，主任让他回家闭门思过。

白日里，他在出租屋睡个昏天黑地，晚上就去拳击室打拳，生活过得无比颓靡，昼夜颠倒浑浑噩噩，整个人精神状态非常不好。

刚击败了一个七十五公斤级的挑战者，谢随疲惫地从台上下来，摘了拳套摸出手机。

手机里有三个丛喻舟的未接来电，他吐掉一口带血的唾沫，收拾东西准备回去。这时，电话铃声又响了，他接过电话。

"你可算接电话了！"

"什么事？"他单手给自己穿上了T恤，拎着外套，走出气味混浊的更衣间。

"你到底什么时候回学校啊？"

"不回了，怎么了？"

"都好几天了，该回来了吧，难不成你真要退学啊？"

"你觉得我在跟你开玩笑？"

"不是，你别意气用事啊！"

谢随活动了一下酸疼的肩颈，平静地说："趁这次机会，退了，出去挣钱做点生意，反正老子也没想走上学这条路。"

"咱先不讨论这个，这几天，那个寂白啊，一直在明里暗里跟哥儿几个打听你的消息。仲宁、小煜还有徐阳他们，都被私底下找了个遍，但是都没敢说实话。总之，你是死是活，好歹给人家报个信啊。"

狭窄昏暗的通道里，谢随忽而停下了脚步。他靠在墙边，垂下头轻笑了一声："她跟你们打听？"还私下里找了人一一打听，挺机灵啊。

"你还乐了是吧。"丛喻舟听出了谢随调子里的愉悦，松了一口气，"反正你早点回来吧，别说什么退不退学的话，就算你想，学院还不一定会放你这么好的苗子走呢。"

谢随挂了电话，穿上外套走出了地下拳击室。

寒冬时节，江城多雨，浥浥扬扬多是雨星子，拍在脸上宛如沾着星星点点的晨雾。不过冷是真的冷，寒凉入骨入髓。

谢随内里穿的T恤，外面随意套了一件黑夹克，他解开了锁在街边的自行车，骑着回了家。

刚下了长江大桥，他远远望见了站在汽修店门前的女孩。她穿着一件白绒的外套，质感有点像绵羊毛，背着沉甸甸的背包，正探头探脑地朝汽修店里观望。

谢随将自行车停在了铺子边，扯着她的衣袖，将她带进了车铺里。穿过车铺，进了后面的小门，经过一条充满机油和铁锈味道的小巷，来到里面的出租楼。

"哎，谢随，去哪儿啊？"

他没有回答，带寂白直接上了三楼。"哎呀"一声，摸出钥匙打开了房门。谢随走了进去，见寂白没有跟上来，于是他又将房门敞开了一些。

寂白本来只是想问问他情况，没想被他生拉硬拽地……拽到了家门口。

"我不进去了。"她眼中透着防备之色，"我就过来看看情况而已。"你还活着，就行了。

"到家门口不进来，怎么，怕我又'欺负'你？"谢随刻意加重了"欺负"两个字，说得暧昧不明。

寂白无奈地叹了口气，想着还有话要说，便跟着他走了进去。"砰"的一声，谢随关上了房门，听得她的小心脏也跟着跳了跳。

狭窄的出租屋，一室一厅，单人床摆在东南角，家具陈设非常简单，没有任何装饰的物品和电器，仅仅能满足最简单的日常生活需求。

寂白手足无措地站在空荡荡的屋子里。

谢随将沙发上的赛车杂志全部收走，然后又把茶几上的空易拉罐扔进垃圾桶。

"坐吧。"

寂白磨磨蹭蹭地坐到了他的沙发上，这沙发看上去也是年代久远了，黑色的皮革上有岁月的磨痕，不过很软。

谢随走到窗边，将推拉式的窗户拉开，透风。玻璃上贴着深蓝色的窗花，窗外有棵枝叶繁茂的香樟树，树影招摇。

他打开冰箱，发现里面空空荡荡，什么都没有，也没什么可以用来招待她的。

"我出去买点吃的，你……"谢随想了想，指着书桌又说，"你可以看会儿书。"

"不用了谢随。"寂白连忙起身说，"我不待太久，马上就要走的。"

谢随并没有强留她，走过来坐在茶几上，腿随意地伸着，问她："听说你在打听我？"

寂白抿抿嘴，心说他不是不在学校吗，怎么这种事都知道？寂白每每问了人，都很小心地叮嘱说要保密的。

"我听说你打了人，好像跟我有关系。"

"跟你没关系。"谢随矢口否认，"单纯看不惯那倒霉玩意儿，你别站着，坐。"

寂白坐回到沙发边，白皙的手捏着自己的牛仔裤边，担忧地问："学校处分你了吗？"

谢随嘴角勾了个不太正经的微笑："怎么，很担心我？"

"不是，没有，我就问问，听说是因为我……"

谢随抬头望向了她，她皮肤是真的白，白里透着细微的血丝，黑漆漆的眸子和红润的唇搭配着，漂亮得让他忍不住想触碰。他揉了揉鼻翼，说道："别听学校那些傻瓜瞎扯淡，我自己的事情跟你没关系，老子不会为女人打架。"

她低低地"哦"了声。

他又补了句："再说，你现在还不是老子的女人。"

"……"

寂白理了理背包肩带，站起身说："谢随，如果没事了的话，你就早点回学校吧，别耽误学业。"

谢随起身送她，问道："你很想我回学校？"

她不知道该怎么回答，索性没作声。

谢随提前一步挡在了门边，狭窄的通道里，灯光昏黄，他低头看着她细密的眼睫毛，柔声问："我念书不行，没什么文化，你会不会嫌弃我？"

"你说这些做什么？"

"我打算退学了。"

寂白突然抬头望向他："什么？！"

谢随表情波澜不惊，眼睫微垂，眼底闪过一丝黯淡："待在学校里是浪费时间，我想着不如早点出来做事情，多挣点钱，哪怕赛车，赚得也比现在多。"

然而他话音未落，忽然感觉到寂白的手攥紧了他的衣角，那般用力——

"谢随，你不准退学。"

"……"

"好不容易考上大学了，不管成绩怎么样，你都一定要把这个书念完，如果你不念完，我……我会很失望。"

谢随皱了皱眉，眸子里透着一丝不解。

寂白是突然被他提醒，才想起来，梦里谢随在大学期间就退学了，原因不详，而且谢随是退学之后才出的事。如果他能好好地待在学校，大概可以平安度日。

谢随定定地望着女孩："你……不想让我走？"

寂白不知道该怎么回答，她目光闪烁不定，视线侧向一旁："我的意思是……现在没有学历真的很难在社会上立足。"

谢随的手突然穿过了她鬓间的发梢，抚住她侧边的脸颊，柔顺的发丝从他的指缝间溢出来。他按着她的后脑勺，将她拉近了自己。

昏暗的壁灯下，他半边脸埋进深邃的阴影中，嗓音低沉有力："你只一句，'不想我走'，我可以为你留下来。"

寂白感受着他指腹间粗糙的质感，身体禁不住敏感地颤了颤……

良久，女孩终于点了点头。

谢随的心仿若倾注了潺潺的热流，干枯的灵魂在那一瞬间饱满鲜活了。他强忍住了想立刻吻她要她的冲动，只是很轻很柔却带着战栗地用指腹一遍遍轻抚她的脸颊，像在爱抚一只小猫咪。

"我可不可以……"

"不可以！我，我要走了！"

"我送你。"

谢随转身去拿外套，而寂白却自己打开门跑掉了："不，不用！"

他走到门边，凝望着女孩落荒而逃的背影。手掌间还残留着她脸颊的余温，那种只有女孩子才会有的柔软触感，是他从来不曾体会过的。

两天后，谢随直接进了校长办公室。

德新大学，软硬件设施都相当高级先进，而校长办公室更是奢华。办公室里不仅装了全自动的地暖设备，办公家具更一应都是昂贵的红木。

校长姓陈，全名叫陈振恒，是个约莫五十岁的男人，穿着西装，束着一丝不苟的领带，体态略微发福，却不算太胖，精气神十足，丝毫不比电视财经节目中的那些企业老总差到哪里去，唯一不同的是，他身上还有一股书卷气质。

"来吧，说说你有什么想法。"陈振恒把一张合影推到桌边，对谢随道，"当着你父亲的面，把你想的都说清楚。"

谢随望着桌边的照片。照片里，陈振恒身边的男人挂着可掬的笑容，正是谢随的父亲。

谢随冷冷道："我有什么想法，会去监狱里亲自对他说，不需要对着照片表演。"

"去监狱？"陈振恒不满地说，"听说你都已经好几年没有去监狱看过他了。"

"这是我的事，不用你管。"

"我是你父亲的朋友。"陈校长加重了语气，"我答应过他，必须管着你。"

谢随嘴角挑起一抹冷笑："当初他入狱的时候需要人证，怎么没见你站出来说是他的朋友？"

"谢随，大人的事你不会懂，你父亲犯的罪足以让他被枪毙，能保住一条性命全凭我多方走动，你怎么那么不懂事！"

谢随不想再提关于父亲入狱的任何事，陈振恒当然更不愿触及当年的事情，只说道："姚武家也不是轻易得罪得起的，医药费学校出了，但是你必须跟他道歉，否则他们家不会轻易松口，非逼着学校把你开除了。"

"道歉没可能。"

"谢随，你不要这么固执！"陈校长急了，"如果不是看在你父亲的分上，我能容忍你这么久？当初我答应了你父亲，一定让你好好把书念完，假如你现在走出这个校门，你永远都是社会的渣滓，被人看不起，你到底懂不懂！这个社会不是靠武力解决问题的，靠的是财富和资本！"

谢随的手攥紧了拳头。

你永远都是社会的渣滓，永远被人看不起……她也会看不起你……

"你去跟姚武道个歉，这事就算完了。"

"道歉没可能，我会想办法解决这件事。"

谢随转身离开了校长办公室。

家里有钱有势的在德新大学并不少见，不过这里面又分为两批，一类是家里有势的，这些家庭的小孩因为严苛的家教，都被管束得相当谨慎持重，平日里很是低调，避免"坑爹"。

还有一类就是家里有钱的，而且是那种短时间里暴富起来的家庭，这类家庭的小孩以前受过欺压，现在有了倚仗，便在校园里作威作福欺负弱小，但是真的遇到厉害的，譬如上一类家庭的小孩，他们也是不敢太过分，避着走的。

姚武便算第二类，欺软怕硬他是行家，平日里他很看不惯谢随，谢随家里什么都算不上，光凭拳头硬，怕他个屁啊，自己家里有钱，欺负死他！

然而，这次事件却让姚武看明白了，谢随很厉害，不仅靠拳头，还因为他身边有一帮讲义气的兄弟，而这些兄弟里，不少人家境都很不错，无论谢随落到何种境地，他们都会无条件地站在他身边。

而姚武自己呢，那些过去跟着他吃喝玩乐的所谓"哥们儿"，在他出事的时候，没一个站出来帮他出头。

谢随把他叫到天台去的时候，那些"哥们儿"畏畏缩缩地推说自己有事，不敢跟着他一起去天台壮大声势，还是姚武提出，跟他一起去的每个人都有钱拿，这才勉强叫了几人上天台。

天台，狂风呼啸着，谢随站在阶梯边，居高临下地望着他，宛如看着一条丧家之犬。他身边的丛喻舟几人，坐在栏杆上，神情很不屑。

"谢随，不想道歉也行。"姚武知道谢随的性格，绝对不会道歉，所以他早就想好了整治谢随的后招——"听说你玩赛车挺厉害，咱们赌一局，你赢了，这件事一笔勾销，如果你输了，你以后见着我，都给我绕路走。"

丛喻舟几人笑了起来："就你这屄货，还想跟我们随哥赛车？"

"敢不敢？一句话。"

谢随走到他面前，面无表情道："可以，但是修改一下。"

姚武问："修改什么？"

"如果你输了，在学校见我绕道走，少在我面前晃。"

姚武早就已经谋划好了，所以满口答应了下来。

他离开以后，丛喻舟对谢随说："情况不对劲，就那种家伙敢跟你玩赛车，肯定没安好心，指不定背后会使什么阴招。"

谢随漫不经心道："背后对老子使阴招的人还少了？"

这些年摸爬滚打，什么招他没领教过，还不是这么过来了，他谢随怕过谁？他什么都不怕。

上完课，谢随和几个朋友从教学楼出来。

寂白推着车从自行车棚出来，停在梧桐树下，显然是在等他。

看着她咬着下唇欲言又止的模样，谢随无可奈何地回头问："赛车的事，谁给她讲了？"

127

蒋仲宁手肘推了推丛喻舟，丛喻舟瞪了他一眼，解释道："不是，随哥，主要这个寂小白套话功夫一流，三言两语就让她绕进去了，实在没办法啊。随哥，这丫头不简单，你要跟她周旋，得长二十个心眼才行啊。"

谢随翻了个白眼，一个小丫头，还能把他吃了不成？

几个哥们儿推推搡搡地离开了，谢随散漫地溜达到梧桐树下，顺手把寂白的车给推走了："已经决定的事，就不用劝了，我不会听。"

寂白抿抿唇，还没开口，却见他眯起眼睛望着树梢，温柔地说道："我只听我女朋友的话，当我女朋友，什么都听你的。"

"……"

他绕来绕去，就绕不开这个事了是吧！

"谢随，一句话就能解决的事情，为什么要闹这么大？"

寂白有时候，真的很不能理解谢随，他总是把简单的问题复杂化。

谢随没接话，她继续道："'对不起'三个字，有这么难吗？"

"叮！"谢随打了打清脆的车铃："你再多说一个字，我会生气。"

他这话说得平静，眼底却已经蓄了不满的情绪。

寂白的手握了握拳，又缓缓地松开，最后，还是忍不住低声嘀咕道："你要是觉得拉不下面子，我……我去帮你道歉，总行了吧。"

只听"砰"的一声，谢随将自行车狠狠地往路边一掷："你听不懂我的话，还是觉得老子不舍得骂你？让女人去帮我道歉，我成什么了！"

周围有不少同学，都被突如其来的动静惊了惊，朝他们投来好奇的目光。

寂白被他突然凶了一下子，眼睛瞬间红了，一言不发地推起自行车。自行车的座都歪了，骑也骑不了，她推着车气呼呼地往前走。

她放心不下他到处去和人赛车，怕他真的出意外，现在反倒成了她不好了……

寂白觉得自己真的是瞎操心，家里的问题都自顾不暇，还到处管闲事，人家根本不买账，还凶她。爱怎样怎样，就算出事了，也跟她没有关系！

谢随原地站了几秒钟，摸着额头，心情烦躁至极。看着她眼睛泛了红，他瞬间就后悔了，心疼了，恨不能给自己一巴掌。该死！

他纠结了片刻，还是小跑着追了上去，夺过了她手里的自行车，检查车座，沉声道："还没太严重，我给你修好。"

"走开！"

寂白看也不看他，夺车欲走，可是谢随也没有松手，两个人僵持不下。

"小白，你知道我脾气不好，你原谅我一次，行不？"

寂白急促地呼吸着，垂首不说话，也不知道为什么，突然就委屈了。寂绯绯在家里作天作地，威胁她污蔑她，她都从来不委屈，可是面对谢随，哪怕有一点点的不顺遂，都会让她的心思格外敏感。

谢随握住了她纤细的手腕，用力地攥着，低声恳求道："我以后不会了，再也不会了，我再这样，我……"

他从包里摸出折叠刀，递到她的手里："你捅我一刀解气。"

"……"

神经病！寂白将折叠刀和自行车一起往他怀里一推："修好了还我，然后不要出现在我面前了。"说完，她头也不回地离开了。

谢随低头看着自行车歪斜的座，微微蹙起了眉头，跟着骂了声。

身后几个看热闹的哥们儿骑着车过来："哟，随哥骂谁呢？"

"骂我自己。"

丛喻舟笑了起来："随哥你这认错的姿势，还动刀子了，真的牛，哥儿几个服。"

"想死吗？"

"随哥，女孩子不是这么追的，别说还没追到手，就是追到了你都不能凶。你一凶，人家就哭，那最后心疼的还不是你自个儿吗？你得温柔，惹人家生气了，你就得送礼物，赔礼道歉。"

"送礼物？"

"对啊，你看看那些给你送礼物的女孩，可不就是为了讨你喜欢吗？"

谢随若有所思地想了想，忽然明白了什么，推着车加快步伐离开："晚点去拳室，不用等我。"

次日清晨，寂白提前了半个小时出发，步行来到了学校，权当是锻炼身体。

冬日早晨白雾弥漫，空气中漫着淡淡的水汽颗粒，这并非空气污染的霾，更像是加湿器里喷出来的轻薄细腻的柔烟，令人神清气爽。

寂白走进校园的时候，太阳已经从正东方逸夫楼顶冉冉升起了。

她经过自行车棚，无意间朝里瞥了眼，第二排她固定停车的位置上，粉白的自行车规规矩矩地停靠在那儿，车身干净如新，就连辐条都被擦拭得锃亮。

她走到自行车边检查了一下，车座已经被调整得四平八稳，车链子上也刷了润滑油，车胎加足了气。整辆自行车焕然一新。她还算满意地拍了拍车座。

车篮子里好像装了什么东西，寂白伸手将篮子里的小瓶子拿起来，居然是一盒彩虹糖。瓶子上贴着一张便笺，写着三个字——

"对不起。"

谢随的字体便如同他的性格一般，张扬不羁。

原来他会说这三个字，还以为骨头多硬呢。

寂白从瓶子里倒出一颗彩虹糖，彩虹糖顾名思义，七种颜色的糖粒，像药片一样，不同颜色的味道也不一样。

寂白知道，谢随不喜欢吃甜点，可是独独喜欢彩虹糖。梦里的谢随说过，彩虹糖在吃进嘴里之前，你永远不会知道那是什么味道，是酸的、甜的，菠萝味的还是草莓味的……

可笑的人生，偶尔也需要一点惊喜，不是吗？

就像梦里的某个下午，谢随无意间拐到民生路 24 号，从副食店出来，买了包烟，烟叼在嘴里还没点燃，不早一刻也不晚一刻，寂白穿着病号服，浑浑噩噩地扑过来，晕倒在了他的脚边。

那是梦里的谢随那几年平淡如水的人生里吃到的第一颗彩虹糖，草莓口味的。后来谢随很喜欢喂寂白吃彩虹糖，无论是在她拉琴的时候，还是看电视的时候，甚至，在她奄奄一息的时候……他喂她吃的最后一颗彩虹糖，也是草莓味的。

寂白看着那盒彩虹糖，眼睛有些红，她知道自己不太适合过多地回想梦里的事情，因为对这个世界上的人来说，那些都是没有发生过的事情，那些深刻而悲伤的情绪，也只不过是她庸人自扰而已。

寂白揉了揉眼睛，将彩虹糖小心翼翼地揣进了包里，转身回了教学楼。

楼顶，谢随和丛喻舟他们趴在栏杆上，朝楼下观望着。

周遭漫着晨雾，看得不是特别清楚，丛喻舟很兴奋地拍着他的肩膀说："看样子，寂小白是收下了，这下可以放心了吧，随哥？"

谢随嚼着口香糖，眉心微蹙着，眸子里蕴着深沉的底色。不知道是不是他看错了，女孩转身的时候，好像抹了抹眼泪，雾气太朦胧，他看不真切。

他呼出一口白雾，丝丝缕缕的疼意漫入五脏六腑。

姚武组的局，却不需要亲自上阵，而是请了人帮他比赛。

见面的地点是在回虎山半山腰的断崖边，萧瑟的山风呼啸着，回荡在峡谷里宛若百鬼哭嚎。

谢随从车里走出来，遥遥地望见姚武几人不耐烦地倚靠在车边，已经等候多时了。

"谢随，迟到了啊。"

谢随漫不经心道："又不是上课，还管迟到不迟到？"

姚武吃了一瘪，讪讪地说："既然是我约的局，那就由我来定规矩，没意见吧？"

"随便。"

姚武和周围几个男孩交换了眼神，说道："玩速度你是专业的，今天我们换个花样玩玩。"

"你想玩什么？"

"玩命。"

姚武回头招招手，车边，一个穿着白色的赛车服、脖颈边有伤疤的男人走了出来。

"看到前面的悬崖了吧？就往那儿开，速度不能低于八十迈，谁先停，算谁输；相反，到最后谁越靠前，谁赢。"

此言一出，丛喻舟脸色变了变，不过他还是没有露怯，冲姚武道：

131

"行啊，我们随哥陪你玩命，你也该拿出点诚意来，亲身上阵啊，请人替算几个意思？"

姚武道："咱们之前说好了，我约的局，规矩也是由我来定，能玩就玩，不能玩就乖乖给老子道歉。"

"你定规矩也不能瞎定吧……"丛喻舟还想说什么，谢随回头一个眼神止住了他。

"行，就按你的规矩来。"

姚武眼角露出狡诈的笑意，觉得这次总算能把谢随嚣张的气焰按下去了，他花了大数目请人来比这个局，重赏之下必有勇夫，他很有信心能赢谢随。

谢随二话没说，上了车。

姚武拿出手机准备录视频，同时也没忘叮嘱他雇的伤疤男："给我往死了开，越往前，钱越多，拖死他。"

伤疤男点了点头，看样子也是下了决心，要钱不要命。

丛喻舟实在不放心，拉开副驾驶的门准备坐进去。谢随却提前一步锁了门。

"随哥，我跟你一起。"

"不用。"

"随哥！"

谢随偏头望向他，眸子里暗流涌动："你站在边上看就好，下次带你，乖。"

"……"

谢随越是认真的时候，就越是喜欢用这样轻浮的口吻说话。

丛喻舟愿意跟他，他心里是感动的，但这是他的局，也是他的命，更是他无可遁逃的人生，他避无可避，只能面对，但无须拉别人下水。

姚武走到了马路中间，拿着手机对着两辆赛车，拍下特写镜头，嚷嚷道："开始了！走！"

谢随启动引擎之后，方向盘一歪，朝着姚武撞了过去，姚武吓得魂飞魄散，张牙舞爪地叫着："你干什么！"

然而谢随只不过和他开个玩笑而已，在他身边绕了个弯，驶了出去，但姚武却差点吓尿了。

蒋仲宁、丛喻舟等人笑了起来："就这点胆子，你还跟我们随哥玩命呢。"

姚武爆了几句粗口，眼角显出戾气，心说：待会儿有你好看的。

公路的尽头是一道九十度直角的转弯，且这段路护栏缺损，很多车经过此地都会放慢速度，以确保不会因为巨大惯性而跌落山崖，即便是最优秀的赛车手，也不敢在这条路上无所顾忌地开车。但今天，玩的就是心跳。

谢随将车速控制在八十迈，而伤疤男也将车身保持与他并行，甚至要慢上几码。

谢随透过车窗望了望他，他冲谢随咧嘴一笑，看样子是要死拖着他了。

谢随稍稍踩了一脚油门，将距离拉开，而伤疤男眼见着便要落后于他了。规则说的是最后谁越靠前，谁赢，因此一味地放慢速度也不行，姚武看着有些急了，拿着对讲机大喊："跟上去！追上他！"

伤疤男没办法，只能跟着一脚油门踩下去，追上了谢随。

谢随的速度已经加到了九十迈，疾驰在那条笔直险峻的公路之上。

伤疤男脸上的笑容渐渐消失了，眉心紧蹙，只能全力追着他，却又不敢加快速度超过他。

姚武拿着望远镜远远地看着两辆并行疾驰的跑车，眼见着悬崖近在咫尺，而谢随丝毫没有停下来的意思。

最后一百米、五十米、二十米……

伤疤男已经有些露怯，他本能地点住了刹车，可是对讲机里姚武刺耳的声音传来："今天要是输了，你一分钱都别想拿到，他停下之前，你不准停！"

伤疤男想着姚武给他开的高价，他狠了狠心，终于还是踩下油门，追上了谢随。

眼看着公路弯道的悬崖已经近在咫尺，谢随平视正前方，浅咖色的眸子波澜不惊，依旧没有减速。

伤疤男看看他，又看看前面咫尺之距的深渊，心跳加速，全身的血液沸腾汹涌。

二十米、十米、五米……

他终于受不了这种刺激的挑战，猛地大叫了一声，一脚踩下了刹车！

轮胎与公路划出一道尖锐的"刺啦"声，而在他停下来的下一秒，谢随也踩下刹车。

他前面的公路已经消失了，取而代之的是深不见底的悬崖，缭绕着白雾，车身已经有三分之一驶出了断崖！

丛喻舟和蒋仲宁悬着的一颗心骤然放松，大骂着谢随不要命了，冲过去将他从车里拉出来，推搡着他，也拥抱着他，紧张激动的心情难以平复。

伤疤男的车头与谢随的车尾差了约莫两米的距离，他从车里下来，全身的力气仿佛是被抽空一般，撑着车身，差点吐了！

姚武跑过来，难以置信地看着谢随驶出悬崖三分之一的车身，无话可说。

面前的谢随，那冷峻的眉弓之下，深邃的眸子里凝结着死亡的气息。

亡命之徒。

姚武回头骂了伤疤男几句，便让手底下的人开着车离开了。

他和谢随的赌约很多人都知道，脑门上的伤算是白挨了，不仅如此，他还要申请转班，并且以后在学校里看见谢随，都避着走。经过这次事件，姚武也清楚地认识到，谢随那样不要命的家伙，他是真的惹不起。

从回虎山公路回来的路上，蒋仲宁开车，丛喻舟坐在副驾驶，而谢随一个人坐在车后座，沉默着，一直没有说话。

丛喻舟透过后视镜望向谢随。他的手撑着额，脸色沉静，飞速流过的路灯在他的脸上投下斑驳的光影。谁能真的不要命？刚才生死之际走一遭，他心里应该也不平静吧。丛喻舟没有打扰他。

谢随终于摸出手机，拨出了一个号码。

手机响起来的时候，寂白正在吃饭。

"喂？请问是哪位？"

电话那端没人吭声，只有风在呼啸。

"喂？

"我听不见你说话。

"咦？"

女孩的声音就像温软的棉花糖，黏黏的，穿过他的耳膜，震颤着他孤独的心灵。

他也不知道为什么会在这个时候，如此渴望听到她的声音。

方才在生死边缘走过这一遭，看着漆黑无边的悬崖深渊，他心头升起一阵无名的恐惧。生死相隔，此生永不复见。这阵剧痛仿佛来自灵魂深处，像刀子一样剔刮着他的心，他的眼睛蓦然红了。

"白白，是谁的电话？"

"不知道，妈妈，可能打错了。"

电话里传来一阵冰冷的忙音，谢随放下手机，揉了揉眼角，平复着心里翻涌的情绪。

而第二天上午，那段视频在学校里传遍了。

当寂白从班级群里看到那段亡命飙车的视频，看到车几乎驶出悬崖之后骤停，谢随从车里走出来的画面，她感觉自己的心脏被一双巨大的手掌扼制住，无法呼吸……

没错，在梦里发生的车祸事故中，谢随的车冲出了悬崖，搜救人员找到他的时候，他满身的鲜血，虽然最终还是保住了一条性命，但他已经形同废人。

提前了吗？他避过一劫了吗？还是只是巧合？无数疑问缠绕着寂白，她心里很乱，同时也渐渐明白，就算谢随出了事，也怨不了任何人，都是他自己一手造成的！

她想到昨天接到的那个无名的电话，听见里面传来瑟瑟的风声，她的心突然揪紧了。她放下手机，冲出了教室。

殷夏夏不明所以，见她神情不对劲，也连忙追了上去："白白，快上课了，你去哪里啊？"

寂白没有回头，径直上楼，往谢随常待的天台走，碰巧和谢随迎面撞见。

两个人狭路相逢，面面相觑，寂白一张小脸因为愤怒，涨红不已。

谢随嘴角忽而绽开了一抹微笑，一句"来找我"还没问出口，寂白加快步伐走到他的身边，扬起手便是一巴掌——

她现在一切行为都已经不受理智所控制，只想好好发泄心中的郁愤，却在巴掌距离谢随脸颊不过半寸之际，停了下来。

她从来没有打过人，也狠不下这个心。即便是对可恶至极如寂绯绯之流，她都从来没有想过伤害她的身体，当然，她更多是出于不屑。

周围不少经过的同学都瞪大了眼睛，惊愕地望着寂白，她居然……居然敢对谢随动手！天知道，她哪里来的熊心豹子胆。

谢随的脸色冷了下去，侧眸望了望她的手，白皙柔软的掌心上缠绕着柔顺的纹路。

所有人都以为寂白死定了，哪怕她这一巴掌没有扇下去，但谢随是什么人，他能轻易放过她吗？

令人未想到的是，下一秒，谢随握住了她的手背，轻轻一按，让中止的那一巴掌，稳稳地扇在了自己的脸上。

"想打就打。"

谢随低垂着眉眼，浅咖色的眸子凝视着她，声音柔和——

"不用怕，你是我永远不会还手的人。"

第七章

你削的苹果特别甜

自从那件事以后，寂白有意疏远了谢随。

回想梦中，寂白每每翻阅谢随保留下来的关于那场事故的新闻报纸，看见报纸上那辆弯曲变形的赛车被人从山崖下拖上来，都觉得……心惊胆战。

而梦外的寂白无法确定，那场事故究竟是人为还是意外，甚至不知道经历姚武这次事件之后，他究竟有没有躲过一劫。

在梦中，谢随在校期间和寂白几乎没有任何交集，后来仿佛和她讲过这些事，但也是模模糊糊零零碎碎。

而现在，寂白和谢随的交集慢慢变多，实际发生的事情也和那些所谓"预知未来"的梦中情节有很多不同。寂白无法预料未来的结局会导向何方，她害怕这种不确定性，因为她现在唯一能够左右的仅仅是她自己的人生。

寂白遇到陈哲阳的那天，是冬日里少有的艳阳天。

她打开自行车锁链的时候，听到一个清朗的嗓音从她身后响起来："寂白？"

寂白回头，只见陈哲阳单肩背着背包，推着自行车立在她的面前，他还是少年时的模样，黑白分明的眼睛，英俊清秀的五官，一双微微上挑的桃花眼，带着春暖花开的微笑："没想到啊，来德新大学的第一天，就遇到你了。"

陈哲阳是寂白的青梅竹马，也是她在豆蔻年华里，唯一喜欢过的男孩，当然，是那种默默放在心底的喜欢。

陈哲阳非常优秀，作为交换生来到德新大学金融系。高中时，他总是稳居年级成绩第一的宝座，令无数学霸望尘莫及。他家境优渥，风度翩翩，谨言慎行，拥有良好的教养。和女孩接触的时候，他极有绅士风度，让人怦然心动。

任何女孩都没有办法抵抗这种男孩的诱惑力，包括青春期情窦初开的寂白。梦里，她确实在这个时间和陈哲阳重逢了。大学毕业前夕的那个晚上，陈哲阳对寂白告白了，两个人考上了同一所大学的研究生，理所当然地在一起了。

梦里的寂白甚至一度觉得，陈哲阳是她灰暗人生里唯一的一抹亮色。

但是之后关于他的梦境就很荒谬了……

陈哲阳一次又一次地劝说寂白去医院给寂绯绯输血，安慰她，告诉她这些都是她应该做的，他说："我喜欢的寂白，是个温柔善良的女孩，一定不会不管姐姐的死活。"

一开始是连哄带骗，到后来道德绑架，甚至是强硬地将她拖到医院。直到寂白奄奄一息之际，陈哲阳才把真相告诉她——陈哲阳喜欢的人是寂绯绯，因为寂绯绯很柔弱，能够满足他所有王子和英雄的幻想。

他之所以选择和寂白在一起，也是为了用这种方式，默默地陪伴在寂绯绯的身边，他觉得自己非常伟大，甚至勇于为爱情而牺牲自己的幸福。而为了成全他那自以为伟大的爱情使命，他真正牺牲的其实是寂白。陈哲阳和寂白的父母、寂绯绯一样，本质上都是打着感情牌吸血的魔鬼……

"咦，小白，你不认识我了吗？我是哲阳哥啊。"陈哲阳揉揉后脑勺，"咱们都有好多年没见面了，怎么，你不认识我了吗？"

寂白眼角微冷，淡淡道："怎么会，我怎么会不认得哲阳哥？"

只要想到面前这张温和可亲的面孔下可能藏着伪善可恶的用心，寂白就充满了警惕。

"没想到一晃这么多年，你都长这么高了，都快认不出来了。"

陈哲阳走过来想要伸手摸摸寂白的脑袋，不过寂白敏捷地避开了。

感受到寂白对自己的冷淡，陈哲阳有些不解："怎么，多年不见，跟哲阳哥生疏了吗？"

"人都会改变。"寂白转过了身，"我也不是以前的我了。"

梦里的寂白喜欢陈哲阳，明明白白，陈哲阳心里也知道，所以他一直吊着寂白，直到下定决心"为爱牺牲"，他才选择向寂白"告白"，寂白以为自己的爱情降临了，沉浸在爱情的惊喜中，却不会想到，一切会是一场骗局。

寂白推着车离开，陈哲阳一直陪在她的身边，和她一起走出了校园。

"对了，明天我们寂、陈两家要一起吃饭，这件事你知道吗？"

"不知道。"

"那就当我提前告诉你吧，到时候你一定要来啊，还有你姐姐。"

说到寂绯绯，陈哲阳的神情都温柔了许多："对了，她的病情好些了吗？也真是可怜，生了那样的病，白白，作为妹妹你可要照顾她啊。"

寂白心里想着，她怎么就那么蠢呢，看不出来陈哲阳对寂绯绯的一片赤忱之心。

"我还有些事，就先走了。"寂白实在不想与陈哲阳多费唇舌，骑上自行车，准备离开。

"等一下。"陈哲阳挡在寂白面前，不解地问，"白白，是我哪里做得不对吗？怎么感觉你对我……和以前不一样了？"

"没有，我要回家练琴了。"寂白态度依旧冷淡，"请你让开，行吗？"

陈哲阳是真的察觉到不对劲了，作为一个在别人眼中几乎完美无瑕的男孩，他当然要寻根究底，把事情弄清楚了："是不是我哪里惹你不高兴了，你才对我这样？"他挡在寂白的面前，并不准备轻易放她离开，"你说清楚，不然我今天晚上都会睡不着。"

"你睡不睡得着，跟我有关系？"

就在这时，谢随和丛喻舟几人也骑着山地自行车从学校里出来。

谢随望见了不远处马路边争执不下的男女，男孩挡在寂白的身前，看样子是缠上她了。谢随的眼角冷了冷，变暗的眸子里蓄了一丝怒意。

丛喻舟说："看来真有不少人惦记着你的寂小白啊，随哥，管不管？"

谢随面无表情道："老子没这么犯贱。"

寂白既然不搭理他，和他保持距离，他也不想死缠烂打，闹得场面难堪。谢随骑上自行车，径直从两人身边驶过，还吹了声悠长的口哨。

寂白看到谢随一闪而过的身影，心头蓦然一惊，不过很快就恢复了平静，看样子他是不会多管闲事，这样最好。

谢随将车速放缓了，心里有个声音在不住地说——

"吱个声，老子就回来帮你。

"哪怕叫声名字也好。

"我会帮你的，你喊我一声。"

女孩紧咬着下唇，倔强地一言未发。

"该死。"他终究还是放心不下。谢随将自行车掉了头，暴戾地朝着陈哲阳冲了过来，经过他停靠在路边的自行车，顺手一提，用力往正前方的梧桐树扔了过去。

只听一声"哐"的巨响，陈哲阳的自行车撞上了梧桐树，整个车轮都变形了。

陈哲阳被这突如其来的惊变吓了吓，不明所以地望向谢随："你干什么？！"

谢随踩下刹车，长腿点地，眸子里带着一股凌厉之意，冷冷睨着他："看你不爽，行不行？"

寂白趁此机会，赶紧骑车准备离开，陈哲阳的手落到寂白肩上："小白，等一下……"

"拿开你的脏手。"谢随突然怒了，扔下自行车走过来，准备给陈哲阳点教训。

寂白害怕姚武的事件重演，陈哲阳可不是姚武之流，他家有钱有势，轻易得罪不得。她挡在了谢随身前："这是我的事，不用你管。"

谢随眼角的怒意渐渐冷了下来，取而代之的……是一丝难以言说的寒凉。

"再说一遍，不用我管？"

"你不要管我的事了，谢随。"

寂白不敢看他的眼睛，推着车匆匆离开。

而此时丛喻舟和蒋仲宁也跑了过来："行了，没多大的事，你是刚转来的新生吧？我们也不和你过去，自行车赔你，行吧？"

陈哲阳初来乍到，也不想和这帮人计较，见寂白离开了，他不再耽搁，推着自行车离开，眼底尽是不屑。他不屑于和他们计较，都是社会底层的败类，拉低他的格调。

谢随很熟悉陈哲阳眼底的轻蔑之意，这样的眼神，他见过很多，那些自诩上流的家伙，可不就是喜欢用这样的眼神审视他吗。

谢随攥紧了拳头，手背有青筋隐现。他所爱慕渴望的女孩，那个宛如初雪般干净纯白的女孩，会打心眼里看不起出身底层的他吗？

谢随骑着车，一言不发地离开了。

身后，丛喻舟和蒋仲宁面面相觑，不明白他这又是怎么了。

寂白回到家中，寂绯绯正站在全身镜前试裙子，裙子是浅粉色流苏的款式，她拎着裙摆兜了一圈，欣赏着镜子里的自己。

"妈妈，哲阳哥这次从美国回来，还会走吗？"

"听说是不会了。"陶嘉芝说，"以后应该都会留在国内。"

"真好，这样以后就可以经常见到哲阳哥了。"

"是啊，听你陈叔叔说，他是特意要求转到德新大学做交换生的，就是因为两个妹妹在德新大学。"

"是吗？妈妈，我真开心。"

寂白知道，寂绯绯对陈哲阳的兴趣，远远没有对谢随的兴趣大。一个是阳光开朗的邻家哥哥，另一个是阴冷痞坏的不良学生，像寂绯绯这种从小到大不缺爱的女孩，更乐于奉献自己的爱，去温暖后者。

但是寂绯绯也知道，自己的妹妹寂白自小对陈哲阳有好感，而陈哲阳喜欢的人，却是她，这让她感到无比满足。寂绯绯经常会用这件事来打趣寂白，令她心碎，这让寂绯绯觉得自己很有魅力，也很有成就感。

寂绯绯见寂白面无表情地经过，有意要刺激她，说道："白白，哲阳哥回来了，刚刚他来找了我，还给我带了一盒外国的巧克力呢。白白，你别客气，拿着吃。"

巧克力就摆在茶几上，包装精美，还捆着漂亮的绒花系带，看上去价格不菲。

梦里，寂白为了这盒心上人送给姐姐的巧克力，伤心不已。

然而现在，寂白内心毫无波澜，而且她早有准备，从背包里抽出了刚刚去进口商店买的一盒巧克力，对寂绯绯道："谢了，姐姐，刚刚我遇到了哲阳哥，他也送了我一盒，不过我不爱吃巧克力，姐姐喜欢就给姐姐。如果你吃不完，就扔了吧，不用还我。"

说完她放下巧克力，上楼回了房间。

寂绯绯攥着裙摆的手蓦然握紧了，方才陈哲阳来找她，分明说的是只送给了她一个人，没想到转头居然又送了一盒给寂白！

寂白深知，寂绯绯高傲的自尊心，受不了爱慕自己的男孩对别的女孩一视同仁。

其实，寂白觉得自己做这些事也挺无聊的，如果寂绯绯不向她炫耀巧克力的事，寂白压根不会把买的那盒巧克力拿出来。但寂绯绯显然是心怀恶意说出这件事，目的就是让她心碎，那么寂白也不会坐以待毙。

次日清晨，寂白穿着一件纯白色的羽绒服，走下了楼梯。

那两盒巧克力都已经被寂绯绯扔进了客厅垃圾桶里，连封带都没有拆开。

寂绯绯并不稀罕陈哲阳送的礼物，她只享受被他追求的感觉及……享受寂白吃醋伤心所带给她的快感。除此之外，陈哲阳其人对她而言，没有任何价值。

寂白面对那两盒被丢弃的巧克力，也没有特别的感觉。

梦里她被陈哲阳伤害的痛苦，已经让后来的谢随完完全全地治愈了。而梦外的寂白面对年少时喜欢的男孩，内心毫无波澜，甚至带有一丝厌恶。每每想起梦中的陈哲阳那自以为伟大的爱情和为爱"牺牲"的决心，就让寂白觉得恶心。

寂、陈两家的家宴定在海天盛筵大饭店。两姐妹随父母一道出席。

陈家与寂家是世交，生意上也有千丝万缕的利益牵扯，因此，两家人都在小心翼翼地维系着彼此的友谊，时常会一起聚餐。

这次陈哲阳归国的契机，也正好促成两个家庭的又一次聚会。

寂绯绯盛装出席，粉红色的小冬裙，配着兔毛小坎肩，披肩长发的发尾微卷，宛若童话世界里走出来的公主。

陈哲阳的目光却被她身边的寂白吸引了。

寂白只穿了件简单的羽绒服，扎着马尾辫，脂粉未施，她细腻白皙的肌肤剔透如雪，根本不需要任何妆容的修饰，清润的质感胜过了精心修饰打扮的寂绯绯百倍。

不知道为什么，陈哲阳觉得寂白好像变了，不再是过去那个畏畏缩缩、一见到他就脸红的小女孩。她变得从容、淡定，而且更加自信，偶尔飘来的一个疏淡的眼神，足以令陈哲阳感觉动人心魄，他的心跳不可避免地加速了。

和她比起来，刻意修饰打扮之后的寂绯绯，多了几分谄媚的味道。

寂白当然不知道，自己这无所谓的敷衍态度，会在陈哲阳心里造成这样截然不同的观感。但她发现了陈哲阳一直在看她。

又或许这就是网上经常说的"自古深情留不住，唯有套路得人心"，以前寂白那么喜欢陈哲阳，却不曾入得了他的眼，现在她爱理不理的样子，反而激起了陈哲阳的兴趣。寂白只觉得荒唐可笑。

陈哲阳的父亲就是德新大学的校长，陈振恒。

孩子们都在德新大学念书，因此两家大人聊天的主题还是落在子女的教育问题上，他们聊着教育制度改革，聊着家庭的影响和社会责任等问题。

陈哲阳适时地从包里摸出了一盒包装精美的糖果，朝着两位妹妹微微一笑。

寂绯绯原本以为，那盒糖果是送给她的，她端了端裙子，正准备站起身，优雅矜持地接过来。

却没想到，陈哲阳转向了寂白："小白，昨天的事是我不好，太没礼貌了。喏，这盒糖果算是我的赔礼道歉，也是我特意从美国给你带回来的礼物。"

寂绯绯脸色变了。他分明已经送了寂白巧克力，为什么现在还要送糖果？这不是故意给自己难堪吗！

姐姐只有一份，而妹妹却有两份……孰轻孰重，一目了然。

陈哲阳完全不知道寂绯绯误会成了这个样子，他之前送给寂绯绯的巧克力是私底下送的，送给寂白的糖果是当众送的，更加表明了他对寂绯绯的心意啊。他肯定想不到这样的做法，却让寂绯绯误会了。

寂白像个局外人般，冷眼看着这一出出连台登场的好戏，淡淡道："谢谢你的糖果，但是我不太喜欢吃糖，给我也是浪费了，不如送给姐姐，她很喜欢吃糖。"

陈哲阳很懂分寸，也没有坚持，转向了寂绯绯："既然如此，那就给绯绯吃吧，我知道你特别喜欢吃糖果。"

寂绯绯气得嘴唇发紫，口不择言道："凭什么她不要的就给我！打发叫花子吗！"

此言一出，在场的大人脸色顷刻间垮了下来。

"绯绯！怎么说话呢！"

"怎么这样没礼貌！"

陈哲阳显然也是没有料到，一向温柔可人的寂绯绯会说出如此怨毒的话语，他惊呆了："我……我只是觉得你喜欢吃糖果，没有别的意思，你千万别生气。"

"我……"

寂绯绯在家长面前一贯扮演的是善良恭顺的好女儿，现在她突然这样，令人猝不及防，陈家父母相互交换了眼色，不发一言。

意识到自己失态了，寂绯绯轻轻地咳嗽了一声，试图转圜道："我只是有点累了，心情不太好。"

寂白告辞去了一趟洗手间。没多久，陈哲阳也跟了出去。

寂绯绯终于连伪装一下的欲望都没有了，全场冷脸，令两家父母感觉非常尴尬。

明亮的走廊间，寂白扭开水龙头，用冰凉的冷水冲了冲手，抬头望见镜子里陈哲阳那英俊的面容。陈哲阳五官英挺端正，给人一种浑身充满了正能量的感觉。

"小白，昨天的事，我想向你道歉，是我太没有礼貌了，你还在生我的气吗？"

寂白摇了摇头："没有，不需要道歉。"

她没有将他放在心上，所以根本不会为他生气，现在的陈哲阳已经勾不起她任何情绪上的波澜了。

寂白这冷淡的模样，让陈哲阳心里感觉涩涩的，特别不是滋味。她好像真的变了，不再是过去那个唯唯诺诺、胆小怯懦的可怜虫。

气质的改变连带着让她的容貌似乎都发生了改变，她变美了，是那种由内而外散发出来的美，就像含蓄的花苞在暴风骤雨之后，一夜盛放，那种极致的美丽是根本遮掩不住的……

陈哲阳看着她离开的背影，怔住了。

两家人从海天盛筵大饭店出来，泊车员将轿车驶到路边，拉开了车门，恭敬地迎着他们上车。

恰是这时候，对面一家名叫飞越网咖的店门前，走出来几个笑闹的男孩。正是谢随他们。

丛喻舟用手肘戳了戳谢随，谢随抬起头，望向了马路对面，原本噙在嘴角的笑意顿了两三秒，然后悄无声息地隐去了。

他在人群中一眼锁定了寂白。羽绒服的白绒毛裹着她白皙的脖颈，皮肤润得仿佛可以掐出水来，她跟在大人的身边，温顺而乖巧。陈哲阳穿着得体的西服，礼貌绅士地为她拉开了车门。

遥遥的马路，仿佛隔开了两个全然不同的世界。而谢随偏偏在最污浊不堪的泥潭里，肖想着如此美好的她。

他单手揣在兜里，紧紧捏着钥匙扣上的小狗挂坠，直到手心被尖锐的轮廓硌得生疼，他缓缓松了手，感觉心头也空了一块。

谢随眸子里的光也在一瞬间熄灭，随后一言不发地转身离开了。

校长陈振恒喊了谢随两声，谢随头也没回，转入了阴暗的巷道里。

寂明志问："那孩子谁啊？"

陈振恒望着他的背影，淡淡道："我们学校的学生。"

"你们学校还有这种……"寂明志斟酌了话语，"这种层次的学生啊？"

陈振恒笑了笑："体育生，体考进来的，分还挺高。说起来，他爸以前是我们学校的保安，也算是我半个朋友，后来犯事判刑，我答应了他要照顾孩子，直到毕业。"

寂明志还挺好奇："这一个保安，能犯什么事啊？"

"杀了人。"

寂明志背后冒出了密密麻麻的鸡皮疙瘩："杀人犯的儿子啊！真是……哎呀，我看他就不像是什么好东西，绯绯，白白，以后你们要离这种人远一点！知道吗！"

寂绯绯"嗯"了声，乖巧地答应，而寂白坐进了车里，闷不吭声地望着雾蒙蒙的窗外。

谢随那冷沉的背影渐渐消失在了漆黑泥泞的巷子里。

喧嚣吵闹的酒吧包间里，丛喻舟叫来了几箱啤酒，安抚刚刚"劫后余生"的紧张情绪。

"网吧出来居然直接碰到陈校长了，这是什么运气！"

蒋仲宁瘫在沙发上，有气无力地说："本来游戏打得挺爽，现在想想都烦。"

丛喻舟递来话筒："别想了，唱歌去，我再叫几个兄弟过来玩，把场子热起来，今天晚上不醉不归。"

蒋仲宁接过了话筒，点了一首周杰伦的《退后》，兀自唱了起来。

谢随独自坐在射灯照不到的角落里，细碎的刘海斜下来，在他深邃的眼底投下一片阴影。他手里拎着啤酒瓶，一口一口就没停下来过，不知道喝了多少。

脑海里回放着童年时的许多画面，他被人推进脏污的泥坑里，听着他们大喊："他是杀人犯的儿子！我们不要和他玩！"

"我不是！"他努力分辩，"我不是杀人犯的儿子。"

"就是！你爸爸杀了人，你就是！"

"没有，我爸爸没有杀人！"

后来渐渐长大了，他手里有了力量，可以将那些欺负他的人按进泥泞中，揍得他们哇哇大叫。可是他也不再为那个男人争辩一个字，他背负着自己的宿命，默默地承受了这一切。

那女孩想必也知道了吧，怪不得，连看都不想多看他一眼。他爸是杀人犯，他是满身污垢的垃圾，怎么配站在她的身边？

谢随又喝了一口酒，精神开始发散，陷入了浑浑噩噩的状态，唯一的感觉就是想到她时，胸口那一阵又一阵细密的刺痛感。

就在这时，又有几个男孩进了包间，其中有人带了两个妹子来。

丛喻舟说："萧秦，这两位是？"

"咱们学校的同学，方悦白和贝欣怡，都是好学生，第一次出来玩，你们对人家客气点。"

蒋仲宁戳了戳丛喻舟，低声道："这个方悦白学姐，成绩很好。"

丛喻舟倒是不关心对方成绩好不好，只是注意到她唇红齿白的乖巧模样、眉眼间的神情，跟寂白倒有几分相似的味道。甚至连名字，都有一个"白"。

丛喻舟索性道："小白同学，你坐到随哥身边去吧，他今天心情不太好，你让他少喝点。"

方悦白显得有些羞涩，抬头看了对面沙发上的谢随一眼，脸颊蓦然变红了，扭扭捏捏，不太好意思。

丛喻舟这话也不算冒犯，本来就是兄弟找乐子的局，也没人强迫这些女孩过来玩，既然她们自愿来了，说明她们是有想法的。

方悦白偷偷摸摸瞥了谢随好几眼，终于下定决心，走到他身边坐下来，整张脸都红透了。"随哥，你喝多了。"她柔声劝道，"别喝了，好不好？"

谢随这才注意到身边的女孩，他抬起醉意蒙眬的眼睛，睨了她一眼。

她的眉眼虽与寂白有几分相似，但是谢随还没有醉到分不清人的地步。

"你谁？"

方悦白细声道："我叫方悦白，朋友都叫我小白。"

"小白……"谢随舌尖抵着下齿，慢慢念出了这两个字，寡冷的眸底竟泛起几许温柔。

方悦白心头一喜，以为谢随对她有好感，于是伸手撤去了他手里的啤酒瓶："你喝醉了。"

而谢随腾出来的手，忽然捏住了方悦白的下颌，他浅咖色的眸子盯着她看了许久。

方悦白感受着他指尖的粗粝质感，心跳加速，血液都沸腾了起来。

"我是杀人犯的儿子，你不怕我？"

方悦白以为谢随喝醉了说胡话，她战战兢兢道："我……不怕。"

"你不怕有什么用？"谢随突然话锋一转，重重甩开了她的脸，冷笑着说，"你又不是她。"

夜深了，寂白在床上翻来覆去睡不着觉，肚子饿得咕咕叫。

她索性起床，在毛茸茸的睡衣外面套了一件宽松的长款羽绒服，准备去小区门口的二十四小时便利店买点关东煮。

夜空里飘着雨星子，落在脸上带了丝丝凉意。

寂白买了热乎乎的关东煮，从便利店里走出来，呵暖着冰凉的小手，迫不及待地给自己喂了一颗热乎的牛肉丸。

好烫好烫！她站在马路边，傻了吧唧地呵着气……

马路对面的巷子里，有一抹熟悉的身影。男孩逆着光隐没在黑暗中，轮廓模模糊糊看不真切。绿灯亮了，男孩转身离开。

寂白捧着关东煮，加快了步伐过马路，追上了男孩。

"谢随，你在这里干什么？"

谢随脚步顿住了，他的手死死攥着拳头，却没有说话。

他怎么会知道，莫名其妙便走到了这里，想见到她。即便明知见不到，哪怕离她更近一些，他那颗躁动的心都会获得安宁与平静。天知道，他真的见到她从便利店出来的那一刻，全身的血液都烧了起来。这是生平唯一的一次，谢随觉得老天待自己不薄。

寂白低头看了看热乎乎的关东煮，询问道："你吃饭没？饿不饿？"

谢随没有作声。

僵持了几分钟，寂白无可奈何道："谢随，那我就先回去了哦。"

她说完转身要离开，却不想谢随突然上前一步，攥住了她的手腕，用力地将她按在了墙边。

寂白猝不及防，被他抵在了粗糙的墙面，他紧紧地贴着她的身体，脑袋抵在她耳侧的墙边，沉声说："我会变成你喜欢的样子，行吗？"

她感觉到了谢随身上那股微醺的醉意，夹杂着薄荷味，那是属于他的独特气息。

寂白有些慌了："谢随，你喝醉了，放开我。"

谢随没有放开她，反而压得更紧了，他衣料单薄，寂白能够感受到从他身体传来的热感。他全身烫得就像烧红的烙铁。

寂白根本挣脱不开他的桎梏，甚至感觉呼吸都有些艰难了。

谢随凝望着她的眼睛，那黑漆漆的眸子带着恐惧，宛如一头受惊的小兽。

"谢随。"她声音里带了些哀求的意味。

谢随又心疼又着急，思绪紊乱，低声对她说："小白，别怕我……我舍不得欺负你。"

"那你放开我。"

谢随没有放开她，他的指尖轻轻地抚到了她的唇畔，点住了她柔软的下唇瓣，浅咖色的眸子里，渴望与克制的情绪纠缠着……他的手盖住了她的唇，然后轻轻地闭上了眼睛，吻住了自己的手背。

寂白猛地睁大了眼睛，看着他深情的眉宇。这是她第一次如此深切地感受到这个男孩偏执而浓烈的爱。他长而细密的眼睫毛微微地战栗着……寂白嗅到了他手上的薄荷气息。

她用尽全身的力气，推开了他："谢随，你喝醉了，早点回去吧。"

谢随狼狈地望着她，热切的眼神也渐渐凉了下来。

她捡起洒落一地的关东煮，扔进垃圾桶，回头对他说道："我不喜欢酗酒的人，谢随。"

"那你喜欢什么样的？"

"不知道！"

寂白赌着气说完这句话，重新走进便利店，关东煮已经卖完了。她叹了一声，幽幽地埋怨起谢随：真是个神经病。

谢随并没有离开，他看着她一无所获地从便利店出来，沉着嗓子说："给我十分钟。"不等寂白回答，他便大步流星地离开了。

寂白不明白他想干什么，此刻已然夜深，她好几次转身便想走，但都没有挪动步子，不知为何，她很不想看到谢随眼里那种失望的神情。那种神情会让她觉得心疼。

谢随真的没有食言，说好的十分钟，他只花了十分钟，便从一公里外的另外一家便利店里，买回了一盒热腾腾的关东煮，送到寂白的手边。

寂白看着满满胀胀的盒子，怀疑谢随把人家店里的关东煮都捞光了。

他的胸口轻微地起伏着，显然是一路狂奔回来的，身上衣服的颜色因为雨星子的湿润，加深了许多。

寂白饿得不行了，一盒关东煮的确可以治愈她烦躁的心情。她抿抿嘴，对他说："谢了。"

在寂白准备过马路的时候，谢随扬着调子唤了声："小白。"

她防备地回头："干吗？"

"不干吗，叫一下。"他眼角微弯，眼底闪了光。

寂白耸耸肩，恰逢绿灯亮了，她小跑着过了马路，回了自家的小区。

坐在书桌边，她用小勺子舀起牛肉丸，一口咬了下去，筋道的牛肉丸汁液四溅，差点烫了她的唇，寂白连忙吹了几下。

这时候，谢随的消息进来："好不好吃？"

关东煮不都是一个味道？难不成他买的就会更特别一点吗？

寂白没搭理他。

圣诞节那天下午，德新大学没有课，但是也没有放假，同学们可以在学校里自由玩闹过节。

大礼堂会组织播放电影《圣诞惊魂夜》，几乎大半的同学会去看电影。

午间下课，陈哲阳将寂白叫了出去，对她说："我刚刚从朋友那里拿到两张票，下午一起去看电影吧。"

寂白看着他真诚的微笑，淡定地问道："怎么，我姐姐不去吗？"

陈哲阳嘴角微笑僵了僵，不可置信地看着寂白："你怎么会这样以为啊！"

"不然呢？"

梦里，陈哲阳开始是邀请寂绯绯去看电影，可是被寂绯绯拒绝了，他转头便邀请了寂白，寂白受宠若惊，开心地答应了，却没想到寂绯绯突然改变主意，当寂白收拾打扮妥当，期待地来到大礼堂，便看到寂绯绯和陈哲阳坐在一起。寂白当场便抹眼泪了。

寂绯绯装模作样地对陈哲阳说："要不你还是和我妹妹看电影吧，我是姐姐，应该让着她。"

她的话反而激起了陈哲阳的保护欲，他对寂白好言相劝道："白白，姐姐生病了，你应该让着她。"

寂白掉眼泪的样子引来了不少同学的围观和议论……

想到梦里的事情，寂白脸色越发冷淡了。她对陈哲阳说："放心吧，寂绯绯会跟你去的。"

"可我，我没有邀请你姐姐啊。"

寂白微感诧异，他居然没有邀请寂绯绯。

陈哲阳有些心慌，脸颊泛了红："我只邀请了你，你要是不去的话……我也不去了。"

寂白觉得哪里不对劲，这怎么跟预想的剧本不一样？她斟酌了片刻，还是决定接过票。

陈哲阳以为她同意了，心满意足地离开了。

寂白给殷夏夏发了信息，让殷夏夏给她捎带一个好看的信封，写情书用的那种。

五分钟后，殷夏夏将粉红的信封递到寂白手上。信封果然是充满少女心的粉红色，四周印着清新的暗纹花边，还飘着一股淡淡的香气。

殷夏夏坐到寂白身边，八卦地问她："小白白要给谁写情书呀？"

寂白将电影票塞进了信封里，小心翼翼地封好，淡淡一笑："寂绯绯。"

"……你口味有点重。"

寂白从笔袋里抽出中性笔，模仿着陈哲阳的字迹，在信封上写下了"寂绯绯收"四个字，同时还在右下角落款了陈哲阳的名字。

她将信封递给殷夏夏："帮个忙，想办法把这信封送给寂绯绯，当众给她，越多人看见，越好。"

"为什么要越多人看见越好？"

"听我的就是了，一定要当着人送，不然就没作用了。"

寂白太了解寂绯绯了，如果陈哲阳私底下约她，她多半不会感兴趣。但是如果是以情书的浪漫形式，当着很多人送出去，会大大满足她那酷爱出风头的虚荣心，她会欣然接受这张电影票。

殷夏夏不解："白白，你这是想干什么呀？干吗要把陈哲阳那么好的男孩拱手相让？"

"陈哲阳，好男孩？"寂白笑起来，"他算哪门子好男孩。"

渣得明明白白的渣男了好吧。

"不是吧？"殷夏夏难以置信地说，"白白你什么眼光啊，陈哲阳真的是很好很好的男孩了。陈校长的儿子，家里有钱，学习又好，人也长得帅，你不是一直很欣赏他吗？"

"凡事都不要只看表面，坏人不一定真的坏，好人也不一定……真的会对你好。"

殷夏夏突然八卦地笑了起来："听你这话的意思……你总不会觉得，一直欺负你的谢随，会比陈哲阳好吧？"

寂白微微一怔，几乎是想也没想，脱口而出——

"陈哲阳不配和谢随比。"

丛喻舟抱着篮球从教室后门走进来，放下篮球，趴到呼呼大睡的谢随桌边，伸手扯了扯他的小刘海。

蒋仲宁对他做了个抹脖子的手势，比口型道："你要完。"

谢随的起床气发作起来，一般人受不住。

丛喻舟狡黠一笑，附在谢随的耳畔，轻声说："小白约你下午去礼堂看电影。"

两秒以后，谢随的身体突然机械地动了动，他抬起头，惺忪蒙眬的浅咖色眸子带了些小性感。

"什么？"

丛喻舟笑道："没什么，我瞎说呢，你继续睡。"

谢随起身，踱着懒散的步子去了阳台水槽，扭开水龙头对着脸就是一阵猛拍，然后还蘸水揉了揉自己的头发。

丛喻舟倚在窗边，看着摆弄发型的谢随，忐忑地说："如果我现在告诉他，约他看电影的'小白'，可能不是他想的那个'小白'，他会不会卸我一条腿？"

蒋仲宁艰难地咽了口唾沫，拍了拍丛喻舟的肩膀："哥，逃命吧。"

所以谢随"精心打扮"之后，准时地等在了约定的教学楼下。

不多时，方悦白出现在他的视野中。她穿着可爱的小冬裙，头发扎成了马尾，鬓间垂着几缕微卷的发丝，分外娇俏。

她冲谢随扬了扬手，谢随脸色变了变。他抬起头，五楼阳台上丛喻舟和蒋仲宁连忙将脑袋缩了回去，逃之夭夭。

方悦白手里捏着两张票，忐忑又兴奋地对谢随道："我以为你不会来。"她声音又软又糯，还带着丝丝战栗。

谢随正要开口，恰在这时，寂白手里端着一碗土豆泥，和朋友们从教学楼侧面的小路走过来。

阳光下，她那漆黑的眸子显得剔透漂亮极了，即使是站在人群中，也总是让他一眼望见她。

寂白正和女孩们谈笑聊着天，偏头看见谢随和一个陌生女孩在一起，她说话的语速明显慢了半拍。稍稍停顿了一下，她继续和朋友们讲着什么事情，脸上挂了笑。

谢随目光落在她的身上，便抽不回来了。

寂白从他身边经过，望了他一眼，却没有打扰他。

谢随突然有些火了，他抬腿朝着礼堂走了过去，方悦白在他身后，不解地喊了声："哎，谢随。"

别说，这方悦白不仅长得像寂白，名字像，就连嗓音都挺像。

这一声"谢随"，叫得他脊梁骨蹿起一阵激灵。

他微微侧过头，沉声说："不是看电影？"

方悦白大喜过望，连忙追了上去："你等等我。"

进楼前，寂白忍不住回头望了一眼，谢随背影挺拔，方悦白跟在他的身后，乖巧得宛如小媳妇似的。

寂白轻轻地呼出了一口气，转身进了教学楼。

寂白认得方悦白，校光荣榜上还贴着她的照片呢，校一等奖学金获得者，非常优秀，平日里温文尔雅，连说话也是轻轻柔柔的。谢随或许会喜欢她吧。

殷夏夏在寂白身边絮絮叨叨："哎呀哎呀，刚刚还说谁谁不配跟谁谁比呢，这还没过半小时呢吧，谁谁就勾搭上别的妹子了。啧，变心来得太快，就像龙卷风。"

寂白推开她的脸蛋，漫不经心道："看你的电影去吧，就快开始了。"

"你真不去啊？"

"不去了，我学习。"

她现在过去瞎凑热闹，刚刚的谋划便付诸东流了。

殷夏夏和朋友们一块儿去了大礼堂，没多久，给寂白去了一条信息：

"谢随跟方悦白坐了还没两分钟就走了，方悦白现在一个人抹眼泪呢！"

寂白知道，谢随一贯如此，他的脾气是真的坏透了。但即便如此，寂白还是讨厌不起他来。

梦里所有人都对她好的时候，只有谢随对她不好，欺负她。而在全世界都抛弃她的时候，也只有谢随，张开双臂紧紧地护着她。

果然如寂白所料，寂绯绯收到这封装着电影票的充满少女心的信封，脸上浮现了满意的微笑。纵使她对电影和陈哲阳都不太感兴趣，但虚荣心作祟，她也答应了下来。

从殷夏夏发回来的现场"直播"里，事情的走向和寂白所预想的一样。

寂绯绯来到大礼堂，按照票上的位置坐下来，陈哲阳看到来的人是她，相当惊讶，甚至回头望了好几眼，寻找寂白的身影。

"绯绯，是你啊？"

"对啊，怎么了？"

"这张票……是寂白给你的？"

寂绯绯一下子怒了，站起来冲他道："你什么意思？"

陈哲阳想到在饭桌上寂绯绯的骄纵盛气，以为是她拿走了寂白的电影票，所以脸色冷了下来——

"这票是我送给寂白的，怎么会到了你这里？"

寂绯绯看到周围同学交头接耳的样子，感觉脸都丢尽了，气得浑身发抖："陈哲阳，这明明就是你给我的，你还是不是男人了！喜欢我都不敢承认！"

"我……"陈哲阳也是非常要面子的男孩。当众被戳破心事，他羞愤得涨红了脸，压低声音问道："寂绯绯，你胡说什么！"

"我胡说？你喜欢我的事人人都知道，寂白也知道！你还装什么啊？"

"寂绯绯，你是不是疯了！"陈哲阳死不承认，恼羞成怒道，"我从来没有说过喜欢你，以后也不会喜欢你，这张票是我给寂白的，我永远都不会喜欢你这样盛气凌人的女孩！"陈哲阳说完，气冲冲地离开了大礼堂。

大礼堂的同学难以置信地看着寂绯绯，很难想象，平日里阳光又励志的寂绯绯女神会这般失态，可是仔细想来，自从那日微博炮轰寂白，崩人设上热搜以来，寂绯绯就真的完完全全像是变了一个人。又或许，过去的一切都是伪装，现在的她才露出了其本质的冰山一角。

寂绯绯见有人拿出手机对着她拍照，她冲那人吼了一句："拍什么拍！"

而这样的厉声质问换来的是更多人摸出手机，拍下了她的丑态，开始发微博了。

寂绯绯只能捂着脸，气急败坏地离开了大礼堂。

透过模糊纷乱的视频，寂白冷眼看着这一切。

谢随缓步溜达到篮球场，丛喻舟扔下篮球，笑着对谢随道："随哥，不是和'小白'去看电影了吗？怎么，'小白'把你甩了啊？"

说起这个谢随就是一肚子气，抬腿对着丛喻舟屁股就是一脚，幸而这家伙闪得快，不然还真得结结实实挨他一记"夺命腿"。

"随哥，这也不能怪我啊，谁让她名字跟艺术学院的小白这么像呢。"丛喻舟嬉皮笑脸地说。

"以后少给我提这两个字。"谢随在篮板边坐了下来，浅咖色的眸子里浮起一丝暴躁的戾气。

"又怎么了？"

"看明白了。"

就在刚刚，谢随从寂白那漫不经心的神情里看明白了，她好像是真的不喜欢他，无论他和什么女孩一起看电影，她都不在乎。因为不喜欢，所以不在乎，他做任何事，都无法在她心底掀起半寸波澜。

忍不住骂了句脏话，谢随躺在了篮球场上，双手打开，任由刺目的阳光照射在他的脸上，有些颓丧。

是他魅力不够吗？不会啊，他觉得自己的外表还是能打九十八分，剩下两分是谦虚。

因为他穷吗？这倒有可能，但是他绝对不会穷一辈子，谢随对自己有足够的信心，他甚至都下定决心了，只要小白愿意接受他，他挣一百绝对给她花九十，剩下十块钱给自己。

蒋仲宁拎着一口袋苹果走来，对谢随道："我女朋友的爱慕者送给她的，她让我分给哥儿几个吃。"

丛喻舟咧咧嘴，翻了翻口袋里那几个包装精美的红苹果："情敌的苹果你都吃，还有没有骨气了？"

蒋仲宁毫无心理压力，抓起苹果洗也不洗，一口咬了下去，含混不清道："现在知道你仲宁哥魅力无边了？"

"你女朋友都名花有主了，还有人给她送东西呢，别是背着你在外面拈花惹草吧。"

"那不能，撬我墙脚的家伙多了去了，你嫂子搭理过谁？"

"你还挺狂，墙头一片绿的时候别来跟哥儿几个哭诉。"

"呸，乌鸦嘴。"

谢随心情烦闷，懒得听两人打嘴仗，他起身离开。不过走了几步，某人又暗戳戳地折了回来，闷不吭声地从蒋仲宁的口袋里顺走了一个又大又圆的红苹果。

德新大学的图书馆自习室是学霸聚集地，即便是全校都在庆祝节日，自习室里还有不少同学，正埋头做题，为各类考试做准备。

寂白也是其中之一。

她坐在靠走廊这一面的窗边，正低头在草稿纸上写着什么，看起来相当专注，长长的睫毛浓密卷翘，辫子耷在肩头，小耳朵略有些泛红。

谢随敲了敲窗户，女孩恍然间抬起头，看到是他，眼底略有诧异之色。

他似乎有话要说，于是寂白起身从里面将窗户推开。

"谢随，"她嗓音带着一点晨间初醒的迷蒙感，似还没从复杂的英文长难句中回过味来，黑漆漆的鹿眼带着些茫然——"你有事吗？"

谢随晃了晃手里包装精美的红苹果："吃不？"

寂白眨巴眨巴眼睛，看见花花的透明袋里塞着一张便笺，写的是——

"亲爱的微微，圣诞快乐，我永远爱你。"

寂白："……"

不知道他从哪儿搞来的苹果。

"不吃了，谢谢。"寂白坐下来，准备继续做习题。

谢随知道她会这么说，他也懒得废话，从包里摸出了一把折叠刀，站在窗户边就开始削苹果了。刀锋尖锐，发出沙沙的清脆声音，薄薄的苹果皮一圈一圈地挂了下来。

寂白忍不住朝他望了一眼，发现他的手是真的漂亮，手背皮肤很白，因此皮肤下的淡青色血管很明显地凸起，随着他手指的动作，指骨轻微地起伏着。

很难想象，这一双漂亮的手，曾在拳击台上击败了无数挑战者，沾满鲜血。

"吃吧。"谢随将削好的苹果从窗边递了进去。

寂白没有接。

他见寂白怔怔地盯着他的手，顿了顿，耐着性子补充了一句："我洗手了，不脏。"

洗手了，不脏。

寂白的梦里人生中，跟谢随在一起之后每次他工作回来给她切水果的时候都会说这样的话，他好像总是觉得自己脏，睡觉前会洗很久的澡，之后才敢抱着寂白入睡。

这种自卑的执念似乎根植在了他的骨髓中，哪怕寂白一次次对他说"没有关系，我不觉得你脏，也从不嫌你"。

可是在谢随眼中，她太过美好，仿佛只要自己碰一碰她，都会玷污她。

寂白摇摇头，将脑海里的杂念驱逐了，她不应该再过多地去回想梦里的事情，因为对于梦外的当下来说，那些都是没有发生过的事情。

看着谢随真挚的目光，寂白接过了他手中那白皙剔透的苹果瓤，轻轻地咬下了一口，甘甜的汁液迅速漫过舌尖味蕾。

"甜吗？"谢随期待地问。

寂白咬着苹果，轻轻地点了点头，抬起水润的眸子看着他："谢随，你削的苹果特别甜。"

她嘴角有浅浅的梨窝，仿佛盛了陈年的甜酒。

在那一刻，谢随感觉自己的心都被甜炸了。不管苹果甜不甜，反正这句话，是甜到谢随心里去了。

谢随靠在窗边，很享受地看着寂白吃苹果。

她那张樱桃小嘴像是张不开似的，斯斯文文一小口一小口地嚼着果肉。这要换了他，两三口就能解决掉一整个。

他思索着，觉得女孩子总归还是不一样，吃东西慢慢的，走路也是慢吞吞的，也正是因为慢，所以才会长得这般精细——杏圆的眼睛、乖巧的鼻子、樱桃粉唇……真的好乖好乖的。

谢随那双浅咖色的眸子就这样定定地凝望着她，看得她有些不自在了。

"你别站在这里啊，快回去吧。"

谢随偏头望了望自习室的同学，他们装模作样地看书学习，其实余光总是有意无意地瞟到窗边，八卦地注意着两人的一举一动。

谢随趴在窗边，凑近她，压低了声音问："怎么，我在这儿丢你脸了？"

他嗓音很轻很柔，带着微沙的质感。

寂白偏头撞见他深邃的眸眼，那双眼睛仿佛会勾人，微微一挑，风流又多情。她别开目光，小声说："能不能别这样敏感，我不是这样想的。"

看着女孩的委屈模样，谢随的心都要化了。他嘴角有笑意染开："好，我不说这种话了。"

你不喜欢的，我都改。

苹果很大一只，寂白吃不了整个，勉强咽下最后一口，还剩了小半边，谢随顺手给她接了过来："帮你扔。"

寂白将苹果递给他，他拎了果核，转个面一口咬了下去。

清脆多汁，甜是真的甜。

寂白见他毫无顾忌地吃被她啃得乱七八糟的苹果，脸涨红了："哎！你干吗？"

"浪费。"

谢随嘴角扬了扬，朝走廊尽头的垃圾桶走去。

而当他重新溜达回来的时候，却看到了怒气冲冲走过来的陈哲阳。

陈哲阳显然是带了情绪，脸色非常不好看，走到寂白的窗边质问道："白白，电影票是怎么回事？怎么来的人是寂绯绯？是不是她抢了你的电影票？"

寂白顾及身后的同学，于是走了出去，准备跟陈哲阳说清楚："是我给她的。"

"你不是答应我会来吗？怎么出尔反尔呢！"

陈哲阳有些受不了寂白对自己的态度，过去明明很温顺听话的女孩，为什么会变成这个样子？

"陈哲阳，我从来没有答应过你什么。"寂白压低声音说，"我知道你喜欢寂绯绯，所以把票送给她，成全你们，也希望你以后不要来纠缠我了。"

陈哲阳慌忙解释："白白，你误会了，我从来没有说过我喜欢你姐，其实这次回来，我觉得自己好像对你……"

他话音未落，整个人都被掀翻了过去。回头，他看到谢随冷峻的脸色。

谢随把住了他的肩膀，反手将他按在了三楼的阳台边上，眼神透着狠戾之色："我说了，让你离她远点，以为老子是跟你开玩笑？"

陈哲阳半个身子都快要掉出窗台了，他死死握住谢随的手，眼神惊惧，瑟瑟发抖，生怕谢随一个不留神，把他推下去。

寂白也吓坏了，颤声道："谢随，这样太危险了！"

谢随面无表情地按着陈哲阳，眸子里透出的凛冽锋芒能让陈哲阳午夜梦回哆嗦一辈子。

寂白已经攥住了他的手，好言恳求道："松开，好不？"

谢随能感受到女孩恐惧的情绪，他不想吓到她，于是勉强将陈哲阳拉了回来。

陈哲阳正要松口气，谢随却攥着他的衣领，颇具威胁性地轻拍了他的脸颊，一字一顿道："你小心一点。"

他说完放开了陈哲阳，离开。

陈哲阳缓了好久，惨白的脸颊才渐渐恢复了血色，回头愤懑地说："什么东西啊，小白，你怎么会和这种垃圾纠缠在一起？"

寂白本来觉得他被欺负了也挺可怜，不过听到他说这样的话，蓦然回头，脱口而出："他不是垃圾。"

她不顾陈哲阳惊愕的目光，带了怒意转身回了自习室，将窗户紧紧地关上。

第八章

我要当你最好的朋友

今年的圣诞节居然下雪了，雪花纷纷扬扬似鹅毛一般，非常密集，落在湿漉漉的街道上，顷刻化开了。

江城下雪的时候不多，全校同学都兴奋起来，背着背包叫喊着冲进了大雪中。

殷夏夏拉着寂白，几个女孩跑到花圃边，这里的雪花能够堆积起来，薄薄地在灌木上铺了一层。

周围人很多都摸出了手机，对着天空拍照。

远远地，谢随的山地车停了下来，望着花圃边的寂白。她发梢间缀着几片纯白的菱形雪花，摘下了毛茸茸的手套，展平了白嫩的手接着雪花片，眼底充满了惊喜。

"要是能堆雪人就好了啊。"寂白感慨地说，"上一次堆雪人，还是在……"

她想了很久，恍然想起来，那是在梦境中，晚上，她和谢随一起堆了个四不像的雪人，用树枝给它做了手。

飘雪的天空下，寂白双手合十许愿，希望以后的生活平安顺遂，甜甜美美。

但几天后她便意外身亡。要是在现实中，恐怕雪人都还没有化尽……

就在寂白沉思之际，殷夏夏用摸了雪的手冰她的脸："想什么呢，想这么入迷？"

寂白蹲下身，捧起了一堆雪："我在想，这能堆雪人吧？"

殷夏夏说："肯定堆不起来啊，这雪不够大。"

"要是今天整夜落雪，明天肯定能。"

"谁知道呢，说不定过会儿雪就停了。"

寂白粲然一笑："如果明天还下雪，我要堆个大的雪人。"

身边有人用低沉的嗓音轻哨了声："幼稚。"

寂白回头，看到谢随的山地车"嗖"地飞了出去。

他挺拔的背影消失在茫茫的雪夜里。

寂白撇撇嘴，心说他自己才是个小破孩吧，装什么冷酷。

第二天清早，寂白起床望向窗外，窗外白茫茫的一片，街道上的雪被铲到道路的两旁堆积了起来。

看来真的是落了一整夜的雪啊！

寂白推开了窗户，飕飕的凉风吹散了房间里的暖意，她精神一振，收拾之后便出了门。

教学楼前聚集了不少同学，他们叽叽喳喳地议论着什么，每一层楼也站了很多同学，大家都好奇地朝着楼下探头，还拿出手机拍照。

寂白停好了自行车回来，挤进人群里，赫然发现教学楼前方的小花园里，居然堆了一个可爱的雪人，足有半米高。

雪人做成了大白狗的形状，圆滚滚的身子搭上扁平的脑袋，两只黑乎乎的眼睛用石头替代，嘴巴是一根笔直的小树枝，大白狗的颈上还搭着一条黑色的围巾。

"谁干的，居然在这里堆了个雪人？"

"不管是谁，人才啊！"

"哈哈哈，这么大的雪人，不知道堆了多久，得天还没亮就开始了吧。"

就在寂白对着雪人发呆的时候，殷夏夏走到她身边，轻轻拍了拍她的肩膀："嘿，昨天你说想堆雪人，今天就有人堆好了雪人在这里等着你哦。"

寂白淡淡道："雪人谁都能堆，别自作多情了好吧。"

"是啊，你看这雪人，堆得太丑了吧，这是个什么啊？"

寂白走上了教学楼的阶梯，最后又回头望了眼那个白色的雪人，说道："像条狗。"

还和寂白送给谢随的小白狗吊坠有几分神似。

丛喻舟拍了拍黑色围巾上面的雪花片，将围巾挂到了谢随的脖子

163

上，冻得他一个激灵——

"想死？"

"好心帮你把围巾捡回来，就是这么感谢我啊？"

谢随淡淡道："不是我的。"

丛喻舟笑嘻嘻地说："你就这一条围巾，我还能认错？"

谢随摘下快被冻硬的围巾，拍了拍丛喻舟的脑袋："就你多管闲事。"

下午，辅导员梁老师将寂白叫进了办公室，一位领导模样的老师也在，桌上茶烟袅袅，似是等候多时了。

寂白不解地望了望叫自己过来的辅导员："梁老师，找我有事吗？"

辅导员老梁轻轻咳嗽了一下，说道："其实，是秦主任找你，他有事要对你说。"

秦主任起身走到饮水机边，接了一杯热水递给寂白。

"谢谢秦老师。"

秦主任跟老梁交换了一下眼神，然后说道："是这样的，寂白，上次参加市里的比赛，你和寂绯绯同学的节目，拿了一等奖，学校准备给你发奖金，五千块。"

寂白惊喜地说："谢谢老师。"

接下来的话，或许难以启齿，秦主任不住地向老梁使眼色。不过老梁眼观鼻鼻观心，站在桌边一言不发。

寂白见他欲言又止的模样，于是问道："秦老师还有话说吗？"

"啊，是这样……"

秦主任心里暗骂了老梁几句，顿了顿，终于还是直言相告："虽然是你和寂绯绯共同参赛，但是教育局对加分项目考查很严格，所以这次比赛成绩如果要计入学分，就……只能加一个人的分。"

寂白秒懂了秦主任找她来谈话的意思，敢情是想用这五千块的所谓"奖金"，买她用以保研的拓展分。

她放下水杯，脸色沉了下去："秦老师，如果您看过这场演出，就应该知道，拿下一等奖的究竟是寂绯绯的舞蹈还是我的大提琴。"

"这个……"秦主任心虚地说，"寂白，虽然你大提琴确实拉得不错，但是也不能骄傲嘛，两个人配合表演，大家都有功劳，你说是不是？"

寂白顺着他的话说："您说得对，既然两个人都有功劳，为什么只给寂绯绯加分？而且她还答应过我，加分是我的。"

"你们口头的约定，不算数。寂绯绯是你的亲姐姐，你也知道，她身患疾病，这些年一直在顽强地和病魔做斗争，你怎么好意思和她争加分呢？"

"因为她有病，我就应该让着她吗？"

"当然啊。"

寂白看着秦主任那理所应当的神情，突然什么都不想说了。他和那些人一样，觉得寂绯绯可怜，因为可怜，她就可以名正言顺地抢夺属于别人的东西。

"梁老师，您怎么说？"

寂白寄希望于自己的老师，老梁却无奈地叹息了一声："我当然希望你能以优秀的成绩毕业乃至研究生考到更好的学校去深造，不过寂白，我相信你的能力，就算不加那几分，你也肯定能考上重点院校。"

"梁老师！"

秦主任打断道："好了，寂白，你不要再说了，这件事已经定下来了。"

"梁老师，就因为她生了病，所以学校就能放纵她所有的行为吗？之前安可柔被陌生网友骚扰事件，还有我大提琴丢失事件，包括这次加分事件，都是这样……"

寂白也是被逼急了，口不择言，沉声质问道："学校还要包庇她到什么时候？"

秦主任脸色一变："我不明白你在说什么，学校对每一个学生都是公平的！"

"真的公平吗？"寂白愤愤道，"你们这样做，只会让寂绯绯越陷越深，你们是把她推向万劫不复的深渊的罪魁祸首。"

"你胡说什么！没大没小，连基本的尊重老师都不会了，出去！"

寂白都快被办公室沉闷的空气憋得喘不过气来了，她愤怒地夺门而出。

她头重脚轻地走了没几步，老梁也追了出来，想安慰安慰她。

"寂白，前两天学校开会研究的这件事情，我内心当然是不愿意的，因为我知道，那场比赛是你赢回来的。"

寂白心里很难受："梁老师，您不用说了。"

"申报文件已经提交到教育局了，过两天就会有一个关于寂绯绯的访谈节目，届时教育局也有领导下来考察，主要是……寂绯绯是咱们学校的励志形象代言人，选她的话，社会影响更大，能够加强咱们学校的宣传效果。"

梁老师的话说到这个份上，寂白全都明白了。

寂绯绯的血友病病患身份，是她人生赢家畅通无阻的绿色通行证。而学校，也在利用这张通行证为自己营利。

老梁轻轻地拍了拍寂白的肩膀，无奈地叹息道："寂白，这件事老师也不知道该怎么说……你现在还小，不懂，人生有很多无法改变的事情，我们只能妥协。"

寂白的手揣在兜里，紧紧地攥着拳头，指甲深深地陷进了掌肉中。身体禁不住一阵阵地战栗着，后背冒着冷汗……所以有些事真的……永远都没有办法改变吗？她学着比过去更聪明，也更努力，可是她依旧没有办法改变自己的命运？

她的一生都要活在寂绯绯的阴影之下？不，她不甘心，也不想妥协！

寂白愤然离开，经过篮球场，深红色的篮球慢悠悠地滚到了她的脚边。

她听到一声清脆的口哨声，抬头，只见几个男孩冲她招了招手，谢随站在他们中间，倚着篮球架。

阳光下，他微微抬起了下颌。他穿着黑色的短袖篮球衫，挑着眉懒洋洋地笑着，断眉的冷戾被柔和的笑意融化了，透着几分风流。

"小白，踢过来。"

寂白心情极其糟糕，不想搭理这帮男孩，沉着脸走向教学楼。

见她冷漠地离开，丛喻舟同情地望了望谢随："苹果也送了，雪人也堆了，看来都是白搭啊。"

谢随原本还不错的心情，烟消云散。

蒋仲宁将篮球扔给他，也被他抬手挡开了。他捡起自己的外套，一言不发地朝着教学楼的方向走了过去。

教学楼楼道没有人，寂白听到身后传来清晰的脚步声，谢随追了上来——

"站住。"

寂白偏偏没停，甚至都没有回头看他。

他三两步上前，一把拉住了她纤细的手腕，沉声道："知不知道，刚刚你让我很没面子？"

男孩都要面子，寂白当着那么多人直接不理睬谢随，显得清高又骄傲，也很不礼貌。

但是她自顾不暇，烦心事多得都快溢出来了，分不出心思招架他。

"谢随，你先放手。"

寂白用力扯了扯手，不过他攥她很用力，根本挣脱不开，她又焦急地喊了声："谢随……"

谢随看着少女细密睫毛之下，那冷淡的黑色瞳子，感觉心里就像被猫爪子挠了一爪，渗出了血。

"苹果很甜对不对？"谢随将她按在墙边，嗓音带着低沉的沙哑，"雪人你也很喜欢，还对它笑了，为什么不能试试喜欢我，对我笑笑？"

寂白眉头蹙成了小山丘："谢随，我现在笑不出来，我很忙，短时间内不考虑任何感情的事情，你要是不这样，我们还能当朋友。"

谢随冷笑："你一个学生，除了学习，还能忙什么事？"

"我说了你也不懂。"

"你可以试试。"

寂白也是被他逼得不行了，她抬眼望向他。天窗折射着一缕光影洒在他高挺的眉间，通透的浅咖色眸子里满是困惑。

寂白咬了咬粉白的唇，带着点赌气的情绪说："如果有一天我死了呢，谢随？"

她声音压得很低很沉，却让谢随的心脏末梢都战栗了起来。

"谢随，我不想死，我想好好活着，自由自在地活着，这就是我现在做的事情……"

她话音未落，谢随突然凑了过来，死死地咬住了她的左耳垂。

一个激灵从寂白的脊椎骨蹿上天灵盖，她猝不及防间猛地瞪大了眼睛。

她伸手推他的胸口，却被他反手扣住手腕，按在了头顶。

"谢，谢随……"她又羞又急，脸涨得通红，"你松开……"

谢随炽热的呼吸撩拨着她耳际的发梢，嗓音却冷得快结冰了："永远，不要跟我提这个字。"

她能够感觉到此刻他情绪的爆炸，他用这样暴戾又温柔的方式，惩罚她说出"死"这个字。

"谁敢伤害你，我让他下地狱。"

谢随用力地攥着她纤瘦的手腕。

寂白的眼睛突然红了，所有的委屈在这一瞬间绷不住，顷刻爆发了。

谢随感受到女孩肩膀的颤抖，他缓慢地松开了她。

寂白用袖子使劲擦了擦绯红的眼角，慢慢地蹲了下来，抱着腿，将脸埋进了膝盖。

"谢随，你总是这样……"她声音断断续续，带着哭腔。

看到她哭泣的样子，谢随感觉自己的五脏六腑都揪紧了，仿佛全身的力气都没地方使，堵在身体里难受至极。轻不得也重不得……他真的不知道该拿这女孩怎么办了。

"别哭了。

"不哭好不好？

"算我求你了。"

谢随从来没安慰过女孩，更没求过人，但他现在恨不得给她跪下了。他用指腹去擦拭她的眼泪，结果粗糙的硬茧把她的脸蛋擦得红红的。

"疼……"

寂白别过脸，躲开他的手掌。

谢随把满手湿漉漉的眼泪胡乱地抹在自己的衣服上，又换了细腻的手背去给她擦眼泪。

其实寂白不是因为他才哭的，她只是太委屈了，谢随突如其来的招惹和他说的那些话，让她所有的情绪积压在一起，终于绷不住了。

谢随偏头看到她左边的耳垂，乖巧的耳垂红得不像话，还刻着他浅浅的牙印，昭示着他刚刚"禽兽"的行为。他心疼地摸了摸她的耳垂。

寂白身体又敏感地颤了颤，下意识地躲开他。

"小白，你可以揍我。"谢随抓起她的手，语无伦次地说，"我绝对

168

不还手。"

男孩子的思维总是特别直接，也很简单，好像在他们的世界里，拳头能解决所有的事情。

"浑蛋。"寂白站起身，捶了他肩膀一下。

那一拳头很轻柔，落在他身上就跟轻拍了一下似的，但那代表了她原谅他的意思。

寂白是想到那天晚上在巷子里，他都醉成那样子了，吻她的时候却还知道用手隔着……

谢随是最英雄最好汉最浑蛋的家伙，野性不驯。但他愿意为她控制自己冲动的行为，所以寂白也会包容他偶尔的坏脾气。

"谢随，我们试试暂时当好朋友，行吗？"

"行行，怎么都行。"谢随的心被她的眼泪煎熬着，自然她说什么便应了什么。

寂白起身要离开了，谢随忽然拉住她的衣角："最好的朋友。"

"什么？"

谢随那漂亮的浅咖色眸子定定地望着她，重复道："老子从不跟女生交朋友，可以给你破例，但我要当你最好的朋友。"

寂白回到家里，明显感觉今晚的气氛有些奇怪。

阿姨把饭菜都端上了桌，可是父母和寂绯绯却还坐在沙发上，像是故意等着寂白似的。

以前他们吃饭从来不会等寂白，只要寂绯绯下课回家，家里就可以开饭了。按照母亲陶嘉芝的说法，绯绯身体不好，准时吃饭是应该的，寂白也要多理解，多担待。

今天晚上，全家人坐在沙发上等着寂白，显然，也不是为了等她吃晚饭。

寂白猜测，多半还是因为加分的事情。

秦主任说得很明白了，加分的事情已经定下来了，寂绯绯和父母肯定早就知情了。

寂白看这一家人严阵以待的架势，多半是以为她会率先发作，回家大吵大闹，因此才早有防备地等着她。

寂白并不想吵闹，因为父母素来偏心寂绯绯，吵闹和眼泪没有任何意义。她没有在客厅流连，进屋之后径直去了饭厅，坐下来准备吃饭。

客厅里的一家人面面相觑，不明白寂白葫芦里卖的什么药。

寂绯绯沉不住气，走到餐桌前，对寂白说："我知道你心里不爽，有什么不满意的，你直说吧。"

寂白看都没看她，说道："我有点饿了，爸爸妈妈，你们不过来吃饭吗？"

寂明志和陶嘉芝推推搡搡地来了饭厅，坐了下来，忐忑地看着寂白："白白，想必加分的事情，老师已经跟你说了。"

"说了。"寂白漫不经心道，"姐姐是病人，我应该让着她。"

本来父母是准备了一整套的说辞，打算如果寂白激烈反抗，他们就一个唱红脸，一个唱白脸，逼迫寂白就范。寂白这一副无所谓的样子，让他们感觉挺不是滋味的。

陶嘉芝赶紧给寂白盛了饭，柔声说："白白不是饿了吗，快，多吃一点。"

寂明志也坐了下来，满脸欣慰的表情："看来白白是真的长大了，懂事了。"

寂绯绯见父母都被寂白"收买"了，她心里有点不高兴。刚刚明明都说好了，等寂白回来，一起"对付"她，肯定让她心甘情愿地接受这个事实，没想到父母居然这么快就倒戈了。

寂绯绯防备地看着寂白："你到底有什么阴谋？"

寂白手里的筷子戳着碗里糯糯的白米饭，淡淡道："我能有什么阴谋？"

"以我对你的了解，你绝对不会这样轻易就范，你肯定在暗中谋划什么事情。"

"我没有。"寂白平静地说，"姐，从小到大，难道不是我一直让着你？今天也一样，加分，我让你，你还有什么不满的？"

"什么叫你让我！我所拥有的一切，都是我应得的！"

寂白冷笑了一声，不想再和她争辩，她太知道寂绯绯的套路了，她就是想逼寂白和她吵架，一吵架她就哭，她一哭，父母就会觉得是寂白欺负她了。

健康的孩子欺负生病的孩子，那还得了！于是千错万错，都成了寂白的错。这样的套路，寂绯绯从小用到大，而且屡试不爽。寂白过去太傻，所以在寂绯绯手头明亏暗亏都吃了不少。现在，她不会被她套路了。

寂绯绯见寂白不肯接招，于是又转向了自己的父母——

"爸妈，你们千万不要被她骗了！今天晚上咱们好好审一审她，搞清楚她到底想做什么！"

突然，"啪"的一声响，已经忍耐很久的寂明志拍了桌板，愤怒地冲寂绯绯吼道："够了！妹妹都已经退让到这种地步了，你还想怎么样！滚回你的房间里，好好反省！"

寂绯绯难以置信地看着父亲："什么？她退让？这明明就是她的阴谋！你们不要被她骗了！"

"寂绯绯，你怎么会变成这个样子！"寂明志扬起手都准备给她一巴掌了，陶嘉芝眼疾手快，挡住了寂明志的手："你冷静一点。"

寂明志摇着头，失望地说："她就是被你惯坏了！"

陶嘉芝看向寂绯绯，表情严肃了起来："寂绯绯，你真的太过分了，回你的房间去，好好反省！反省不好就不要出来吃饭！"

寂绯绯这下是真的哭了，她哪里受过这样的委屈，踢开身边的椅子，气呼呼地上楼了。

"你脾气还挺大是不是！"寂明志指着她愤声说，"信不信我现在就给学校打电话，把你的加分撤下来！"

寂绯绯脚步一顿，回头道："你没有资格这么做！"

"当初市里的比赛一等奖是怎么拿下来的？是你妹妹的大提琴拿的，你那个舞跳成什么样子了，你当别人没有眼睛吗！"

"别说了！"陶嘉芝不住地拉扯寂明志的衣角，"绯绯是病人！你别说了！"

寂绯绯气愤地回了房间，"砰"地关上了房门，号啕大哭。

她颤抖的手摸出了手机，打开微博，编辑了无比恶毒的话语诅咒寂白，可是想到那次上了微博热搜的崩人设事件，寂绯绯控制住了自己想要点击发送的手。

她把手机掷了出去，暴躁地低吼了一声。

寂白坐在桌上，安安静静地吃了一顿食不甘味的饭，陶嘉芝和寂明志一直在给她夹菜，满心愧疚和亏欠。

寂明志甚至蠢蠢欲动，想给陈校长打电话了。

姐妹俩都是他的女儿，他又何尝不知道自己对寂绯绯太过偏心，亏欠了寂白。

父母心里都有数，但是他们就是没有办法做到公平。怎么可能公平？寂绯绯一出生就得的血友病就注定了她是受重视的那一个。

寂白心里也很清楚，所以她已经不再指望父母能够回心转意了。她只能依靠自己。

夜深人静，寂白趴在书桌上看书学习。

即便能加学分，加的分值也有限。她可以再努力努力，哪怕没有加分，她也能靠自己的真实学习成绩在研究生考试里考上自己心仪的学校。

她只是不甘心，凭什么寂绯绯就可以心安理得地剥夺本该属于她的一切？

寂白放下笔，推开了窗户，凉风灌入房间，她捏紧了衣领，望着深沉的夜空中那轮清冷的弯月。

寂绯绯加分的文件已经报到教育局了，不管她现在怎么跟父母闹，找学校申诉，都已经没有任何用处。听秦主任说，过几天还会有媒体记者过来对寂绯绯进行访谈，届时，教育局的领导也会过来。

寂白看了看手机里寂绯绯偷琴的视频，发了会儿呆。心情烦闷，她准备出去走走。

深夜了，父母和寂绯绯都已经入睡了，没有人发现寂白走出了家门。

现在正是城市夜生活开始的时候，街上有川流不息的车辆，路上偶有步履匆匆的行人经过。

承受着对梦中未来的忧虑，没有人理解她，漫天的孤独感令她快要喘不过气了。每每在噩梦中惊醒，她仿佛又回到了梦里的人生，在绝望中缓慢等待死亡的降临。

世道艰险，活着或许不易，但她不想死。

寂白拐入了便利店，买了瓶 RIO 饮料。

谢随和朋友们从地下拳击室出来，几个男孩笑闹着准备去吃顿夜宵，蒋仲宁从便利店出来，随口道："马路对面那女孩，像不像寂小白啊？"

丛喻舟说："你瞎了吧，寂小白那种乖乖女，怎么会大晚上不睡觉跑到街头闲逛？"

"真的很像啊。"

谢随朝着街对面望去。

女孩站在紧闭的商户卷帘门边，宽大的羽绒服随意地裹着娇小的身躯，她戴着连衣帽，毛茸茸的领子遮住了她半边脸，在鼻翼间投下一排细密不齐的影子，眼睛深埋在了帽子的阴影中。

她手里的确拎着饮料瓶，红润的嘴唇轻轻地抿着，夜色将她整个人笼罩在某种不真切的朦胧中。一阵凉风吹过，她轻轻咳嗽了起来，又喝了一口饮料，表情很颓唐。

就在她咳嗽之际，手里的饮料瓶被人抽走了，寂白抬眼，看到谢随冷着脸站在她身前。一件单薄的 V 领毛衫，将他健壮有型的身体轮廓勾勒了出来。

路灯下，他深邃的眼底泛着幽微的冷感。

"你在干什么？"他沉声问。

突然被抓包做坏事，寂白其实觉得挺丢脸的，她看着谢随手里那瓶 RIO，低声说："你不是都看到了吗？"

谢随眼底涌着怒意，沉声问："这么晚了，闲得没事，出来装什么颓废少女，谁教你的？"

不就是你教的吗？寂白差点脱口而出，才恍然想起，那是梦里的事情。

梦里她和谢随住在一起的时候，他比现在颓废许多。

寂白抿抿干燥的唇，问道："你问这个干什么？"

"老子弄死他。"

"……"

寂白心虚气短，又有点想笑，心说：你弄死你自己好了。

谢随看着手里的那瓶 RIO，烦躁地喝了一口。

寂白有些无语："你干吗？"

谢随喉结滚动着，喝光了那瓶饮料，将瓶子扔进了垃圾桶——

"我不准你喝这种饮料。"

"干吗管我？"

"作为你最好的朋友，我还偏管了。"

谢随拍了拍她的后脑勺，凶巴巴地放狠话："再让我看见，我真的要揍你，不开玩笑。"

他这话说得就像父亲在教训女儿似的。寂白扯开他的手，心说这人真是双标。

"你能，我就不能？太霸道了。"

"我能，你不能。"谢随理直气壮地拍了拍她的脸蛋，眼神格外认真，"我们是不一样的人，小白。"

最后那一声"小白"念出来，用着淡淡的烟嗓，格外性感。

寂白觉得他挺无理取闹的，她推开他，转身想离开，谢随却还是很不放心的样子，追上她，攥住她纤细的手腕："小白，你听我话，真的不好，回家吧。"

寂白从来没发现，谢随也有这么不酷不潇洒的时候，挺唠叨的。

"行，我回去。"寂白耐着性子说，"放开我吧。"

"我没跟你开玩笑。"谢随还是很不放心，紧紧扯着她，"你要是敢背着我半夜出来溜达，我……"

他思忖着放什么狠话能让女孩意识到事情的严重性。

良久，谢随将她拉近了自己，凶狠地一字一顿道——

"再、让、我、抓、到……"

他拉着她的手，摸到了自己下面硬质的皮带扣："我不会对你温柔了，懂吗？"

谢随软的硬的都用上，这句话倒是起了些效果，寂白被吓得缩回手，往后退了退。她黑漆漆的鹿眼里透着些许防备和惧怕。

"知道怕了，以后规矩些。"

谢随对她的反应感到满意，教训道："不该做的事情别做，乖乖当你的好学生。"

寂白敷衍又不满地应了声："噢。"

这场景，倒真像是不良女学生对教导主任交代"罪行"。

寂白低声咕哝道："你自己还不是那样，我就不能了？"

"我可以，你不能。"谢随淡淡地吐了一口气。

寂白更加不满地说："凭什么啊？"

"你是不是什么都要跟我比？"

谢随将她拉近，手捧着她的后脑勺，逼迫她凝视着自己。

寂白的身体泛着淡淡的馨香，因为紧张，还带着轻微的战栗。

"你看清楚，我们是不一样的人。"

他炽热的呼吸，轻轻地拍在她的额头上，痒痒的。

她抬眼看他，只觉得昏暗的夜里，他的五官轮廓很硬朗，他的眼神透着力量感，也带着某种世态炎凉的寡冷。

在谢随的眼里，寂白看到的自己还是个懵懵懂懂、纯洁无瑕的少女，仿若未经世事，不知愁苦。

她的目光瞥向一边，用柔软细腻的嗓音说："谢随，我没你想的那么好。"

"不管你是什么样，那就是老子喜欢的样子。"

谢随说出这句话的时候，神情认真而虔诚。

女孩低垂着眸子，紧抿着嘴，不再发一言。

狭窄的环境里他紧贴着她而站，感觉身体紧绷。

他呼吸急促，略带战栗的嗓音试探性地问："小白，我想抱抱你……"

寂白抬起眼，黑漆漆的眼睛看了看他，摇摇头："谢随，我要回家了。"

她不同意，谢随便不敢冒犯。他嗅着寂白身上传来的淡淡香气，压抑住自己内心翻涌的欲望。

"走吧，我送你回家。"

"不用了，我自己回去。"

寂白转身便走，而谢随自然是不放心这么晚了让她一个人，手揣兜里缓步跟在她的身后，与她保持着两米的距离。

寂白走两步，便要回头望望他，见他一直不肯离开，看样子是真的打算把她送回家了。

她想了很久，还是决定回头对他说："谢随，我后面有很多事情要做，很忙，不会谈恋爱，你不用在我身上浪费时间了噢。"

谢随微微一怔，随即道："行啊。"

"咦？"

寂白没想到他会同意得这么轻松，不过又见他嘴角扯开一抹轻浅的笑意，扬声道："不和我谈，你也不能和别人，我会盯着你。"

"……"

"虽然不知道你一个破学生能有什么忙的，但是我会等你忙完，现在不行，那就毕业，毕业不行，那就工作后，总有一天，你会需要个男人吧。"

寂白无言以对，只能敷衍道："你爱等就等。"

谢随跟在她身后，淡淡道："我会好好锻炼身体。"

寂白脸又红了，她加快了步伐往家走："你锻炼你的身体，关……关我什么事？"

望着寂白仓皇逃离的身影，谢随第一次感觉心里这么甜。

很快，寂绯绯加分的事情，在学校里传了个沸沸扬扬。

本来这件事学校一直瞒着，并没有对外公布，不过有学生看见陈哲阳和陈校长在逸夫楼办公室发生了冲突，这才一传十，十传百，传了出来。

陈哲阳怒气冲冲地来到校长办公室，情绪激动地质问父亲，为什么加分名单报的是寂绯绯，而不是寂白。

"我看过那次比赛的视频，比赛能拿一等奖全是寂白的功劳，你们怎么能这样做呢！"

陈校长坐在松软的椅子上，端着茶盏，气定神闲地说："寂绯绯和寂白都是你寂叔叔家的妹妹，谁加分不是加？至于这么激动吗？"

陈哲阳现在对寂绯绯是好感全无，蠢蠢欲动的骑士情结反倒是对着寂白发作了，因此他一定要为她讨个公道。

"爸，你知不知道这个特殊加分意味着什么？这是改变命运的机会啊，你怎么能这么草率地说换人就换人呢！这对寂白太不公平了！"

"你当我不知道这加分的重要性？但是教育局那边的名单已经确定了，你在这里吵闹也没用，寂绯绯是我们学校的形象代言人，给她加分

176

合情合理！社会影响也会是正面的，你不用多说了。"

"爸！你们怎么能这样呢！"

"行了，出去。"陈校长说完便把陈哲阳轰出了办公室。

后来陈哲阳又去找寂白，急切地对她说："白白，你不要担心，我一定会想办法，我会让我爸把名单改过来的，你相信我。"

寂白看着他急得涨红了的脸庞，内心毫无波澜。她很了解陈哲阳，这个从小衣食无忧的小王子，一直有某种"骑士情结"，他想当保护被困公主的大英雄。

梦里，他为了帮助柔弱的寂绯绯，一直在骗寂白，残忍地榨干了她每一滴血。而梦外的现在，寂绯绯却很强势，并不是他心目中的柔弱公主，于是陈哲阳"移情别恋"，开始"保护"寂白了。

说到底，他只不过是沉浸在自己所扮演的角色里，被自己感动而已。无论是喜欢他，还是被他喜欢上，或许都是一种悲哀。

"陈哲阳，不需要。"寂白淡淡地说，"你不用跟你爸爸闹什么，这件事已经决定了，没有任何转圜的余地。"

"白白，你相信我，我会想办法。"

"不需要。"寂白不想再和他多费唇舌，于是道，"你要是真的为我打抱不平，你就去把寂绯绯揍一顿给我出气。"

陈哲阳愣了愣："揍她？这怎么行，我怎么可能对女孩动手？白白，你不要太意气用事了，咱们想想别的办法，肯定会有办法的！"

是，陈哲阳是有绅士风度的暖男，在任何情况下，他都绝对不会对女孩动手。

寂白也不过是说说气话而已。

"不愿意就算了，以后也不要再来找我了，这件事我认栽。"

寂白不可能真的认栽，但她也不想再看到陈哲阳虚伪的脸，丢下这句话转身回了教室。

陈哲阳怔怔地看着她的背影，心都被揪了起来。

加分事件因为陈哲阳而传了出来，在学校里闹得沸沸扬扬，很多看过比赛视频的同学，开始为寂白打抱不平了。这种肉眼可见的不公平，激起了年轻人的正义感，很多人自发地在微博上抱怨这件事，甚至还给不少大 V 号投稿，想让人关注这次不公平的加分事件。

然而学校在第一时间察觉到苗头不对劲以后，立刻召集了各班的辅导员开紧急会议，一定要杜绝同学们在网上乱传乱讲。

辅导员们回到各自班级，严厉申斥，说一旦发现有同学发不利于学校声誉的微博，查出来以后，立刻作开除处理，绝不留情。很多同学被吓住了，赶紧又删了微博。

那天下午，谢随经过学校公告栏，看到了寂绯绯的巨幅海报，海报宣传的是下周五寂绯绯的励志访谈节目，地点在学校大礼堂，号召同学们届时参加，观看访谈。

谢随想起了那日寂白坐在阶梯边哭泣的样子，也恍然明白了为什么这样一个好学生，会大晚上在街头徘徊。

原来一切都是有原因的……本该属于她的东西，被其他人霸占了，她很不开心，还哭了。

谢随全身的血液都沸腾了，愤怒令他无法思考，他捡起地上一块巴掌大的石头，气势汹汹地朝着公告栏走过去，站在两米开外猛地一掷，石头砸碎了公告栏上的玻璃。

他将那张印着寂绯绯伪善微笑的巨幅海报揭了下来，撕得粉碎，随手一扬，"雪花"满天纷飞。

寂绯绯海报被撕的事情立刻被同学们传开了，当事人寂绯绯听说以后，觉得丢脸又委屈，于是当天下午便去体育馆找谢随理论，要给自己讨回公道。

殷夏夏急匆匆地跑进教室，气喘吁吁地对正在自习的寂白说："刚刚谢随把寂绯绯拎到天台去了，妈呀！你都没看到，他攥着她的头发，整个拖上去的！"

寂白猛地按下手里的笔："什么！"

殷夏夏表情激动："寂绯绯在他手上跟条咸鱼似的，根本没有反抗的余地！我以前超级看不惯欺负女生的男孩，可是加分这件事之后，我看着莫名觉得还挺爽……当时很多人围观，可是没有一个人上去帮忙。寂绯绯犯在谢随手里，估计这下是完蛋了吧。"

她话还没说完，寂白已经匆匆地跑出了教室，朝着楼顶天台狂奔而去。

今天没有太阳，天空中沉沉的云团令人躁郁。

天台上，阴飕飕的凉风胡乱地刮着。

寂白跑上楼，却发现天台的门被人反锁了，隔着门板，她能听见寂绯绯语无伦次的咒骂声。

寂白使劲儿拍着门，急切地喊着："谢随，开门。"

那边没有任何动静，寂白给他打电话，他也没有接。无可奈何，寂白又哆哆嗦嗦地拨通了丛喻舟的电话。

丛喻舟看着手机屏幕，又看了看神情阴沉的谢随，怕他真的做出什么过激的举动，于是无声无息地走过去，打开了门。

寂白跑进来，问道："谢随呢？"

"小白，你姐姐没事，别担心。"

丛喻舟将她带到了寂绯绯面前。寂绯绯站在天台的一个角落里，因为恐惧，身体禁不住地瑟瑟发抖。

谢随站在她面前的台阶上，手里拎着一块砖头，居高临下地望着寂绯绯。即便他什么都不做，手里掂着的那块红砖头，也已经足以吓破寂绯绯的胆子了。

谢随的眼垂下来，眸光刻薄寡冷，薄薄的唇扯出一个似笑非笑的冰冷弧度——

"你爸妈有没有教过你，不是你的就永远不是你的，即便抢过来，也不是你的？"

寂绯绯恶狠狠地瞪着他。

他掂了掂手里的砖头："他们没教过你，我来教教你。"

"谢随，你不要过来！"寂绯绯被吓破了胆，连嗓子都跟着破了，"你敢对我动手，我报警！我让你一辈子吃牢饭，你爸是杀人犯，你也是！"

她话音刚落，谢随手里的砖头突然被人夺走。他还没反应过来，寂白抓起那块砖头猛地砸向寂绯绯！

砖头没有碰到寂绯绯，只在她脚边碎裂，吓得她跳了起来。

谢随诧异地望向寂白。一阵风拂过，她被汗水润湿的刘海耷在了鬓间，脸颊挂着不自然的红，大口地喘息着，漆黑的眸子里盛着怒火。

"寂绯绯，我不许你再提那几个字。"寂白嗓音低沉，带着威胁的力道，"永远不许提。"

杀人犯的儿子。她深知这个称呼给谢随带来的伤害，那是伴随他成长不可磨灭的阴影，也几乎毁了他一生。

寂白的眼神令谢随的心震颤着，从来没有人为他说过一句话，从来没有人护着他，他身披荆棘，单打独斗这么多年，从未想过第一个挡在他前面的……会是这样一个柔弱的女孩。

谢随感觉心底那冰封的世界，仿佛在慢慢地融化。

丛喻舟睨着寂白，第一次感觉到这个女孩竟这般聪明。她夺过了谢随手里的砖头，没让他真的伤害到寂绯绯，同时又给寂绯绯吃了一记教训，至少这会儿寂绯绯胆子都被吓破了。

谢随对寂绯绯的恶劣行径现在已经彻底转化为姐妹之间的对峙，至少……谢随不会被追究了。

不等谢随说话，寂白冲寂绯绯喊了声："你快滚吧。"

寂绯绯流着眼泪，屈辱地冲寂白道："我不会放过你们的！等着！"

寂绯绯最大的武器，就是她发动网络舆论的能力。

丛喻舟早有准备，拿着手机走出来，说道："咱们没动你一根手指头，我这儿全程视频保留证据，你要是敢到网上去胡说八道，告你诽谤哦。"

寂绯绯抹着眼泪，气呼呼地跑下了天台。

天台上，几个男生面面相觑，推推搡搡地也都说有事要离开了。

很快，空旷的楼顶只剩了谢随和寂白两个人，寂白背对着他，一直没有回头。

谢随伸手从包里掏出打火机，"咔嚓"一声，点燃，又熄灭，再点燃，再熄灭……

直到上课铃响起来，谢随很不自在地说："小白，我要回去上课了。"

他转身作势要走，寂白这才回身，气呼呼地走过去，用力推了他一下。

她力气很小，软绵绵的，谢随依旧一动不动地站在她的面前，做好了任由她发泄的打算。

"我知道，我不该那样对你姐姐……"他决定先认错，"但是老子太气了。"

寂白气得眼睛都红了，喉咙也很酸很酸，嗓音里带了哭腔："你根本什么都不知道。"

谢随看到寂白抹眼泪，心跟着揪了起来。他最怕的就是她哭。

谢随俯身，手落在她单薄的肩膀上，连声安抚道："我错了，我再也不欺负她了，我当时气昏头了，总之你别哭，我道歉行不行，我向她道歉，只要你不哭，让我做什么都可以！"

娇小的寂白抽泣得更加厉害，她用衣袖擦了眼泪。

他以为她是因为担心寂绯绯才哭，根本不是，天知道当她听到谢随把寂绯绯带到天台那一刻，她的世界是怎样一片惶恐和灰暗。连她自己都不敢轻易对寂绯绯做什么，谢随怎么敢！

寂绯绯的病就是她在这个世界上横行无阻的通行证啊，谁敢轻易招惹她，谁就会被整个世界唾弃、辱骂，甚至被逼得再无容身之处。

寂白太了解这种伤害，几乎可以毁掉一个人。谢随他怎么可以这样冲动，一步不慎行差踏错，一辈子都不能翻身了！

谢随不知道该怎么办，他控制不住心里的煎熬和愧疚，只能将她紧紧地抱进了怀里，双臂用力地箍着她。他害怕失去她，陷入了无尽的惶恐之中："你招呼一声，老子从这楼上跳下去都可以，只要你解气。"

寂白被他抱得喘不过气来，剧烈地咳嗽了起来，谢随立刻松开她，轻轻拍着她的背，难受得快死了。轻不得重不得，他真的不知道该拿她怎么办，他好疼她啊。

"谢随，我可不可以向你提一个要求？"寂白用袖子擦干净了眼泪，抬眸望着他。

看着女孩湿漉漉的眼睛，别说一个要求，一万个要求他都答应。

"嗯。"他现在乖得像只大白熊，"我可以道歉，现在就去跟她道歉。"

什么尊严，什么面子，这些东西跟她比起来，根本算不上什么。

"不用道歉。"寂白拉住了谢随的衣角，"我要说的不是这个。"

谢随不解地看着她，却听她用微哑的嗓音慢慢说："以后在你控制不住脾气要做任何事以前，先问自己一个问题。"

谢随皱眉："什么问题？"

寂白抬头，望着天际沉沉的灰云，用喑哑的嗓音道："那个人，值不值得你付出一生去赎罪？"

下午的公共课听得人昏昏欲睡，谢随用手肘撑着靠椅，视线落在窗外的法国梧桐树树梢间。

不知名的鸟儿咋呼着掠过，树影招摇。

他那灵活的指尖快速转动着黑色中性笔，浅咖色的眼眸似没有焦点。中性笔掉到桌上，他顺便摸出手机，编辑了一条信息——

"小白，我们以前是不是认识？"

编辑之后，他思忖片刻，又点击删除……没头没脑，像个神经病。

谢随确定自己过去不认识寂白，可不知为何……她好像比他都更了解自己。或许，两人上一辈子有缘分吧，说不定她还真是自己的小情人呢。要不然他怎么会看她第一眼，就沦陷了呢？

谢随重新振作精神，删了这几个字，然后重新编辑信息——

"小白，我会听你的话。"

点击发送。

还有些小紧张。

本来以为他的小情人不会回复，却不想那条信息发送之后不过半分钟，手机便振动了一下。谢随的身体也跟着振了振。

他心脏怦怦狂跳着，用指尖滑开手机屏幕。

寂白回复的信息很简短："认真听课。"

谢随嘴角弯了弯，听话地放下手机，从背包里摸出崭新的教材，整整齐齐地摊开放在桌面上，然后托着腮帮子开始听课。

他听了一会儿，感觉像是在听天书，打了个哈欠，还是振作精神，耐心地听……

身后蒋仲宁戳了戳丛喻舟，低声道："哎，你看随哥是在听课吗？"

丛喻舟望向谢随，他的视线随着老师的身影移动着。

"我觉得，他更有可能是在计划着……怎么把老师揍一顿。"

谢随听了寂白的话，不再去找寂绯绯的麻烦，也没有找学校理论过。

寂白说自己有办法解决这件事，让他不要插手。

谢随不相信寂白能有什么办法，但他知道，自己现在唯一能为她做的就是乖乖听她的话，不要再给她闯祸了。

晚上七点，夜幕缓缓降临，天空中飘着微凉的雨星子。

操场边，几个男孩打完篮球，披着外套准备离开。

路过车棚的时候，谢随瞥见了那辆熟悉的粉白色的折叠自行车，孤零零地停靠在第二排的位置。

他皱眉，环望四周，教学区已经没什么人了，图书馆却灯火通明，估计还有考研学霸们在一线奋战。她还没有离开吗？

"怎么了？"丛喻舟见谢随停下脚步，不解地问，"落下东西了？"

谢随顺口应下来："嗯，你们先回去，我还有事。"

"行，你也别太晚。"

谢随转身进了图书馆，一层的自习室稀稀拉拉坐着十多个上晚自习的同学，但是不见她的身影。不在这里？

谢随找了几层楼，没见人影，溜达出图书馆，恰好瞥见正对面大学生活动中心门口，女孩背着笨重的大提琴，慢慢走了进去。他淡淡一笑，加快步伐朝大学生活动中心走过去。

活动中心空无一人，走廊里的一排排声控白炽灯随着他的靠近，渐次明亮。

谢随听到正对面的大礼堂里，传来了低沉呜咽的大提琴曲。

他慢慢地走过去，站在门边，望向空旷的礼堂——

女孩穿着米白色的高领毛衣，双腿分开坐在舞台的正中央，大提琴靠在她的腿间，她低着头，沉浸在自己的演奏中。

旋律中仿佛流淌着温暖的阳光，她用一种平淡的叙述的语调，讲述着关于生和死、爱和美、轮回和希望的故事。

曲调听似平静安详，却又隐藏着波涛与暗涌。

谢随抱着手臂倚在门边，凝望着她。她的脸颊泛着一缕潮红，紧闭着眼睛，睫毛长而细密，完全沉浸在自己的世界里。

这时的她，真是美得惊心动魄。谢随浑身上下的每一个细胞，似乎都在她的旋律中战栗起来。

直到演奏结束，寂白缓缓睁开眼睛，与倚在门边的谢随对视了几秒。

他那一双灼灼的桃花眼隐在挺阔的眉弓下，眸子里有光。这般专注的神情，少了几分轻佻，多了些收敛和持重。

寂白不知道谢随为什么会出现在这里，更不知道他站了多久。她背起大提琴，准备离开了。

谢随挡在门边，拦住她："你在这里干什么？"

寂白说："那你又在这里干什么？"

谢随望望四周，随口道："我在看你拉琴。"

于是寂白顺势说："我在拉琴。"

"……"

谢随在她出门的时候，拉住她的手肘，沉声说："有意思吗？"

寂白低下头，不言不语。

"小白，你在做坏事？"

他淡淡的烟嗓低沉又性感。

寂白微微一怔，抬头望他，他眼角上扬，兴致盎然地看着她，耐心等待她的回答。

"我能做什么坏事？"寂白说，"你没证据别乱讲。"

谢随吹了声轻佻的口哨，他一眼就看出她紧张了。

这女孩果然不简单，她那无害的眼神里时时刻刻透出锋芒，昭示着她不会轻易认输投降。

谢随猜测道："明天就是寂绯绯的访谈直播，你今天来礼堂，很奇怪。"

寂白沉声说："谢随，你不要管我的事。"

"我不要管你的事。"谢随齿间重复着这句话，脸色也沉了沉，带了挑衅的意味道，"如果我偏要管呢？"

寂白说："你管不了。"

谢随拉着她的手腕，将她重重地按在了墙上，大提琴发出低沉的一声嘶鸣，像是在责怪他的粗鲁。

"你弄着我的琴了！"寂白挣扎着，却无力挣开他，"你放开。"

谢随知道她宝贝那把大提琴，冷笑说："弄着你的琴，我跟它道歉行不行？"

"你别这样不讲理好吗？"

"你现在才知道，老子不讲理？"

谢随将她的琴扯下来，稳稳地挂在了自己的肩上，然后捏了捏她的鼻梁："不管你有什么惊天阴谋，都算老子一个。"

寂白真的被他气得想笑了，她解释道："哪有惊天阴谋？我就是过来拉拉琴而已啊。"

"信你就见鬼。"谢随不耐烦地说，"别废话，快说，不然待会儿保安过来，咱俩都走不了。"

寂白眼见摆脱不了他，无可奈何道："你先把琴还给我，我们边走边说。"

"我又不抢你的琴，急什么？"

寂白拗不过他，知道这家伙今天是缠上她了，非得从她嘴里撬出点什么东西来，否则不会善罢甘休。

如果寂白比以前有什么长进的话，那就是她变得理智多了。有些事，她能做，但谢随不能，让他搅到这些事情里面，后果是她无法承受的。

谢随跟她一起来到车棚边，寂白将自行车推出来，还是那句话："把琴还我呀。"

"你还没说，你准备干什么。"

"那你凑过来，我小声告诉你。"

谢随乖乖地俯下身，将脑袋凑近了寂白："嗯？"

"我准备……"她趁他不注意，拍着他的额头，一把将他推开了，"我准备跑了！"

寂白骑上自行车，猛地踩下脚踏板，自行车飞驰而去。

谢随揉了揉自己的额头，额间还残留着寂白温热的触感。

他望着她落荒而逃的背影，嘴角微微地弯了起来，扬声道："哎，琴不要了？"

"不要了。"

"不要老子扔了。"

寂白回头冲他大喊："不准！"

谢随取下背后的琴箱，无可奈何地拍了拍："真过分，耍我呢。"

其实他自己都没有发现，嘴角有笑意渐渐漾开了。

拳击室里，丛喻舟看到谢随走进更衣室的时候，肩上挂着一个笨重的琴箱，感兴趣地凑过来："你背的这是个啥？"

蒋仲宁说："这么大，肯定是刀啊。"

"刀什么？你家刀用这么大个箱子装啊！"

丛喻舟好奇地伸手过来摸，却被谢随一巴掌拍开了："别碰，碰坏了。"

"这么宝贝，到底是什么？"

"大提琴。"谢随小心翼翼地取下琴带，抱在了怀里，就像抱着自家小孩似的。

丛喻舟立刻明白了是怎么回事，脸上挂起意味深长的笑："随哥，行啊，人家的大提琴都让你揣回来了，怎么，送你的定情信物啊？"

蒋仲宁说："去咧，寂小白多爱护这琴，能让随哥揣回来啊？肯定是随哥硬抢的！等着吧，待会儿咱出去肯定能见着寂小白哭哭啼啼过来要琴。"

谢随不爽地说："她给我的，没抢。"

"不是吧，这琴可是寂小白的宝贝啊，她能随便给你？"

这倒提醒谢随了，寂白是真的很爱惜这把大提琴，她能放心让他保管，这是不是说明……她是信任他的？念及此处，谢随心情又愉悦了。

蒋仲宁看着谢随脸上浮现的迷之微笑，嘴角抽抽了一下，觉得以他现在这状态上场，估计是个人看见了都会……想捶他。

寂白走到院子里，看见寂绯绯在二楼阳台上默记她的台本。在明天的访谈直播里，主持人会问的问题，包括标准的回答，她都已经提前准备好了。

这次访谈的目的，一来是对寂绯绯通过自己努力赢得比赛进行励志宣传，二来也针对前段时间网络上的"不实传言"，进行澄清。

阳台上，"奥斯卡影后"寂绯绯正在抹眼泪，啜泣着说，是前段时间身体的缘故，状态不好，控制不住情绪，才会做出那么冲动的事情，她还要向自己的妹妹道歉，希望妹妹不要责怪她。

这是寂绯绯第一次向寂白道歉，然而事实上，不过是她作秀的一部分。

寂绯绯也看到了院子里的寂白，两个人遥遥地对视着，寂绯绯挑起下颌，冲她挑衅地微笑。

寂白停下自行车，一言不发地进了屋。她不会再给寂绯绯任何机会，既然是寂绯绯不义在先，不要怪她毁掉寂绯绯所拥有的一切。

晚上吃饭的时候，寂白显得很安静，吃过了饭便回房间。父母照例关心寂绯绯明天的访谈准备得怎么样了，寂绯绯说直播台本都背熟了。

这些事情对她而言，是信手拈来的轻松，即便没有直播台本，论起一本正经胡说八道的本事，没有人比寂绯绯更擅长了。

晚上十点，寂白在学习的间隙，想起她的大提琴了，不知道谢随那家伙会怎样粗暴地对待她的琴。有点担心，她给谢随发了一条信息："我琴呢？"

谢随给她回了一张照片，琴箱端端正正摆在他那张单人床的左半边。

寂白："……"

"你干吗把它放床上？"

"让它陪我睡觉。"

寂白无语，快速编辑信息："床那么小，你怎么睡？翻个身就给我压着了，别放床上，靠墙放着就行。"

谢随左右望了望，他的小出租屋是水泥地，地上也不算太干净，桌上东倒西歪地摆着空瓶子……床是唯一干净的地方。

他回道："没事，我不会给你压着。"

寂白和谢随聊了几句，便推说要睡觉，赶紧道了晚安结束聊天。倒不是为别的什么，她不想被谢随追问今天去礼堂的缘由。

寂白有自己的计划，但她不想让任何人掺和进来，尤其是谢随。寂白希望他能够安稳顺遂地度过这一生。

该来的都会来，但也都会过去，最重要的是她当下的选择。

关上灯，夜色宛如猛兽般涌入房间，渐渐地，暗淡的路灯灯光透过窗花纸，投射在了墙壁上，幽微闪烁。

谢随枕着手臂，平躺在单人床上，指尖触到了身畔的琴箱，轻轻地敲了两声。

琴箱发出沉闷的咚咚声，在这寂静的夜里，格外清晰，驱逐了他幽居在心扉里那只孤独的野兽。

他缓缓闭上了眼睛，心情平和。

第二天一大早，谢随便来了学校，他知道有些事寂白不会告诉自己，他不会勉强她说，但他可以自己去查。

深冬的清晨，半明半暗的夜空，还挂着几颗寒星。

大学生活动中心大礼堂的门已经被保洁阿姨打开了，因为今天有采访直播，所以阿姨们会对大礼堂进行全面的清洁。

谢随进去的时候，礼堂里并没有人。

他随意地在阶梯座位间溜达了几圈，没有发现任何异常，又走到台上，四下里查验了几番，依旧没有收获。

谢随打了一个哈欠，觉得自己挺傻，大清早不睡觉，跑到这里来当"柯南"。或许女孩没有说谎，是他想太多了。

就在他准备从偏门离开的时候，礼堂后面的大门无声无息打开了。谢随连忙侧身隐在了偏门的阴暗处。

只见穿着毛茸茸小棉服的寂白背着大背包，溜进礼堂。

谢随在暗处观察着她，她倒是挺小心防备，还戴着黑色的雾霾口罩，遮住了大半张脸。若非谢随熟悉寂白的身形，旁人还真不一定能认出她来。

打扮成这样，果然是要搞事情。

寂白扫了眼空旷的大礼堂，然后顺着楼梯径直上了礼堂左侧的二楼卡座，因为是视野盲区，谢随不知道她在做什么。

她捣鼓了约莫十分钟，便背着黑色大背包离开了。

确定女孩走远以后，谢随顺着刚刚她下来的楼梯，走到了二楼，二楼卡座有四排座位，谢随在一个非常不起眼的角落里，发现了一个微型投影设备。

投影仪不过巴掌的大小，电源已经打开了，可以通过蓝牙远程操控。

谢随蹲下身，好奇地打开了投影设备的播放按钮，正对面的墙上出现的画面，正是那日市里演出的视频剪辑。

伴随着高亢振奋的大提琴曲，寂绯绯站在舞台中央，狼狈而尴尬。即便是播放视频片段，也能感受到当时演奏的激越，令人心潮澎湃。所有的掌声与呼喊，都属于寂白一个人，荣耀也是属于她的。

谢随关上投影设备，他明白了她想要做什么。

她想要用这段视频，争回属于自己的东西，哪怕争不回来，她也要让所有人知道真相。

这丫头，为了争这一口气，她是不想在德新大学待了吗？而且，仅仅这样一个演出视频，根本说明不了什么。观众需要的是更直观的证据。

谢随沉吟片刻，想到一个好主意。

他要帮她一把，彻底把寂绯绯"摁死"。

寂白是第一次做这样的事情，心里很忐忑，上课都没有办法集中注意力，脑海里幻想了各种各样的意外状况发生。譬如那个隐藏在暗处的投影设备被人发现拿走，又或者出现故障……

寂白不是一个擅用心机报复的人，所以她对于自己要做的事情其实没有计划，只是走一步看一步罢了。

这次加分事件是寂绯绯撕毁承诺在先，寂白也不打算咽下这口气，她所能想到的最直接的办法，就是让在场所有人，包括教育局的领导和网友都仔仔细细看明白，比赛的荣耀究竟属于谁。

她知道自己的计划并不高明，但她就想给自己争一口气。

下午，访谈开始，寂白和同学们一起走进了礼堂。

她特意选在了二楼观礼台以下的位置，方便手机进行蓝牙操控。没承想，她刚落座，便有人撑着靠椅，从后排跃过来，直接坐在了她身边的位置。

寂白诧异侧头，望见谢随漂亮的侧脸。额间几缕发丝垂耷在眼前，带着几分倦意，他双腿交叠，手臂慵懒随意地放在寂白的椅子边缘。这姿势，挺像是揽着她的肩膀一般。

"你怎么来了？"她诧异。

谢随操着略带讽刺的语气说："过来看励志访谈，洗涤心灵。"

寂白担忧地望了望二楼观礼台，淡淡道："今天下午没课，你可以出校门，看什么访谈？"

谢随依旧操着那轻痞的调子说："还要你通知我今天下午不上课？"

寂白不想让谢随参与到这件事里来。她低头看着自己的运动鞋，漫不经心地说："真挺无聊的。"

"我就喜欢做无聊的事。"

寂白想了想，又说："那你坐到前面去吧。"

"怎么？"

"不怎么，待会儿会有很多人。"

"跟老子坐，丢你脸了？"

寂白洁白的牙齿轻轻地咬了咬下唇："是。丢我脸了，你快走吧！"

谢随的表情渐渐沉了下去，眸底隐隐闪着锋芒。

"行，老子走。"他站起身走出了通道，却并没有离开，而是径直上了二楼观礼台。

寂白这下子是真的心慌了，不知道谢随此举意欲何为，难道他知道了？不，他不可能知道……巧合吧。可是如果被他发现该怎么办！

寂白手足无措的模样被谢随尽收眼底，他手肘撑着栏杆，站在二楼的观礼台上，与她遥遥地对视着，嘴角挑起了一抹冷笑。

寂白只觉得毛骨悚然，一颗心不住地下沉，如果谢随参与进来，该怎么办？后面会发生什么？

她脑子里一片混乱，根本无法思考。

就在这时，周遭的灯光暗下来，主持人已经来到台上，宣布节目开始。

很快，寂绯绯也被请上了舞台，坐在沙发上，和主持人亲切地寒暄交流。

寂白现在什么都听不进去，她时不时地抬头，谢随依旧站在二楼的观礼台上，平视着正前方。光线投射在了他深邃的五官上，他的轮廓越发显得锋利，眸子里闪烁着幽蓝的光。

他站的那个位置很敏感，如果寂白真的打开了投影仪，那么谢随势必会被牵连进来，届时学校会找他的麻烦。现在是在进行电视直播，寂绯绯的声誉和学校的声誉一脉相连……

寂白打定主意做这件事，一切后果都没在怕的，但谢随如果参与了这件事，她便不得不慎重考虑了。为了扳倒寂绯绯，夺回加分资格，她要连累谢随……

寂白默默地将手机揣回了包里。

算了。只能算了。她绝对不会做一星半点对谢随不好的事情，哪怕他什么都不知道。

台上，主持人微笑着询问寂绯绯："绯绯，听说你在市级比赛上获得了一等奖，并因此获得了学业成绩的特殊加分，有这回事吗？"

寂绯绯说："是有这回事，当时我的舞蹈表演获得了评委的一致认可。在此，我要特别感谢评委，感谢骆清老师给我机会，还有我的家人，是他们一直在背后默默地支持我，让我走到今天，没有他们，可能我早就已经放弃了吧……"

她说着又开始抹眼泪了，论演技，寂绯绯绝对是"奥斯卡影后"级别的。

听着她声泪俱下的诉说，现场也有不少女同学跟着红了眼眶。

主持人又开始了另外一个话题："我听同学说，这次比赛还发生了一点小事故呢，好像比赛之前，妹妹的大提琴丢了吧，绯绯急坏了，帮着妹妹到处寻找呢，绯绯能给我们具体讲讲吗？"

"呃，是有这么一回事。"寂绯绯微笑着说，"也没什么好说的，大提琴应该是被不怀好意的竞争对手偷了吧，不过后来琴找到了，我也就不想再提这件事，毕竟大家都是同学，人都会犯错误，我也不想追究。"

"绯绯还真是大度呢……"

时间一分一秒地过去了，寂白的手机死死地捂在兜里，再也没有取出来过。

眼看着直播都快进行三分之二了。谢随诧异地望着寂白，冲她比了个摊手的动作，似乎是在催促着什么。

他果然知道了，难怪他会这么精准直接地跑到二楼观礼台去，这家伙……

寂白无视了谢随的各种暗示，谢随无可奈何，摸出手机给她发信息——

"你还等什么？"

寂白回他："我没有等什么。"

"不是都准备好了？放啊。"

"谢随，这件事到此为止。"

"为什么？"

谢随低头望了望寂白，她漆黑的眸子里一片平和，但那里面透露的不是心软，而是另外一种难以捉摸的……忍耐。

"为什么？"谢随不依不饶地发信息，"都准备好了，为什么放弃？"

寂白被他逼得有点心烦了，如果不是他好奇心这么重，一切就都应该按照计划进行，他还好意思在这里质问她。

"谢随，你现在离开那里，我马上放视频。"

她气呼呼地编辑了这条信息发送，不过分秒间又被她撤回来。

寂白知道自己说漏嘴了，所以赶紧撤回，抬起头望向谢随。

谢随目光从手机屏幕上移开，与她隔着昏暗的光，遥遥相望。

寂白脑子里咯噔一下。

完了。他看到了。

谢随之所以要站在那里，就是为了把所有事情揽到自己身上，让她安全。但谢随完全没有想到，寂白会因为他而放弃整个计划。

心里又甜又苦，他顾不得什么，转身捡起了角落里的微型投影仪，直接进行人工操作，按下了播放按钮。

寂白急匆匆地站起身，路过一排排拥挤的座椅，朝着二楼走过去。身边有维持纪律的老师拦住她，让她回到自己的位置上，不要影响节目直播。

就在这时，侧面的黑墙上，突然投射出了宛如电影的画面。

现场躁动了起来，不少同学都被墙上的画面吸引了注意力，议论纷纷。

台上，寂绯绯站起身来，眼睛瞪圆了，难以置信地看着墙上的投影。

寂白的眸子猛地收缩，那并不是她之前所准备的比赛录像！

而是……是那段寂绯绯偷琴的视频画面！

尽管监控画面并不是特别清晰，但是所有人都能认出来，画面里抱着琴鬼鬼祟祟从排练室里出来的人，显然就是寂绯绯！

视频被剪辑成了好几段，都是位于不同地方的监控设备拍下来的画面，连起来能看出，寂绯绯偷了琴从彩排室里出来，经过了无人的花园和逸夫楼，走到了学校的后山。

这段视频……比之前寂白想要播放的比赛视频更加劲爆，足以将寂绯绯彻底置于无可挽回的死地！

更重要的是，这段视频的内容与寂白关系不大，只要她不去主动承认，便没有人会怀疑这次事件是她主导的。

寂白难以置信地回过头，不远处，谢随拿着微型投影仪，与她遥遥相望。

寂白读懂了他眼底的意味。

他更换了视频内容，并且准备把一切都揽到自己身上。

直播访谈十分钟前刚聊到大提琴丢失事件，这会儿，寂绯绯鬼鬼祟祟从排练室偷琴的视频一经播放，在场的同学们陆续反应过来——偷琴的人竟然是她自己，这不是贼喊捉贼吗！

被无端冤枉偷琴的唐宣琪第一个站起来，高声喊道："原来真是贼喊捉贼啊！难怪你在琴丢了的第一时间就跑去告我的黑状，还想陷害我呢！"

周围的同学立刻询问唐宣琪是怎么一回事，唐宣琪便将寂绯绯当初无端栽赃她偷琴的事情讲了出来，还讲到寂绯绯按头让她道歉，甚至威胁如果她不道歉，就要到网络上去挂她，煽动粉丝攻击她，让她变成第二个安可柔！

同学们看向台上的寂绯绯，不禁冷汗直流，觉得她简直就像一个面目狰狞可怕的魔鬼。

寂绯绯脸上血色全无，时而看看主持人，时而又望望墙上的监控视频，身体禁不住地筛糠似的颤抖着。

"骗子！"

"这心机……真是太可怕了。"

"妈呀，这还是励志女神吗？这是魔鬼吧！"

"真的，今天这反转，老子心服口服。"

同学们交头接耳，低声议论着，饶是临场应变能力很好的主持人，也被现场突发事故惊得说不出话来。

台下教育局的领导反应比同学们慢半拍，但也看明白了是怎么回事，纷纷起身，沉着脸走出了礼堂。

陈校长连忙追了出去："刘局，刘局您别生气，有误会，我一定调查清楚！"

"这就是你们学校培养出来的励志学生！"

"不，不不，这里面肯定有误会！刘局，您听我解释！"

"不用解释了，闹剧到此为止！"

领导们一个个拂袖而去。

寂绯绯望向观众席的同学们，他们神色各异，有愤怒的，有同情她的，更有吃瓜群众看好戏的……

她知道，完了，一切都完了。

最后，她看到了观众席最后排的寂白。

寂白面无表情地凝视着她，仿若审判者。

寂绯绯终于明白了，为什么这段时间寂白表现得那样平静，隐忍不发，她就知道……就知道寂白没安好心！原来在这里等着她呢！

寂绯绯缓缓站起，感觉周遭一片天旋地转，倏然，她竟晕了过去！

摄影棚立刻乱作了一团，主持人吓得惊叫，立刻让周围人打电话叫救护车……

寂白不再停留，三两步跑出了礼堂，正好撞见"始作俑者"谢随被两名保安从二楼带了下来。保安反扣住他的手，却被他不耐烦地甩开。

他的眉宇间依旧荡着不羁的神情，很不客气道："别碰老子，自己走。"

路过寂白身边，谢随脸色柔和了些。他抿了抿干燥起皮的唇，甩给她一个放心的眼神。

寂白想要解释，可是她不知道要跟谁说，现场都已经乱套了，救护车、医生护士，还有组织疏散学生的老师和打电话向局里求情的校领导……

寂白眼睁睁地看着谢随被保安带出去，只感觉全身冰凉。

她仅仅准备了比赛表演的视频，这段视频虽然能够戳穿寂绯绯所说的谎言，却不至于将她置于死地。

谢随突然横插一脚，替换成寂绯绯偷琴的视频，这样相当于把品德低劣的寂绯绯和一再包庇纵容她犯错误的德新大学，同时推到了舆论的风口浪尖。而他一个人承担了所有后果。

寂白不想把谢随牵扯进自己的复仇计划里，可该死的……两个人的命运就像缠绕的藤条，根本没有办法清清楚楚地分成两条平行线。

走出大学生活动中心大楼，寂白望着天边翻涌的沉云，凛冽的寒风在她耳畔呼啸着，刮得她柔润的脸颊宛如刀割。

山雨欲来风满楼。

殷夏夏攥着手机跑过来，兴奋地要给她看网络上那些粉丝三观崩塌的评论，可是寂白却怔怔地望着远方层叠的乌云。

良久，殷夏夏难以置信地睁大了眼睛。

寂白哭了。

她没有发出声音，眼泪无声地自眼眶滑落。

她固执地咬紧了下唇，哑着嗓子，沉声说了五个字：

"代价太大了。"

她牺牲了谢随。

因为访谈是现场直播，所以寂绯绯偷窃的那段视频在第一时间就流传到了网上，她的粉丝们简直像是被喂了屎一般地难受，没有想到粉了这么长时间的励志女神，居然会是这样一个心机深沉的卑鄙小人。

在真相大白的这一刻，脑残粉对她的追捧和热爱彻底转化成了无尽的愤怒，诛心的谩骂一刻不停——

"太恶心了！"

"真的没想到，我粉的偶像居然会是这样一个蛇蝎心肠的女人。"

"服了服了，这女的段位太高了吧。"

"我真是瞎了眼，当初还帮这种人去骂别人。"

"都少说两句吧，人都被你们骂进医院了。"

"她现在在哪个医院？死了没？没死的话我现在想过去弄死她。"

寂绯绯的微博成了硝烟纷飞的战场，每一条微博下面都充斥着怨毒的谩骂，甚至还有人把她发的自拍照合成了各种各样的表情包，对她进行嘲讽和人身攻击。

寂白只刷了几条便不再看了。正如当初他们在寂绯绯的引导下，辱骂安可柔一样，现在寂绯绯终于是养蛊反噬了。

不仅如此，粉丝们还找到了寂白的微博，以前那些无人在意的内容，在刷新了寂绯绯人设以后，重新来看，全都变成了寂绯绯的"罪证"。

"又抽了两百毫升的血液，我好痛，但是妈妈骂了我，说姐姐更痛，我该忍着。"

"想喝热水，但妈妈和爸爸都忙着照顾姐姐，我有点头晕，难受得爬不起来。"

"我也想要好好地活下去，拥有自己的人生，拥有健康，不再成为别人生命的附属品。"

相比于成为一个逢人便诉说自己委屈的祥林嫂，寂白用这样安静的方式所记录下来的内容，被网友们引爆之后，成了压垮寂绯绯的最后一根稻草。

寂白等这一天，已经等很久了。

"天哪，我无法想象，寂绯绯究竟对她妹妹做了什么！"

"从生下来就被迫给姐姐输血，还被家里人道德绑架，这简直太可怕了！"

"如果换作是我，我肯定恨不得杀了我姐姐吧！"

"寂绯绯以前在公共场合对她妹妹绝口不提，肯定是心虚！"

"想想都觉得毛骨悚然，简直太可怕了！"

"我都想报警了，把这一家杀人凶手全部抓起来，绳之以法！"

一切都按照寂白所预想的剧情发展，她所有的委屈和不甘，终于在真相大白的这一天，沉冤昭雪。过去那些追捧寂绯绯的粉丝现在一起铸成了她的地狱，可能她还会在地狱里煎熬很长一段时间。

晚上，母亲陶嘉芝给寂白打了一个电话，说晚上会在医院陪着姐姐，不回家了，让她自己吃饭。

寂白问母亲："她怎么样了？"

陶嘉芝无奈地叹息道："你姐姐的身体没有大碍，但精神状况不太稳定，要一直住在医院里。哎呀，你说说，事情怎么会闹成这个样子。"

寂白听到寂明志的声音："怎么会闹成这个样子？还不是这丫头自己闹的，她要不是偷白白的琴，能被人抓住把柄吗？现在视频都被人放到网上了，网上那些人骂得多难听啊！"

"你说说，是哪个王八蛋把视频放出来的？我肯定让你陈叔叔开除他！"

显然，父母并不知道寂白和这件事有牵扯。如果不是谢随突然横插一脚进来，或许现在家里已经闹翻了天，寂白都能够想象到父母知道了会怎样对她。甚至……奶奶那边，她都无法交代，毕竟寂老太太一贯主张家和万事兴，任何事都应让位于家族利益。

谢随是真的帮了她太多。

寂白无声地挂掉了电话，独自坐在沙发边。她沉思着，给谢随发了一条信息，问道："情况怎么样？"

谢随没有回复她，她给他打电话，语音提示他关机了。

寂白回想着今天陈校长怒气冲冲的模样，可以想象他有多么愤怒，谢随不会有好果子吃，轻则记过，重则……多半是会被开除的。

第二天，如寂白所料，谢随没有来学校。

第三天、第四天……寂白每天都会去谢随经常待的地方，却始终没有看到他的身影，也根本联系不到他。

他的几个兄弟口径一致都说随哥出去"避风头"了，没什么事，让寂白不要担心。

只有殷夏夏神秘兮兮地跑来告诉寂白，说谢随已经被关到局子里了。

寂白猛地放下笔："你从哪里听说的？"

"是我爸，他说漏嘴了，后来被我问出来了。"

寂白知道，殷夏夏的父亲是警局的人。

"谢随没有犯法，凭什么抓他！"

殷夏夏连忙说："你先别激动，我听我爸说，学校是准备起诉谢随偷窃的，就是他播放的那段视频，是他趁监控室老刘打瞌睡的时候，溜进监控室窃取的！现在学校准备抓着这个，告他偷窃。"

寂白气得浑身发抖，声音低沉得可怕："偷窃……到底是谁偷窃！"

他们怎么还有脸说谢随？分明就是学校包庇寂绯绯的盗窃行为，才会引发后来的事情，谁才是真正的小偷，他们搞清楚没有！

殷夏夏见寂白气得脸色苍白，安慰她道："你先别急，起诉的事情，也就是校领导气头上说出来的，我爸其实也觉得，这事是学校做得不厚道，现在网络舆论压力这么重，如果学校敢起诉谢随的话，肯定要被骂死了！他们不敢轻易这样做。"

殷夏夏的话倒是提醒寂白了，她放下笔，也不管待会儿上不上课了，径直朝着逸夫楼走去。

还没到校长办公室，在楼梯口，寂白就被丛喻舟几人拦截了。

见寂白这来势汹汹的样子，丛喻舟也猜到她是要去找校长说明情况。

"寂小白，现在随哥那边已经全部交代了，警察口供也都录了，你现在去找校长顶锅，没用。"

寂白扯下肩上的背包，重重地扔在地上，愤声问："你们还是不是他兄弟？被关进警局这么大的事，你们瞒到现在？"

丛喻舟没见过寂白发这么大脾气，过去那个话说重了都会抖的小猫咪，突然露出了爪子，他们心里头也有些发怵。

"你，你先别生气啊，随哥的脾气你又不是不知道，他交代的事情，咱几个也不敢不听啊。这事我们劝了，没用，他全揽下来了，偷录视频是板上钉钉的事，如果学校起诉，一拿一个准。总之现在不是追究对错的时候，当务之急，咱们要想办法把这件事大事化小。"

寂白了解谢随的性格，既然他担下了所有的事情，为了保全她，肯定该交代的都交代了，现在寂白就算是用一百张嘴说这事和谢随没关系，也没人相信她。

蠢货！

就在这时，陈校长和几位校领导从会议室出来，寂白连忙迎上去，丛喻舟几人见状不妙，也赶紧追上去。

"陈校长，我有事要和您说。"

陈校长看了寂白一眼，边走便敷衍地说道："小白，你姐姐的事，校领导已经开会研究过了，我们肯定会还她一个公道的，你放心。"

"还谁一个公道？"寂白有些不敢相信自己的耳朵。

陈校长停下脚步，拍了拍寂白的肩膀，叹息道："你姐姐受了这么大的委屈，领导不会坐视不理，我们会上诉，让这件事的始作俑者受到法律的制裁。"

几个男孩听了，瞬间绷不住叫喊了起来："你有没有搞错！偷东西的是寂绯绯好不！我们随哥不过是把罪犯公布于众，他有什么错！"

陈校长指着他们说："谁让你们来这里的，不想念书就都给我滚回去！早就看你们不顺眼了，一个个，真是不像话！"

寂白的手紧紧地捏着腿侧的裤子，良久，只听她沉声道："这件事的始作俑者，难道不是您吗，陈校长？"

陈校长诧异地看着寂白："你说什么？"

"如果不是您为了学校的荣誉和自己的面子，包庇寂绯绯，容忍她一而再，再而三地犯错误，事情怎么会发展到今天这种地步？恕我直言，您根本不配成为一名教育工作者。"

陈校长气得嘴唇发抖，指着寂白道："我看你真是疯了！你再多说一句，我告诉你爸妈！"

寂白面无表情道："陈校长，谢随已经在警局待了三天了，如果明天早上他再出不来，我会把我所知道的，关于您包庇寂绯绯的所作所为，全部发到网上，寂绯绯这件事现在已经成了热搜事件，我愿意自费，再帮德新大学上一次热搜。"

她说完这些话，甚至都不给陈校长任何分辩的机会，转身离开了。

几个男孩跟在寂白的身后，看着她决绝的背影，想着她刚刚和陈校长针锋相对的模样，丝毫不见平日里在谢随面前的柔弱和胆怯。

蒋仲宁戳了戳丛喻舟，低声说："哎，就寂小白这样的，能让谢随欺负住？我是不信的。"

丛喻舟道："以前信，现在我也不信了。"

"你说她是不是扮猪吃虎？"

"不是，我觉得她是有意让着我们随哥，要真杠起来，随哥指不定让她虐成什么样呢。"

"我怎么从你这话里听出点霸道宠爱的意思？"

"就是霸道宠爱。"

"不是，谁宠谁啊？"

丛喻舟睨了身边几个男孩一眼："当然是她宠你随哥。"

这时，寂白突然回过头，几个男孩立刻立正站好，听候差遣。

"你们一会儿有事吗？"她问。

"没事没事，嫂子……不是，寂白同学你有什么吩咐？"

寂白想了想，说道："今天晚上谢随应该会被放出来，但我还是有点不放心。总之，你们先去警局外面守着，如果他被放出来了，你们给我来个消息。"

"行，没问题。"

寂白骑上车准备离开，丛喻舟忽然叫住她："小白啊，那个……如果随哥没被放出来，你打算怎么办？不会真的要发微博吧？你这样公然帮谢随，站在学校和你姐姐的对立面，你家里人那边要怎么交代？"

寂白轻轻地咬了咬唇："管不了这么多了。"

她有家人，可谢随没有，谢随进去就是进去了，连个去看望他的人都没有，更不会有人为他说话，帮他请律师打官司。

他一无所有，只有她了。

晚上八点，谢随被放了出来。

他穿着一件深色的夹克，单肩背着黑色背包，整个人气质深沉，左边的断眉越发显得凶戾。他脸色低沉，看见哥儿几个也只是简单地扬了扬手，未发一言。

被拘留了三天，任谁放出来都不会开开心心的。

丛喻舟迎上去，接过了他肩上的背包："饿了吧？走，下馆子去，咱们都还没吃饭呢。"

谢随和他们去了常去的那家大排档，点了一桌子丰盛的饭菜。他闷不吭声地大口扒饭，看样子在里面吃得也不怎么好。

丛喻舟替谢随打开了手机，第一条就是辅导员发来的信息，让谢随明天照常来学校上课。

"应该是没问题了。"丛喻舟说，"这件事学校不会再追究了。"

谢随眼角透出轻蔑之色："有种搞我，没种搞到底。"

蒋仲宁说："这次要不是……"

丛喻舟抬脚踹了踹他，没让他把剩下的话说完，寂白吩咐了不让讲，他们便不能讲。

谢随腮帮子里嚼着饭菜，望向蒋仲宁："要不是什么？"

"没什么，随哥，你多吃点。"丛喻舟给他夹了菜，"在里面肯定没

200

吃好，对了，里面的人有没有欺负你啊？"

谢随鼻息间发出一声冷嗤："他们倒是敢。"

想想也是，像谢随这样的狠角色，这世界上恐怕也没几个人能欺负到他的头上。

谢随漫不经心地问了声："她怎么样？"

"谁啊？"

丛喻舟睨了蒋仲宁，能让谢随心心念念的人，还能有谁？

"小丫头被吓破了胆。"丛喻舟对谢随说，"一句话不敢吭，也没乱说话，我们都帮你看着她呢，放心吧，这事儿就算过去了。"

"被吓到了？"谢随望向丛喻舟，"她知道我被关进去了？"

蒋仲宁说："绝对不是咱哥儿几个讲的！可以对天发誓！"

谢随脸色沉了沉，三两口扒了饭，拎起背包便要离开了。

寒凉的风，湿漉漉的街头，谢随站在人行道前等了三个红绿灯。

路面的水滩映着行人的倒影，急速驶过的轿车溅起水花，弄湿了他的裤脚，而他浑然不觉。

谢随握着手机，思忖了很久，给寂白发送了一条信息："我出来了，不用担心。"

考虑了片刻，他将"不用担心"删掉，只保留了前面四个字，点击发送。

寂白盘腿坐在床边，看着他发送过来的那四个字，重重地松了一口气。

很快，谢随又发了几个字过来——

"能不能见一面？"

寂白："嗯？"

"身上现在没钱，肚子有点饿了。"

寂白放下手机，拿出本书看，但是有些难以集中注意力，两分钟后，她又瞄了眼那条信息，终于还是心软了。

"你现在在哪里？"

街尽头，谢随远远地望见了寂白，她穿着一件宽松的棉服，扎着马尾，还戴着毛茸茸的白手套。

她望见了他，朝着他加快步伐走来。

"咔嚓"一声，谢随按灭了打火机的火苗，正面迎上了她。她的黑眼睛明亮清澈，唇瓣红润，卷翘的睫毛上仿佛缀着水雾。谢随见着她，心都快抽搐了。

"你想吃什么？"寂白柔声问他，"这个时间，很多饭店也关门了，你想吃烧烤吗？这附近有一家……"

她话音未落，谢随突然上前一步，将她拥入了怀中。

他的身上隐隐散发着某种铁锈的味道，有点像鲜血，又好像不是……寂白说不出那是一种什么样的气息，但那是谢随独有的味道，她并不排斥。

他穿着夹克，衣服质地很硬，硌着她脸蛋儿娇嫩的肌肤，隐隐有些难受。

寂白沉声问："谢随，你受伤了吗？"

"没有。"他嗓音沙哑，"老子就是……关了三天，想你了。"

寂白将手挡在胸前，推了推他，可是没有推动，男人的拥抱箍得更紧了，紧得浑身都在发抖，像是要把她嵌进自己的身体里。寂白被他抱得呼吸都不顺畅了，呛了呛，剧烈咳嗽了起来。

谢随无可奈何地松开了她，小心翼翼地替她抚着后背，顺顺气。

"你能不能……别这么粗暴？"

"对不起。"

对待这柔花一般的女孩，轻了不解渴，重了又怕弄坏，他真是不知道该怎么办了。

寂白取出钱夹，从里面摸出两百块钱塞到谢随的裤子口袋里："你先拿去吃晚饭，我就先回去了。"

在她抽身离开的一瞬间，谢随握住了她纤细的手腕："你能不能别生我的气？"

寂白垂着眼睑，淡淡道："什么事？"

"我自作主张的事。"

敢情他还知道自己自作主张了。其实寂白心里已经想了一千句一万句骂他的话，可是只要一想到他被拘留了三天，寂白真的不忍心再责怪他一个字。

"你……你自己反省。"她扯了扯自己的手腕，"别来问我。"

谢随不依不饶道："我已经反省好了，我会补偿你的。"

听到这话，寂白回头，好奇地望向他："你要怎么补偿？"

谢随嘴角轻轻扬了扬，趁她不备，俯身用力吻了吻她的额头。

"浑蛋！"寂白退后了两步，骂道，"下流！"

谢随耸了耸肩，掏出兜里的两百块钱扬了扬，故意拉长调子说："谢谢你请我吃饭，饱了，回去了。"

看着他的背影渐渐消失在霓虹璀璨的街道尽头，寂白抬手揉了揉自己的额头，肌肤间还残留着他唇间干燥的质感。

"臭小子……"

第九章

一

"谢随，你在吗？" "我在。"

寂绯绯出院时已经是寒假了。

寂绯绯住院的这一个多月的时间，因为忙于应付期末考试，寂白一直没有去医院看望过她。

当然，考试也只不过是借口罢了，寂白不会假惺惺地对寂绯绯嘘寒问暖，她对寂绯绯的态度自始至终都没有改变。

血债血偿听起来有点瘆人，但未尝没有道理。当然，寂白不会要寂绯绯的命，因为寂绯绯的命对她来说毫无价值。寂白只想夺回原本应该属于自己的人生。

只是听父母说，寂绯绯的情绪已经渐渐稳定了，经历了这样的事，她就像是变了一个人似的。

寂白并没有理解母亲所说的——寂绯绯就像是变了一个人，究竟是什么意思。

直到那日寂绯绯回家，见到寂白的时候，竟然微笑着走上前来，给了她一个温柔的拥抱。

寂白本能地往后退，避开了。她有些诧异地望着寂绯绯。

寂绯绯脸上挂着亲和的笑容，让自己看起来就像一只挥着翅膀、全身散发着圣洁光芒的天使。

陶嘉芝劝道："白白，这件事呢，过去也就过去了，绯绯在医院里已经承认自己的错误，也道歉了，你也不要揪着不放。不管怎么说，她还是你的姐姐，你们之间的姐妹亲情是斩不断的。"

"是啊，你姐姐把微博都卸载了。"寂明志也帮腔道，"她真的认识到错误了，今天还特意提出来，要亲自向你道歉。"

寂白看着寂绯绯脸上伪善的微笑，倏忽间明白了什么。

寂绯绯在医院养病的这一个月，不仅已经恢复元气，而且好像……已经脱胎换骨，功力更上一层楼了。

过去那个沉不住气、经常被逼得口不择言、胡乱发疯的寂绯绯已经不见了，进化成现在这个总是以友善微笑示人的寂绯绯。

寂白在她那深褐色的眼睛里看到了自己，也感受到寂绯绯心底对她那刻骨的恨意。

正如梦里的寂绯绯有能力让父母彻底抛弃寂白，这就说明了她的本事。

这次，寂白几乎折断了寂绯绯的手臂，令她失去了粉丝舆论这一利器，可是要想彻底击垮她，恐怕并不容易。

寂白也挺佩服寂绯绯的，若是换了心理素质稍稍薄弱一些的人，遭遇这样的重创，在网络上被人疯狂谩骂，不死也抑郁了，譬如之前被寂绯绯算计的安可柔。

寂绯绯能够在这么短的时间恢复，并且卷土重来，挺厉害。她越是这样，反倒越激起了寂白的斗志。如果她一蹶不振地消沉下去，寂白也会觉得没意思

想到梦里梦外的寂绯绯对自己做过的一切，寂白也不想让寂绯绯就这么轻松地退场了。

她望向寂绯绯，率先开口道："姐姐，不是说道歉吗？"

迫切希望姐妹赶紧和好的陶嘉芝帮腔道："是啊是啊，绯绯，你快给白白道歉。"

寂绯绯咬了咬舌尖和唇肉，望着寂白，诚恳地说："白白，我向你道歉，我不该总是针对你。"

"既然是道歉的话，那就把事情一桩桩一件件地说明白吧，你是怎么针对我的，当着爸爸妈妈的面，都讲清楚。"

寂绯绯委屈地望向自己的父母，可是他们并没有会意，寂明志道："绯绯，你把事情的前因后果说清楚吧，之前在医院怎么跟我们保证的，也给白白说一说。"

寂绯绯轻轻地呼了一口气，沉声说道："首先，我不应该偷妹妹的琴，但我这样做是因为担心她给别人伴奏，我那天亲耳听见她答应了别人……"

"姐姐，"寂白打断了她，"就算有一千一万条理由，但是错了就是错了，错了就该道歉，而且我也不想听你的理由。"

寂绯绯眉宇间的怨毒之色一晃而过，她继续说："还有，答应了加分给妹妹，因为我的自私自利而食言，我错了，希望妹妹原谅我。"

寂白淡淡道："继续。"

寂绯绯委屈地说："我不知道我还做错了什么。"

"既然姐姐不清楚，那么我说一句，姐姐就重复一句吧。"

寂白清了清嗓子，朗声说："我寂绯绯，不应该对寂白进行肆意掠夺和压榨；不应该对她进行道德绑架，逼迫她做不愿意做的事情；不应该利用自己的疾病，抢走原本属于她的一切。我自私自利且泯灭人性，我疯狂且无知，我应该感谢寂白，而不是把这一切当作理所当然。"

寂绯绯惊愕地看着寂白，让她亲口承认这些事，对她来说，无疑是一种侮辱！

陶嘉芝和寂明志同样讶异，但是仔细反思寂白的话，虽然有点偏激，但好像也没有说错。

的确，这些年若不是寂白，寂绯绯早就已经不在这个世界上了，难道是她欠寂绯绯的吗？不，她不欠任何人。难道寂绯绯不该对她说一声感谢吗？

寂明志有些羞愧，提醒寂绯绯："绯绯，既然做错了就要勇于承认错误。"

难道这是我一个人的错吗？！寂绯绯几乎就要脱口而出了，然而，她还是克制住了内心愤怒的情绪。

是的，现在父母的天平已经开始慢慢地从她这边挪开了，她和寂白势均力敌，谁能争取到父母的偏爱，谁就能赢。

于是寂绯绯强忍着屈辱，按照寂白的话，一字不漏地向她道歉，并且道谢。

寂白知道寂绯绯心里的不甘，但是有生之年能从她嘴里听到"对不起"三个字……

寂白挺爽的。

寒假，陈哲阳组织了一次西鹭岭雪山之行，邀请了寂家两姐妹参加，同时还请了他的不少朋友。

他说是要借助这次滑雪之行，让寂家两姐妹出来散散心，过去那些不开心的事情，就让它过去。好在现在结果还算不错，加分资格重新回到了寂白的档案里，寂绯绯也走出了网络暴力的阴霾。

寂白其实对滑雪不太感兴趣，当然，她对于这次活动的发起人陈哲阳，更加无感。

寂家父母对这次雪山之行活动表现出了兴趣，或许是想借此机会，缓和与陈家的关系吧。毕竟两家是世交，生意上也有不少的往来，且自家两个女儿现在都还在德新大学念书呢，关系闹得太僵，实在不好看。

寂家父母执意让寂白也去滑雪，还特意为她准备了一套滑雪服。无奈之下，寂白只得答应了下来。

西鹭岭雪山是冬日里的热门旅游景点，景区不仅有滑雪场地，还有天然的温泉池，早起去山上可以看到日照金山的胜景。

陈哲阳组织的这次雪山之行，同行的朋友也都家境富裕，一行人开着几辆豪车驶入西鹭岭景区。

这一路上，寂绯绯和几个女孩子聊天说地，谈笑风生，从名牌包包聊到护肤产品。寂白没有加入她们，一个人坐在副驾驶座，望着窗外风景发呆。

轿车呼啸着奔驰在盘山公路上，有几个背包男孩，骑着山地自行车出现在山路边。

轿车速度很快，拐过弯道一闪而过。不知道是不是错觉，恍惚间，寂白看到了一抹熟悉的身影。

这些背包客大多戴着护目镜和口罩，遮挡强烈的紫外线，因此寂白也不太确定，觉得身形有点像，那辆山地车好像也……有点像。当她再回头的时候，身后那几个背包男孩已经远去了。

陈哲阳订的酒店是整个景区最高端的五星级温泉酒店，视野极好，每间房的落地窗都能看到绵延不绝的雪山山脉，房间里装了地暖，非常温暖，每个房间的阳台都有温泉池。

这样的房间，一夜四位数。这些钱对于同行的富家子弟而言，并不算什么。

陈哲阳为了缓和寂家两姐妹的关系，给寂绯绯和寂白订的是同一个房间。不过他不会知道，两姐妹的关系早已无可挽回。

寂绯绯对寂白也还算客气，在人前装样子，对她很亲热。不过她眼神中不时透出的锋芒，令寂白感觉不寒而栗。

寂白对她的态度自始至终都是淡淡的，寂白并不畏惧寂绯绯，哪怕她心里在酝酿坏点子。兵来将挡，水来土掩。现在最该害怕的人，绝对不是寂白。

西鹭岭景区有一片开发的滑雪坡，寂白一行人带着各自价格不菲的滑雪装备，早早地过去滑雪。

雪坡有很多游客，穿着花花绿绿的衣裳，分布在雪坡各个角落，笑声阵阵。

寂白换好了滑雪服，蹬踩着雪板，在稍缓的坡地边一个人练习。

陈哲阳走到她身边，知道她不会滑雪，自告奋勇说要教她。

寂白冷淡地拒绝："不需要，我自己学一会儿就会了。"

反正她自己一个人闹着玩，也不是正儿八经地学滑雪。

"你这样的初学者，如果没有人带着，很容易摔跤，到时候摔得鼻青脸肿，可不要哭鼻子啊。"

陈哲阳的调子里带了些许暧昧，令寂白感觉有些不舒服。她没搭理他。

不远处，几个模样英俊的男孩走进了滑雪场地，吸引了不少人的注意。

谢随换上了黑色的滑雪服走出来，站在坡地之上，阳光倾洒在他的眉弓之上，将他的眼睛埋入了深邃的阴影中。

"随哥，一起去滑雪啊。"

"嗯。"

谢随转身，望见不远处的女孩，女孩美好得宛如纯白的雪，站在反光的雪地里，肌肤通透，黑漆漆的眸子里盛满了阳光，剔透水亮。她笨拙地撑着滑雪杆，小心翼翼地移动着。

他嘴角一扬，正要走上前去，恰是这时，陈哲阳走到她的身边，轻轻扶住了她的肩膀。

"小心一点，不要往后仰，会摔跤的。"

谢随远远地望着雪里的两个人，脸色渐渐沉了下去。

瑟瑟寒风吹过，初见的喜悦瞬间烟消云散，他深邃的眼底泛起一丝刻薄和冷峻，攥紧了手里的滑雪撑杆。

寂绯绯站在树下阴影处，远远地望着陈哲阳。

陈哲阳徘徊在寂白身边，又是教她滑雪，又是给她示范姿势，殷勤得就像一条哈巴狗。

寂绯绯心里的落差非常明显，她明明知道陈哲阳喜欢的人一直都是自己，所以才对他欲擒故纵、不冷不热。但不知道为什么，这一次陈哲阳回来，对她的态度发生了翻天覆地的变化，她甚至都怀疑陈哲阳已经移情别恋，看上了寂白。

寂绯绯咬牙切齿之际，没注意到脚底的缓坡，雪板"刺溜"一下居然滑了出去，她重心不稳，摔在雪地上，疼得眼泪都出来了。

"呀，绯绯，你没事吧！"

"没事。"

"哲阳，你快来看看啊，绯绯摔倒了！"

有女孩招呼了远处的陈哲阳，陈哲阳回头，果然见寂绯绯狼狈地坐在雪地里，眼角噙着泪花。

"我马上来。"陈哲阳对寂白说："那我去看看她，待会儿再来教你。"

"不用不用，我姐姐身体不好，不能总是受伤，你最好守在她身边。"

好不容易摆脱了他，寂白才不想他这么快回来呢。

"那……好吧，你自己也小心一点。"陈哲阳说完，朝着寂绯绯的方向滑了过去。

寂白如释重负地呼出一口气，一个人小心翼翼地来到角落边的缓坡地，撑着细长的杆子，慢慢地往前移动。

就在这时，感觉有人从她身畔擦肩而过，寂白重心不稳，身体猛地向前栽去，那人的雪板回了一个漂亮的弧度，于是寂白精准无误地扑入了那人的怀中。

他穿着质地稍硬的黑色滑雪服，身体散发着某种薄荷草的清新味道。寂白嗅到这个味道，便已经有所察觉了。

她抬起头，正好望见了他脉络分明的脖颈。男孩的喉结微微凸起，下颌间缀着几粒青色的胡楂，显得性感极了。

他也正好摘下了墨镜，露出了那双狭长漂亮的桃花眼："开心吗？"

其实寂白早已经有了心理准备，刚刚在公路上看到那几个骑山地车的背包男孩，后来越回想，越觉得像他们，这都能撞一块儿去。

寂白听着谢随这冷淡的调子，估摸着他心里是不大开心的。

"你先松开我啊，谢随。"

她被他拦腰抱着，两个人以一种亲密的姿势站着，引了身边不少人侧目。

她雪白的脸颊泛起几缕红润的血丝，轻轻地推了推他，没能推开，只好将手挡在胸前，隔开与他的接触。隔着冲锋衣略厚的布料，她依旧能感受到他肌肉的韧性和硬度。

"我问你，见到我开心吗？"他不依不饶地询问。

寂白也不知道该怎么回答，无可奈何像哄小孩一样，细声说了"开心"两个字。

谢随揉了揉她毛茸茸的白色毛线帽子，这才放开了她。

"站稳了，再摔老子不会拉你了。"

寂白撇撇嘴，心说本来也不会摔，谁让他突然从后面冒出来把她吓了一跳。

"你们也来西鹭岭玩了？"

"有钱人能来，我们就不能来了？"

"你不要总是曲解我的话。"

谢随神情似有些不爽："你和姓陈的来这儿，怎么解释？"

寂白轻轻地叹了声："家里让的。"

"那是不是我先问你，你就会答应随我一起？"

寂白正要说"是"，不过想了想，轻哼了声："可能还要考虑一下。"

"行吧，你是大小姐。"谢随带了些不满地说，"大小姐肯赏光的事都是给我脸。"

寂白不想和吃飞醋的人多说什么了，反正说什么都是酸的。

谢随偏头，睨了不远处的陈哲阳一眼，眼底泛了几许冷意："回去洗个澡。"

寂白不明所以："干吗？"

谢随伸手按住了她单薄的左边肩膀，轻轻地抚了抚，冷声道："刚刚他碰你了。"

这男人的嫉妒心和占有欲倒是真的强，梦里，但凡她与别的男人多说了几句话，谢随也是会冷脸吃醋的。但关键是，别说她和谢随现在不是情侣关系，就算是跟陈哲阳，也是没有任何特殊的关系，他吃哪门子飞醋？

她拍开他的手，嘟囔一声："那你刚刚还抱我呢，我也得好好洗干净。"

谢随微微一怔，随即说道："我碰你，你不用洗。"

"为什么？"

这个问题倒是把谢随问住了，他认真地思考了片刻，说道："洗也行，反正我还会碰你的。"

"……"

有时候寂白真觉得这家伙挺无赖，却不会像陈哲阳那样令她讨厌。

寂白伸手将裹在围巾里的发丝全部抽出来，顺了顺。

谢随注意到她冰凉红透的指尖，说了声："你怎么不戴手套？"

寂白漫不经心道："忘了。"

"这都能忘。"谢随语气里似乎带了点嫌弃，同时将自己的黑色皮质手套扯了下来，塞到寂白的手里。

"不需要。"

谢随不由分说地抓起了她的手，塞进了黑色的手套里，男孩的手套不比女孩的毛茸茸，他的手套很薄，但是内底有细密的绒，带着他手掌的余温，因此格外暖和。

他攥着她的手，仔细妥帖地替她戴好了手套。

寂白本来有些不情愿，不过手套里真的非常温暖，她原本冻麻木的小手一下子就暖和起来。寂白便不再挣扎，任由他替她戴好了手套，还自己往上面提了提。

"来，教你滑雪。"谢随不由分说地拉着寂白来到儿童的缓坡区域，硬要教她滑雪技术。

反正现在也无事，寂白便跟着他学了起来，身体前倾，保持平衡，通过杆子掌握速度，缓缓地沿着坡地下滑，几次之后，倒是也掌握了一点窍门。

从坡地上往下俯冲，瑟瑟的寒风吹刮着脸庞，心里的郁结也随风消散了，真的挺痛快。她情不自禁地笑了起来，谢随滑到她的身边，兜着她绕了个圈子。

"你别总在我面前晃，好不？"

"怎么了？"

"会害我摔跤。"

"尽管摔，我能接住你。"

寂白撇撇嘴，加快了速度朝陡坡滑去。

谢随看着她的背影，喊了声："哎，别去那些地方，你才学会……"

话音未落，"啊"的一声惊叫，寂白跌倒了。

谢随溜达过去，撑着膝盖望着她，漂亮的眼睛眯了起来："我说什么来着？"

寂白坐在雪地里，抱着膝盖缓了会儿，幸好关节位置都有防护器具，倒没摔坏，就是肉疼。

谢随冲她伸出手，寂白不接，他索性攥着她的胳膊将她扯了起来，替她拍了拍身上的雪渣。

"摔哪儿了？"

寂白觉得丢脸死了，咬着牙说："不告诉你。"

谢随看着她捂着屁股揉搓的小手，嘴角绽开一抹轻痞的笑意："摔屁股蹲儿了？"

寂白红着脸不讲话。

"随哥给你揉揉。"

"啊，走开。"

不远处的陡坡上，几个男生跃跃欲试来一场滑雪比赛。

"一口气滑下去，谁停谁是狗。"

"输了的今晚请客啊，都别赖。"

"等等，好像少了个人，随哥呢？"

丛喻舟这才发现谢随不见踪影，他望着茫茫的雪坡找了半晌，才在儿童缓坡区找到谢随。

他陪在寂白身边，扯着她的手腕，牵引着她慢慢下滑……

看着谢随这分明殷勤还故作严肃的模样，丛喻舟挑挑眉，莫名想笑。

待在她身边，狼都变成了狗，他就差摇着尾巴伸舌头去舔人家了好吧。

蒋仲宁搂着他的女朋友，望着谢随，感叹道："随哥对女孩还挺有耐心，上次让他教老子溜冰，三分钟不到，就直接用踹的。"

他女朋友陆微微望了他一眼，嫌弃道："谁让你笨啊，随哥能忍你三分钟，不错了。"

蒋仲宁宠溺地捏着陆微微的下巴："谁笨？嗯？"

"放开！哎呀！讨厌啊你！"

众人在滑雪场玩闹了一下午，换好了衣服走出休息中心，陈哲阳和丛喻舟两帮人也正式地撞了面。

能很明显地看出两边人经济条件的不同，陈哲阳身边的男孩女孩，全身上下一水儿的名牌衣裤，身边停着两辆拉风的豪车。而丛喻舟身边，男孩们身着登山装备，推着山地自行车，显得野性十足。

两边人都相互打量审视着，心里也各有想法。

蒋仲宁的女朋友陆微微看到对方女孩满身的名牌，心生羡慕。陈哲阳几个朋友的眼睛，落在脸蛋漂亮、身材火辣的陆微微身上，几乎都快抽不回来了。

由于之前谢随害寂绯绯名声扫地，还离间了寂家姐妹感情，陈哲阳对谢随有些看不顺眼。不过寂白整个下午都是和谢随待在一起，这让他有些拿不准两人的关系。出于礼貌和教养，他还是淡淡地跟谢随打了声招呼。

谢随无视了他，低头对寂白道："晚上一起泡温泉。"

不等寂白回答，陈哲阳插嘴道："我们酒店有私人温泉，不用再去别的温泉山庄了。"

谢随的目光这才缓缓挪到陈哲阳身上——

"老子问你了吗？"

他浑身上下散发着冷硬锋利的气场，很有威慑力。

陈哲阳其实有些怵，避开他的锋芒，转身对寂白道："晚上不要出酒店，我答应了叔叔阿姨，要把你们安全带回去。"

陈哲阳这话也没毛病，寂白想了想，对谢随道："谢随，晚上就不出来了。"

谢随没说话，沉着脸转身离开。

陈哲阳一行人离开以后，蒋仲宁低声对丛喻舟道："也就寂小白有这胆儿，敢当着这么多人，不给随哥面子。"

丛喻舟从容笑道："就冲寂小白敢放狠话威胁陈校长，随哥一口还真吃不掉她。"

"我有点同情随哥。"

"得了吧，自己都火烧眉毛了，瞎操人家的心？"

蒋仲宁不解："我怎么火烧眉毛了？"

丛喻舟低声说："刚刚你没看到，陈太子身边那帮人，眼珠子就没从你女朋友身上挪开过。"

蒋仲宁回头望了望陆微微，不得不说，自家女朋友漂亮是真的漂亮，不过他还是很有自信的，他和陆微微是青梅竹马的情分了，不是一般人比得上的。

陆微微并不知道两人聊天的内容，走上前来，问蒋仲宁道："刚刚那几人是你们的朋友吗？"

"在学校认识而已。"

"我看他们离开的方向，好像是去了西鹭岭酒店啊。"

"怎么了？"

"那个酒店是整个景区最高端的五星级酒店，我之前在网上看到过，每个房间都有温泉池，特别奢侈。"

陆微微眼底流露出向往的神情。

蒋仲宁是个疼女朋友的，他拍了拍陆微微的肩膀："你想住吗？我可以请你住这家酒店，体验体验。"

陆微微撅了撅嘴，有些委屈地说："算了吧，咱们去住一晚两晚的，让别人笑话。"

"怎么就笑话了？"蒋仲宁不解，"他们能住，咱们就不能住？"

"你不懂。"陆微微咬了咬唇，不再与他争辩了。

蒋仲宁当然不可能懂，陈哲阳身边的那些人住豪华酒店是日常享受；而陆微微这样的人，咬着牙去住那种酒店，只能说是一种奢侈体验，性质是完全不一样的。

晚上寂白回到房间里，才发现她还戴着谢随的手套，这皮质手套太暖和，以至于她一直都没舍得摘下来，离开时也忘记了。

她坐到床边，摸出手机给谢随编辑信息，准备明天找个时间还给他。

信息还没发出去，谢随冷冰冰的信息反倒先跳了出来——

"手套还我。"

寂白只能删掉刚刚输入的文字，问他："什么时候？"

"现在。"

寂白回头望见寂绯绯已经换好了漂亮的泳衣，准备下楼泡温泉了。

"明天行吗？"

"明天要去登山，早上五点出发，你要是起得来，也行。"

诚然寂白是起不来的，但想着谢随登山也需要手套，她只好妥协道："发个定位，我现在给你送过去。"

谢随给她发了温泉山庄的定位，同时说道："泳衣带上，我给你买温泉票了。"

寂白："……"

寂白拎着泳衣包走出酒店大厅，不远处的温泉池里，几个女孩围坐在寂绯绯的身边，不知道在讨论什么，笑得花枝乱颤。

寂绯绯偏头望见寂白，问道："这么晚了，去哪儿？"

"出去透透气。"

"小心点，早些回来。"

"知道。"

在外人面前，姐姐对她总是关怀备至。

有女孩低声说："绯绯啊，你看她对你爱理不理的样子，你还这样

217

关心她。"

"可不是，寂白太高傲了吧，这一路上，她连话都不想跟咱们多讲呢。"

寂绯绯微笑着说："没办法，她就是这样的性子，我这个当姐姐的，也只能多包容她了。"

寂白只听了两句，便加快步伐走出酒店大门。

她的确是不怎么爱搭理这些女孩，物以类聚、人以群分，她们跟寂绯绯能敞开心扉谈天说地，和寂白自然是话不投机半句多。

温泉山庄距离寂白的酒店不过几百米，步行几分钟便到了。

谢随蹲在大门口的阶梯上，狭长的眼微弯，懒洋洋地睨着她。

"知道老子等了你多久？"

寂白扬了扬手里的口袋，抱歉地说："收拾东西，耽搁了。"

"怎么提这么多？"

谢随翻了翻她的口袋，里面有泳衣、浴巾、沐浴露和洗发水，还有瓶瓶罐罐的护肤品……

寂白低声解释："都是要用的。"

"行吧。"

谢随本来觉得女孩真挺麻烦，可不知道为什么，落到她身上，他觉得怎么麻烦都不为过。他等她，等得心甘情愿，等得心里甜滋滋，还咕噜咕噜往外冒可乐泡儿。

寂白不知道谢随的内心活动，她走到大厅柜台前，跟前台人员换了储物柜钥匙，回头问谢随："你的朋友呢？"

"他们先进去了。"谢随走到她身边，"磨磨蹭蹭将近四十分钟，换别人谁乐意站在外面吹冷风干等？"

虽然语气很不耐烦，但寂白还是能从里面听出他的包容。她抱歉地说："对不起哦。"

谢随将她推进了女更衣室："啰唆。"

寂白进了女更衣室，找到自己的储物柜，换上了自己白色的连体裙泳衣。

温泉山庄的条件虽然比不上五星级的西鹭岭酒店，不过也还算不错，有换衣服的隔间，也有地暖。

温泉区修在丛林间，白雾弥漫，有大大小小百来个池子，每个池子的温度和功效都不一样，由石子小径连接着，周围是郁郁葱葱的绿植，步径边还有没化开的白色积雪。

寂白用浴巾将自己裹得紧紧的，走过前方的小径，老远便听见了丛喻舟的声音。

"随哥，怎么才来啊，我们都快泡好了。"

谢随的声音听着很温柔："女孩家，事儿多，动作慢，正常。"

在外人跟前，谢随从来不会抱怨寂白任何不好，给她留百分百的面子。

寂白裹着浴巾走过去，站在台边，和他们打了个招呼。

男孩看到寂白过来，纷纷露出了友好的微笑，蒋仲宁说："小白，边上池子给你留着，你和我女朋友一起吧。"

兴许是怕她尴尬，男孩们也都自觉地别过头，没有看她。

另外一边的玫瑰池里，陆微微冲寂白招了招手："来这边。"

寂白走过去的时候，偏头望了望谢随。白雾缭绕间，他倚靠在温泉池畔，手肘随意地搁在石台上，水面正好漫到他胸口的位置，他身体的皮肤比脸要稍稍白了些，手臂肌肉线条明显，很有力量感。

他跟朋友说话间，目光似也有意无意地瞟向寂白。

寂白加快步伐，走到隔壁的池边，摘下浴巾挂在木质衣杆上，然后走进温泉池。温暖的池水从脚边缓缓漫延到了全身，驱逐了身体的寒意。

陆微微正弯眼打量着寂白。她皮肤白得像是被牛奶洗过一般，秀气的五官显得内敛又含蓄，眸子清透水润。富养出来的女孩，总是精致的。

不过寂白举手投足间的礼貌和待人接物时君子之交淡如水的态度，又让她与其他家境好的女孩不太一样。

陆微微不禁有些羡慕。

她与寂白攀谈起来："西鹭岭酒店那么奢华，听说环境比这边好太多呢，你怎么来这儿啊？"

寂白淡淡道："我是来给他还东西的。"

当然，也有部分原因是不想和寂绯绯她们一起泡温泉，还有一小部分原因，或许是不忍拒绝谢随。不过这些，都不足与外人道。

从喻舟和几个男孩相互交换眼神，一个接着一个起身离开："随哥，我们去别的池子了。"

谢随漫不经心地"嗯"了声，不过看他这气定神闲的样子，似乎不打算和他们一起。

蒋仲宁冲陆微微招招手："老婆，走吧。"

陆微微听话地跟着蒋仲宁离开。

相邻的温泉池里，就只剩谢随和寂白两个人。

两个人隔着水雾缭绕的池子，遥遥地对视着。

寂白似乎也察觉到当下气氛有些奇怪，不自然地别开了目光。

谢随那浅咖色的眸子，却一直凝视着她，看得她心跳都加速了。

半晌，谢随从池子里起身，带起哗哗的水流。他绕到了寂白的池子边，缓缓走了进来。

寂白防备地望着他："你做什么？"

"能做什么？"谢随站在温泉池的阶梯上，看着满池的玫瑰花瓣，一本正经地说，"我也想泡玫瑰浴。"

"……"

他上身湿漉漉的，身材简直好到没朋友，腹部的六块板块状肌肉，性感至极。

此刻夜阑人静，抬头可见满天星辰。天高地远，山风凛冽。

在谢随下池的那一刻，寂白呼吸有点急促。

树影处恍惚间还能听见男孩们嬉笑打闹的声音，似乎很近，又似乎很远。

她一个恍神，谢随竟然不见了，池里空荡荡，不见人影。

她担忧地唤了声："谢随？"

渐渐地，身边漂荡的池水中浮现人影，他竟然游到了她的身边，捉住了她纤细的腰肢。

寂白吃痒，惊吓得差点踩不住池底，险些淹没呛水。

谢随托着她的腰身，将她带出水面。

"哗"的一声，他的脑袋也浮出水面。头发湿漉漉地耷在他的额间，水珠从他高挺的眉弓间滴落，他伸手擦了把脸，眼角有忍不住的笑意。

也不知道他在瞎开心什么，一直在笑。

寂白连忙挪着步子，离他远了些。

"跑什么，老子还能把你捂死在这池子里啊？"

谢随走到她身边，见她又要挪开，于是拉住了她的手腕，将她拉近自己："想和我在这里玩捉迷藏？"

她立刻停下来，全身紧绷，防备地注意着他的一举一动。

谢随的目光，有意无意地在寂白的白色连体泳衣上停留。

寂白本能地将手肘搁在胸前。

"本来也没几两肉，挡什么挡？"

女孩不忿地说："那你看什么？"

谢随笑了："没几两肉，也挺可爱。"

"……"

缭绕的白雾中，她的眸子里晕染着湿漉漉的水色，格外迷人。

谢随微微侧过脑袋，不再这样去看了。在这种地方，他真怕会控制不住自己，对她做出过分的事情来。

寂白见他终于安分了，这才稍稍放松些，靠在池边，开始享受泡温泉的乐趣。她就怕谢随瞎闹腾，只要他不闹，其实也不是不可以和他独处。

谢随看到寂白闭上了眼睛，浓密的睫毛沾染了细微的水雾。

他慢慢地伸出手，在尽可能不让她察觉的情况下，将手臂搭在了她背后的石台上。如此一来，她仿佛是依偎着他似的。

慢慢地，他的手不老实地越挪越近，挪到了她单薄的肩膀上。

女孩沉着嗓子说："谢随，爪子拿开。"

谢随望着天，不动声色，一脸无辜。

寂白偏头看着他落在她肩上的手，轻轻地呼出一口气，告诫道："你老实一点。"

谢随反而是笑了："管这叫不老实，说明你没见过真正的不老实，想试试吗？"

"你敢……"寂白顿了顿，发现暂时想不出能够威胁到谢随的狠话。

谢随狭长的眸子勾起一股风流的味道："怎样？"

"我就不会再和你说一句话！"她鼓着腮帮子，气呼呼地瞪着他。

谢随眼角的笑意晕染开来，良久，他终于抬起手臂，离开了她的肩膀。

然而还不等寂白松口气，这家伙不老实的手竟然捏住了她的左耳垂。他指腹用力，轻轻地揉捏着她软软的耳垂肉，凶巴巴地说："敢不理老子试试！"

寂白被他捏得酥痒难耐，脊梁骨蹿起一阵激灵。

"松……松开。"她声线都抑制不住地抖了起来，"你再这样……我就回去了！"

谢随松开了她，不过逗逗她而已。

一挣脱开谢随的桎梏，寂白立刻往边上靠了靠，和他保持安全的距离，小鹿般的眸子警惕地看着他："都说了，让你不要碰我。"

"老子疼你才碰你，换别的女人，送到老子面前都懒得看一眼。"

"别人我不管……反正我不允许，你就不能碰我。"

寂白不太敢和他独处了，她起身走出了温泉浴池，裹着浴巾朝着青石子小路另一边走去。

谢随怔怔地望着她苗条纤细的背影，指尖还残留着她柔软耳垂的余温。

"小白。"他突然叫住她。

寂白闷闷地回头。

"那我答应你，以后都会乖一点。"他目光真挚，语气里似乎还带了点撒娇的味道，"我等你允许，好不好？"

泡完温泉出来，已经是晚上九点，谢随将寂白送到酒店门口。

西鹭岭酒店仅是花园就占地好几千平方米，花园里有植物雕塑和温泉小桥流水，复古式的建筑格调优雅。

谢随听蒋仲宁说起过，在这酒店里住一晚四位数。倒也不是住不起，但是如果有更经济的选择，他不会住这样的酒店，即便他并不缺这点钱。他的钱，一块一分，都是用命挣来的。

感受到谢随的沉默，寂白问他："你在想什么？"

谢随坦率道："我在想，等你允许我碰你的那一天，就算不要命了，我也要和你住上这样的酒店。"

寂白无语极了，男人脑子里一天到晚都在想什么啊。她将手套取出来递给谢随："喏，我回去了。"

谢随接过来，拉起她的手，将手套重新戴了回去，捻好每一根手指头："给你了，就是你的。"

"不用，你明天不是还要登山吗？"

"不准摘。"

寂白偏要摘，谢随按住了她的手，将她拉近自己，强硬地说："再闹，老子亲你了。"

寂白连忙后退几步，愤愤地低声咕哝道："不摘就不摘，反正被冻手的人也不是我。"

她说完朝着酒店门小跑了去。

谢随望着她的背影，无意识地摸了摸左胸，心尖漾起丝丝缕缕的甜意。

寂白回到房间，寂绯绯穿着绸质的性感睡衣，坐在床边，给手臂擦拭润肤乳。

相比于寂白而言，寂绯绯的女人味儿更浓一些，如瀑的长发尾端微卷，护肤品用的是顶级的品牌，穿着打扮也要成熟性感许多。

见寂白回来，寂绯绯关切地问："你去哪儿了，这么晚才回来？"

寂白躺在床上，呈"大"字伸了个长长的懒腰，毫不掩饰道："找谢随了。"

寂绯绯擦拭手腕的动作顿了一下，然后漫不经心地说："白白，你最好少和他交往。"

寂白没有回应她的话，望着洁白的天花板发呆。

耳边再度传来寂绯绯的声音："白白，他那样的男孩，注定和我们不是一类人。"

她的语气，倒真宛若一个和蔼亲切的大姐姐，对自己的妹妹说着肺腑之言。

寂白淡淡道："姐姐不也喜欢谢随吗？"

"长得帅的男孩，谁不多看几眼，但是当男朋友还是算了吧。白白，我也是为了你好。"

"你是为了我好吗？"

寂白坐起身来，平静地望着寂绯绯："姐，这里没有其他人，你不需要在我面前演戏。"

寂绯绯脸上温煦的笑容渐渐淡了下去。她面对着寂白，不动声色地问："白白，我们是姐妹，我们身上流着一样的血液，这一点你不能否认吧？"

不能否认，但她为此感到悲哀。

寂绯绯走到寂白身边，俯在她的耳畔，轻声说："无论你多么不情愿，但我必须告诉你，除非我离开人世，否则你永远是我的血库，这是你的宿命。"

寂白的鼻息间萦绕着一股浓郁的杏仁露香味，这令她感觉难以喘息。

姐妹俩第一次这般当面锣对面鼓地讨论这个敏感的话题，寂绯绯的态度一如既往地强势。她觉得贡献血液是寂白理所应当为她做的事情，这种信念源自父母自小的教导。

从小父母便教育寂白，理应懂得谦让病弱的姐姐，懂得顾大局识大体……"亲姐妹之间，不分彼此，你应该为她奉献自己的一切，如果不是姐姐生病，或许你根本就不会来到这个世界上，所以你应该懂得感恩……"

这些话，寂白相信过，也质疑过，但是寂绯绯在边上被潜移默化，却形成了某种坚不可摧的信念——是的，寂白应当为她牺牲一切，这是寂白与生俱来的宿命。

深夜里，寂白缩在被窝里，发了一条微博："你信命吗？"

这条微博，发了不过两秒便立刻删掉了，此刻夜深，没有人注意到。

不过她的私信栏里，有人回答了她："不信。"

是那个小新头像的粉丝。

寂白说："我也不信。"

小新粉丝问道："那你信什么？"

寂白回想自己到现在的生活，想到自己身边那些为她抱不平的闺密，想到梦里，那个疼她入骨的男人……

她回道："我相信世间所有的美好与善良。"

就像夏天的雨，雨后的光，不经意间发现的所有美好，都会成为她负重前行的勇气。

第二天，寂白一觉睡到了十点。

她下楼吃早点的时候，听到几个女孩在窃窃私语，仿佛是在讨论陆微微——

"我早起去健身房的时候，看到那女的在花园里和段兴宇讲话呢。"

段兴宇是陈哲阳的朋友，一米七八，在一众男孩中不算高，也不算帅，却是所有人里最有钱的，家族企业全国知名，实打实的纨绔子弟，三五天换一个女朋友，万花丛中过的风流顽主。

"两个人是什么时候勾搭上的？"

"就昨天滑雪看对眼了。"

"可她不是有男朋友吗？我看比段兴宇帅多了。"

寂绯绯笑着说："帅有什么用啊，没钱，兜不住那么漂亮的女朋友。"

女孩们嘲笑道："啧，胆子真大，在自己男朋友眼皮子底下都敢勾搭别的男人。"

她们个个都是自诩清高、家境优渥的女孩，当然是看不上陆微微这种见钱眼开的"小捞女"，在背后说人坏话，嘴上也是毫不留情的。

寂白对陆微微没有任何好感，但她和段兴宇搞到一起，寂白也没感到惊讶，因为这是她的梦境人生中印象最深刻的事件之一：

蒋仲宁的女朋友被段兴宇抢走了，蒋仲宁一怒之下把段兴宇给揍了，后来他被开除。不仅如此，段家还起诉了蒋仲宁，利用关系给蒋仲宁判了个故意伤害罪，让他蹲了几年牢。

蒋仲宁出狱时，寂白和谢随一起去接他。几年牢狱令原本意气风发的男孩变得暮气沉沉……人都要为自己的冲动付出代价。并非所有人都有机会预知未来、改变命运……

但寂白不一样。如果这件事也和梦里的走向一样，她觉得自己必须帮帮蒋仲宁。

寂白不动声色地站起身，走到了酒店大厅里，在沙发上候了不过二十分钟，便看到陆微微出现在了酒店门口。她化着淡妆，容颜清丽，穿着修身的长裙与小靴子，婀娜的腰身很有韵味。

她神情紧张，防备地打量着四周，典型的做贼心虚。就在她拎着泳衣口袋走进酒店的时候，寂白忽然出声，叫住了她："陆微微。"

陆微微回头，望见了坐在沙发上翻阅杂志的寂白，神情忽然变得很紧张："寂，寂白，你怎么在这里？"

寂白说："这话应该我问你啊，你在这里做什么？"

陆微微表情僵硬，慌乱地解释道："那个，随哥他们都去登雪峰了，我一个人在酒店挺无聊，就想说过来找你们玩。"

"找我们玩啊。"寂白点点头，走过去挽住了她的手，"那咱们去四楼棋牌室吧，我姐还有她的朋友们都在，我们一起打打牌。"

"不，不用了，我不找她们。"

"不找她们？那你找谁？难不成你想……找陈哲阳、段兴宇他们玩？"

寂白故意加重了"段兴宇"三个字，陆微微害怕得浑身一个激灵，就像什么不可告人的秘密被公之于众一般，她连声道："那……那咱们上四楼吧，就和你的姐妹们一起玩。"

寂白和她一起去等电梯。她低头看到了陆微微口袋里的泳衣，猜到应该是段兴宇那风流浪荡子邀请她来酒店泡温泉的。

昨天陆微微言辞间，似乎就很想来西鹭岭酒店享受这里高端奢华的硫黄温泉。

"叮"的一声，电梯停靠在了四楼的棋牌室，棋牌室里并不见女孩们的身影，只有段兴宇和陈哲阳他们，坐在窗边打牌。

陆微微看到段兴宇，心头一惊，转身便想离开，寂白突然用力握住她的手腕。

陆微微防备地看着寂白，沉声问："你想干什么？"

寂白面无表情道："不是说一起玩吗，你躲什么？"

棋牌室里没有几个人，男孩们嬉笑打闹无所顾忌，嘴里不干不净地说着荤段子，旁若无人。

"宇哥，可以啊，这么快就把那小美女追到手了。"

"这个世界上，还有宇哥拿不下来的妹子吗？"

"宇哥，准备什么时候办事儿啊，跟哥儿几个汇报一声呗？"

段兴宇拎着手里的牌，笑着说道："今天老子就把她办了。"

有男孩质疑道："今天？行不行啊，不是昨天才刚认识吗？"

"你宇哥撩妹的手段，你还不知道，这还算慢的了。上次有一个，大街上遇到的，认识不过五分钟，就和你宇哥'秉烛夜谈'了。"

"真行，我服了。"

段兴宇冷笑着打出一张 Q，说道："那样的女人老子见多了，只要给她点甜头尝尝，迫不及待就往你的床上爬。等着吧，不出半个小时，她铁定给我打电话。"

段兴宇将手机搁在了茶几上，言辞之间颇为自信。

电梯边，寂白望了望身边的陆微微。陆微微死死咬着下唇，脸色惨白，全身战栗着。

剩下的事，寂白管不了也不想管了，她转身按下了电梯按钮，准备离开。

就在这时，陆微微突然攥住了她的手："这件事，你……你能不能替我保密？"

陆微微脸色惨白，嘴唇禁不住哆哆嗦嗦地战栗着，紧张极了。

"叮！"电梯门打开，寂白无言地走了进去。

陆微微也赶紧跟进来，拉住了寂白的袖子，恳求道："求你了，寂白，求你帮帮我，千万不要告诉别人，不然我的名声就毁了！"

寂白到了一楼，来到人少的茶厅，方才开口对她道："保密可以，但有一个条件。"

陆微微眼睛里闪过一丝希冀："什么条件，你说，我都答应！"

寂白面无表情道："跟蒋仲宁分手。"

陆微微攥着她袖子的手缓缓松开了。她睁大了眼睛看着寂白，难以置信道："你，你让我和仲宁分手，为什么？！"

"既然你对他的喜欢比不过对于物质的追求，他现在又给不了你想要的生活，为什么不分手？"

"我，我已经知道错了，我真的知道错了，我不想分手。"

"不分手，留着他当备胎，骑驴找马吗？"

"寂白，你说话也太难听了。"

"我的话难听，但你的行为更难看。"

寂白望着她那漂亮的脸蛋，冷漠地说道："我只给你这一个选择，要么分手，要么……"她从包里摸出手机，手机里已经录下了刚刚段兴宇和几个朋友的荤段子玩笑话，"要么我就把这个公之于众，别怪我不给你脸。"

陆微微没想到她居然还录音了，这是早就算计好了啊！

她全身战栗着，声音都禁不住发抖："寂白，我本来以为你是个温柔单纯的小姑娘，没想到心机这么深，你为什么一定要破坏我和蒋仲宁的关系？你又不喜欢他！"

"我不希望你伤害他，背叛这种事，有第一次就会有第二次、第三次，乃至无数次……"

"可这和你有什么关系！你为什么要这样做？"

寂白侧过脸，望着落地窗外那横亘连绵的雪山，阳光倾洒，雪峰泛着粼粼的光芒。

她为什么要这样做？寂白想了想，或许是因为……梦里的她死后，蒋仲宁来看过她，还在她寂寥的墓前，放了一束她喜欢的纯白栀子花。像这样无心的温柔与善良，就算是梦境，也令寂白触动。

陆微微不可能知道这一茬，她现在望着寂白，就像望着一个心机深沉的可怕怪物——

"寂白，我劝你善良！不要把人往绝路上逼。"

寂白目光如刀锋般扫在她的脸上，看得她心头发怵，本能地往后面退了退。

却听寂白一字一顿道："你没有经历过我所经历的事，凭什么劝我善良？！"

整个下午，段兴宇都心不在焉，时不时地去落地窗边扫视一圈，搜寻女孩的身影。可是陆微微一直没有出现。

他也知道，几个兄弟面上没说什么，但心里无一不是在嘲笑他。

段兴宇沉不住气，给陆微微发信息，问她为什么没有过来泡温泉，得到的结果却是……她家里有事，提前离开了西鹭岭雪山。

段兴宇正要假惺惺地关心她几句，却不承想，关切的话语发出去，竟然收到一个被拉黑的感叹号。她居然把他删好友了。

段兴宇面子彻底绷不住了，放下手机，喃喃地骂了声："耍老子啊。"

寂白看着段兴宇一整晚阴沉的脸色，还挺痛快。

目前事件的进展她还是很满意的。

陆微微没有背叛蒋仲宁，而是跟他和平分手，蒋仲宁即便是难过一阵子，也不会迁怒旁人，更不会把段兴宇这王八蛋揍了。这样他就不会被退学，不会被起诉，更不会去坐牢……寂白觉得，这件事是她截至目前干得最干净利落、漂漂亮亮的一件事了。

晚上，她有些不放心蒋仲宁，给谢随发了一条信息，问他现在在哪里。

谢随的回复也相当及时："酒吧街。"

"又喝酒？"

"仲宁分手了，我陪他喝几杯，不喝醉。"

酒吧里，谢随看着手机屏幕，嘴角不自觉地弯了起来，那一句"又喝酒"，分明就是在关心他。

蒋仲宁红着眼睛望了望谢随，谢随的笑容立刻沉下去，故作悲伤地喝了一杯，然后拍拍他的肩膀："女人而已，不重要。"

坐在另一侧的丛喻舟很想说：不重要？那你别看到小白的信息就笑得跟条狗似的啊。

不过他估摸着说出这话会挨揍，所以还是咽了下去。

谢随顺手给寂白发了一个定位，却没想到二十分钟后，她竟然真的来了。

风景区的酒吧比较规范，都是很有小资情调的清吧，歌手在台上安安静静地唱着民谣，客人也坐在各自的位置上聊着天。

谢随不经意间侧过头，看到女孩从门边走进来。她穿着白色的羽绒服外套，进来的时候带进一身风雪，呼出白白的雾气，发梢间缀着几片雪花。

寂白在蒋仲宁身边的空椅子上落座，轻轻地拍了拍他的肩膀。

她也没有想好要说什么，难过的人其实最不需要的就是安慰，因为别人很难体会当事人内心的感受，说什么都是苍白无力的。

蒋仲宁喝了不少酒，眼睛也有些红，他看到寂白过来，越发难受了。很多情绪对着一帮男孩子无法发泄，但是对着女孩，蒋仲宁故作坚强的那一面崩坏了，拉着寂白诉说内心的苦闷——

"我知道她想住五星级酒店，我也说了，可以住，我自己挣了钱，可以让她住，可是她又不愿意，她说她不只是想去体验住好酒店……"

寂白明白陆微微心里的挣扎，她想快速提升自己的消费档次，而此时此刻的蒋仲宁无法实现她的愿望。

"我什么都可以给她，我挣的钱全给她用，她还是嫌我。"

"如果你能振作起来，她一定会明白自己错过了什么。"

蒋仲宁又给自己倒满酒，同时又拎来杯子，给寂白也倒了小半杯："小白，就冲你这句话，我敬你。"

谢随伸出手，慢条斯理地兜开酒杯："她不能喝酒，我代她。"

丛喻舟笑了笑："你是人家爸爸啊还是人家男朋友，管这么多？"

"是啊，你喝你的，小白喝小白的，除非小白认你当爸爸。"

"人家有爸爸，干吗要认随哥？不过小白，你没男朋友吧，我们随哥人帅身材好，考虑考虑？"

寂白过来，几个男孩开起无伤大雅的玩笑，沉闷的气氛一扫而空，蒋仲宁心情也好了很多。

谢随指尖拎着寂白的酒杯，眼梢挑起微笑："爸爸还是男朋友，你选一个。"

寂白瞪了他一眼，撇嘴道："我干吗要做这种奇怪的选择？"

谢随眼角酝着些许醉意，轻佻地说："不选，我不能帮你喝酒了。"

寂白拎过谢随手里的杯子："谁要你帮我喝酒。"

一帮臭屁孩，还当她是小女生，她也已经是成年人了好不。

谢随本来也是玩笑话，没想到寂白真的仰头将杯里的酒一饮而尽。

"喂！"他连忙夺过杯子，不过已经晚了，小丫头杯子里的啤酒一滴没剩下。

谢随拍了拍她的后脑勺，怒道："谁同意你喝酒了？"

寂白揉揉后脑勺，不爽地瞥他："我自己同意了。"

谢随把啤酒杯重重地倒扣在桌上，伸手将寂白拉到自己身边，嗓音低沉地问："……谁教的你喝酒？"

"问这个干吗？"

"我弄死他。"

又来了，寂白真的好想说，"那请你弄死你自己吧"。

"不准再喝酒了，毕业以前，不准；毕业了我不在场，也不准。"谢随板着脸，试图吓唬她，"再让我看到，打断你的腿。"

他本来就生得凶，加之脾气暴躁，眉毛还断了一截，看着更加瘆人。

寂白却已经不怕他了，他就跟条狗似的，爱嚷嚷瞎叫唤，也不会真咬她。

酒吧里，朋友们陪着蒋仲宁待了一晚上，终于将他这颗失恋的少男玻璃心安抚好了。蒋仲宁重新振作，说他会听寂白的话，好好努力，让陆微微知道，她到底错过了什么。

寂白其实挺喜欢谢随的这几个朋友，和陈哲阳周围那几个纨绔子弟不同，这些男孩虽然看着一个个落拓不羁、野性难驯，不过他们努力又自信，正直且善良。

谢随并不知道，寂白居然这么不能喝。

这事连寂白自己都不知道。她以为一杯啤酒没有什么大碍，慢慢地，在酒精催化下，她感觉意识有些恍惚了，想说去一趟洗手间，结果刚跳下高脚凳，整个人直接栽了。

要不是谢随眼疾手快揽住她，估摸着是要重重地摔个屁股蹲儿。

寂白重心不稳，本能地揽住了谢随的脖颈，试图让自己站稳。

"咦……"她自己好像还挺不解，发出一声沉沉的惊叹，"怎么转起来了？"

她晕晕乎乎地趴在谢随的怀里，小脸也埋进了他的胸膛里，扬声唤道："谢随？"

他应了声："嗯。"

"你在哪儿呢？"

我不就被你抱着吗！谢随蹙眉，这丫头……居然喝醉了？

寂白诚然是真的喝醉了，而且醉得不轻，脸颊绯红，都快晕得找不到北了。扑鼻而来的是她身上甜美的馨香，谢随揉揉鼻子，身体也跟着燥了起来。

丛喻舟目瞪口呆地望着一杯倒的寂白，抓起被谢随倒扣的酒杯检查，诧异地说："随哥，你下药了？"

"……滚。"他连酒都舍不得让她喝，能给她下药？

寂白听着"下药"两个字，慌得不行，提腿狠狠地踩了他一脚。

谢随吃痛，嘴角抽搐起来："啊！"

"谢随你在哪儿呢？救……救我啊！"寂白跌跌撞撞地想往外跑，"他们给我下药了！"

谢随拎着她的衣领，让她在原地没完没了地扑腾。

"别闹，我在这儿。"他将女孩兜回来，抱在怀里柔声安抚，"没人给你下药，睡一觉就好了。"

寂白看清了面前的人就是谢随，她依赖地伸出手抱住了他的脖子，惊慌失措地说："谢随，你千万……千万别把我送回去，我会死的……"

谢随蹙眉："胡说八道什么啊。"

女孩拱进了他的颈窝里，找了个舒适的位置，安安稳稳地闭上眼睛，还用脸颊蹭了一下。

谢随头皮都酥麻了。他求助一般地望着几个兄弟："这……怎么搞？"

几个男孩面面相觑，流露出羡慕嫉妒恨的表情。这题对单身狗兼处男来说，残忍地超纲了。

谢随目光垂了下来，望着怀中的女孩。她皮肤白里透红，嘴唇莹润如樱，细密的睫毛轻颤着……他的眸子里涌动着暗流。

谢随绝对不是什么正人君子，也从来不当绅士。他毫不犹豫地将她打包扛在肩上，离开了酒吧，朝着自己住的酒店走去。

几个男孩订的酒店虽然比不上西鹭岭五星酒店的奢华档次，但考虑到蒋仲宁是带了女朋友来的，所以订的地方舒适度也很高，属于性价比高的那类酒店。

他们一路跟在谢随身后，远远看着他将呼呼大睡的女孩扛进了酒店房间，顺手关上了房间门。

几个男生面面相觑，心领神会，赶紧跑到房间门口听墙脚。

谢随将女孩放到松软的席梦思床上，打开了房间的暖气，同时走到窗边，合上了窗帘。

女孩一碰到松软的被子，本能地扯着被子蜷缩了起来，像猫儿一般，用小脸蹭着柔软洁白的被单。好软的被单，一定会有个好梦。

他关上窗，回身走到床前，居高临下地望着寂白。

寂白闭着眼睛，眼睫毛细密而卷翘，微微地颤动着，嘴唇宛若两瓣淡红的花瓣，嘴角挂着一丝若有若无的笑意。

松软的席梦思大床也因为他的力道而深深地凹陷了。床上熟睡的女孩，对于即将到来的危险，似浑然不觉。

窗外的雪，下大了，簌簌地飘落下来，就像枯败的树叶被碾碎的声音。

谢随那深邃的瞳子里涌动着强烈的情绪。

女孩下意识伸手挠了挠鼻子，发出一声迷糊的嘟哝。

谢随紧抿的干燥薄唇，轻轻地落到了的她唇边，似犹豫了片刻，便要落下。

她身体带着淡淡的少女香，令他意乱。就在他即将触到她甜软的唇瓣时，寂白的手忽然轻轻地攥住了他的衣角。

找到了温暖源，女孩宛若小兽一般，立刻拱进了他的怀中，将脑袋搁在他的脖颈边，依恋地抱住了他。

"谢随……"寂白若有若无地梦呓着，唤他的名字，"谢随？"

他喉结滚了滚，沉沉应道："是我，我在。"

于是女孩安安心心地抱紧了他，陷入了沉沉的睡眠中。

不知道为什么，这一刻，谢随躁动的心跳，忽然变慢了，很慢……慢到他浑身上下的每一个细胞，都能够感受到身畔女孩的呼吸与心跳。

一种前所未有的安定感，铺天盖地侵袭着谢随用孤独筑起来的坚固城池。

他垂下浅咖色的眸子，凝视着怀中熟睡的少女。

她安心地拥着他，卸下了白日里所有的防备与疏远，锋芒全收。现在的她，百分百地信任他、依赖他……

"谢随，你在吗？"

"我在。"

谢随健壮的手臂轻轻地环过她的肩，将她按进了怀中。

这是他喜欢的女孩，不仅仅是用心去喜欢……他还奢求更多，以一腔热忱，期盼得到她的余生和未来。所以他不舍得……碰她一根手指头。

半个小时后，门忽然打开，几个趴在门边的男生险些摔跤。

谢随倚在门边，面无表情地睨向他们，语气带着某种轻松："怎么，今晚是准备在我门口打地铺了？"

"那什么，随哥，虽然是寂白喝醉自己送上门来，但……但咱们也不好乘人之危啊，你说是不是？"

丛喻舟不好意思地挠挠后脑勺，一双眼睛偷摸往房间里瞟。

谢随立刻挡住了他的视线，扬声道："没碰她，都回房间睡觉吧，别挤在这里，被人看见了还以为是变态。"

几个男孩好像都有些不能相信，心心念念的女孩就睡在他的床上，他还真忍得住？是男人都不会忍得住吧！

不过仔细想想，谢随有着远超同龄人的成熟，而且光明磊落，既然他都说了不会做什么，便不会食言。他们对他还是有信心的。

谢随遣散了门口一帮兄弟，重新回到房间里，坐在了床对面的沙发上。

女孩躺在大床中央，侧身抱着被单，陷入了熟睡。

谢随关了灯，平躺在了沙发上，揉了揉眼角。

寂静的黑暗中，只有微弱的光从窗户边透进来。

谢随闭上了眼睛。

次日清晨，阳光透过飘忽的纱窗照进屋内，寂白侧过身，睁开了眼睛，睫毛轻轻眨了眨。

入眼的第一样物件，是床头柜上正在充电的黑色手机——谢随的。

寂白意识陡然清醒，惊慌地坐起身来，环顾四周。

房间不大，四四方方的屋子，铺着柔软的地毯，飘忽的窗帘外隐隐可以看见洁白的雪山。

只见谢随平躺在对面的沙发上，单手枕着后脑勺。沙发无法容纳他一米八八的身高，穿白袜子的脚随意地悬在半空中。

阳光斜斜地射入窗棂，一抹光正好落在他的额头上，照着他深邃的眼廓，眼睫毛也显得格外浓密。

空气中，淡淡的尘埃上下纷飞。

寂白有些没反应过来，揉揉自己的眼睛，又下意识地摸到身下的裤子。牛仔裤完好无损地紧扣着。她稍稍松了口气。

就在这时，谢随的身体仿佛是被什么惊动，跟着抖了一下，他睁开了惺忪的睡眼，坐起身来。

两个人你看我、我看你，对视了约莫二十秒。

谢随揉了揉凌乱的头发，沉思了片刻，然后站起身。他一动，寂白立刻捞起被单掩住自己的身体，警惕地看着他。

她要是不这样做，谢随兴许还没什么想法，她越是这般防备，反而越激起了谢随的兴趣。

他饶有兴味地走到床边，俯下身来，手撑在松软的大床上，将脸凑近了笑着问她："怕我？"

寂白将被单掩住胸口，黑漆漆的眸子里透着戒备之色。

"昨晚的事还能想起来？"他问。

"一点点。"

"那真是很可惜。"

寂白听着他话里有话，心底又不禁打鼓了，她裹在被窝里的手，再度摸了摸自己的裤扣，确定应该是没有被动过："你……什么意思？"

谢随嘴角扬起一抹轻佻之色："昨天晚上，我们都很愉快。"

寂白捏紧了裤子，低声道："我不信，你骗我。"

"这种事，我干吗要骗你？"谢随缓缓凑近她，用鼻翼温柔地刮了刮她的脸，柔声在她耳边道，"你真是……绝了。"

寂白面红耳赤，连忙推开他，急了："谢随，你不要开玩笑了！"

谢随嘴角笑意更深，他不再说什么，笑着去了洗手间。很快，洗手间里传来他洗漱的声音。

寂白连忙跳下床，站到镜子边打量自己，毛衣和内里的打底衣都完好无损地穿着，文胸也好端端地扣着。

没有吧！肯定没有啊！可是她还是有点心慌……

谢随偏头，看到寂白趴在门边，露出半张脸，防备地看着他——

"谢随……"

"该改口叫老公了。"

"你不要跟我开玩笑，好不？"

她就想从他口中听到一句否认，不然她真的不能安心，身体的感觉告诉她，什么事都没有，可是她又没有经历过这些，哪里知道应该是什么感觉啊。

谢随气定神闲地继续刷牙，不讲话。

"谢随。"

"嗯。"

她唤他一声，他便温柔地应一声，像一对打情骂俏的小情侣似的。

寂白憋了很久，终于心一横，说道："你要是真的做了什么，我……我就要赶紧吃药。"

谢随正端着水杯漱口，听到这话，他差点被漱口水呛死。

胡乱扯了脸帕擦了把脸以后，谢随望向寂白，眸子里浮现起一丝难解的神色。听她这话的意思，好像被他"那个"了也不是非常难以接受的事情，她居然丝毫不慌，反而想的是要做好避孕的工作……这不像未经人事的女孩该有的心态吧？

谢随一言不发，沉思着走出了洗手间，寂白像条小尾巴似的跟在他身后——

"谢随啊。"

谢随突然转身，寂白险些撞上他，连着后退几步，被他拉住了手腕。

"你愿意真的跟我？"

寂白："……"

这是什么鬼问题？

但就是这个鬼问题，好像对谢随来说很重要似的，他认真地看着她的眼睛，诚恳问道："你不排斥，对不对？"

"没有，怎么可能。"寂白连忙甩开他的手，红着脸低声道，"谢随，现在不是聊这些的时候，不要再讲这种话了。"

谢随的情绪好像一下子变得很雀跃。他嘴角笑意漾开了，伸手揉了揉她的脑袋："傻不傻，老子有没有碰你，自己感觉不出来？"

寂白真的感觉不出来，她又没有经历过这些事。

谢随又补充了一句："老子要是真的动了你，你现在还能好端端地站在这里？"

第 十 章

一

他 想 和 她 一 起 过 年

从西鹭岭雪山回来，寂氏集团年会的请柬，也送到了寂白的手中。

邀请函是由寂老太的助理亲自送到家里，邀请函正面色调是大气的沉红，四边浮着暗纹。"邀吾孙寂白与会"几个正楷毛笔字，是由寂老太亲笔所写，由此可见寂老太邀请她的诚意。

就连站在一边的寂明志夫妻俩，都没有享受过家里老太太给的这般殊荣，不过好在是自己的亲女儿，寂白收到邀请，他们也觉得面上有光，与有荣焉。

家里唯一对此感到不满的人，可能就是此刻面带微笑、目不转睛地盯着寂白那套奢华高定礼裙的寂绯绯了。

高定礼裙是今年时装周的最新款式，泛黄鎏金，裙摆很长，外层裹着织纱的面料，缀着漂亮的星钻，闪闪耀眼如银河。

秦助理将礼裙取出来，送到寂白身前比了比——

"老夫人依着二小姐的身材量身定制，总工时耗费了小半年，昨天这套高定礼裙才从巴黎送过来。"

寂明志笑着说："白白，你看奶奶多疼你，回头给奶奶去个电话，谢谢她。"

寂白点头："我知道的。"

"明天的年会，要好好表现。"陶嘉芝不放心地叮嘱寂白，"不是还要拉大提琴吗，晚上多练练，可别出洋相了。"

这次年会，对整个寂家来说，都相当重要。

寂明志和陶嘉芝夫妻俩在寂老太那儿并不讨好，家族的企业他们也仅仅分到一家小公司，大部分的集团控股权，都掌握在寂白那几个叔叔伯伯的手中。

眼看着寂老太对寂白青睐有加，寂明志夫妻俩心里的盘算，可就深了去了。

寂绯绯走到高定礼裙旁，伸手摩挲着，微笑说："爸妈，白白这还是第一次参加集团的年会吧，她没有经历过大场面，我担心她到时候应付不过来呢。"

陶嘉芝担忧道："也是，白白没有参加过集团的年会，到时候可别吓得一句话都不敢说。"

"白白胆子本来就小，又没见过世面……"寂明志望向寂白，"小白，要不你去跟奶奶说说，让姐姐和你一起参加年会，姐妹俩一起。你要是有不会不懂的地方，她也可以帮你周旋啊。"

寂白知道寂绯绯的心思，之前她因为刁蛮跋扈在奶奶面前失了宠，奶奶不让她参加集团的年会，但是事情都过去好几个月了，奶奶也应该消气了，如果这个时候寂白出面向奶奶说合，寂绯绯可以参加年会的概率，还是相当大的。

"白白，要不，你还是跟奶奶说说吧。"

"都是姐妹，让绯绯跟你一起去年会，姐妹俩有商有量的，她还能帮你社交呢。"

"爸妈，我一个人没问题的，就不劳烦姐姐了。"寂白望着寂绯绯，"我总要长大的，姐姐不可能一直保护我，对吗？"

寂绯绯脸色冷了冷，不过她吸取了之前的教训，没有再胡搅蛮缠，令父母厌恶。拜寂白所赐，她现在已经失去网络红人的身份，手里唯一的筹码，就是父母。

寂白将礼裙带回了房间，小心翼翼地挂在了衣杆上，回头发现寂绯绯正透过门缝在看她。

寂白索性大大方方直说道："姐姐，你想去年会，我可以帮你向奶奶说情。"

寂绯绯面上毫无波澜，她知道事情没有那么简单。

果不其然，寂白继续道："但你不应该还像过去一样，利用爸妈的威压来逼迫我，那样太愚蠢了。"

寂绯绯狐疑地说："什么意思？"

"我的意思是，你想要，可以直接来求我，真心诚意地请求我的帮助。"

寂绯绯的手蓦然攥紧了门把手，让她低声下气去求寂白，那还不如杀了她！

"姐，从小到大，我想要什么，都是靠自己去争取，而你不用花费太多的力气，父母就会把一切都送到你的面前，你觉得这公平吗？"

寂绯绯冷笑："不公平又怎样，我说过了，这就是你的宿命，从你生下来的那一刻起，你就注定只能是我的陪衬和附属！"

宿命吗？寂白脑海里忽然浮现出那个男孩孤独的身影。她抬起眸子，望向寂绯绯，一字一顿道："我不信命。"

寂绯绯从她冷峻的眸子里，看到一丝令人毛骨悚然的倔强。

从什么时候开始，那个愚蠢的、不争不抢的小妹，竟然变得这般强势而令人难以捉摸？

"寂绯绯，想要你就求我，就像我过去求着爸妈、求着你那样……"

寂绯绯笑了："你做梦！"

寂白面无表情地说："如果你还学不会'低头'这两个字，那么你就要试着忍受被人冷落的孤独。"

肉体的伤害不算什么，精神的折磨才是最为致命的。

寂白曾经经历过的痛苦，那些不被关注、孤独成长、冷冷清清的青春——她会让寂绯绯一一感受。

寂绯绯死死地盯着寂白，仿佛不认识她了。自尊与骄傲让寂绯绯选择扬起高贵的头颅，转身离开，没有开口求她一个字。

寂白知道寂绯绯不会轻易妥协，如果她是这么容易就放弃的人，当初寂白折断她"翅膀"的那一刻，她就应该放弃了。

但寂绯绯没有，她的不依不饶又回来了。

那段时间，寂绯绯一天都未曾消停过。她不停地向父母施压，希望他们给奶奶打电话说合说合，集团年会她真的很想参加，希望奶奶看在她身体不好的分上，网开一面，满足她的心愿。

陶嘉芝爱女心切，不仅给老夫人打了电话，甚至亲自去老宅求情，但她连老夫人的面都没有见到，助理总是推说董事长很忙，没有时间见她。

长辈自然不可能和小辈过不去，所以不会正面拒绝，但她可以选择不听，不见。

　　寂绯绯彻底在寂老太那里失了欢心，即便她极力央求父母帮忙说情，也已经无力回天了。而这一切，都是拜寂白所赐！

　　年会在年三十的晚上八点开始，下午，家里的阿姨将礼裙取出来，赫然发现，礼裙侧腰的位置有一道浅浅的划线。

　　阿姨很紧张："这是不小心钩坏了吗？我明明很小心地收拾了啊。"

　　这道划线位置隐秘，轻易看不出来，可划在最关键的位置，如果不及时处理，很可能寂白会在年会上出洋相。

　　寂白回头望了望寂绯绯，后者抱着手臂站在阶梯前，面无表情地俯视着她。

　　她的眼神分明就是在说——

　　"来啊，玉石俱焚。

　　"既然你让我去不了年会，那么你也不要去。"

　　寂绯绯以为寂白会立刻多毛质问她，她也早已做好万全的准备，只要惹怒寂白，令寂白疯狂，寂绯绯就假装受委屈晕倒，把一切都归咎于寂白，让父母和奶奶看清寂白的真面目。

　　然而，让寂绯绯失望的是，寂白并没有如她所愿地严厉指责她，寂白只是心疼地捧着自己的礼裙，询问阿姨，是否还有补救的办法。

　　阿姨平日里做饭烧菜是一把好手，针线活儿也会做，可是哪里接触过这样价值连城的礼裙啊，这必须是经验丰富的老裁缝才能补好的。

　　陶嘉芝急切地说："哎呀，这下可怎么办啊，年会马上就要开始了，这时候裙子出了纰漏，老夫人肯定会生气的。"

　　寂明志道："要不，要不换一套礼裙吧，这也没办法，我相信妈会理解的。"

　　寂白看了父母一眼，平静地说："我没有别的礼服了。"

　　"楼上的衣帽间不是有很多裙子吗？"

　　陶嘉芝这话说出来，才恍然想起，衣帽间里一整个衣柜的裙子全是寂绯绯的，他们好像真的从来没有为寂白定制过一套礼裙。

自小到大，寂白永远是被忽视的那一个，无论是公司年会还是联谊，寂绯绯都是万众瞩目的小公主，可是因为寂白性格偏内向，他们担心她出洋相，所以她连参加的机会都没有。

寂明志脸色有些难看了，他心里虽有愧疚，但更多的是为女儿无法参加年会给他长脸而担忧——

"要不，你穿姐姐的礼裙吧？"

寂绯绯恰如其分地开口道："爸，那些礼裙全是按照我的身材比例定制的，妹妹穿不了。"

寂绯绯和寂白的身材差异还挺大的，她比寂白高几厘米，同时又因为营养过剩，身材丰满，而寂白身材偏瘦，的确穿不了她的裙子。

思来想去，的确是没有招了，陶嘉芝只好试探性地问寂白："白白，你跟奶奶打电话说说，你今天就不去参加年会了吧。"

"那怎么行呢！"寂明志急了，"怎么能不去呢！"

"怎么去？裙子都坏了，到时候出洋相被人笑，咱们一家人的脸都会被丢光的。"

"总会有办法的，不能穿礼裙，还不能穿别的衣服吗？"

"拜托，这可是寂氏集团的年会啊，你以为是随便什么公司小聚吗？"

陶嘉芝继续劝寂白道："倒也不是说不去了。白白啊，你跟奶奶说，让姐姐替你去参加年会，好歹，这么重要的聚会，咱们家里总要出一个人吧？不管是绯绯还是白白，都一样的。"

此言一出，立刻得到了寂明志的响应："对啊，白白去不了，绯绯可以去嘛，主要是……咱们家的确应该去一个人，这才像话。"

父母讨论得火热，可是寂白却自始至终保持着沉默，一言未发。

她已经看透了父母的凉薄。偏心、逐利、自私……人的劣根性在他们身上体现得淋漓尽致，她不指望他们能够良心发现，承担起作为父母的责任。

"这个电话，我不会打。"寂白抱着礼裙盒，走出家门，"寂绯绯想去，让她自己打。"

"你去哪里？"

"找人缝裙子。"

陶嘉芝急切地追出去："今天可是年三十，时装店早就关门了，这个时候，你去哪里找裁缝？"

"不知道！"

但寂白要找，只要还没到山穷水尽的时候，她就不放弃。

身后，陶嘉芝对寂明志道："要不，你给你妈打个电话吧。"

寂明志道："不用打，白白去不了，到时候绯绯直接拿着她的请柬参加就是了。"

寂白抱着礼裙盒径直去了市中心最大的 CBD 商圈，寻找高定的时装店。

今天是年三十，商圈营业的店面不多，很多店这个点也打烊了。寂白在 CBD 兜了一圈，一无所获，看时间已经五点了，距离年会开始只剩三个小时。礼裙盒很重，她的胳膊酸得快要麻木了。

夜幕将至，华灯初上，不远处的江面上，有五彩绚烂的烟火升上了天空，绽开一簇簇漂亮的烟花。

寂白坐到了街边的木制长椅上，礼裙盒子放在身边，她蜷起了身子，将脑袋埋进膝盖里。

原本她已经做好了不撞南墙不回头的决心，要么死，要么就漂漂亮亮地活下去，让那些伤害过她的人，都得到报应。可很多时候，寂白真的觉得……好累啊。她就像一根皮筋，总是紧绷着，不知道什么时候会把自己绷断了。

谢随拎着一袋卤菜和啤酒从即将歇业的超市里走出来，远远看见女孩独自坐在街边长椅上。她低着头，背弓成了小山，轻微地战栗着。

哭了？谢随的心忽然像是被刀子剜了一下，疼得袖下的手都抖了。

谢随从来不会同情任何人的软弱与眼泪，他冷漠得就像一个独裁者，仗剑独坐在孤城的城墙上，睥睨这空荡荡的王国。人世间没有任何事值得他驻足停留哪怕一秒。但在看到寂白哭泣的那一刻，谢随感觉自己的孤城顷刻倒塌了。

他踱着步子，朝她走去。

寂白感觉有人走到她的身边，她揉了揉绯红的眼睛，抬起头。

谢随面容沉静，眉宇温柔，浅咖色的眸子透着复杂的情绪。

寂白擦掉了眼角的泪痕，抱起了自己的礼裙盒起身，柔柔地向他道了声："新年好。"

就在她错开他的那一瞬间，谢随忽然攥住了她的手腕，不由分说地将她拉了回来，捧着她的后脑勺，用力按进了自己的怀中。

"不准哭。"我不准你哭。

拉她入怀的那一刻，鹅毛大雪漫天纷飞。

纷飞的雪夜里，行人不自觉地加快步伐，赶着回家与家人相聚，没有人注意到街上紧紧相拥的男孩和女孩。

寂白稍许挣扎了一下，却被他抱得更紧了。

寂白终于放弃，她缓缓地抬起手，攥住了谢随的衣角，黑色的防风服质地很硬，攥在手里起了褶皱。他身上有淡淡的薄荷的味道。

"谢随，没事了。"她眼角带着微润的红，细密的睫毛被眼泪粘在了一起，可怜兮兮的模样。

他声音低沉："谁欺负你了？"

寂白抬头看了他一眼，他眸子深邃，截断的眉毛透着凶戾的味道。她摇了摇头，重新坐回到长椅上，小心翼翼地将晚礼裙取出来，给谢随看："是裙子坏了。"

谢随坐在她身边，伸手薅了薅裙子，表情显然不可思议："就为这破裙子，年三十你坐在街上哭？"

寂白固执地夺过他手里的布料，咕哝道："这不是破裙子，这是奶奶给我的晚礼裙。"

谢随真的是很不懂现在女孩的想法，屁大点事，居然也值得哭一场，他差点还以为她经历了什么生离死别的大事呢。

谢随看着那条流光溢彩的漂亮礼裙，轻松地说："破了补好就是，不要为这种事掉眼泪。"

她的眼泪很珍贵，至少，对他来说，无比珍贵。

"你不明白。"寂白咬了咬唇，"我为年会准备了很久，裙子坏了，我就去不了了。"

"一定要穿这个？换一条行不行啊？"

"我没有第二条可以替换的晚礼裙。"寂白轻轻地抚摩着蕾丝纱料上面闪闪的鎏金丝线，柔声说，"这是我唯一的礼裙。"

谢随看着她眼底的失落，心里很不是滋味，他起身将裙子收拾收拾，塞进盒子里："走吧。"

寂白诧异地看看他："去哪儿？"

"找地方缝裙子。"

寂白看了看手机的时间，叹息道："已经赶不及了。"

谢随朝她伸出了手："没到最后一分钟，一切都还来得及。"

寂白低头望着他宽厚的手掌，轻轻地拍开，终于嘴角扬起了笑意："嗯！"

寂白跟着谢随穿过了曲曲折折的小巷子。

周围房屋灯火通明，偶尔能听见巷子尽头传来的噼里啪啦的爆竹声和小孩子清脆的笑闹声。

"谢随，去哪里啊？"

谢随步子迈得很大，走得很快，寂白穿的是礼裙配的高跟鞋，有些追不上他的步伐。他走一段便会停下来等她："你要是再磨蹭，就真的赶不及了。"

寂白的脚都快被磨坏了，她摸摸自己的脚后跟，歪歪斜斜地追上谢随。

谢随这才察觉到她穿的是高跟鞋，脚后跟都被磨得通红，于是他本能地伸手要抱她，寂白侧了侧身："你干吗？"

"还能干吗，抱你走啊。"

"谁要你抱。"寂白一瘸一拐地继续往前走，"我没问题的。"

"还远呢，你这样要走到什么时候？"谢随看了看时间，"已经六点四十了。"

时间很紧，寂白的脚也实在被磨得疼极了，她犹豫片刻，说道："那……你背我吧。"

"不一样吗？"

谢随又想把她横抱起来，寂白连忙闪身躲开，急了："你要是不乐意背，我就自己走。"

"行行，老子背。"谢随无可奈何地蹲下身，"上来吧。"

寂白扶着他的肩膀，趴在了他坚实硬朗的背上。

谢随托着她的臀，轻而易举地将她背起来，一路上健步如飞地朝着前方跑去。虽然是跑着，不过他步子迈得很稳，寂白趴在他的背上，完全没有觉得颠簸。

她纤细白皙的手臂搁在他的肩头，在他脖颈边交叠。隔着衣料，她能够感受到谢随身体的热度和硬度，他的肩膀特别宽，身体健壮结实，这样的男人，很容易给女人带来安全感。

感觉到女孩好像要掉下去了，谢随停下来托了托，稳稳地撑住了她的大腿内侧。

"你贴我紧一点。"谢随说，"不然我跑起来，会掉。"

寂白偷偷地脸红了，腿紧紧地勾住他劲瘦的腰。

正前方夜空，烟花砰砰地炸开，照亮了两人的脸。

谢随惊喜地扬头："快看。"

"看到了。"

他心满意足地扬了扬嘴角。

很快，侧方天空又升起一簇烟花。

"快看！"

"看到了。"

"美吗？"

"美。"

"我也觉得很美。"

寂白揽着谢随的脖颈，看着他眼瞳里时隐时现的光芒，她怀疑谢随从来没有见过烟花，才会这样惊喜。

"你很喜欢看烟花？"

"一般吧。"谢随的回答显得漫不经心。

"那干吗这么惊喜？像从来没有见过似的。"

谢随回头睨她一眼："我是让你看啊。"

寂白更不解了："那我也不是没有见过烟花啊。"

"我知道你见过，谁还没见过烟花了。"

"所以啊，你干吗要这么惊喜？"

"你哪只眼睛看到我惊喜了？"

"你刚刚明明就……"

"信不信我把你丢出去？"

"……"

寂白闭嘴了，她决定不再搭理这只动不动就凶她的杠精。

天上又蹿起一簇更大的烟火，哗啦啦地炸开好几个花团，颜色也格外绚烂。

"谢随，快看。"

谢随刚刚被寂白说了，他故意低着头，憋着不去看，闷声说："谁还没见过烟花了。"

寂白有点想笑，她抬起谢随的下颌，柔声说："看吧，我不会笑话你。"

他的下颌缀着淡淡的青楂子，微微有些扎手，但寂白觉得还挺舒服，像摸猫咪一样，刮了刮。

谢随终于重新望向天空，浅咖色的眸子里有了光。

其实，他并不觉得烟花多么稀罕，但这一瞬间绽放的美丽，他很希望让她看到……谢随固执地觉得，这世间所有的美丽，都应该属于她。

很快，谢随在自己居住的三合居民楼前停下来，轻轻地敲了敲底楼的房门："方阿姨，您在吗？"

门打开，一个约莫四十岁的女人出现在寂白面前。她打扮朴素，穿着格子棉服，身前还挂着围裙。

见到谢随，她神情亮了亮："小随啊，快进来，还没吃晚饭吧，进来一起吃饭。"

"方阿姨，不吃饭了，今天来找您是有事。"

谢随也不废话，将寂白手里的礼裙盒打开："我朋友的裙子坏了，您手艺好，能不能给补补？今天大过年的打扰挺不好意思的，我给您加班费！"

"哎哟，什么加班费，我们家老头儿应急的医疗费都是你给掏的呢，快别说这些话，进来坐，我看看这裙子。"

谢随拉着寂白进了屋子，寂白看到这家墙上挂着好几条漂亮的裙子，还有西服和各式各样的正装，看样子应该是专业的服装加工铺。

方阿姨从房间里拿出眼镜和针线盒，打量着礼裙的划线处。

"这裙子做工精美啊。"阿姨诧异地望向寂白，"不便宜吧？"

寂白见她是识货的，顿时放心了不少，问她道："这能补吗？"

"能是能，可我也不敢轻易动手，这可是高定的裙子啊。"

寂白连连摆手："阿姨，没关系，能补到什么程度我都不介意，只要今天晚上能穿上就行。"

"是急用？"

"嗯。"

方阿姨想了想："这样吧，我帮你缝补一下，让你今天晚上能穿出去，不过也只能应应急，真要完全修补好，还得去找专业的师傅。"

寂白惊喜道："谢谢阿姨！"

谢随说："阿姨，您得快些，小白的活动八点就开始了。"

"行行行，我现在就开工，肯定帮你的小女朋友赶上时间。"

"我不是……"

寂白解释的话还没有说出口，方阿姨说干就干，穿上了裁缝的小皮围裙，拿着裙子进了工作间。

寂白也只能将后半截话咽回肚子里——才不是他女朋友呢。

谢随薄薄的嘴唇浅抿了起来，寂白不满地戳了他一下，他用力地憋着笑，看这模样，心里还挺爽的。

方阿姨的手艺相当专业，找来了暗金的丝线，替寂白将划线的地方结结实实地缝合了起来，从外侧看，完全看不出裙子有任何异常。

"好了，丫头，快进里屋去试试。"方阿姨将裙子递给寂白，带她去里面无人的房间里试裙子，谢随也巴巴地跟进来，又被方阿姨赶了出去："干啥，女朋友换衣服你也看啊？"

谢随不好意思地挠挠头："行吧。"他就在外面等。

十分钟后，寂白走出了房间。谢随站在院子边，听见动静，回头便望见她。

鎏金的长礼裙修饰着她苗条的腰身，下摆是层层的蕾丝织纱面料，微蓬，镶嵌着璀璨的碎钻，灯光下格外闪耀动人。她迷人的香肩宛若驼峰，锁骨沟壑深长，修饰着她白皙性感的颈子。

方阿姨为她梳了一个漂亮的发髻，乌黑浓密的秀发绾了起来，束在头顶，垂下几缕细碎的发丝。

上天赐予了她美，她将这美融入了骨血中，一举一动，勾魂夺魄。他仿佛看到了这一生中最明亮璀璨的那束光。

寂白抱着蓬松的裙摆，迎上谢随深邃的目光，忐忑地问："怎么样？"

谢随连忙避开目光。他脸红了："好，好看。"

生平第一次，某人说话都结巴了。

寂白没有注意到谢随神情的变化，她专注地打量着自己的裙子，转了一圈又一圈："我觉得完全没问题了，可以去年会。"

"嗯。"

寂白转身对方阿姨道谢："阿姨，真的太感谢您了，多少钱？我给您。"

"哎哟，举手之劳而已，小随以前帮了我那么大的忙，我们家老头儿的命都是他救回来的，既然你是他的小女朋友，就不要说钱的事了。"

寂白还未解释，谢随已经将自己停在树下的山地自行车推了出来，冲她道："上车，送你。"

"今天已经很麻烦你了，我打车过去吧。"

"年三十，你出去打车试试。"

"呃。"寂白回想了一下，刚刚一路走来，好像街上真的没有看到几辆载客的出租车。她只能捧着裙摆，小跑到谢随的车边："那行吧。"

谢随见她白皙纤细的臂膀都露在外面，此刻寒风瑟瑟，小姑娘嘴唇都冻得发紫了，他毫不犹豫地脱下自己的外套，裹在了她的身上。

棉服带了他身体的热度，顷刻便将她冰冷的身体暖遍了，暖得她连礼貌推辞的话都说不出口，这衣服……好舒服。

寂白打量着他的山地车："这没有后座位啊。"

谢随理所当然地说："坐前面。"

"……"

夜空飘着鹅毛雪，寂白裹着谢随的外套，纠结地看着山地车前面的杆子。倒也不是不能坐，就……有点奇怪啊。

他穿着一件单薄的黑色毛衣，单手撑着车把，另一只手垂在身侧，随时准备着拥她入怀："来啊。"

寂白磨磨蹭蹭，没有过去："这……行不行啊？"

谢随看出了她眼底的犹豫，说道："现在反悔不去，老子还能赶回家看春晚。"

寂白低头看了看自己身下流光溢彩的礼裙，不再犹豫，抱着织纱裙摆，坐上了谢随的山地车。

谢随等她坐稳以后，手环了过来，稳稳地撑住了车把，脚用力一踩，山地车驶了出去。

年三十的马路上没有多少车辆和行人，谢随的速度很快，争分夺秒地将她送达目的地。

寂白拿着手机地图导航，上面显示还有五公里。

"左转，然后上天桥。

"下天桥往右。

"前面有减速带，慢点噢。"

驶过减速带，寂白的身子跟着抖了抖，其实坐在这杆子上面挺不舒服的，她屁股都被硌疼了。

"马上就到了。"似乎察觉到女孩的难受，谢随加快了速度。

"谢随，你冷不冷啊？"

"你自己感觉。"

寂白整个身子都被他圈进了怀中，身后就是他滚烫的胸膛，紧紧地贴着她的背。他分明穿得这样少，可是不知道为什么，全身都在发烫，体内像烧成了个锅炉似的。烧成这样，寂白也不担心他脱了衣服会冷了。

谢随凸出的喉结正靠着她的头顶，时不时还会碰到，硬硬的。

他注意到女孩似乎在看他，嘴角扬了扬，将下颌搁在了她的肩膀上，凑近她耳朵柔声问："我帅不帅？"

寂白扭过脑袋，平视前方，不再看他。

他稍稍靠近她，嗅着她身体散发的幽香，不是香水也不是洗发水的味道，是属于她的独特气息，这气息……总是令他的血液翻涌，无法平静。

远远地，能看见高耸的世纪饭店明亮的霓虹灯。高耸大楼的 LED 屏幕上滚动着"寂氏集团年会"的字样。

这场年会安排在江城顶级的世纪饭店，现场请来了不少明星装点门面，伴随明星而来的就是蜂拥而至的娱记媒体。整个世纪饭店门口铺叠着红毯，闪光灯咔嚓咔嚓亮个没完。

谢随将山地车停在了马路对面，寂白提着裙子从车上跳下来，还回头揉了揉自己硌得都快麻木了的臀部。

谢随笑了笑，将她的手扯开："我的小 lady，注意一下形象，好不好？"

"哦哦！"寂白吐吐舌头不好意思地说，"我都忘了，我现在穿着漂亮的裙子呢。"

是的，她穿着漂亮的裙子，裙子修饰着她无与伦比的美。谢随贫乏的词汇量无法形容她现在有多可爱，总而言之，她的一颦一笑，一个动作，都能让他心跳加速。

"谢谢你。"寂白真诚地向他道谢，"今天幸好遇到你了。"

"感谢要落到实处。"谢随指了指自己的脸，"亲老子一下。"

寂白撇撇嘴。

谢随见她不愿意，附身过来："那让我亲你一下。"

"你能不能正经一点？"

"我很正经。"

寂白将外套脱下来，还给了谢随："走了哦。"

"大概什么时候结束？"

寂白想了想："大概会等到零点跨年之后吧。"

谢随点点头。

"外面挺冷的，快回去吧。"寂白说完转身要走，他忽然叫住了她："等一下。"

"嗯？"

谢随伸出手，落到她紧束的鬟间发丝上，轻轻摘掉了几片雪花。雪花碰到他温热的指尖，顷刻融化。

寂白迎着他深邃的眸子，这一刻的谢随，温柔得快不像他自己了。

明星入口与公司成员入口不在同一个地方，寂绯绯对此却毫不知情，她踩着高跟鞋，穿着漂亮的蓝色晚礼裙，从寂明志的大奔车上走下来，径直走上了明星的红地毯。

娱记们停下拍照，不解地面面相觑。

粉丝们低声议论："这是谁啊？"

"不知道。"

"是不是走错了？"

主持人也有些尴尬，连忙叫住了和大家打招呼的寂绯绯："小姐，您是不是走错了？"

寂绯绯环顾左右，才发现不少粉丝拿着霓虹灯牌，上面写着支持自家"爱豆"的宣言。

粉丝们小声议论——

"她不是寂绯绯吗？"

"谁啊？"

"就是那个励志的'盛世白莲花'。"

"啊，居然是她，她什么时候C位出道了？"

"出什么道啊，就她这样的虚伪白莲花，有粉丝也全是黑粉吧。"

寂绯绯这才发现自己走错片场了，她低声道了句"抱歉"，捂着脸匆匆离开。她的脸颊臊红不已，暗骂父亲愚蠢，居然把她送到这边的入口。

绕到大楼另外一侧，这边没有媒体记者和粉丝，不过门面装饰更加奢华，这边才是世纪饭店的正门，集团成员董事及企业合作伙伴，都是从这边通过。

与会的都是有一定影响力的人物，因此这边的安保工作更加严格，几十个便衣保安混迹在人群中，时刻准备着应对突发状况。

寂绯绯走到正门边，两排的礼宾人员一一检查入场宾客的邀请函，寂绯绯拿出了寂白的邀请函，递给礼宾。

邀请函上没有照片，一般而言也不会有人作假，礼宾看了看邀请函，便请她进去。

这时，门边的秦助理看到了寂绯绯，好奇地问道："寂绯绯小姐，怎么是您？"

寂绯绯看到秦助理走过来，脸色变了变，故作镇静地说："秦助理，我来参加年会啊。"

秦助理诧异地问："您拿的是寂白小姐的邀请函吧？"

"是又怎样？寂白身体不舒服，来不了了，她不想让奶奶失望，所以求我代她参加年会，你有什么意见？"

秦助理面无表情道："这样的话，我需要跟寂白小姐确认一下。"

寂绯绯冷冷道："我爸的车还停在外面呢，你要不要去跟我爸确认一下？"

寂绯绯搬出了自己的父亲，好歹父亲也是奶奶的亲儿子，秦助理怎么样都要给点面子吧。

却不想秦助理坚持说道："寂绯绯小姐，没有邀请函是不能入内的。"

"可是寂白来不了了。"

"她来不了，是她的事。您能不能进去，是另外一回事。"

"秦助理，你不要太过分了。"寂绯绯冷冷地望着他，沉声道，"说到底你也不过是寂氏集团的员工罢了，我可是奶奶的亲孙女。"

"寂白小姐也是老夫人的亲孙女，这封邀请函，是老夫人亲笔写给寂白小姐的，全场仅此一封，您明白这封邀请函的分量吗？"

寂绯绯死死地咬住了下唇，唇肉都发白了，嫉妒宛如吐着芯子的毒蛇，盘踞在她的心头。她嘴角挂起一丝恶毒的微笑："那又怎样……她来不了了。"

寂绯绯话音刚落，身后忽然传来一个清朗的女声："姐，可能要让你失望了。"

寂绯绯瞪大了眼睛，难以置信地看着款款走来的寂白。

一身流光溢彩的长礼裙勾勒着她苗条曼妙的身材，脖颈白皙修长，宛若引颈的白天鹅。周围的灯光落在她的脸颊上，仿佛铺上了一层蜜粉，她嘴角带着微笑，眼神清澈，气质温雅。

不管怎么说，姐妹俩的模样应是有相似之处，但是不知道是从什么时候开始，寂绯绯发现，她和寂白的长相差别竟越来越大。

父母心疼女儿，每天让阿姨变着花样给寂绯绯煲营养鸡汤、鱼汤、蹄花汤……渐渐地，寂绯绯的体态朝着丰满的方向发展，致使五官也变得不再分明。

而青春期发育之后的寂白，仿佛一夜之间绽放的幽兰，美得令人惊羡。

寂绯绯对于寂白的讨厌，含杂着嫉妒，那种每每看到她，都会感到烈火灼心般的嫉妒。

从前的寂白太善良，她无法从姐姐那伪善的微笑里洞察到姐姐疯狂的嫉妒，所以才会傻傻地以为姐姐真的对她好。

然而事实上，寂绯绯让寂白在十多年的成长岁月中，备受煎熬，宛如身处地狱。这样她心里才稍稍平衡一些。她要抢走她的健康，抢走她的宠爱，抢走她喜欢的男孩，甚至抢走她的生命……

而此刻，寂白冷漠地看着身边同样一袭盛装的寂绯绯，问道："邀请函能还给我了吗？"

寂绯绯死死攥着手里暗纹金边的邀请函，退后两步，环顾左右。不少家里的堂姐妹站在边上，冷眼看她的热闹，寂绯绯从来是家族里骄傲的小公主，如果她就这样离开，以后不知道还要被她们笑话多少年呢！

寂绯绯感觉自己的脸都快丢尽了，她只好摸出手机，给父亲打了个电话，很快，寂明志和陶嘉芝夫妻俩匆匆赶到世纪饭店门口。

"白白，你怎么来了……"陶嘉芝看着寂白腰间的划痕，此刻已经完全不见了。

"爸，妈，寂白今天分明说她自己身体不舒服，要把邀请函给我，现在她又巴巴地过来，这不是故意让我难堪吗！"她给自己找了个很拙劣的台阶下。

夫妻俩和寂绯绯交换了一下眼色，秒懂，当着这么多亲戚，此刻如果寂绯绯下不来台，他们家都会跟着丢脸。

于是陶嘉芝把矛头指向寂白："白白，今天明明是你身体不舒服，这会儿怎么能怪姐姐呢？如果不是你苦苦哀求姐姐，让她代你参加宴会，她现在也不会站在这里，你这样做……真是太不厚道了。"

"爸，妈，她就是讨厌我呢。"寂绯绯开始抹眼泪了，装可怜扮无辜，她是最在行的。

寂白自始至终，一言未发。她不想和这些人争辩，他们言之凿凿地把所有的污水泼到她的身上，如果她矢口分辩，就更加成为别人眼中的笑话了。这样很掉价。

就在这时，寂老太从酒店里走出来："年会快开始了，都在闹什么？"

"董事长。"

"奶奶。"

"妈。"

老夫人一出来，周围人立刻恭敬了许多，大气都不敢出。

寂老太刚刚在门边已经听了个大概，此时心里自然跟明镜似的，她睨了睨冷静而沉着的寂白，眼底浮现一丝欣赏之意。难为她小小年纪竟然有这份心性，被自己的亲生父母和姐姐指责甚至诬陷，都还能这般沉住气。

寂老太又望了一眼盛装出席的寂绯绯，淡淡道："如果我没记错，你是没有被邀请来年会的，怎么过来了？"

"奶奶！是寂白恳求我来的，她今天身体不舒服，又怕奶奶失望，这才叫我代她来的，现在她又不承认，爸妈都可以给我做证。"

寂老太扫了寂明志夫妻俩一眼："是吗？"

"是……是的。"陶嘉芝和寂明志在母亲灼灼目光的凝视下，显然有点心虚。

这时候，寂白才低声分辩了一句："不是这样的。"

寂老太拍了拍她的手，然后对寂绯绯道："看来你是不明白，我就索性跟你说清楚吧。"

她扫了周围的寂家堂姊妹一眼："家里的姐妹兄弟，能来的，我都下了邀请函，却独独你寂绯绯没有，是因为你犯了错且不知悔改，你以为用妹妹的邀请函就能进来吗？我告诉你，就算你今天进了这道门，我也会叫人把你轰出去！"

寂绯绯猛地睁大眼睛，感受着周围姐妹们嘲弄的目光，脸颊火烧火燎，咬牙道："如果不是寂白求我，我根本不会来……"

"姐，一定要逼我把你弄坏裙子的证据拿出来，你才会死心吗？"

寂绯绯狐疑地看着寂白："你有什么证据？"

寂白淡淡道："裁缝阿姨说这条裙子的划痕是人为的，做得非常有技巧，只要我穿上，线就会一点点地绷开。你不是要阻止我参加年会，你是千方百计想让我在年会上把咱们家的脸都丢尽。"

此言一出，陶嘉芝和寂明志愣住了，他们总是偏心寂绯绯，但是如果寂绯绯真的做出恶毒的事来陷害寂白，他们也是很难原谅的。尤其寂明志这样要面子的男人，绝对受不了自己女儿在人前丢脸。

"绯绯，妹妹说的是真的吗？

"你真的做了这样的事？"

寂绯绯连连摇头，大声分辩道："胡说！她胡说，我只是用指甲划了一道口子而已，哪有这么严重！"

此言一出，众人恍然大悟。

寂绯绯连忙捂住嘴，望着寂白沉静的脸色，她这才明白，竟然被算计了！

寂老太脸色稍稍舒展，目光里透出欣赏之意，显然对寂白的表现相当满意。

这个时候，秦助理适时地站了出来，说道："这套礼服价值不菲，如果是绯绯小姐把它弄坏了，赔偿的问题该怎么算呢……"

陶嘉芝本来要去拉着哭哭啼啼的寂绯绯离开，听到这句话，连忙回头道："都是自家姐妹，说什么赔不赔的。"

"这是董事长送给寂白小姐的礼物，需不需要赔偿，寂白小姐说了算。"

陶嘉芝望望老夫人，老夫人气定神闲地站在边上，眯着眼睛一言不发，似乎也是在等寂白的回答。

母亲连忙劝寂白道："白白，你和绯绯可是姐妹啊，咱们家的事，关起门来自己解决，闹开了多丢脸，对不？"

关起门来自己解决？寂白冷笑，这些年家里关起门来解决的事还少吗？哪一次不是寂白让着她？这才使得她变成今天这个样子。

"礼服坏了就是坏了，即便缝补好，也不是完美的样子。既然姐姐承认弄坏了它，那就原价赔偿吧。"

寂绯绯难以置信道："你说什么！原价！你疯了吧？"

寂白还没说话，家里的姊妹们倒是站出来打抱不平了——

"弄坏了人家的衣服，就应该赔偿啊！这是天经地义的。"

"就算你有病，也要讲道理吧？"

寂明志走出来，叹了声："行了，赔就赔吧，就从绯绯的零花钱里扣。"

寂白知道，要真从她零花钱里扣掉这件礼服的钱，只怕她接下来几年都别想要到零花钱了。

寂明志当着奶奶和家里亲戚的面，也就随口那么一说，他们可舍不得委屈了寂绯绯呢。

寂白道："姐姐有一整个衣柜的礼服裙子，把它们都卖了吧，虽然不一定抵得上原价，但我不计较了。"

人犯了错误，就一定要接受惩罚，寂白会慢慢教会寂绯绯明白这个道理。

此言一出，寂绯绯脸色骤变："爸，你看她……"

"闭嘴，还嫌不够丢人吗！寂白说什么就是什么，跟我回家！"

看了一场好戏，吃瓜群众心满意足地散去了。

寂白走到寂绯绯身边，抽走了她手里的邀请函，看也没有多看她哪怕一眼，就跟随秦助理和奶奶一起走进了酒店大门。

寂绯绯迈着滞重的步履，原路折返，旁人的低声絮语和轻蔑目光，宛如刀子般，一刀一刀地刻在她的背上。每一刀，都带着血。

衣香鬓影、觥筹交错的年会大厅里。

寂老夫人带着寂白四下里交际，让她认识集团的董事和合作伙伴们。

寂白对于这种交际的场面表现得略生涩，但是她拥有良好的仪态和礼貌，诚恳真挚的谈吐也令她收获了不少宾客的好感。

西装革履的叔伯远远地看着跟在老夫人身后的寂白，也微微有些诧异。

老二寂明志家里这么个不声不响的小女孩，怎会突然如此受老夫人的宠爱？老夫人年会全程都带着她，帮她拓展人脉。就连自家一贯优秀的儿女们，都没有寂白的这般殊荣。难道，寂老夫人对她还有什么寄托吗？

每个人心里都有自己的小算盘。

台上，传来了旋律动人的钢琴曲。伯伯家的女儿寂静正在演奏肖邦的名曲。她穿着漂亮的白裙子，娴静地坐在钢琴前，灵活的指尖游走在黑白琴键上，优雅大方。

寂白一直觉得，这位寂静堂姐才算得上真正的大家闺秀——优秀、美丽、聪慧……跟她比起来，寂绯绯真的差太多了，如果寂氏集团将来真的要从这些兄弟姊妹中诞生一位继承人的话，寂白觉得，应该是寂静堂姐那样的。

寂白欣赏着堂姐的演奏，却没有注意到身侧男生凝望她的目光。

"是寂白吗？"

寂白侧眸，望见了那位西装革履的男生。合体的黑西服修饰着他匀称的体态，领带一丝不苟地束缚着他的脖颈，他的年纪比她大不太多，眉宇神态间透着超越年龄的成熟感，英俊的五官找不出一丝瑕疵。

"你还记得我吗？"

寂白望着他看了许久，不确定地问："厉琛？"

厉琛眼角勾起温煦的微笑："原来你还记得我。"

"怎么会不记得，我们以前一起玩过。"

厉琛是厉氏集团厉家的小儿子，集万千宠爱于一身。厉家与寂家三代交好，小时候寂白经常见到厉琛，这位厉氏的未来继承者不管走到哪里都是一派严肃正经的模样，待人接物礼貌周到。

厉琛打量着寂白，眼神里透着不可思议："好长一段时间没有见到你了，你变了好多，更漂亮了。"

"谢谢厉琛哥。"寂白跟厉琛寒暄起来，"你现在还在念书吗？"

"对，在 S 大。"

S 大坐落在江城，是全国一流的高等学府。

寂白眸子里透出向往之色："我也准备考 S 大的研究生来着，就是不知道能不能考上。"

"我记得，你高中的时候就想考 S 大。"

寂白没想到厉琛还能记得她的心愿，她笑着点头："对啊，可是那时候还差一些分数，所以研究生考试我一定要加把劲，努力考上 S 大。"

"我正好有一些备考资料，有时间我给你送过去，应该对你有所帮助。"

寂白眸子里透出惊喜："啊，那太感谢厉琛哥了！"

厉琛当年可是轻轻松松就考上了 S 大的研究生，这种学霸的资料，对于寂白而言，肯定是一大助力！

两人寒暄之际，寂静堂姐的钢琴曲已经演奏完毕，众人礼貌地鼓掌，寂静提着裙子走到舞台中央，优雅地向众人致谢。

接下来，便轮到了寂白的大提琴演奏。

几位助理将大提琴小心翼翼地抬上了舞台。

比之于钢琴演奏，大提琴的演奏姿态或许没有那么优雅和美丽。灯光下，她纤细的手臂夸张地拉着曲子，身体也跟随着激昂的旋律而动，她闭着眼睛，全身心地沉浸在自己的情感中。

低沉的大提琴旋律宛如尘封多年的旧匣子骤然被打开，发出古老的幽咽，尘埃翻飞在明亮的光线中，一切都显得那般古旧而有韵味。

那一刻，厉琛看得有些怔了，她宛若从仙境误入人间的精灵，美得不似凡物。

周围人也都被她吸引了目光，甚至就连一贯骄傲的寂静堂姐，都被寂白的大提琴演奏吸引了，凝望着她，眸子里是抑制不住的惊艳之意。

二叔家这位从来不出彩不受宠的小堂妹，今天算是不鸣则已，一鸣惊人啊。

曲罢，寂白放下大提琴，走到台前向所有人致谢。整个会场掌声如雷，寂老太在远处看着她，眼底不无欣赏之意。

她相信自己的眼光，寂白的确是可塑之才。

寂白脸颊微微有些泛红，同样心情也是激动的，这是她第一次在家族的长辈和同龄姊妹面前露脸。过去这些长辈亲戚从来没有将她放在眼中，因为他们都知道，寂白的存在，仅仅是作为家里那位可怜的血友病患者寂绯绯的"备用血库"。谁会将一个"备用品"放在眼中？

不过今晚之后，或许他们就要改变自己的想法了。

整场年会，厉琛都跟在寂白的身边，跟她说话聊天，两人也有好长一段时间没有见面，聊得还算比较投机，寂白一直在向他请教报考 S 大研究生的事情。

转眼间，零点的钟声敲响了。众人放下香槟酒杯，纷纷来到落地窗边，夜空中升起了璀璨的烟花，一簇簇地绽开。

寂白与众人一道走到落地窗边，向窗外望去。

谢随站在鹅毛纷飞的大雪夜里，抬眼望着那高耸入云霄的大楼，浅咖色的眸子里落了雪花片。

寂白的心仿佛突然被剜空了一块。

所有人的目光都被天空中那璀璨的烟花吸引了，仰着头，发出阵阵赞叹，唯独寂白，她低垂着脑袋，怔怔地望着楼下。

厉琛注意到寂白的异常，顺着她的目光望向楼下，也看到了伫立在纷飞大雪中扶着自行车的谢随。

"他是你的朋友吗？"厉琛好奇地问，"怎么站在雪里啊？"

她沉浸在这觥筹交错、衣香鬓影的热闹中，而谢随竟然一直在等她！

他想和她一起过年。

此刻的寂白已经顾不得什么礼貌、什么仪态，她眼底只有那个孤独的谢随。宛若午夜十二点的灰姑娘，她提着裙子匆匆跑了出去。

"寂白，外面温度已经零下了，你不要乱跑，会感冒的。"厉琛尾随她追出了宴会大厅，顺手将自己的西服外套脱下来，想给她穿上。

电梯打开，寂白径直冲出了酒店大门。扑面而来的严寒与凛冽的疾风顷刻间将她吞噬，她情不自禁地哆嗦了一下，全身的血液在这一瞬间变得冰凉，仿佛快要凝固了。

真的好冷好冷啊。可是谢随却在这样的雪夜里，站了好几个小时。

寂白眼睛都红了。她来到马路对面，却发现大街上空寂无人，只有自行车车轮碾过白雪的辙痕。谢随已经离开了。

厉琛连忙跑出来，用自己的西服外套裹住寂白柔弱的身子。

"你疯了吗？"他语气急切，"这么冷的天，你想被冻成冰块吗？"

寂白充耳不闻，摸出手机，哆哆嗦嗦地给谢随打电话："你在哪儿啊？"

电话那端有风声呼啸着，电流发出咝咝的声响。

良久，谢随轻描淡写喃了声："回去了。"

"干吗呀？谁让你在下面等着啊？"寂白声音带了些许哭腔，她揉着微痒的鼻子，紧咬着牙，不让自己掉眼泪，"你干吗呀……"

谢随听着女孩一直在重复这几个字，舔了舔干燥的嘴唇，却不知道该怎么回答她。

"老子又没等你，我就等着看你们寂氏集团放的土豪烟花，不行啊？"

"那……好看不？"

"好看。"

他也只是想和她在跨年的时候，看同一场烟花。

"快回去吧。"他催促，"冷不冷啊？"

"冷的，那我回去了，新年快乐哦。"

"新年快乐。"

谢随挂了电话，自墙角阴暗处走出来，路灯光将他的眼睛掩在了高挺的眉骨之下，显得越发深邃。

他转身走进了纷纷扬扬的鹅毛大雪中。

过去这些年，纵然生活磋磨，命运不公，却将他的棱角磨得更加锋锐。

谢随从不自卑，他相信凭借自己的拳头，搭上自己的身家性命，能挣到自己想要的一切。

可那晚，生平第一次，谢随感觉到自卑了。

看着那个美好如初雪的女孩，谢随觉得自己什么也不是。

所以他跑掉了，不敢迎接那一袭盛装的她。

就在这时，又一团烟花在夜空炸开，宛如千万细小的金色微尘从夜空漫开，倾洒在他的脸上。

手机里，女孩的信息发来："谢随，烟花又开始啦，你快看啊！"

快看啊。

他嘴角扬了扬，抬起头，仿佛看到了照亮黑暗歧途的光。

那天晚上，寂白的梦境相当不安宁，时而梦见她在年会上出洋相，被人嘲笑，时而又梦见寂绯绯，寂绯绯对她说："这是你不可逃避的宿命。"

最后……寂白居然梦到了谢随。

他站在篮球场，遥遥地冲她招手。

阳光下，他的眉眼清澈，笑容可掬。

所有的噩梦都在看到他微笑的那一刻，土崩瓦解。

寂白醒过来的时候，嘴角似乎还浅浅地扬着，她起床打开窗户。

窗外是一片雪花铺满的纯白世界。

新的一年，一定要平平安安。

清早，父母正忙着给家里装饰新年的氛围，寂白接过了母亲手里的"福"字，站在椅子上，给房门贴了一个正红色的倒福。

父母对寂白的态度很好，似乎完全没有因为昨天年会的事情而生气。

他们当然不会生气，因为寂老太一大早就给他们打电话，让他们过去吃午饭。

寂明志在寂氏这个大家族里不太受重视，寂老太很少邀请他们上门吃饭，年初一，她居然主动提出让他们去家里，这令夫妻俩受宠若惊。

寂绯绯起得很晚，打着哈欠下了楼。陶嘉芝让她赶紧去洗漱打扮，今天要去老宅吃饭。

想到昨晚的事，寂绯绯还有些不高兴，讪讪地问："为什么奶奶会突然邀请我们？"

陶嘉芝轻轻爱抚着寂白的脑袋，温柔地说："白白昨天在年会上表现相当不错，你奶奶很满意，这才邀请我们过去吃饭的。"

听到是寂白的功劳，寂绯绯脸色沉了下去，拖沓着步子去洗手间梳洗打扮。

寂家老宅坐落在市中心的公园附近，园林式私宅，四进四出，庭院里有小桥流水，还有假山和小花园，池子里养着金鱼。寂老太爱花，庭院里还雇了专人种植价格不菲的名花，环境清幽，相当有格调。

在这种寸土寸金的地方拥有一座王府园林式的宅院，可见寂家的家底有多么深厚。和老宅一比，寂白他们家这点小家子气的富裕，完全不值一提。

寂家几个兄弟姊妹，高低有别，混得好的比如堂姐寂静家，现在在总公司里也是能说上话的；混得不好的就是寂明志家，经营着亏本的小公司，还时常需要总公司的接济，才能勉强维持。寂明志家不受老太太重视，可见也是有原因的。

寂家儿女众多，今天寂老太只邀请了两家人：寂白大伯家，还有就是寂明志一家。

大伯家只有一位独女，那就是寂静。这位堂姐头脑聪明，办事精干，待人接物妥帖又仔细，而且多才多艺。小时候她跟着自己的父亲游学欧洲各国，年纪轻轻便阅历丰富。

她只比寂白大两岁，却是老太太的掌上明珠，老太太经常会邀请她来家里做客，陪着自己说说话，寂静便会弹钢琴给寂老太听。

很多人猜测，寂老太会把这偌大的家业交给寂静。

当然，这些都是没有根据的流言，昨天晚上见老太太对寂白的态度，他们心里又有了别的想法。总之，谁都猜不到老太太的心思。

吃饭的过程中，寂明志夸赞了寂静，说她如何优秀，还给她包了红包。

不过堂姐一家人并不是很看得上寂明志家，寂静礼貌地收了红包，表情也是淡淡的，只道了声谢，没有多余的话语。

寂静是个相当骄傲的女孩，她有着远远超出同龄人的优秀。因此，即便是自己的长辈，她也仅仅是保持礼貌，不会有太多的寒暄，因为他们家打心眼里就看不起寂明志家。

不过饭桌上，寂静唯一肯多说几句话的人，却是寂白。

昨天她演奏的大提琴是真的惊艳到她了，她和寂白讨论了音乐上的事情，又关心地询问寂白研究生准备考哪所院校。

寂绯绯很想和寂静当好姐妹，但是寂静不爱搭理她。久而久之，寂绯绯天然地就不喜欢寂静了。这样优秀的女孩子，如果不是朋友，那就势必是敌人。

虽然寂绯绯一厢情愿地将寂静归入敌人的黑名单中，但寂静却没有把她放在眼里。能让寂静看在眼里的人，必须与她势均力敌。

饭后，寂老夫人让几个孩子来了书房，她新得了几块和田玉，要赠予几个孩子。女孩们兴奋地围着老太太的展架，挑选着这三枚和田玉。

一枚是小巧莹润的糖白玉挂件，一半白玉，另一半润着橙黄的糖色，挂件表面雕着可爱的挂树生肖猴。第二枚是白玉子料的貔貅挂件，貔貅开运辟邪，还有镇宅防太岁的功效。还有一枚是白玉观音，色泽清透，观音佛面，垂着眸子，慈悲地俯瞰众生疾苦。

寂老太让姐妹三人自己选，看上哪件就挑哪件。

寂绯绯和寂静都看中了第一件可爱的糖白玉挂饰，因为两人都是属猴的，所以对这件生肖猴糖白玉情有独钟。寂绯绯真的很想要这枚糖白玉挂饰，但是寂静好像也没有让给她的意思。

"要不猜拳吧。"寂静提议，"这样公平。"

寂绯绯不想和她猜拳，这样还有一半输的概率呢。

"我最讨厌的就是赌博了。"寂绯绯理直气壮地说，"我觉得……谁先看中就应该给谁，是我先说喜欢这玉的。"

寂静大方地笑了笑："绯绯堂妹，哪能这样，喜欢这种事还能讲先来后到吗？我觉得，既然是奶奶送给我们的玉，就应该让奶奶评判，这玉给谁。"

寂绯绯心道不妙，如果是奶奶选，她肯定偏心寂静啊。

寂老太并不打算掺和姐妹的争夺，只慈爱地微笑说："我可不管，你们姐妹商量着自己选。"

寂绯绯看着自己的母亲陶嘉芝，希望她能为自己说说话。

"寂静啊，听话，把这块玉让给你绯绯堂妹吧。"陶嘉芝拿出了自小对待寂白的口吻，对寂静道，"绯绯身体不好，你作为姐姐，让着她是应该的。"

却不想，寂静丝毫不给面子，直言道："她有病我就该让着她吗？谁说的？"

"这……"陶嘉芝挤出一抹难看的微笑，"这不是天经地义的吗？你是姐姐，让着身体有病的妹妹，这姐妹谦让的美德，难道父母没有教过你吗？"

这时大伯母听不下去了："嘉芝，我们可没有教过寂静什么谦让的美德，她是我们的独生女，我们有什么好的都是紧着她，教她的也都是喜欢什么就要自己努力争取，不到最后一刻绝不能放弃。"

大伯家里的虎狼式教育，养出了寂静霸道强势的性格，寂白梦到的"家产争夺战"里，寂静拔得了头筹，成了集团的继承人及最大获益者。

"老祖宗的传统美德都不要了，这商业社会，真是世风日下呢。"陶嘉芝脸色讪讪的，不再说什么了。

寂静和寂绯绯还是通过猜拳来决定这枚糖白玉的归属，最终寂静更胜一筹，心满意足地拿到了糖白玉。

剩下的白玉观音吊坠和貔貅挂件，寂绯绯心有不甘地选中了白玉观音。然而寂白恰好也看中了这枚观音。只是寂绯绯已经将观音取出来，视为己物了。

寂老太看到了寂白渴望的目光，忽然开口道："这枚白玉观音成色

266

相当不错，不过有瑕疵。"

一听玉有瑕疵，寂绯绯立刻打量起它来，果不其然，白玉观音眼下有一点殷红，宛如血泪。

老太太继续说："如果不是这一点瑕疵，这玉的价格还能翻两倍，观音垂泪，总归不是好的征兆。"

寂绯绯立刻放下了观音，对寂白道："妹妹，你喜欢这观音不？如果你喜欢，那我把它让给你。"

这下正合了寂白的意，她将貔貅挂件给了寂绯绯，小心翼翼地拾起了那枚垂泪的观音，同时感激地望了望奶奶。

奶奶了然一笑，没有多说什么。

寂白仔细打量那枚血泪观音，观音慈眉善目，无心无相，俯视苦难人间。

这令她想到了那个磋磨嶙峋的谢随。

第十一章

我可以为你变得更勇敢

正月十五元宵节，殷夏夏她们约了寂白一起去人民公园逛灯会。

沿着人工河道一路走来，张灯结彩，商贩在这里摆摊售卖饰品和烧烤，形成了夜市一条街，很多年轻人都喜欢来这里吃夜宵。

有人在河道里放了祈福的花灯，让花灯船随着水流往下漂游。一盏盏漂亮的小灯船几乎照亮了整个河道，而河道又曲曲折折地穿过了公园，远远望去，灯影闪烁，宛若置身梦境。

殷夏夏拉着寂白一起去河边凑热闹，她跟卖花灯的老奶奶讨价还价，用十五块钱两只的价格，买下了这薄布料缝制的荷花灯。

"元宵节又叫上元节，准确来说，又是咱们中国的情人节。"殷夏夏拿着马克笔，回头对寂白说，"在花灯上写下喜欢的人的名字，花灯就会顺着河流漂到他的手里哦。"

寂白笑着说："我觉得，百分之九十九的概率，你心上人的名字会顺着水流漂进下水道。"

殷夏夏使劲儿打了她一下："你能不能别这样煞风景，没情调。"

寂白将脑袋搁在她的肩上，好奇地看向她手中的荷花灯："你写了谁的名字啊？"

殷夏夏大方地给寂白看："喏，我老公。"她写的是新晋出道的男明星的名字，"虽然百分之九十九真的会漂进下水道。"

寂白蹲下身，看着河里漂浮的荷花灯，柔声道："不是还有百分之一的概率，会漂到心上人的手中吗？"

"算了吧，我可不信这百分之一。"

寂白将自己的荷花灯放进了水中，眉目间漾起柔情："我信。"

百分之一、千分之一、亿万分之一的概率……她都信，因为她就是

270

靠着银河系某颗星星的坠落般渺茫的概率，把握了改变人生的机会。她相信这个世界上的一切奇迹。

"咦，小白，你写的是谁的名字啊？"

寂白给她看，她只写了四个字——平平安安。

"你也太老套了吧。"

"平安不好吗？"

"倒也不是，不过你至少加个名字吧，比如谢随什么的。"

殷夏夏很随意地提及了谢随，寂白的小心脏却莫名其妙地撞了撞。

"干吗要说他？"

"他可是全校女孩的暗恋对象，没有女孩能跟他讲话超过三句不脸红的。"殷夏夏看着寂白，狡黠一笑，"他很喜欢招惹你哦，像极了那该死的爱情。"

寂白揉了揉殷夏夏的脑袋："你这丫头，小小年纪，怎么满脑子想的都是这些情啊爱啊的，能不能装点别的了？"

"装别的，什么啊？"

"政治必背题，历年考研英语卷？"

"寂白，你有毒吧！"

寂白笑笑，不再说什么了。她脑海里浮现出那个不羁的谢随站在雪地里等她的画面。漫天白雪纷飞，她心里某一处却是温暖的。

寂白还是在小纸船上认认真真写下"谢随"两个字。

梦里，谢随救了她，对她真的很好很好。但他总是一个人，孤僻又寡冷，所以寂白决定与他相伴余生。不仅仅是出于报答，也是因为她对他产生了怜惜之情。这个男人身患残疾不能娶妻生子，寂白想陪在他身边，哪怕什么都不做，陪着他就够了。

她表达了自己的心意并且同意像情侣一样相处，谢随才开始对她有了进一步亲密的举动。而寂白也接受了他所有的亲昵。

谢随是喜欢她的，梦里的寂白清楚地知道。从他克制而隐忍的触摸中，寂白能够感受到他对她的迷恋。

但她还是低估了谢随的感情。

梦里的她死亡以后，做梦的视角转为上帝视角，见证了她死后谢随一切疯狂的举动，她从谢随那流着泪的紧绷的面庞上，感受到了他那窒息而极致的爱。

他不仅是喜欢她，他深爱着她。

谢随这几天心情不太好，几个兄弟趁着正月元宵节，生拉硬拽地将他弄了出来，逛逛夜市，散心。

拱桥下，蒋仲宁和丛喻舟买了几盏荷花灯，拿着马克笔，在荷花灯上歪歪扭扭地写下"财源滚滚""大吉大利"等字样。

谢随坐在河边的台阶上，手肘撑着膝盖，鄙夷地看着这两人，评价道："俗。"

蒋仲宁笑着将马克笔递给谢随："随哥不俗，来写一个。"

谢随接过笔，顺手抄起身边的荷花灯，认认真真写了一个字：白。

蒋仲宁"哎哟哎哟"地笑了起来："我随哥这无处安放的少男心啊。"

谢随踹了他一脚，径直起身，将花灯小心翼翼地放进了河里，看着这盏小小的荷花灯漂漂荡荡地顺着水流远去。

这时，身后一个清脆的女声响了起来："谢随？"

恍然听到这声音，谢随的心脏猛地撞了撞，他回头，看到的却是方悦白那明皙的脸蛋。谢随眼底的光倏尔又熄灭了。

方悦白的嗓音，和她的还真像。不仅仅是嗓音，模样也像，只是眉宇间的气质截然不同。寂白的眼神比她的要明晰清透很多。

谢随回过了眸子，不理她。

丛喻舟和蒋仲宁看到方悦白等几个女孩，热情地和她们打了招呼，方悦白也自然而然地走到谢随的身边。

"咦，你们在放河灯啊？"

"是啊。"蒋仲宁说，"听说可以许愿，就试试呗。"

"你们真浪漫。"

"浪漫什么啊，随哥才是真情圣，还把心上人的名字写在了花灯上。"

方悦白微微一怔，看向了那个坐在阶梯上面无表情的谢随。他有心上人了吗？

方悦白身边的女孩八卦地问蒋仲宁："随哥写的是谁的名字啊，能透露不？"

蒋仲宁见谢随不动声色，说道："还能有谁，不就是……"

话音未落，丛喻舟突然踹了他一脚："随哥不过随手写了个'白'字，你就知道是谁了吗？"

"还能是谁？"

"那你说说，名字里有'白'的，还能有谁？"

蒋仲宁看了看面前的方悦白，微微张嘴，似突然开窍了，立刻说道："名字里有'白'的，多了去了，猜不到猜不到，哈哈哈。"

闺密偷偷拉方悦白的衣袖，给她递眼色，方悦白不好意思地别开了目光，脸颊漾起了一抹绯红色。

丛喻舟知道方悦白对谢随一直有想法，总是各种莫名其妙地偶遇，但又不告白，没给谢随直接拒绝她的机会。其实这种做法挺聪明，但总是出来刷存在感也很让人烦，丛喻舟干脆给她下剂猛药，让她死心好了。

方悦白的闺密问丛喻舟："你们今晚怎么玩啊？"

"逛逛夜市，吃点夜宵就回去了。"

"这就回去了，还以为你们要去唱歌喝酒呢。"

"不去，明天开学了，早睡早起。"

女孩笑了起来："你们怕什么开学啊？"

她开玩笑的话语令谢随心情忽然烦躁起来，仿佛在这些女孩心目中，他们就应该是那种人，闲逛、打架……寂白也是这样想的吗？

谢随扔掉了手里的石子，冲丛喻舟道："晚上约个拳局。"

"不是吧，明天早上就有课，你确定要去打拳？"

"让你约就约，有钱还懒得挣了？"

"行行行。"丛喻舟摸出手机，给地下拳击室的经理打电话，约了局。

几个男孩收拾收拾便准备离开了，方悦白纠结了很久，还是冲谢随喊了声："你……你要小心一点哦，不要受伤了。"

那熟悉的柔和嗓音，在他的心涧荡开波澜涟漪，他的手不禁攥了攥。

谢随和几个男孩离开以后，方悦白看到刚刚他站的地方，好像掉了一个白色的物件。

她走过去，将那玩意儿捡了起来，发现竟是一只小白狗，小白狗凶巴巴地龇牙瞪眼，就像他平时发脾气的模样。

方悦白隐约记得，好像谢随的钥匙串上就挂了这么一只小白狗。她小心翼翼地将吊饰揣进了自己的包里。

地下拳击室昏暗的更衣间里，几个光着膀子的男人正聊着荤段子，见谢随进来，他们扬手跟他打招呼。

"小随，正月十五都不休息啊，这么拼。"

谢随淡淡道："穷人没有休息日。"

"嚯，这说的是真理。"

谢随脱了外套，拿出钥匙打开他的私人储物柜，赫然发现自己钥匙上的小白狗挂坠不见了！

挂环还在，连环扣从中间断了一截。谢随脑子一瞬间仿佛空了。他反应了好几秒，眼睛蓦然变红，血丝满布。

身边两个壮汉见他情形不对，关切地问："小随，怎么了你？没事吧？"

谢随甚至连外套都来不及拿，狂奔着冲出了拳击室。

当谢随折返回人民公园的时候，夜市已经结束了，四下里寂静无人，清冷的明月当空，照着他孤独的身影。

他拿着手机，打开手电筒，沿着河道一路找回来，却一无所获。

谢随又重新仔仔细细地将整个夜市街找了一遍，连草丛的边角缝隙都找了，依旧不见小白狗吊坠的踪影。

他站在树下，大口地呼吸着，猛地一拳砸在了树干上，指骨疼得快要碎裂了。

这时候，他的手机响了起来，是丛喻舟打过来的——

"随哥，这都快开场了，你在哪儿呢？"

"人民公园。"

"你怎么又折回去了啊？"

"丢东西了，回来找。"

"你丢什么了？"丛喻舟听着谢随的嗓音都哑了，察觉到情况不对劲，关切地问，"要不要哥儿几个回来帮你一起找啊？"

谢随靠着树干坐了下来，粗粝的指腹揉了揉内眼角："不用。"

"那……那行吧，你先找着，如果找不到，明天我们过来帮你一起找。"

"嗯。"挂了电话，谢随颓然地站起身，走出林荫小径的时候，他的步履都已经虚浮了。心脏某处像是空了一大块，呼呼地漏着风。

有几个身着橙色制服的清洁工，正在打扫夜市的卫生。

"小伙子，丢东西了？"清洁工大叔热心地问，"丢什么了？"

"一只挂钥匙的狗，白色的，您看见了吗？"

清洁工大叔茫然地摇了摇头，劝道："不就是钥匙扣嘛，值几个钱，丢了就丢了，甭找了，快回去吧。"

谢随回过头，迎着幽凉的夜风，脸上平静，手却禁不住地微微颤抖。

新学期伊始，学校里流出一则传言，说谢随喜欢上了方悦白，元宵节放花灯的时候，还写她的名字云云，还说谢随把自己贴身的玩意儿都给她了……

当然，寂白也知道学校里这些传八卦的人很无聊，什么不靠谱的事情，都能说得跟他们亲眼看见了似的。

虽然寂白并没有把这些传言放在心上，但不代表别人没有。

周五下午，方悦白从教学楼出来，路过荒僻的小花园，被几个女孩截住了，为首的正是安可柔。

自从寂绯绯被自己的粉丝反噬以后，安可柔终于走出了寂绯绯带给她的阴霾，恢复了过往的神采，甚至比过去更加嚣张跋扈，经常和寂绯绯作对，为难寂绯绯。反正寂绯绯已经丧失了网络红人的身份，现在的她，什么都不是，安可柔经常在网络上爆寂绯绯的各种黑料，让寂绯绯恨得咬牙切齿。

不过这也怨不了谁，都是寂绯绯自己一手作出来的。

现在，安可柔的矛头又转向了方悦白。

几个女孩子一拥而上，将方悦白的背包抢了过去。

方悦白攥着自己的背包肩带，急切地问："你们干什么？！"

安可柔慢悠悠地走到她面前，轻轻拍了拍她的脸："听说，谢随喜欢你啊？"

闻言，方悦白脸红了："这不关你的事。"

"你这张脸，看着还挺像那个谁，让人讨厌。"

身边女孩问："哪个谁啊？"

安可柔挑眉："寂绯绯咯。"

方悦白嘴唇都在发抖，学校里谁不知道，寂绯绯可是安可柔的死对头。

这时，有女孩说："我倒觉得，她长得有点像寂白。"

寂白和寂绯绯是姐妹，本来就有相似之处，方悦白长得像寂绯绯，也可能像寂白，这都很正常。

安可柔懒得纠结这个问题，反正不管像谁，都是她讨厌的人。她夺过了方悦白的背包，打开将里面的书本一股脑倒了出来。书本稿纸"哗啦啦"地散落一地，还有两片卫生巾也被倒了出来。

方悦白眼角已经渗出了泪花，她想要冲过去夺回背包，却被几个女孩拉扯着，头发都乱了。

安可柔捡起方悦白的书看了看，扬着调子道："你作什么作？你还能在学校里待几天啊，勾引谢随，还能不能要点脸了？"

方悦白倔强地瞪着她："我没有勾引他！"

"少来，你别以为我不知道，你仗着自己闺密跟谢随的兄弟关系好，经常臭不要脸地贴着他们玩儿。"

这是事实，方悦白的确经常跟闺密打听谢随他们的动静，上次元宵节，也是事先问好了，特意过去"偶遇"的。

就在这时，钥匙串从背包侧边口袋里掉了出来，钥匙串上还挂着一只龇牙瞪眼的小白狗。

安可柔捡起钥匙串，望向那只小白狗。她隐约记得，这只小白狗是挂在谢随的钥匙上的。

安可柔扯下小白狗，然后愤怒地将钥匙串砸在方悦白身上："这是不是你偷的？"

"我没有！"方悦白厉声辩解，"我没有偷！"

"没有偷，谢随的挂件怎么会在你这里？"

寂白背着大提琴从排练室出来，走在花园小径边，听到这句话的时候，她脚步顿了顿，循声望了过去。

安可柔攥着小白狗吊坠，表情嫉妒得快要扭曲了："说啊！怎么来的！"

"这不关你的事！"方悦白咬着牙，死死瞪着她，"还给我。"

"你要是不说实话，我就把这东西交到你们学院办公室去。"安可柔冷笑着说，"听说你还是你们年级的优秀学生代表，如果老师们知道学生代表居然在和谢随那种小混混谈恋爱，你觉得他们会怎么想？他爸爸……可是杀人犯！"

寂白听不下去了，她摸出手机走过去，摄像镜头对准了安可柔的脸，淡淡道："玩校园暴力是吧，觉得自己还不够火？寂绯绯'倒台'了，你还想继承她的黑粉吗？"

安可柔见寂白在拍她，连忙挡住了脸，尖声道："寂白，你干什么？快关掉！"

寂白伸出手："把东西给我。"

不知道为什么，安可柔对寂白有种莫名畏惧，看到她那双深不见底的黑眸，安可柔就莫名地慌张，不太敢惹她。

"给你就是了！"安可柔将吊坠扔了出去，小白狗在石板路上滚了几圈，滚到了寂白的脚下。

寂白将它拾了起来，小心翼翼地擦掉了小白狗身上的泥灰，垂着眸子，神情很温柔。

"寂白，你等着。"安可柔恶狠狠地说完，扔下了方悦白的背包，跟女孩们一起离开了。

方悦白哭哭啼啼地将书本全部塞回了背包里。

寂白说："如果你想去告状，我可以把视频发给你。"

方悦白收拾好背包，啜泣着说："不了，她们有钱有势，学校也不会把她们怎么样，如果去告状，说……说不定她们还会把我和谢随的事情抖出来。"

寂白道："身正不怕影子斜，你和谢随没有谈恋爱，就不用害怕这些谣言。"

方悦白已经停止了哭泣，她望着寂白，眼神有些复杂。大家都在说她和谢随有猫腻，凭什么寂白就能断定他们没有恋爱？

"那个……可以还给我吗？"方悦白指了指寂白手里的小白狗，"那是我的。"

寂白攥着吊坠，并没有给她。

277

方悦白略带敌意地问："难道你也要问我，这是怎么来的吗？"

"可以告诉我吗？"寂白抬眸望向她。

方悦白心里有点来气，但是看着寂白那清澈明净的眼眸，不知道为什么，她又觉得有点心虚："我，我不想告诉你。"

"他送给你的吗？"

"他不能送给我吗？"方悦白不敢正面回答这个问题，只能侧面反问，让自己稍微心安理得一些。

上课铃声忽然响起来，打断了两个人的僵持。

寂白将小白狗揣进了包里，转身离开。

方悦白连忙叫住她："你做什么？把东西还给我！"

寂白侧头，睨了她一眼："这不是你的。"

就算他送给你，那也不是你的。

后来安可柔和方悦白的冲突不知道被谁传了出去，更加坐实了方悦白和谢随地下恋情的传言——据说谢随的的确确将自己的吊坠送给了方悦白。

那天下午，方悦白收到闺密传来的谢随朋友那边的消息，说谢随在校门口等她，她着实兴奋了好久。

一下课，方悦白就收拾好背包匆匆跑出校门，远远地看见丛喻舟几人坐在马路的护栏边上，中间的谢随正平视远方的山峦，浅咖色的眸子透着几许轻狂不羁。

方悦白停下步伐，整理了下激动的心情，让自己看起来还算矜持。

"谢随，你找我有事吗？"她红着脸问。

谢随懒得跟她废话，直说道："把东西还我。"

方悦白微微一怔："什么东西？我没拿你的东西。"

"是吗？"谢随朝她走了过来，轻轻拎了拎她背后的背包，"如果老子找出来，那就算偷了。"

看着谢随那宛若冰封的英俊脸庞，方悦白呼吸都快停滞了，谢随那种人，如果真的以为是她偷了他的东西，肯定不会轻饶她。

丛喻舟也劝道："方同学，如果你真的捡到随哥的小白狗，还给他吧，元宵节那晚随哥可是跑回去找了整整一夜啊。"

听到这话，方悦白震惊了一下，不过一个吊坠饰品，有什么稀罕的，居然能让他这般重视。

她想起安可柔说她长得有点像寂白，又回忆起寂白看着小白狗时那温柔的表情，以及那日谢随在荷花灯上写的一个"白"字。

恍然间，她似乎明白了什么，知道原来一切都是自己的自作多情。

周围的同学都被这边的动静吸引了过来，指指点点，低声议论。

方悦白涨红着脸蛋，她结结巴巴地说："我没有偷，那个小白狗吊坠是……是我捡的，本来是准备要还给你……可是昨天被人拿走了。"

"谁拿走了？"

方悦白讪讪地抬头，望了望谢随那张冷冰冰的脸，深吸一口气，说道——

"是……是寂白。"

春日温煦的阳光透过方格天窗漫入了琴房。

谢随推门进屋，看到女孩站在椅子上，正用抹布擦拭着琴房的天窗。

鹅黄色的长裙子被窗外吹来的风撩动着。阳光倾洒在她白皙清透的脸蛋上，那双漂亮的眼眸在阳光的照射下，宛如玻璃球一般清澈透亮。

她的个子不够，即便站在椅子上，想要将天窗顶端擦拭干净，也要费劲地踮起脚尖。

谢随走过去，粗暴地将她拦腰抱了下来。

寂白惊呼一声，整个人被他扛在了肩膀上。

寂白用力拍了拍他的背："你干什么呀，放我下来！"

谢随将她稳稳地放在地上，夺过她手里的抹布，踩上了椅子，仔仔细细地擦拭着玻璃。

寂白站在边上，看着谢随那熟练的动作，心说他干起活来真是一把好手。她回头拿起扫帚，打扫琴房的卫生。

谢随见状，立刻跳下椅子，夺过了她手里的扫帚，躬着身帮她打扫灰尘。

寂白无奈地看着他："谢随，你到底想干什么？"

"我说了，以后干活的事，叫我一声，你的手不应该做这些。"

"那我做什么呀？"

谢随也不知道该怎么表达自己的意思，于是他指了指琴房中央的大提琴。

"那我拉大提琴就不用干活啦？"

谢随撑着扫帚看向她，认真地说："干活、赚钱……这些你都不用考虑。"

寂白嘴角抿了起来，旋起两个似有似无的小酒窝，只当他开玩笑："天底下有这样好的事？"

"当然没有。"

"……"

"除非你当我的小白。"

"……"

寂白不知道该对这臭不要脸的家伙说什么了，她走到座椅边，拎起自己的背包，从里面取出了那枚小白狗的吊坠。

谢随的视线被她牵引着，看到那只小狗，他心跳加快，走上前想要拿过吊坠，寂白却扬手避开了。

"借花献佛这种事，我还是第一次遇到。"

寂白走到方格窗下，将小白狗拿到眼前看了看，阳光下，小白狗发出熠熠的光泽。只听她嗓音略哑，温柔地说："这是我第一次送给别人礼物，所以你如果不喜欢，还给我就是了，给别人算什么？"

谢随额头上都渗出汗了，生平第一次尝到百口莫辩的滋味："我真的不知道怎么会在她那里，我可能把它弄丢了，我回去找了一整晚……"

他甚至连花园里的垃圾桶都翻了个遍，快疯了。

寂白从来没见谢随急成这样子过，但看得出来，他没有撒谎。

"你找了一整晚啊？"

"那晚没找到，后来我又回去找了好几次。"

"真笨。"

寂白心软了，嘟囔着说："找不到就算了，一个小玩意儿。"

"算不了。"谢随沉声说，"那是你送我的第一件礼物，算不了。"

"那如果一直找不到怎么办？"

"那我就……"

寂白本以为他要说出什么豪言壮语，却不想，他走到她身边，唇角上扬，柔声说："让你再送我一个。"

"……"

寂白就没见过这么臭不要脸的男人。

送他这礼物，其实寂白没有想太多，只是那天下午他被关进局子里，后来亲生母亲又那样对他。寂白于心不忍，想着送个小狗安慰他来着……

"钥匙给我吧。"

谢随听话地把钥匙递给她，他的钥匙很简单，家门、自行车，除此之外就没有别的了。

寂白将小狗重新挂在了钥匙上，递给他："喏，小心些，别再弄丢了。"

谢随郑重地接过了钥匙串，失而复得的喜悦让他眉梢漾起雀跃的笑容，极力隐忍却又压制不住，在寂白转身的瞬间，他低头吻了吻小白狗。

寂白拎起深红色的大提琴说："我回去了。"

谢随叫住她："别走。"

"还有事吗？"

"你能不能拉首曲子给我听？"他指了指她的大提琴。

寂白蹙眉："你想干什么？"

"我就想听曲子。"

她很怀疑他的用意，觉得可能又有套路："你……听得懂？"

"那个穿西装的男的他听得懂？"

寂白嘴角抽了抽："什么穿西装的男的？"

谢随揉了揉鼻翼，愤懑地说："三十那晚，给你披衣服那男的。"

寂白才恍然想起，他说的是厉琛。

"那个啊，我以为你走了。"

"老子走了你就可以跟别的男人勾搭？"

"……"

不是这个意思！寂白不知道该怎么和他说，背着琴转身走出琴室。

谢随知道自己说错话了，连忙拉住她："三十那晚，我听到好多从酒店出来的人说，寂氏集团的小小姐拉曲子特好听，我没能听到，可我想听。"

寂白犹豫了几秒:"那就一首哦,我要回去学习了。"

谢随给她提来了椅子,让她坐下来,自己蹲在她身边。

寂白双腿分开,令大提琴扣在腿内侧,拉了首比较欢快的曲子。

她拉大提琴的时候不会像别的女孩那样绷着,她会随着动人的旋律而摇头晃脑,全情投入,根本顾不上自己的形象。

因为只有当自己全身心地投入音乐中,才能将曲子里的情感极致地演绎出来。那时候,根本顾不得拉琴的自己好看不好看,凡是太过注重自己的外在的都是表演。

寂白不需要表演,她只需要演奏。

谢随痴迷地看着她,或许是因为调子欢快,他的眼梢间流露出丝丝笑意。

寂白一边演奏,一边抬头看了看他。

他笑得像条狗似的,还蹲在她身畔,更像她送的那只小白狗了。

寂白嘴角也抿了笑,一段轻快的旋律,收尾。

"好了,结束了。"

她话音未落,谢随忽然凑了过来,唇在距离她的脸蛋两厘米处停了两秒,见她怔着没反应,于是他轻轻地啄了一口。

她的肌肤柔软,吻上去像是压着软软的棉花糖。

寂白摸着自己的脸,惊诧地望向谢随,本能地抬腿就想踹他。

谢随似乎早有预感,退远了些,挑着下颌看她:"你要不要这样粗暴?"

寂白捂着自己的脸,白皙的脸蛋泛着绯红,还残留着他唇印的干燥触感。羞死了!

"下流。"她怒骂他。

"我给了你几秒时间推开我了,是你自己发呆。"

"下流没有借口!"

谢随舔了舔薄唇:"行吧。"

下流就下流,她笑起来的样子,太乖了,能忍得住就不是男人。

寂白背着琴错开他,气呼呼地嘟囔着,说什么再也不会相信他了。

那天晚上,谢随打完拳之后,去了一家音响碟片店,在"古典音乐

282

欣赏"的货架上挑来选去。

丛喻舟看着他选的这几张大提琴名曲的碟片，眉头皱得比小山还高："妈耶，随哥你居然开始听古典音乐了！厉害厉害！"

谢随懒得理他。

"不过，这玩意儿你听得懂吗？"

"多熏陶熏陶，自然就听懂了。"

谢随随便选几张大提琴的碟片，拿去结账。

他的确不太懂欣赏这种古典音乐，不过也就是想试着欣赏，试着了解她，懂她的情趣和爱好。

别的男孩能懂，他也肯定能懂。

那天下午，寂白收到一条来自厉琛的信息，说他办事正好路过德新大学，过来给她送研究生备考资料。

寂白看了看时间，回复他道："还有半个小时才下课哦。"

"没关系，我也还没有到，走过来差不多。"

谢随和几个朋友抱着篮球走出学校大门，见身边不少女孩激动地拉着手往外跑，边跑边激动地说："寂白在和一个好帅好帅的男生讲话啊！"

"是她男朋友吗？"

"不知道，以前没有见过，不像同龄人啊。"

丛喻舟担忧地望向谢随，篮球在谢随的指尖转了几圈，他面无表情地走出了学校大门。

远远看见马路对面的男女，男孩穿着一件运动款外套，休闲又随意，跟年会那日在大楼外见到的那个西装革履的家伙判若两人。但不论是哪一种造型，都无可否认，这男孩的五官英俊到无可挑剔，身上散发着某种温煦的气质。

周围女孩都情不自禁地捂嘴惊叹，羡慕地望着寂白。

谢随看到寂白接过了他手里的袋子，脸上挂着温柔绚烂的笑意。两个人说着话，情态间似乎很熟悉。

她从来没有对他讲过这么多话。谢随眼底的冷色越发明显，脸色也沉了下来。身边的蒋仲宁说："这谁啊？跑到我们地盘上撒野，待会儿盘他去？"

丛喻舟说："不用盘，我认得他，厉氏集团的小太子爷，厉琛。"

"就是那个在全国搞房地产的厉氏集团？市中心商圈就是他们家的啊。"

"对咯，就是他，听咱们拳室的经理说，他还占股呢，也喜欢拳击。"

蒋仲宁望望谢随，粗声粗气道："甭管他是谁，挖咱兄弟的墙脚，容不了他，待会儿咱把他截住。"

谢随淡淡睨他一眼："截住了又怎样？"

"揍一顿啊。"

"揍一顿又怎样？"

蒋仲宁愣了愣："揍一顿，然后……"

他也不知道揍一顿会怎样，可能会赔医药费或者被抓进局子里吧，但好歹逞一时之气，心里是爽了。

谢随将篮球扔进了丛喻舟手里，迈步离开了。

过去他相信，用拳头可以解决任何事。现在，他只要一想到那个女孩清丽的面容，想到她可能会因为他愚蠢的行为而生气，被他气哭，谢随的拳头就软了，坚毅如磐石的心也融化了。

他不想让女孩讨厌自己，他想一步步走到她的身边，哪怕多靠近一厘米，对他而言，都是恩赐。

蒋仲宁戳了戳丛喻舟："哎，你有没有觉得，随哥变屃了？"

丛喻舟望着他渐渐远去的背影，夕阳将他的影子拉得很长很长。

"你随哥不是变屃了，是坠入爱河了。"

寂白请厉琛喝了奶茶，谢谢他给自己送资料，从奶茶店出来，两人道了别。

寂白还没来得及骑上自行车，装参考资料的口袋就被人夺走了。她回身，看到谢随已经将参考资料翻了出来，资料很丰富，有笔记，也有勾画过重点的教辅资料。

"你……还我！"

"这么紧张做什么？"

谢随退后了两步，没让女孩够到他手里的资料。

"谢随！"寂白有些急了，像是生怕他把这些已经用旧的笔记本扯

284

坏似的，"你快还我！"

"他干吗给你用过的旧书？"

"这是 S 大的研究生备考资料，很重要的。"

谢随拿出笔记本，才看到本子的页眉印着"S 大"的字样。

"你想考 S 大？"谢随皱眉望向她，"应该挺不好考吧？"

寂白当然知道，S 大是国内一流名校，每年研究生考试的分数线和报录比都很恐怖。所以她才要努力啊，一年多的时间，肯定来得及。

谢随看着"S 大"的字样，稍稍愣了愣神，参考资料袋便被她抢走了，她小心翼翼地将资料袋装进了背包里。

谢随好像已经没有了争抢的念头。

寂白看了他一眼，他迎着夕阳，垂着浅咖色的眸子，有些怔，不知道在想什么。

"谢随，你怎么了？"

谢随问她："为什么想考 S 大？因为那男的也在 S 大吗？"

"说什么呀，我就想考个好学校深造而已。"

"这种名牌大学研究生出来，一个月能挣多少钱？"

"这我怎么知道呀。"寂白推着自行车，边走边说，"几千上万，如果专业不错的话，好几万也是有可能的。"

"老子现在一晚上就能挣几千，如果车轮战的话，好几万都有可能。"谢随说，"你觉得这样……不比你多花几年时间念书好？"

他眸光很深，这些话说出来，好像也没有多大的底气。

寂白停下脚步，望向他："谢随，你能打一辈子拳吗？等你三十岁、四十岁的时候，打不动了，赢不了了，又该怎么办？"

"总会有办法。"谢随舔了舔后牙槽，固执地说，"有了钱，我就可以用钱生更多的钱。总之，你跟着我，绝不会受苦。"

一阵风轻轻地拂过脸庞，带来隐隐的花香，有樱花瓣从树上纷纷洒落，温柔地缀在谢随的肩头。

"钱真的很重要，但是人却不能为钱而活。"寂白轻轻地叹了一声，认真地看向谢随，柔声说，"谢随，等你走出轻狂年少的那一天，你以什么安身立命？"

谢随的脚步顿住了，他看着女孩骑上自行车，歪歪斜斜地远去了。

那天晚上，谢随一夜未眠，他坐在窗边，默然地看着城市阑珊的灯火。

女孩的话无数次地敲打拷问着他的心——

"等你走出轻狂年少的那一天，你以什么安身立命？"

之后的一天，上课前，丛喻舟意外地发现谢随竟然没有蒙头睡觉，他翻着考研英文单词本，皱着眉头，艰难地拼出了第一个单词。

丛喻舟无声无息地坐下来，目瞪口呆地观察谢随，确定他是真的在努力地拼写单词。

蒋仲宁几人也围了上来，诧异地盯着谢随的"怪异举动"。

丛喻舟冲他们做了个嘘声的动作："嘘，随哥在梦游。"

谢随看也没看他，伸手按在他的脸上，将他的脸扭向旁侧，继续拼写：r-e-c-e-i-v-e。

"不是，谢随，你哪根筋没搭对，居然在学习了？"

谢随放下单词本，漫不经心地抬起头，睨了他们一眼："我要考 S 大的研究生。"

此言一出，几个男孩都傻了。

"你说的 S 大，是挂名 S 大的那个职业技术学校？"

谢随反手将一本书砸向丛喻舟，被他敏捷地避开了："嘿嘿，开个玩笑。"

"S 大就是 S 大。"

"不是，随哥，你到底睡醒了没有啊？"丛喻舟坐到他身边，"你知不知道，考 S 大的研究生要多少分？"

蒋仲宁继续说："就算是咱们班第一名，都不敢断言一定能考上 S 大的研究生，你这成绩……"

谢随问道："需要多少分？"

丛喻舟摸出手机查分数线："去年最低三百九十八。"

蒋仲宁将脑袋凑过来，问道："那随哥差多少分？"

丛喻舟戳了戳计算器："随哥……差三百九。"

"……"

"随哥，你上次期末考，就考了八分啊？"

"你随哥没交白卷就不错了，唯一参加的一门考试，选择题还蒙对了八分。"

男孩们没忍住，笑了个东倒西歪，谢随懒得理他们，埋下脑袋，认认真真地拼写单词。

学习这种事，有些人是有心无力，有些人是有力无心，谢随属于这两者都占齐了，一则他的确是看着这些密密麻麻的英文单词，觉得头皮发麻；二则，他下课之后要去打拳挣钱，如果那些纨绔子弟约赛车就去跑跑拉力，回到家已经是凌晨一两点了，累得倒头便睡。

尽管如此，谢随还是每天挣扎着和席卷而来的困意做斗争，翻看着几乎没看过的专业课教材，记背着没几个认识的考研英语词汇。

他缺了太多的课，想要一时赶上几乎是不可能的事，书上讲的什么，他完全看不懂，但很多时候，即便是看不懂，只要他在看，那他就觉得自己还不是那么无可救药，这样的话……

即便希望渺茫，但总归有和她在一起的机会。

周末，谢随去了市图书馆，准备借两本有翻译对照的英文读物看看。

阅览室人很少，谢随刚从书架边出来，就望见了坐在靠窗桌边的男女。

寂白穿着浅色的连衣裙，外面套着敞开的鹅黄色线衫，头发梳成了清新的马尾辫儿，阳光倾洒在她白皙干净的脸蛋上，漂亮的瞳子无比剔透，睫毛闪闪发亮。她翻开了书本，向身边的厉琛请教问题。

谢随背靠在书架边，变暗的眸子里翻涌着波澜。他揉了揉鼻翼，转身想走，不过走了两步，便听到身后女孩清朗的笑声。

胸腔里的怒意一瞬间涌上了头顶，谢随转身朝他们走了过去。当他坐到寂白对面的时候，女孩正拿着笔埋头写着什么，并未察觉异常。

谢随推了推椅子，将那一双大长腿交叠着抬到了桌上，端的是一副大佬的做派。

厉琛皱眉："同学，这里是图书馆。"

"谁跟你是同学？"谢随的语气相当不善。

寂白清澈的眸子扫了他一眼，谢随下颌微挑，大大方方地与她对

287

视，昭示自己的嫉妒和不满。

寂白轻轻地呼了一口气，说道："谢随，把腿放下去。"

她声音很柔，就像笼着一层薄薄的纱。

谢随舌尖抵了抵后牙槽，顿了四五秒，终于还是听话地把那双长腿收了回去，之后就抱着手肘，皱眉望着两人。

厉琛小声问寂白："你认识他？"

"嗯，是我同学。"

厉琛抬眼望了望谢随，眸色里带了些许复杂的意味。

半个小时后，寂白去书架边还书，谢随跟上去直接攥住了她的手腕，将她拉到了最后一个书架的隔层边，按在书架上。

阳光透过落地窗斜斜地扫进来，照得他浅咖色的瞳子格外通透。

寂白不知道他想干什么，紧张防备地看着他。

谢随紧抿着唇，没有说话，浅咖色的眸子定定地看着女孩，眼底翻涌着暴戾的情绪。

寂白被他这样看着，不知不觉间，耳垂泛红了。

"谢随，你放开我。"寂白压低声音，又防备地看了看四周，幸好没人。

她推了推他，没推动，反而让他攥住了手腕，粗暴地按在了头顶。这个姿势，令她整个身子无所阻拦地紧贴在了他的身上，隔着单薄的春衫，他身体的热传到了她的身上。

寂白额间渗出了汗。

"你和他在干什么？"谢随声音很沉。

"你不是看到了吗？厉琛在帮我补习。"

两个人的确是在讨论专业课的内容，没有做别的事情，但谢随就是吃醋，就是嫉妒，看到他们在一起，他简直要气炸了。

"你不要再和他来往了。"他脸色低垂，眸色暗沉，"不要和他接触。"

"谢随，你能不能别这样，很过分啊……"

这个要求过分吗？或许是她没有见过自己更过分的一面。谢随凝望着她的唇，良久，他忽然闭上了眼睛，吻了下来。

这一个吻，寂白完全没能闪躲开，她的手被他按在头顶，眼睁睁地看着谢随凑近了自己，吻住了自己的唇。他的嘴角干燥而柔软，战栗地包裹住了她的下唇瓣，带着轻微的濡湿感。

寂白能听见自己和他心跳交织着，就像一曲狂乱的交响。

"嗯……"她发出了细微的声响，努力让自己侧开脸，而谢随单手捉住了她的下颌，微微用力，捏着她，逼迫她张开了嘴，迎合着他的到来，他试探性地探出了舌尖……

舌尖一阵刺疼，他被咬了，铁锈般的血腥味在口腔蔓延开来。

谢随睁开了眸子，冰冷锐利的眸色已经被软化了。现在的谢随，眼神里浮着柔情，脸颊也带了不自然的绯红色。

身下的女孩别开脑袋，鼻尖蹭着他的脖颈锁骨，呼吸很轻很柔。

"咬我？"他薄薄的唇上带着一丝血迹。

她眼睛蓦然变红了，漆黑的眸子湿漉漉的，委屈地将视线侧向窗边："谁让你这样……欺负人。"

他怎么可以在这里……对她做那样的事？

谢随的心软得一塌糊涂，他知道自己做错事了，他松开了按着她的手，寂白连忙捂住了唇。

"小白……"

就在这时，有人经过书架边，寂白立刻与他拉开距离，假装无事发生。

在那人离开以后，谢随心疼地用鼻尖刮了刮她的侧脸，亲昵了几秒，不舍地转身，大步流星地离开了。

寂白一个人站在书架边，缓了很久很久。

阳光从落地窗倾洒进来，空气里翻飞着无数尘埃，寂白回过头，看到架子上放着他遗落的几本中英文对照名著读本。

厉琛穿过排排书架，走到阅览室的尽头。

女孩倚靠在书架旁，漆黑的眸子无神地望着窗外，发呆。鬓间几缕发丝在阳光的照耀下，显得十分通透，她微微蹙着眸子，紧抿着唇。

他出声问："寂白，你怎么了？"

寂白回过神，恍然望了望厉琛："没事，我就是……在想一些事情。"

"那人呢？"

"哦，他走了。"

寂白的视线落到手边的几本中英对照的名著上："他……就是那样，不太礼貌，刚刚真是冒犯了，对不起啊。"

厉琛温良一笑："你为什么要代他道歉？"

是哦，她干吗要代谢随道歉？寂白想起刚刚谢随不规矩的举动，脸颊不自觉间又泛红了，唇瓣还残留着他的温度和触感，湿湿的，软软的。她情不自禁舔了舔下唇。

厉琛不知道寂白此刻心里已经乱作了一团，他从书架里挑了几本书，问寂白："你还要看书吗？还是回去了？"

"回去吧。"

寂白走了几步，倏尔像是想起了什么，她又折回来，将谢随遗落的那几本中英对照的名著带走了。

厉琛开车送寂白回去，在别墅门前，他叫住了寂白："小白，等等。"

寂白回身问他："厉琛哥，还有事吗？"

"你要是有学习方面的问题，随时给我打电话。还有，现在时间还早，备考完全来得及，不用太拼了。"

寂白浅浅一笑："好哦。"

她的微笑令厉琛感觉神清气爽，心情也变得很好："对了，刚刚那个男孩，看起来不像善茬，你尽量和他减少接触吧。"

提及谢随，寂白微垂了垂眼，眸色转深："他其实不坏，就是看着凶。"

厉琛良好的修养令他不会在背后说别人的不好，见寂白这样说，他淡淡地"嗯"了声："总之，现在一切以学习为重。"

"我知道。"

跟厉琛道别，寂白转身回到家中。

二楼，寂绯绯用手机拍下了两人讲话的照片，匆匆跑下楼，寂白正好推门而入，她站在楼梯口，跟寂白遥遥对视。

寂绯绯扬了扬手机，冷笑着说："原来是和厉氏的太子爷勾搭上了，亏得陈哲阳还傻吧唧地盼着你，这会儿攀上高枝，连过去最喜欢的哲阳哥哥都不搭理了。"

寂绯绯言辞间的酸味儿隔着老远就闻到了，其实她不喜欢陈哲阳，但就是受不了陈哲阳的移情别恋。就好像分明是属于自己的东西，平时搁那儿就搁那儿，也不会多看一眼，可是突然有一天，那玩意儿长腿自己跑了，还跑到死对头妹妹那儿去了，这令寂绯绯难以忍受。

所以寂绯绯现在满腹心思都搁在陈哲阳那里，想方设法地把他抢回来，挽回自己那点可怜兮兮的尊严。

"你说，如果我把你和厉琛的照片发给陈哲阳，他会不会难过呢？"

寂白无所谓地耸肩："他难过不难过，跟我有什么关系？"

"寂白，你到底怎么回事？以前你很喜欢陈哲阳，还说什么长大了要嫁给他，怎么移情别恋了？"

寂白走过她身边，不耐地侧头看了她一眼："寂绯绯，你要是再惹我，我说不定真的跟厉琛在一起了。"

寂绯绯丝毫没有被威胁到，笑着说："好啊，这下子，不仅陈哲阳会伤心了，谢随肯定会疯吧，你真行啊妹妹，同时令两个男人心碎。"

寂绯绯显然还没有弄明白问题的关键所在，寂白不介意掰开了揉碎了给她说道清楚——

"厉琛是什么人，你不会不清楚，厉氏集团的小太子爷，如果我真的跟他在一起了，你觉得……他会容忍自己的女朋友给你一次又一次供血？"

寂绯绯脸上的笑容蓦然僵住，顷刻间，她嘴唇变得无比苍白，都哆嗦了："你……你敢！"

"所以，你给我消停些。"寂白错开她，冷冷地说，"你的命，攥在我的手里。"

寂绯绯全身无力地跌坐在楼梯上，抱着膝盖战栗着。这是半年来的第一次，她真真切切地感觉到寂白变了，寂白就像悬在自己头顶的一柄达摩克利斯之剑，不知道什么时候，就会掉下来。如果这个世界上真的会有末日审判，那么她的审判者，是寂白吗？

寂白关上了房间门，随意地将背包挂在椅子靠背上，拿起一本书坐到了飘窗边。

夕阳温柔地洒在米白色的纱帘上，给她的脸蛋笼上一层柔和的光泽。

刚刚说要和厉琛在一起的话，也不过是她被寂绯绯惹恼了，胡说来着……厉琛是什么样的人物，厉氏集团的小太子爷，哪里是她想在一起就在一起的?

寂白也无非就是气气寂绯绯罢了。

不过这倒是提醒她了,其实想要改变自己不堪的命运轨迹,和厉琛在一起,未尝不是一种捷径。

梦里的厉琛继承了厉氏集团,他的虎狼手段令他很快就掌握了整个江城半数的地产产业,同时向周围城市辐射,成为最年轻且最有手腕的企业家,还登上福布斯富豪榜。

这样厉害的人物,保护一个小小的她,不过是动动手指头的事。

越细想下去,寂白越觉得荒唐,难不成她要去对厉琛使美人计吗?

算了吧,她做不来这种事,也不会去做。梦里厉琛与她没有太多交集,现在,寂白自然也不敢完全信任他。

这个世界上,如果真的有值得她完全信任的人……寂白想到了那个暴戾又孤独的谢随。他真的很善妒,又爱吃醋,无论寂白和谁在一起,他都会很难过吧。

想到他难过的样子,寂白的心脏某处也会觉得微微刺疼。

寂白摇摇头,将这些乱七八糟的想法驱逐出脑海,继续看书。

很快,谢随的信息发过来,只有一个省略号——

"……"

寂白撇撇嘴,没搭理他。

知道他发信息是为了试探她有没有生气,想到今天的事,寂白情不自禁地伸手抚了抚自己的唇。任何女孩被强吻了都不可能不生气吧!

不过,她真的很生气吗?好像也没有。

几分钟后,谢随又发了个"忐忑"的表情包。她甚至能够想象他辗转焦虑的模样。

她想起曾经看过一位诗人说过的一句颇有意味的话——爱情是折磨。她终究还是于心不忍,回了他一个"捶打"的表情包。

拳击室里,谢随赤着上身,肩上披着湿漉漉的毛巾,看到女孩的回复,他重重地松了一口气,同时嘴角扬了起来。

原谅了。

"我不会那样了。"

"嗯。"

谢随快速编辑信息："下次我会征求你同意。"

"……"

看到这行信息，寂白真的很想揍他，他完完全全没有意识到自己的错误嘛！

次日下午，谢随和几个男孩在操场上打篮球，热汗淋漓。

丛喻舟接了球，却并没有传给谢随，而是对他挤眉弄眼："小白好像……有事找你。"

谢随回过头，见女孩穿着小裙子，拎着格布手提包站在不远处的法国梧桐树荫下。小小的一只，很乖巧。

见他发现了，寂白连忙别开目光，装模作样地踢开了脚下的碎石子。

谢随转身回到篮筐下，捡起地上的矿泉水瓶，扭开冲了冲脸上的汗水，然后用毛巾仔仔细细擦干净了脸上和头发上的水珠，朝着寂白小跑过去。

他穿着红色的篮球服，看上去无比鲜活，仿若一团盛夏里的火焰。一靠近他，寂白就感受到了他身体散发的热量。

"你来看我打球？"他神情似乎相当愉悦。

"碰巧路过。"

"那真是很巧。"

寂白又踢开了脚下一块碎石子，然后将格子布的手提包给了他："喏，拿去。"

谢随受宠若惊地接过手提包："给我送礼物？"

"才不是。"寂白说，"你自己打开看就知道了。"

谢随迫不及待地打开了手提包，发现里面全是书和笔记本，他愣了愣："这是……"

"之前在图书馆遇到，你不是借书吗，书落下了都没发现。"寂白没好气地说，"我帮你借了。"

说到图书馆的事情，谢随嘴角噙了笑，虽然他极力想忍住，但眉眼间的笑意是根本遮掩不了的。

寂白还没和他计较那事儿，他自己反而乐了，她急得红了脸，伸手打他一下："你不准笑！你……你很过分！"

她的小巴掌落到他硬邦邦的胸膛上跟挠痒痒似的，谢随攥住她的手腕，将她拉近自己："你没生我的气，对不对？"

"我生了，很生气。"

寂白鼓起腮帮子，想让自己看上去严肃一些，凶一些，但她越是这样，谢随笑得越开怀。

"小白……"谢随像是上瘾了似的，手落到了她的后腰窝间，轻轻地捧了起来，"再给我亲一下，行不？"

寂白用小臂挡在他胸前，急切地说："谢随，没有开玩笑，你再这样，我真的不会理你了！"

谢随强忍着想亲她的冲动，无可奈何地叹了一声："小白啊。"

"快放开我。"

他听话地放开了她，寂白转身便走，走了两步，又气呼呼地折回来，从自己的背包里翻出两本课堂笔记，扔他手里，凶巴巴地叮嘱道："我的笔记，你拿去复印一份，明天还我！"

"哎，什么意思啊？"

"你要是……"她平复着起伏的心跳，顿了顿，说道："你要是想努力学习的话，我可以帮你，但前提是你不准再那样了。"

谢随终于明白了，这丫头是真的希望他能好好上进。

"小白啊。"

"又怎么了？"寂白走一步都三回头了，"你有话一次性说完，行不行？"

谢随看着她脸气鼓鼓的像个小包子的模样，笑了起来，尖锐的五官轮廓浮起几许柔和之色，他郑重地说："小白，如果我努力变成你喜欢的样子，你能不能就……喜欢我一下？"

那天的风很柔和，谢随虽然在笑，但是神情很真挚。

时光里那些美好的瞬间，就像漂亮的珍珠，点缀着平凡的青春，寂白或许永远都不会忘记那个下午，他说会努力变成她喜欢的样子。

寂白低头看着脚下的绿色草地，微风拂过她绯红的脸庞，她抿了抿唇，低声道："谢随，你想错了，我不是喜欢陈哲阳或者厉琛哥那种好学生，才希望你努力的。"

谢随眉心微蹙："什么意思？"

寂白望着天空中那些缓慢游动的流云，渐渐知道，有些事注定了便躲不开……

"喜欢别人是需要勇气的一件事。"她侧过身望向他，"谢随，我可以为你变得更勇敢。"

选择谢随，注定是一条充满艰辛、荆棘横生的道路，但寂白愿意去试一试。

他思绪放空了几秒，反应过来女孩的意思，本能地朝她走来。等这一天太久了，他想用力地拥抱她。

寂白察觉到危险，连忙后退两步，大喊道："前提是——"

谢随停了下来，眼角微挑，显得风流又多情："小白，一句话说完，别折磨我，行吗？"

"前提是你得控制你自己……行吗？"

谢随看着寂白这畏畏缩缩的模样，吓得跟只小鸽子似的，是真怕他。

他摊开手，轻浅地笑了笑："我很纯洁，从来不想那些事。"

第十二章

你信我，我能配得上你

三月底，寂氏集团举办了一场慈善晚宴，寂老夫人给寂白和寂绯绯两姐妹都发了邀请函，让她们届时来参加晚宴。

电话里，寂老夫人告诉寂白，可以带上朋友一起过来。

寂白一开始还没明白老太太的意思，以为是可以带上闺密，老太太和善地笑了笑，说："不是让你带女孩，如果有男朋友，可以带上你的男朋友，因为与会者都是出双入对，绅士不会让淑女落单。"

寂白这才弄清楚，奶奶的意思是让她带一个男孩作为同伴。

"上次年会，我见你跟厉家那小子挺聊得来，我听你寂静姐说，想邀请他当自己的男伴，如果你跟他合得来，可要早早下手哦。"

寂白恍然大悟，原来寂老太是来给她通风报信的，她有些哭笑不得："没关系，寂静姐既然想要邀请厉琛哥，我不跟姐姐争。"

寂老太笑了笑："奶奶知道你是和顺的性子，但有些事，譬如男朋友、自己的前程，是需要自己去争取的。你要是什么都不做，好东西也不会自己送上门来，明白吗？"

寂白听得懂老太太的言外之意，前程就罢了，她自然会为自己争取，只是男朋友这种事……奶奶肯定是误会她和厉琛有什么了。

"奶奶……"

"行了，我也不多说什么，一切随你的心意，总之，到时候别落单就行了，不想叫厉琛，可以叫你学校里要好的同学或朋友。如果没有西服，给奶奶说一声，奶奶帮他定。"

"嗯，谢谢奶奶。"

寂白刚挂了电话没多久，便收到了陈哲阳的微信邀约——

"白白，慈善晚宴你有约了吗？如果没有的话，我想和你做个伴。"

寂白如果想要令寂绯绯难受，她当然可以答应陈哲阳的邀请，但是现在，寂白并不愿意强忍着和陈哲阳周旋，寂绯绯配不上她这么做。

　　寂白直言拒绝："抱歉，我已经有约了。"

　　陈哲阳似乎很失望，回了一个："好吧，看来是我来迟了。"

　　寂白放下手机，并没有把这件事特别放在心上。当天晚上，厉琛居然也给寂白发了一条信息，和她说，如果还没有找到男伴，或许可以一起去赴宴。

　　目前来看，厉琛应是最受欢迎的人选，连一贯心高气傲不把任何同龄的兄弟姊妹放在眼中的寂静堂姐，都想要邀请厉琛。

　　而厉琛却向寂白发出了邀约。

　　寂白放下手里的笔，望向窗外，夜幕降临，华灯初上，一场夜雨令街道湿漉漉地透着光。

　　她没有犹豫，给厉琛回信息道："抱歉哦，厉琛哥，我这边已经邀请了别的朋友。"

　　"那真是不巧。"厉琛半开玩笑地说，"那么如果有下一次机会，我们可以一起。"

　　"嗯。"拒绝了厉琛以后，寂白感觉重重地松了一口气，像是卸下了压在心头沉甸甸的负担。

　　后来寂白从寂绯绯有意无意地炫耀中，得知她应该会和陈哲阳一起参加宴会，并且沾沾自喜地以为自己是陈哲阳的首选女伴，还向寂白炫耀来着。

　　寂白没有当面拆穿寂绯绯，令她难堪，现在的寂绯绯宛如一条搁浅的鲨鱼，不过垂死挣扎，完全不够资格成为她的对手。

　　下午，寂白去逸夫楼交了报告，路过二楼的露台边，看到谢随独自坐在台阶上，手里拿着一本考研英语单词书，艰难地阅读着。

　　他垂着脑袋，几缕单薄的刘海儿掩着他挺阔的额头，阳光下，他那浅咖色的眸子宛如玻璃球般通透漂亮，神情却透着几许困惑："Loyal……忠诚。"

　　寂白嘴角浅浅地抿了抿，溜达到谢随身边，问道："你怎么在这里学习啊？"

听到女孩的声音，谢随的嘴角不自觉地扬了起来，他解释道："不想被别人看见。"

寂白在他身边坐了下来，开玩笑说："原来你就是那种……传说中会偷偷学习的心机 boy。"

谢随顺手揉了揉她的脑袋："老子只是不想被他们笑话。"

年级倒数第一的谢随，居然会有跟英文单词死磕的那一天，说出去真的会让一帮浑小子笑掉大牙。

"而且，我也念不好。"谢随翻了翻手里的英文教辅资料，"学习太难了，还不如打拳来得痛快。"

寂白偏头望向他的教辅资料，看到上面他用红笔勾画着不会念的单词，密密麻麻勾了好多。态度还是很认真的，因此，寂白决定帮帮他。

"哪个单词不会啊？"

"这个。"

"这个念 impress。"

"这个呢？"

"Intelligent。"

"那这个……"

一股柔和的馨香漫入谢随的鼻息间，谢随低头望着身边的女孩，她侧脸柔和，细碎的刘海儿垂在鬓间，阳光下，长而细密的睫毛像是在发光。

"这个念 gorgeous，美的。"

谢随望着她粉嫩莹润的唇，喉结微微滚了滚，她的唇就像一片温柔的羽毛，撩着他的心。

他想着，就这一次，一次之后，哪怕寂白杀了他，他都心甘情愿。因此，不再询问，低头叼住了她的唇。

寂白的话忽然顿在了喉咙里，她瞪大了眼睛，看着少年蓦然放大的英俊五官，他每每有细微动作，寂白的身子和心，都会禁不住地微微战栗。

谢随是全身心地吻着她，仿佛下一秒就是世界末日。

寂白脑子放空了好一会儿，这才回过神来，用力地推开了他，气愤地站起身，用力瞪着他，气鼓鼓的，跟只小鸽子似的。

"谢随！流氓！王八蛋！你忘了答应过我什么……"

谢随亲够了，就又开始有点厌了。他站起身，想拉拉她的手："对不起啊。"

"你每次都……"寂白又气又急，转身要走。

谢随追上她，低头看着她被吻得发红泛肿的粉唇，唇上湿漉漉的全是他肆虐之后的痕迹。谢随心痒难耐，强忍着还想再来一次的欲望。

"小白……"他可怜兮兮地拉着她纤细的手腕，"你别生气，行不？"

寂白气得呼吸急促，用力地打了他一下。小拳头落到他硬邦邦的胸脯上，伤害几乎为零，还把她的手给打疼了。寂白咧咧嘴，抽回手，甩了甩拳头。

谢随连忙拉过她的手，心疼地替她揉了揉，忍不住笑了："哎，要不你试试用腿踹，我肯定疼。"

寂白气得真的就要伸腿了，踹翻他。不过寂白还是没忍心，抽回手转身要走。

"谢随，我再也不会理你了。"

"这话你也说了很多次。"

"我……我说到做到！"

寂白气呼呼地回头瞪了瞪他："以后在学校看到我，你……你绕路走！"

整个德新大学，见了谢随绕路走的人不少，还没见谁有胆子叫谢随绕路走的。

谢随舔了舔下唇，笑着说："行，只要你能消气，我见了你绕路走。"

寂白走出了逸夫楼，来到花园里，背靠着爬满青苔的墙壁，伸手捂着嘴。

少年的吻，宛如他狂热而极端的性格，来得十分激烈，是分分钟就能勾起情欲的那种。回想着刚刚那令人窒息的几分钟，寂白感觉如坠云端一般恍惚。现在嘴唇都还有些麻木呢。

总之，谢随就是个浑蛋！

她从背包里抽出秦助理送来的两份邀请函，一份写着寂白的名字，而另一份并没有署名。刚刚本来都差点要把它拿出来了，现在，她才不会邀请这浑蛋和她一起参加晚会呢！

谢随这傻瓜完全不知道因为自己的一时冲动，错过的是什么。但他谨遵寂白的叮嘱，在她消气以前，在学校里见了她，都是绕道走。

有一次殷夏夏和寂白去学校外面的烧烤店吃烤串，遇到了谢随，殷夏夏原以为又是一番纠缠，都做好了"战斗"准备，没想到这家伙转身就走，丝毫没带耽搁的，临走的时候，还特别自觉地去前台帮她们把账结了。

殷夏夏惊叹了："怪啊，他居然这么怕你，什么时候见谢随这么尿过啊。"

寂白望着他的背影，撇撇嘴，他是心里有鬼吧。

当然，除了亲吻这事儿，谢随没能遵守他的诺言以外，其他任何事情，他都是说到做到的。

月底，寂老太又给寂白打来电话："白白，朋友约了吗？奶奶这边正好在帮你的姐姐们看礼服，你要不要也过来看看，或者带上你的朋友一起？"

寂白脑袋嗡的一下，她差点把这事儿忘了！

"奶奶，没关系，我这边自己能解决。"

寂白可不敢跟奶奶说她还没有约到男伴。

时间紧迫，寂白也不耽搁了，第二天一早，她便去了体育馆，叫谢随出来。

蒋仲宁笑眯眯地对谢随说："我说什么来着，这女孩啊，你就不能惯，你一惯她得上天，你就晾她几天，指不定巴巴地就来找你了。"

谢随将篮球拍在他脸上，起身走出了门。

"某人难得主动找我。"他将手揣在宽大的灰色卫衣兜里，愉悦地说，"想我了？"

寂白极不情愿地撇撇嘴，咕哝道："跟我道歉。"

"对不起。"这一声道歉，谢随说得干脆且熟练，"我错了，再也不敢了。"

虽然寂白不太相信他，但既然道歉了，她也就仪式性地原谅他了。

"以后，你不能对我那样了。"她还是挺气闷地望着他，低声说，"你不能想做什么就做什么，既然在一起了，你必须听我的话。"

谢随使劲儿点头，使劲儿检讨自己："真下流，脑子里不装正经事，整天都想亲小白……"

寂白急切地攘了攘他的衣角："你闭嘴吧！"

"好，我不说。"谢随对她言听计从，就从来没有这么乖过，"只要你不生我的气，你想让我怎样，都行。"

"那你帮我个忙。"

听到女孩居然有事要找他帮忙，谢随立刻兴奋了："说吧，想干什么坏事？"

他拼了命也得去帮她做。

"三月底，我们家……也就是寂氏集团有一场规格很高的慈善晚宴，奶奶邀我参加，但我还需要一个男伴。"

说完之后，她期待地望向谢随，谢随愣了半晌，明白了她的意思，神情透出些不可置信："你……邀请我？"

"也没什么特别，就是露个面而已，咱们填饱肚子就可以走了，有很多好吃的，不过你要是不喜欢这种场合没关系，我请别人也可以。"

谢随那浅咖色的眸子定定地望着寂白，看得她有些不好意思，心虚地别开了视线。

"小白，你……邀请我？"

"哎呀，没什么大不了。"寂白真的很不好意思，红着脸往后退了退，"我就是觉得……"她那黑漆漆的鹿眼扫了扫他的脸，"就是觉得你长得帅，你跟我一起，能……能给我撑撑场面。"嗯，就是这样。

谢随嘴角笑意根本收不住，生平第一次为自己这张脸感觉自豪了。

"你觉得我帅啊？"

"哎呀，你别这样呀。"

她是真的怪不好意思的。

"行，我去。"谢随毫不犹豫地答应了她，"我肯定好好打扮，给你撑够场面。"

寂白点点头，转身就走，一秒都不想多看他的表情，觉得好难为情，羞死了。

不过走了两步，她恍然想起了什么："谢随，届时要穿西服正装哦，如果你没有的话，我可以帮你定一套。"

"我有，你不用管了，谁还没有西服了。"

"那行。"

那天下午，谢随便去逛了西服的门店，橱窗里有一套挺括的男式西服，穿在模特身上看着相当精神，只是价格不菲。

谢随望着这套西服，眸光深邃。

过去他对于这类服饰打扮从来没有特别在意，甚至活着，他都不知道为了什么，他灰暗的人生找不到任何出口。但是现在，他决定去做的任何一件事，都已经被赋予了另外一种意义。

他想要为那个女孩变得更好，为了得到她的笑容，他甘心付出任何代价，这就是他活着的意义。

热闹的地下拳击室，谢随坐在休息位，准备上场了。

他赤着上身，身上挂着一条毛毯，手里还拎着英文单词口袋书。

丛喻舟拧着眉头，看着谢随专心致志学习的模样，觉得简直是走火入魔了吧。

"随哥，真决定了要考S大研究生啊？"

"嗯。"

"不是，你这……要不咱们先找个工作？"

谢随嫌弃地看了他一眼："没出息。"

"你还说我没出息，你想想你上一次听课是在什么时候，大学到现在算是白读了吧，还指望一口吃成个胖子啊？"

谢随放下英文单词口袋书，眼神里透着烦躁和不耐。

的确，他落下太多了，就现在这水平，想期末一科不挂都得脱一层皮，更别说考上研究生了。但他想试着追上寂白的步伐，想要努力站在她身边。

谢随继续埋头看书。

三楼的贵宾室视野绝佳，透过落地窗，能清晰地看到整个拳击场的情况。

厉琛站在落地窗边，面无表情地看着台上的少年击败了一位重量级

304

挑战者，赢得了满堂彩！

少年轮廓锋锐，攻势狠戾，一招制敌且绝不留情。

厉琛抿了一口咖啡。

经理注意到这位大老板紧追谢随的目光，他介绍道："那是我们拳击场的王牌选手，叫谢随，还是个学生，别看年纪小，厉害着呢，七十五公斤级以内没人是他的对手。"

厉琛淡淡问："他缺钱吗？"

"那小子，挣起钱来跟不要命似的，要说缺钱，他一个学生，家里没病没灾的，按理说挣这么多是够用了，不知道为什么还这么拼命。"

厉琛笑着说："人心不足蛇吞象，谁还能跟钱过不去了？"

经理阿谀谄媚地笑着："是是，他啊，就是掉钱眼里去了。"

厉琛远远地望着台下的谢随，眼角泛起一丝冷意："一直赢有什么意思，去，把隔壁场的乔野约过来跟他打。"

经理愣住了："厉总，我没听错吧，您说隔壁那个乔野？他们不是一个重量级，你让他过来和谢随这小子打，不太好吧？这要命的事，谢随也不会同意啊！"

厉琛睨他一眼："他不是想挣钱吗？给他加钱，加到他同意为止。"

"可……可是他和乔野无论是重量级还是专业水平，都不匹配啊，这可不是闹着玩，万一没打好，谢随这招牌就砸了啊！"

厉琛笑着说："做生意，哪能不冒风险？观众看他赢看得够多了，你想想，实力差距如此悬殊的比赛，你会怎样下注？"

"我肯定买乔野赢啊！"

厉琛打了个响指："对了，大部分人都会买谢随输，但我偏买他赢，一本万利的机会，你觉得会不会有人甘愿冒险？"

经理这细细一琢磨，立刻就明白了厉琛的意思，这种实力差距悬殊的比赛，恰恰才是最吸引赌客们下注的局。

经理眼底透出了兴奋的光芒："我明白了，我这就去约！"

厉琛站在落地窗边，远远地望着谢随。

谢随浑身上下散发着沉而冷的气质，眉宇间聚着一股子不服输的劲儿，看得出来是个硬骨头。

厉琛其实对他没有恶意，只是单纯好奇，这种硬骨头，究竟能不能被折弯？

场下休息座，经理说明了意图，想请隔壁场的专业拳击手过来跟谢随练练，输赢都没关系，都有钱拿，初衷还是为了让观众看个爽。

谢随还没说话，丛喻舟直接替他一口拒绝："不行，绝对不行！叫专业组的人来打，你想让随哥死吗！"

正拿着英文单词口袋本默记的谢随，抬腿蹭了他一脚："嘴上没把门的？"

丛喻舟严肃地说："谢随，不能答应啊，且不说咱这招牌不能砸，就专业组的那力道身手，一场下来不死也得废掉半条命了！"

谢随漫不经心问："打这一场，什么价？"

经理想了想，说道："赢了一万，输了六千。"

谢随也懒得跟他废话，合上了英文口袋书，直说道："赢了五万，输了三万。"

"谢随，你狮子大开口啊。"

谢随淡淡地睨了经理一眼："老子是在给你卖命，好歹也值点钱，就这个价，不行就算了。"

丛喻舟紧紧攥住了谢随的衣袖："随哥，你疯了吗，为了这点钱……"

经理像是生怕谢随反悔似的，立刻同意："行行，就这么多，来来，来几个人招呼着，把场子清了，咱们来玩一拨大的。"

在主持人宣布接下来谢随和隔壁场八十五公斤重量级拳击手较量的比赛规则以后，场子瞬间沸腾了起来，那些痴迷拳击的赌客竞相下注，多数是买乔野，但也有几个胆大的看好谢随，想要赌一拨大的。

厉琛的眼光没错，因为悬殊的实力差距，整场比赛投注的筹码比过去那些比赛要大得多，众人的情绪也被推向了高潮。

谢随准备着要上场了，丛喻舟紧张地拉住他："随哥，你看看乔野那块头，咱跟他不是一个重量级的，你想好啊，这种地下黑场要是把身子打坏了，是不会赔偿的啊。"

"你今天晚上怎么回事？"谢随皱眉望向他，"车轮战都没把老子打坏，不就跨个重量级吗？"

"随哥，你再想想，行不？"

谢随淡淡道："这一场打完，老子买西服的钱够了。"

丛喻舟怔了怔，明白了谢随是想挣一套体面的西服钱，陪寂白去参加什么破慈善晚宴。

"随哥，要不要这样拼啊……"丛喻舟真挺为他心疼，"就一套衣服，普通的也行啊，寂白不会跟你计较的。"

谢随将单词书揣到了丛喻舟的兜里，轻轻拍了拍："不行。"

那种规格的宴会，与会的男女身份都不会低，他们的眼睛很毒。他要给他的姑娘撑场面，而不是丢脸。

丛喻舟还是不想谢随上台，很放心不下。

"行了，老子不一定会输。"谢随看着台上肌肉结实得有些恐怖的乔野，"就力气大一点，反应力不一定跟得上。"

谢随看准了乔野的反应和速度是弱项，爆发力很强，但是打不了持久战，所以谢随和他拼耐力。

拼耐力其实也够呛，谢随结结实实地吃了乔野好几拳，被打得晕晕乎乎快找不着北，但好歹没趴下，最后他被乔野按在身下，抓着脑袋死命往地上砸。

全场观众的心都揪了起来，有人开始尖叫了，裁判死命地吹着哨子，想把红了眼的乔野拉开。

台下丛喻舟崩溃地抱着头，差点以为谢随今天就要交待在这里了。

谢随嘴里磕出了血，整个人都被揍蒙了。

丛喻舟声嘶力竭地喊着他的名字，他已经听不见了。

五万块，只要五万块他就能买那套西服……

谢随低吼了一声，拼尽全力的左勾拳将乔野打翻了出去。

乔野晕晕乎乎地倒在地上，精疲力竭，谢随嘴角挂着血丝，晃晃悠悠地站起身，跟跄着走到了乔野的面前，撑着最后一口气，压了上去。

裁判数到十以后，谢随松开了乔野，翻过身平躺在了台上，大口地喘息着，手指头都已经没有力气再动弹一下了。

周围此起彼伏的呼喊声他已经听不见了，耳朵里全是嗡嗡嗡的声音，天花板刺眼的光芒晃着他的眼睛，他微微眨了眨眼……

赢了。

他终于……能体体面面地站在她的身边。

那几日，寂白见到谢随的频率少了很多，他不打篮球了，很多时候也不会守着她来学校的时间故意去车棚蹲她，有时候两三天都见不到人影。

没理由，之前说见了她躲着走不过是她开玩笑的气话啊，谢随不会较真的。

寂白甚至都在怀疑，谢随是不是跟她玩儿欲擒故纵呢，是想让她感觉到不适应吗？这小破孩儿……

一天下午，寂白骑着自行车出校门，远远地看到他那挺拔的背影。

他穿着灰色卫衣，背着单肩包，走在梧桐步行道上，斜阳透过树叶在他身上洒下斑驳的光影。

仅仅看背影都能帅到路人纷纷回头的家伙除了谢随，也是没谁了。

寂白骑着自行车上了梧桐步道，经过他身边的时候，放慢了速度，"丁零零"，她按了声清脆的铃铛——

"小孩儿。"

谢随回头，愉悦地说："叫谁小孩儿？"

"你啊，幼稚鬼。"

她发现这家伙居然戴着黑口罩。口罩几乎遮住了半张脸，只露出了一双狭长的眼眸，稀疏的刘海儿微垂，显得他有些冷酷。

"这几天都不见你啊。"

谢随眼角挑了挑："怎么，小白想我了？"

"谁想你了，只是提醒你一下，下周晚宴，你答应我的，别忘了。"

"放心。"

寂白打量着他的口罩："你在耍帅啊？"

谢随瓮声瓮气地说："感冒了。"

"哦。"寂白点点头，"大佬也会感冒。"

"大佬怎么就不会感冒？"

寂白抿嘴笑了："你活该，谁让你这么坏。"

谢随心情不错，伸手揉了揉她的脑袋。

寂白容忍了他亲昵的举动，不知道为什么，自从两个人有过亲吻之后，寂白对于他的容忍度真的变高了很多。她对全世界都有应对之策，偏偏对面前的他，毫无反击之力。

"先回去。"谢随说，"不是还要学习吗，别耽搁了。"

"行，我走了。"寂白重新蹬上自行车，骑了约莫十米，看到周围有药店，她按下刹车。

她进药房买了几包感冒冲剂，回头交到了谢随手里："感冒了别硬扛，吃点药，好得快一些。"

谢随怔怔地看着手里的冲剂药包，微微张了张嘴，却又闭上，不知道该说什么，心里有些甜，又有些涩："小白，我……"

寂白耳垂红红的，不太好意思地推了推他："你快回去吧，感冒了要多休息，回去蒙头睡一觉，明天就好了。"

她红着脸说完也不等他回答，骑上了自行车，匆匆忙忙地离开了。主动的关心让她觉得挺难为情，但她应该要慢慢适应，多关心他一些。

谢随低头看着手里的感冒药，原地站了很久很久。

三月柔和的风拂过他的脸庞，他不知道该如何排解心里的这种烦躁感。

他不应该对她撒谎，发誓再不会有下一次。

第二天，寂白起了个大早，用新买的梨子做了冰糖雪梨汤，装进了洗得干干净净的粉色保温杯里。

查了他的课程表，走到教室门口，寂白见谢随还没有来，于是冲蒋仲宁招了招手。

蒋仲宁走出教室，脸上挂着憨厚的微笑："小白嫂。"

"你叫我小白就可以。"寂白从包里摸出保温杯，递给他，"喏，谢随不是感冒了吗，我做了冰糖雪梨，润润嗓子。"

"随哥感冒了？"蒋仲宁揉揉后脑勺，"我怎么不知道？"

"他不是戴口罩吗，怕传染给你们？"

"嗐，他哪是感冒了。"蒋仲宁是个没心眼的，手撑在窗台边上，巴拉巴拉地跟寂白说开了——

"你不是要请他参加什么宴会吗，他想买那套五万的西服，我们都说，用不着那么贵的，这家伙撑面子啊，非不听。

"那晚跟跨重量级的专业选手打了一场，被揍得鼻青脸肿的。西服是买了，脸上挂了伤，小白你说说，这不是得不偿失吗，脸上挂伤他还怎么跟你去参加宴会。哎，小白，你怎么了……"

"砰"的一声，水杯重重地落在了地上。

蒋仲宁絮絮叨叨的话被堵在了喉咙里，看着女孩惨白的脸色，他恍然意识到自己好像……说错话了啊。

水杯滚了几圈，落到了不远处谢随的脚边。他穿着一件黑色的外套，戴着口罩，眸子宛如死水般沉静，整个人气场也很阴沉。他捡起脚边的水杯，刀锋般的目光扫向了蒋仲宁。

蒋仲宁心头一凛："那个啥……要上课了，我先回教室了啊，你们慢慢聊。"

寂白狠狠地瞪了谢随一眼，转身离开。

谢随捏着保温杯的手紧了紧，顿了几秒以后，回身追了上去。

空荡荡的楼梯口，谢随拉住了寂白的手："小白……"

寂白蓦然转身，反手扯下了他的口罩。

他的嘴角处有明显的瘀青，鼻翼的位置好像也有很小的血口子……他从来没有被伤成这样过，从来没有！

寂白的心脏仿佛是被刀子捅了又捅，难受得快要不能呼吸了，攥着口罩的手不住战栗着。

"你居然……你……"

"小白，你别激动。"

谢随真的有些慌了，握住她纤细的手腕："这没什么，皮外伤而已，跟挠痒似的，我都没感觉。"

寂白咬着下唇，唇肉被咬得粉白，她气他撒谎，气他犯傻，更气自己为什么这么蠢，邀请这个笨蛋参加什么鬼宴会……她宁可不去，都不想他受到一星半点伤害。

她起身离开，边走边摸出电话，想和奶奶说不去了，她不参加这个宴会了。

谢随望着她的背影，感觉每一次呼吸，五脏六腑都撕扯着疼。

"小白，那件西服……我穿着真的很帅，明天我穿给你看，行不？"

空荡荡的楼道间，寂白的脚步蓦然顿住了，她握着楼梯扶手，愤恨地回头望他。

阳光透过天窗射进来，笼住了他孤僻而落寞的身影。

寂白深深地吸了一口气，"噔噔噔"地重新上了楼，走到谢随面前。

终究还是不忍心。

谢随讨好地扯了扯她的袖子："别生我气……"

寂白走到他上面的阶梯，与他平视着，伸手触了触他嘴角的瘀青，又碰了碰他的鼻梁，抬起他的下颌，左右看了看，检查还有没有别的伤口。

谢随感受着女孩柔软的指尖在他的脸上游走，很轻，很凉，触着他的肌肤，在他心尖漾起一道道酥麻的电流。他闭上眼睛，长长的睫毛垂了下来，享受她片刻的亲昵触碰。

她低声骂道："笨蛋……"

他抬起浅咖色的眸子，忐忑地望着她。

寂白很想生气，不过这个时候，更多的还是懊悔和心疼，她闷闷地说："早知道，就不邀请你了。"

"你不会现在想反悔吧！"谢随闻言，激动了，"老子衣服都买了。"

寂白没好气地睨了他一眼，转身说："跟我去校医院检查一下。"

"不用了，没大碍。"

"你听不听我的话？"

谢随愣了愣，恍然间明白女孩好像再一次没有原则地原谅他了。他心头一震，三两步追了上去，愉悦地说道——

"听，小白说的话，我都听。"

校医院里，在医生和寂白的强烈要求下，谢随脱掉了上衣，让医生为他进行全面的身体检查。

寂白并没有回避，她站在病床边，打量着谢随的上半身。

他上身肌肉结实，平时穿着衣服或许看不出来，不过脱了衣服却能明显感受到块状肌肉的力量感，六块腹肌非常漂亮。

甚至连立于旁的年轻护士都忍不住惊叹，一个学生居然能够练出这样的身材，真是少见啊。

谢随身上的瘀青就比脸上要严重许多了，腹部有，背后也有，胸前的一块瘀青都已经变紫了。仅看这些触目惊心的瘀伤，寂白都可以想象当时的战况有多激烈。她别开了目光，不敢再多看一眼，太难受了。

医生仔细检查了谢随身上的伤势，叮嘱道："都是皮外伤，开一些化瘀的药每天擦。"

寂白很不放心，问道："医生，他是跟人打架受的伤，确定没问题吗？内脏有没有受损？需要进行详细体检吗？"

"是皮外伤，要是内脏有问题，他现在已经站不起身了。"

医生看了看寂白，对谢随说道："以后别出去跟人打架斗殴了，你看看，让女朋友多担心啊。"

谢随听到"女朋友"三个字，低下头，嘴角含蓄地抿了笑。

寂白心情糟糕透顶，哪怕听到医生说谢随没大碍，但看着他身上这大片的瘀青，还是觉得特别难受。

医生离开的时候叮嘱谢随，外敷的药每天都要擦，不能落下。

谢随自然不敢怠慢，身上就算了，他嘴角这一块瘀青必须尽快化开，不然还真没办法跟小白一起出席宴会。

医生离开以后，冷冰冰的诊疗室里，就剩了寂白和谢随两个人。

谢随心里没底，不太敢看女孩的眼睛，他伸手摸过了自己的卫衣外套，准备穿上，寂白却忽然扯住了他的衣服："你等一下。"她声音闷闷的，带着浓重的鼻音。

谢随眼睁睁地看着女孩坐到了病床边，和他面对面地坐着，她敛着眸子，望着他胸前残留的大片伤痕。

"疼不疼？"

"疼什么疼，完全没感觉。"

谢随是死要面子的，那天被揍得都快要飞升了，但他坚决不会承认。

寂白拧开了药管，对谢随说："先擦脸，你放低一点。"

谢随看着她莹润的手指尖蘸了乳白色的药膏，意识到她是要给自己上药，有些受宠若惊。

寂白见这家伙像是傻了似的，她索性伸手将他的脑袋按下来，然后小心翼翼地将药膏擦在了他嘴角的位置。

谢随感受着女孩柔软的指头一圈一圈地揉着他嘴角伤口，药膏含着薄荷香，味道清凉，令他的鼻息通畅了不少。

女孩动作轻柔，生怕碰疼了他似的，非常小心，黑漆漆的杏眼专注地凝视着他嘴角的伤口。

谢随凝视着女孩樱粉的唇，情不自禁地又凑了过去。

连着被偷吻了几次的寂白宛如小鹿一般敏锐，看他眼神不对劲，立刻反应了过来，偏头避开他。

"谢随！"

谢随像是不受控制似的，伸手按住了她的后脑勺，将她往自己身边揽，寂白将胳膊撑在他的胸前，挡开了他的强吻。

"你再这样，我不管你了！"

男孩这才像是回过神，立刻松开了她，眨了眨长睫毛，说道："刚刚就是想凑近看你，没别的意思啊，别想多了。"

信他就有鬼了！

谢随看着女孩羞得绯红的脸颊，心情变得有些愉悦。

寂白用力拍了拍他胸口的瘀青，疼得他"嘶"了声："你太狠了吧。"

"没你狠。"她没好气地说，"转过去，先涂背。"

谢随乖乖地背过身，女孩将药膏抹在掌心，用掌心的力量，轻轻地揉在他背部大片的瘀青上。

这些瘀青碰到还是会有感觉，谢随的身子下意识地抽了抽，不过他什么都没说。

寂白感受到他的疼痛，顿了顿，然后凑近他，边涂抹药膏，边替他吹拂着。

谢随感受着丝丝的凉意拍在他的肩胛骨处，清凉又舒服。

"小白突然对我这么好，有点不太适应。"

女孩没有应他，只是温柔地替他揉着药膏，谢随低下头，自顾自道："那套西服真的很好看，挂在橱窗里我一眼就看中了。

"我不会一直这样下去，你信我，我能配得上你。"

谢随感受到身后女孩的动作忽停，他侧头望了望她。

女孩低着头，紧咬着粉白的下唇，刘海儿下，她紧紧闭着眼睛，眼泪从眼角渗出，沾着她细密的睫毛，泛着水光。她单薄的肩膀战栗着，极力压抑着，没有哭出声来。

谢随的心"砰"的一下炸开，碎得稀巴烂。

寂白的手还落在他硬邦邦的肩胛骨边，深深地呼了一口气，哭腔被带了出来，把她呛着了，她咳嗽了两声，然后别过脸去。

谢随忍不了了，他转身蹲到她的面前，紧抓着她的手，慌张地说："我不乱讲了，你别哭！"

寂白使劲儿挣开他的手，不过谢随紧紧地抓着她，没有松开。

"小白，我再也不说这种话了，好不好？"

他以为寂白是被他的话弄哭了，其实并不是，寂白已经忍了好久好久，只是在那一瞬间爆发了而已。

她从没有真心实意地掉过一滴眼泪，因为眼泪是最没有用的东西，是弱者的武器。

寂白要当强者，强者是不会掉眼泪的。

但是当她看到谢随身上这大片的瘀青，所有的悲伤和委屈，一股脑涌上心头，她终于忍不住了。

谢随不知道寂白心里的想法，他以为是自己乱讲话把她弄哭了，他手忙脚乱地用衣袖替她擦掉脸上的泪痕，心疼得眉头都蹙成了小山。

寂白兀自哭了一下，便收住了情绪，她将他拉了起来坐在身边，继续用药膏替他擦拭伤口，一言不发。

谢随垂眸望着女孩。她眼睛红红的，睫毛被眼泪沾湿，鼻息明显重了很多。

谢随从包里摸出纸巾，递到她面前，体贴地问："你要不要擤鼻涕？"

寂白将他手里的纸巾打掉了，原本想绷住，结果还是忍不住笑了。他是个什么魔鬼啊！

谢随见她笑了，心情终于轻松一些。他牵起寂白的手，按在自己胸口的位置。

"小白，你是不是心疼我？"

寂白没有说话，她的手缓缓地展开了，抚着他胸膛的瘀青，隔着炽热而紧致的皮肤，她能感受到他胸腔里那颗沉沉跳动的心脏。

"你以后不要去打拳了。"寂白这句话说得分外认真，又咬着牙，一字一顿地重复，"不，要，去，了。"

谢随无可奈何地叹了声："你随哥要挣钱啊。"

寂白敛着眸子，紧抿着唇，黑漆漆的眸子凝望着他胸口大片的瘀青："谢随，我养你。"

谢随被她"我养你"三个字逗笑了。他低头笑了很久，牵扯得身上的伤又有点疼，但他还是忍不住。这小丫头片子……开什么玩笑呢。不过当他看到寂白眉宇间认真的神情，丝毫没有玩笑的意思，嘴角的笑意僵住。

良久，他低沉地喃了声："真的？"这说真的啊！

"寂白，你知不知道你在讲什么？"这还是他第一次连名带姓地唤她的名字。

"我养你。"

谢随咧咧嘴："自顾不暇的你，拿什么养我？"

寂白认真说道："你只管学习就行了，能不能考上研究生都没关系，我……我会努力，我会成为寂氏集团的继承人！"

说出这话的时候，不只是谢随，连寂白自己都惊住了。她从来没有想过要和家里的兄弟姊妹争夺什么，他们的明争暗斗和她丝毫没有关系，她的初衷从来都是靠自己的本事独立，脱离她那个吸血的家庭。成为寂氏集团的继承人，完完全全就是另外一条路，另一种截然不同的人生。

寂白不知道怎么就说出了这句话，心里埋下的种子在这一刻破土发芽，她为自己的野心感到不可思议。

成为继承人，她能够改变自己的命运，改变谢随的命运，她能让他们都过上更好的生活。可是这谈何容易，寂氏集团旁系支脉众多，家里兄弟姊妹中佼佼者更是不少，这条路注定是……刀口舔血。

谢随都傻了。

寂白不好意思地回过身，将卫衣揉成团扔到他的身上："你先穿衣服吧。"

谢随拿着衣服，怔怔地反应了好一阵，然后望向寂白，略带欣喜却

315

又不可置信地说："你不会是想嫁给我吧？"

寂白没看他的表情，背过身说："你才几岁就想娶媳妇了。"

谢随快速地给自己穿上了衣服，又拉了拉她的衣袖："我不想娶媳妇，但我想娶你。"

"哎呀。"寂白红着脸甩开他的手，"你这小孩儿，满脑子装的都是什么呢，想点正经事不行吗？"

谢随嘴角的笑意漾开了，他将寂白拉到自己身边，两个人并排坐着，他知道寂白脸皮薄，于是不再说什么。

微风吹拂着轻薄的纱帘，阳光从缝隙中漫了进来，周遭笼罩着一层柔和的暖意。

寂静的诊疗室里，两个人的心跳都快得不可思议，空气中一丝暧昧的气氛渐渐发酵了。

良久，谢随突然像是想到了什么似的，他转过头望向寂白，不可置信地说："我是不是变成吃软饭的了？"

寂白狠狠地瞪了他一眼，起身离开。

爱吃不吃。

教室走廊一侧的窗户边，蒋仲宁志忑地探出头，望着渐行渐近的谢随。

他将外套搭在肩膀上，口罩也懒得戴了，眸子低垂着，瘀青的嘴角挂着一丝诡异的微笑，不知道在肖想着什么。

蒋仲宁志忑地唤了声："随哥，没事吧？"

谢随睨了他一眼，没有理他，高冷地回了教室，照例翻出了考研单词本。

看了几个单词，他嘴角又弯了——这小丫头片子，毛都还没长齐，还要养他呢。

丛喻舟趴在桌上，看着一个人坐那儿诡异微笑的谢随，嘴角抽了抽，干吗呢这是？

"对了，我可能短时间内不会去拳击室了。"

两个男孩诧异地望着他——

"什么？不去了？"

"真的假的？"

谢随翻着单词本，随口说："小白不让我去，再说，快考试了，我得复习。"

两人看谢随的目光，跟见了鬼似的。

蒋仲宁愣愣地问："不是吧，随哥，你玩儿真的啊？为了考试这种东西，不去打拳了？"

丛喻舟说："猪啊，人家的重点在前面那一句好不好。"

蒋仲宁回想前面那一句是"小白不让我去"。

看着谢随这一脸欠揍的甜蜜表情，两个男孩仿佛是意识到了什么。

"你俩这就好了？"

"嗯。"

蒋仲宁拍腿大喊道："行啊，玩的这一手苦肉计，厉害厉害。"

丛喻舟了然地说："还是小白心里有随哥，不然你去使个苦肉计试试，看人家搭理你不？"

谢随心情相当愉悦，由着二人插科打诨开他的玩笑，也不生气，望向窗外苍翠连绵的山峦，喃道："是，她疼我。"

她还要养他呢。

那几日，寂白每天都会把谢随叫到空寂无人的小花园里，给他的伤口上药。

其他的瘀青就算了，背上的那几块他碰不到的青紫，他这么要面子，估计也不会叫别人帮忙，只能寂白每日监督着给他上药。

丛喻舟看着谢随每天下午最后一节课，提前半小时就开始守着教室正前方的挂钟，一分一秒地数着，只要下课铃打响，他第一个冲出教室。

谢随性子挺野，想让他答应做违背自己意愿的事情，难如登天，譬如上药，之前几个兄弟好说歹说，他死都不肯去医院看看。

他骨头硬，觉得自己能扛，没有病痛和折磨能让他屈服。

寂白不过一句话，瞬间折断了谢随的硬骨头。

这可怕的爱情。

谢随一路狂奔跑到小花园，寂白已经坐在木椅上等候了，手里拿着一本古诗词小册。

她垂着头，侧脸柔和，鬓间几缕发丝被别在了耳后，长长的睫毛盖住了她漆黑的瞳子，看上去娴静温雅。

谢随看到身边的樱花树开得正盛，顺手折了一段夹着绿叶的樱花枝，走到寂白身畔，将花枝递到她的眼前，晃了晃。

几片粉白的樱花瓣掉落到了她的古诗词小册子上。

寂白惊喜地抬起头，望见了谢随轻浅微笑的英俊脸庞。

谢随将花瓣抖在了她的头发上。

"哎呀，你干什么？"

"看着特美。"谢随自顾自地干着"好事"。

寂白推开了他的手，拍了拍自己头发上细碎的粉色花瓣，说道："胡乱攀折是要扣操行分的。"

谢随鼻息间发出一声轻笑，浑不在意："你信不信，老子的分数早就负了。"

"你好意思讲啊。"寂白嗔他道，"挣不够操行分，小心不能毕业哦。"

谢随跨上了座椅，蹲在女孩身边："都是骗人的把戏，你还真信这个？"

"信啊。"寂白眸子宛如漾着水纹，清澈极了，"当好学生，不好吗？"

"有什么好的？"谢随说，"你喜欢被管着？"

寂白合上了小册子，曼声道："我从小就被管着，如果没有人管我，可能还会不习惯吧。"

那可巧了，谢随从小没人管，想做什么做什么，想怎么活就怎么活，恣意放纵却又……孤独。

"假如没人管你，最想做什么？"他问寂白。

"我最想……"女孩低头看着指间的樱花瓣，思忖片刻，说道，"我想什么都不穿，去最最清澈见底的大湖里游个泳。"

像鱼儿一样，自由自在，无拘无束。

谢随嘴角咧了咧："你这……好歹穿一件泳衣。"

"只是幻想而已，干吗当真！"

谢随笑了起来，似乎陷入了某种沉思。

"谢随，你在想什么？"

"没想什么。"他矢口否认。

"你想了。"寂白拍了他一下，嗔道，"你想了！"

"好，好，我想了。"

寂白起身想走，谢随连忙拉住她："哎，给我上药吧，月底快到了，我嘴角这瘀青，还没消。"

女孩将药膏扔他手里："自己涂。"

谢随拧开药膏，像挤牙膏一样挤了一条在手上，直接搁脸上拍，寂白连忙拉住他："谁让你挤这么多，是不是笨蛋！"

谢随笑着说："那你帮我。"

寂白愤愤地坐下来，从他手里的药膏里抠了一米粒的量，揉在他嘴角的位置，一圈圈地揉开。

她轻柔的呼吸拍在他的脸上，混杂着药膏的薄荷清新味道，令谢随的心不可控制地加速跳动。他又想……"犯罪"了。

"谢随，你要是再敢对我做什么，有你好看的。"她一边给他揉脸，一边故意凶巴巴地威胁他。

"我不做。"谢随嘴角扬了扬，"看着你就行，老子自行想象。"

她指腹突然用力按了按，谢随吃疼，"嘶"了声，凶道："轻点！想弄死你男人吗？"

"你再乱讲！"寂白直接将他的脸颊捏了起来，"谁男人，再讲一遍？"

谢随被她捏得生疼："你还真是……当老子真的舍不得揍你了？"

"你试试。"

谢随扣住了她纤细的手腕，只要稍稍用力，便能让她松开手，不过他还是没有这么做，这是他无论如何……都舍不得用力的女孩。

"我道歉行了吧，快松开，真的疼啊！"

寂白适时地松开了谢随，他愤懑地揉了揉脸："以前也不知道是谁，怕我怕得要死，也就仗着老子现在疼你。"

寂白继续给他上药，没搭理他。

"你们在做什么？"

一声叱责从背后响起来，寂白身形一凛，她听出了是梁老师的声音。

寂白吓得手里的药膏都掉在了地上，连忙站起身。

"梁老师。"

梁老师从步道边走过来，他的身旁还跟着陈哲阳。看着寂白和谢随两个人，陈哲阳的眸子里透着一丝复杂之色。

梁老师见到自己班上的学生居然和谢随这种"小混混"待在一起，气得脸都绿了，怒声道："你们在谈恋爱吗？寂白，你知道他是什么人吗！居然自甘堕落和他接触。"

寂白不知道该怎么回答，索性紧咬着唇，一言不发。

是的，任何人和"劣迹斑斑"的谢随扯到一起，都会被人侧目。

谢随慢条斯理地站起身，从包里摸出个打火机扔她身上，冷声道："你是什么优秀大学生，管天管地还管老子室内抽烟？行啊，追到这儿了是吧，拿去，别来烦老子了。"

寂白微微一怔，恍然明白，谢随是在跟她演戏，这敏捷的反应力，也是没谁了。

"看什么看，再看揍你啊。"

寂白捡起了地上的打火机，纠结地看着他，他凶戾的眼神明明白白，是要让她配合着把这出戏演下去。

但是寂白没有吭声。谢随想牺牲自己，保全她的名声。她很难顺水推舟，陷他于难堪的困境。

见小丫头不配合，谢随抬起脚，轻轻地往寂白屁股上踹了一下，没用力，只是虚做了个动作。寂白脸色蓦然变红，瞪大了眼睛望向谢随。

"让你滚远点，听见没，别来烦老子了。"

梁老师见此情形，顷刻怒了，跑过来挡在寂白身前："谢随，做错事还欺负同学，你太不像话了！跟我去办公室！"

谢随毫不在意地耸耸肩，摆出一副死猪不怕开水烫的姿态："行啊。"

梁老师对陈哲阳说："你先带寂白走，我今天一定要好好说说这家伙！"

陈哲阳点了点头，走过来拉着寂白离开。

"不是，梁老师，谢随他没有……"

寂白挣扎着回头望向谢随，谢随目光很深很深，他冲她比了个无声的口型——给老子闭嘴！

寂白只能眼睁睁地看着梁老师带走了谢随，转身问陈哲阳："是你带梁老师过来的？"

陈哲阳微微一惊，辩解道："怎么会？我刚刚在路上遇到梁老师，正好有点事想问他，因为小花园有桌椅又安静，所以来了这边。"

寂白知道陈哲阳在撒谎，因为他正用手指头捏着裤边，看上去非常不自然。

"陈哲阳，你骗不了我。"寂白定定地望着他，"为什么要这样做？"

陈哲阳见瞒不过，索性直言道："白白，你不要和谢随这种人接触了，他不是好东西。"

他不是好东西，难道你是吗？寂白很想回他这句话，但她还是忍住了，只冷冷地说："我的事，不用你管。"

"我也是关心你。"

"有病的寂绯绯才是你需要关心的人，我不是。"

有时候寂白真的希望，陈哲阳还是那个迷恋寂绯绯的陈哲阳，他俩如果能配一对，寂白觉得算是功德一件，至少不用去祸害别人了。不知道为什么，此刻陈哲阳的兴趣点忽然发生了转变，反倒对她越来越上心。

"白白，如果你是因为绯绯才拒绝我，那我是不接受的。"

寂白对这家伙的自恋程度佩服到了极致，不，目前看来，他可能单纯只是愚蠢而已。他看不出来寂绯绯对他上心，仅仅是虚荣心作祟，更看不出来寂白对他的疏远，也只是因为讨厌。

"陈哲阳，我再和你说最后一遍，以后离我远点。"

寂白冷冷说完，转身离开了。

晚上六点，谢随才从梁老师办公室出来。

在学校室内抽烟还欺负同学，自然免不了一顿教育。

不过这一次，谢随"认罪"的态度相当诚恳，梁老师到最后无话可说，只能把他放了。

学校门口，他远远地望见女孩站在路口梧桐树下，焦急地等待着。在望见他的那一瞬间，她睫毛微颤，紧咬的唇骤然松开。她冲他挥了挥手，似重重地松了一口气。

谢随的心紧了紧，在那一刻，他明白，从今以后，自己终于不再是孤孤单单的一个人了。

等他走近，寂白关切地问："梁老师怎么说的你？"

"他能怎么说？"谢随扬了扬手，"让我深刻反省自己的错误。"

寂白责备地望着他说："刚刚干吗要那样？"

"不那样做，咱俩一起挨说，现在是弃车保帅。"

谢随想起刚刚的事情，笑了笑，想替她拍拍屁股上的灰尘，寂白捂着臀离他远了些，没让他碰到自己。

"踹疼了没？"

"没有。"

谢随推着她的自行车，跟她一起走在梧桐步道上，梧桐叶在黄昏的暖风中，簌簌作响。

"我刚刚想明白了。"谢随开口道，"只要你心里有我，我不介意等，多久我都能等。"

寂白望向身畔的少年，他微垂着脑袋，刘海儿掩映着他深邃的眸子。

"我不想拖你下水，连累你被老师责难，和同学产生龃龉。"

他的嗓音宛若钢笔落在磨砂的纸上，带着沙沙的质感。

"我只问一句，你心里有我吗？"他望向寂白，神情紧张而虔诚。

寂白微微张了张嘴，但最终又合上了，她低垂着脑袋，手紧紧地捏着斜挎包的肩带。

"有没有，你还感觉不出来吗？"

她低声说完这句话，加快步伐匆匆走开了。

温暖的春风忽而拂入胸怀，谢随感觉自己的心都要被甜炸了。

第十三章

她 就 是 他 的 人 间

那段时间，谢随果然如他自己所保证的那样，没再去过拳击室。

　　尽管经理给他打过好多电话，说要提高他的出场价，但是谢随都没再露面。至少这段时间不可以，他不能让自己脸上再挂彩了。

　　三月底某一天的下午，距离慈善晚宴开始还有几个小时，寂白去了谢随的家，看着他穿上了那套他自己觉得很好看的定制西服。

　　谢随站在镜子前，身形挺拔，精神十足。虽然面庞依旧充满少年感，但是他的身材已经显现出成熟的轮廓。他兀自将衬衫规整地扎在了腰间，低着头理着衣摆，侧脸被灯光笼上一层阴影，五官也越发深邃。

　　他望向身后的女孩，忐忑地问："帅吗？"

　　"帅。"寂白替他将了将衣角褶皱。

　　是真的好看，谢随本来就是衣架子的身材，穿上正装之后，收敛了全身的痞气，显出几分斯文的味道。

　　她将他拉过来，仔细凝望着他的脸庞，嘴角的位置瘀青已经散了不少，但还是隐约能看出痕迹来。寂白思忖片刻，从背包里摸出了粉饼和粉底液。

　　谢随预感不妙，往后退了退，防备地问："干吗？"

　　寂白在指尖挤出黄豆粒大小的粉底液，对谢随说："我给你上个妆，遮一下。"

　　"老子宁愿死。"谢随坚决拒绝，让他涂上这种女人才用的化妆品，当个小白脸，绝对不行，绝对绝对不行！他宁愿死！

　　一刻钟后，谢随拉长着脸坐在椅子上，任由女孩拿着软绵绵的粉饼，在他脸上扑来扑去。他的内心已经死了，变暗的眸子里透出生无可恋的气息。

男孩化点淡妆遮瑕一下，寂白觉得没什么毛病，她选的是最自然的色号，完全不会让他变成小白脸。

但是从直男的内心来说，他是真的受不了，他已经变成小白脸了。不过谢随拗不过寂白，他曾经说过，当他的女人，他什么都听她的……男人食言是比化妆更可怕的一件事。谢随两相权衡之下，决定给她当一回小白脸。

"好了没？"

"快好了，别催呀。"寂白仔仔细细地将他脸上淡淡的一层粉底液拍匀了，既遮住了嘴角的瘀青，又令他的气色好了不少。

今天晚宴的灯光非常明亮，那时候脸上的效果应该更好。

寂白捧着他的脸，满意地欣赏着，他皮肤的白皙度提升了一个档位，在灯光下泛着通透的质感，浅咖色的眸子配合着微红的薄唇，清雅明朗。五官精致俊逸得令人挪不开眼。

寂白捏着他下颌的动作，越发令谢随感觉自己是个吃软饭的小白脸，他决定反客为主，伸手揽住了女孩纤瘦的腰窝。

女孩身体轻轻地颤了颤，连忙后退："你乱摸什么？"

他收敛心神，抽回了手，规规矩矩地不再碰她了。

女孩还娇嫩得跟朵玻璃花儿似的，他甚至都舍不得用力抱她，更遑论是要对她做那样野蛮的事情。

寂白见谢随忽然变乖了，稍稍放下心来。

慈善晚宴定在寂氏集团名下的世纪城花园大酒店的露天花园举行，来往间名媛淑女，衣香鬓影，很是热闹。

寂白穿着漂亮的小礼裙，挽着西装革履的谢随走进了宴会花园。俊男靓女无论在哪里都是备受瞩目的，更遑论这一对超高颜值的组合。众人纷纷观看，低声议论。

"是寂老夫人最小的那位孙女寂白吗？"

"可不是，上次年会她一直跟在老太太身边，看样子很受宠啊。"

"她身边的那位帅哥是哪家公子，以前怎么没见过啊？"

"不知道，我也没见过。"

"两个人还真是登对呢，是情侣吗？"

"应该只是朋友吧，寂白还在念书呢。"

寂白不顾周围人的议论，她挽着谢随的手臂，依偎在他的身边，与他低声说话。谢随身形颀长而挺拔，因此每次听她说话都要耐心地把脑袋放低，这一无意识的动作，也让周围众多年轻女孩纷纷犯花痴。

寂白问谢随："你紧张吗？"

"怎么可能？"

谢随虽不承认，但寂白从他紧绷的脸色里，感受得到他的谨慎和小心。

这是谢随第一次参加这样的宴会，自然比不上那些熟稔地流连于社交场合的公子哥儿。因此，寂白也没有和别人寒暄聊天，一直陪在谢随身边，只和他讲话，令他的情绪稍稍放松些。

其实如若寂白对寂氏集团继承人的位置有想法的话，她在这样的社交场合应当表现得更加主动，譬如不远处与各位公司董事周旋的寂静堂姐。

寂静穿着得体的长裙礼服，手里端着一杯香槟，与稍年轻些的长辈们谈笑风生，举止从容大方。而她的身边，站着西服笔挺的厉琛。

厉琛注意到了寂白，冲她扬了扬酒杯，微笑。寂白也礼貌地报之一笑。不过，当厉琛瞥见她身边的谢随的时候，眸子里浮现一丝诧异。

谢随见寂白和厉琛微笑致意，心里又不爽了。他走到寂白前方，用挺拔的身影挡在她和厉琛中间，阻隔了两人。

"干吗呀？"寂白低声说，"多不礼貌。"

谢随固执并且坦率地说："我不喜欢你和他接触。"

"我和厉琛哥是朋友啊。"

"他不是你的朋友，你的朋友只有我和其他女生。"

寂白嘴角抽了一下。

他一贯自私且霸道，心很小很小，只够装得下这一个女孩，受不了别的男孩对她有丝毫觊觎之心。

"你既心里有我，就只能有我一个人。"他蛮横无理地说，"如果你敢跟别人好，我弄死他。"

寂白无可奈何地望着他，低声说："你是什么醋王？"

谢随揉了揉鼻翼："老子没吃醋。"

肉眼可见是吃醋了，还死不承认，寂白抿嘴笑了笑，还是说道："我保证，不会跟别人好，可以了吗，谢随？"

谢随忽然被她的微笑弄得心里甜丝丝的，不满的情绪一扫而空。

很快，寂老夫人走了出来，出于礼貌，寂白拉着谢随来到老夫人面前，向她介绍道："奶奶，这是我的同学，谢随。"

"奶奶好。"

寂老夫人打量着谢随，满意地点了点头，半开玩笑地道："难怪白白连厉琛那小子都拒绝了，原来是已经找好更帅的男伴了。"

寂白连忙止住老夫人的话头："奶奶！"

见孙女红了脸，寂老夫人也不再打趣她，只叮嘱道："放轻松一些，今晚就好好玩，不必拘束。"

待老夫人离开以后，谢随一脸了然的笑意，拉长了调子："哦——"

"你哦什么哦！"

"我就随便哦一下。"

寂静走到寂白身边，跟她打招呼寒暄。寂白礼貌地回应了她，同时跟厉琛点了点头。

寂静对寂白身边的帅哥比较感兴趣，她以前没有见过他，应该不是其他家族的继承人吧，但她不确定。

"白白，不介绍一下吗？"

"他是谢随，我同学。"

谢随睨她一眼，于是她又补充了一句："也是我最好的朋友。"

谢随似乎对这个定位还比较满意，但凡加了一个"最"字的，都是独一无二的。

他的手落到寂白的腰间，将她往自己身边搂了搂。这个动作平日里或许显得亲昵了，但现在他是她的男伴，亲昵自然是理所当然的。

寂白不动声色地掐了掐他的掌心肉。这家伙，偏要在厉琛面前这样秀是吧，在人家看来指不定这俩人怎么自作多情呢。

寂静大大方方地跟谢随打招呼："你好啊，我叫寂静，是寂白的堂姐。"

谢随淡淡应了声："你好。"

寂静提议让寂白和她一块儿去见见几个闺密朋友，寂白自然也不好带上谢随。她担忧地望了谢随一眼："你在这儿等我哦。"

谢随不会约束她跟其他女孩的社交，递给她一个放心的眼神。

厉琛站在谢随的身边，嘴角微扬，意味深长地赞了一句："这件衣服不错，很衬你。"

谢随敏感地蹙了蹙眉，望向厉琛，眸子里透着不解，仿佛他知道什么似的。

"几万块的定制西服是低端款式。"厉琛评价道，"不过你还是学生，能自己挣钱已经相当不错了。"

厉琛眼底浮现了明明白白的敌意，谢随当然也知道这份敌意从何而来。正如他本能地将厉琛视为威胁一样，雄性动物之间总有某种微妙的感应。

谢随沉声道："那天的拳击赛，你也在。"

厉琛嘴角扬起一抹克制的微笑，轻轻拍了拍谢随的衣领："用命换来的体面，值得吗？"

谢随侧身避开了他。他望向对面的女孩，她在人群中，身上裹着吊灯柔软的光芒，额间垂着几缕细细软软的发丝，娴静而美好。

他不是用命换来体面，而是用命换来体面地站在她身边。

寂白跟着寂静堂姐周旋于名媛绅士之间，得体的举止和收敛的气质令她赢得了同龄人的好感。

寂静各方面都很优秀，心高气傲，同龄人与她交往难免感到压力，但是寂白不同，她谦虚且温煦，浑身上下透着一股子柔和的气息。好几个女孩跟她交换了社交账号，希望与她保持联系，以后当好朋友。

寂静也发现了，过去她在这种社交场合从来都是花团锦簇的中心，女孩们拥戴她也奉承着她，但是从来不会和她交心。而她们面对寂白的时候，更像是闺密一样地交流，说说笑笑，格外亲切。

不仅仅是女孩，就连面对长辈乃至公司的董事，寂白都能够如鱼得水地应付，举止相当从容，完全没有了过去畏畏缩缩的小家子气。

渐渐地，寂静便不再主动介绍人给寂白认识了。强烈的竞争意识令她敏锐地察觉到来自寂白的威胁。

经历了梦中的人生，寂白似乎比别人多拥有了七年的阅历，她在梦里的七年领教了世态炎凉，也明白人心是最难琢磨的东西。梦境仿佛加快了她的成长速度，当然也提供了寂白原本并不知道的信息，现在的她清楚场上这些人的喜好和性情，同时知道他们未来的走向，谁会发达而谁会没落，谁值得交往而谁两面三刀……

七年光阴的梦境人生，足以为她接下来的谋划镀上金光闪闪的保护膜，如果她真的要加入继承人争夺战，她对自己绝对有信心。

社交的间隙，寂白会时不时回头望谢随。

谢随独自一人坐在吧台边的高脚凳上，一只腿微屈着，另一只腿笔直而修长，有一下没一下地点着地面。他周身气质冷冽，与周遭格格不入，但纵使如此，还是有不少女孩被他英俊的容貌吸引，走近与他攀谈聊天。

谢随并没有聊天的欲望，话说不到几句，女孩们便识趣地离开了。无论他散发着多么迷人的气息，目光所至也只有自己的心上人。

寂白对他做了一个口型：想走了吗?

他回她：不用。

知道寂白是怕他无聊，谢随不给她增加心理负担，索性独自走到自助餐桌边，吃点东西。

寂白稍稍放了心，回身应付周围人。

露天的草坪边，谢随刚端起餐盘，便看到不远处人群中，一位漂亮婀娜的女士挽着西装革履的男人，款款走过来。

他愣住了。那是他的母亲，程潇。

谢随知道母亲嫁入了高门，但具体她的丈夫是谁，谢随并不清楚，也从不关心。

这还是他第一次见到程潇现在的丈夫，一个体面的中年男人，不算太英俊，也不丑，但容貌比之于谢随的父亲，差远了。

只有小孩才会用容貌来衡量一个人。谢随从这个男人举手投足间的气度，能感知到他优越的生活及良好的社会地位。

程潇与谢随的父亲是青梅竹马，一起奋斗的少年夫妻，父亲年轻的时候非常英俊，也让程潇成为不少女孩羡慕的对象。

但是结了婚有了孩子以后，生活的磋磨让她渐渐明白，好看的脸并不能当饭吃。尤其是羡慕她的闺密们有了更为靠谱的归宿之后，她的心也不再安定了。

男人过了而立之年，靠的是权势与财富来支撑气质，无权无势，没有体面的工作与事业，再好看的容貌都会被消磨殆尽。

小时候，谢随最常听到母亲对父亲说的一句话便是："没钱，你要什么尊严！"

这句话渐渐成为程潇的口头禅，也是谢随对金钱这般执着的诱因。钱令他失去了母亲，失去了童年，失去了一切。

他端着糕点盘，斜倚在冰凉凉的雕塑柱下，冷眼打量着自己的母亲和她现任丈夫，没什么特别的情绪，只是觉得母子俩在这样的情景下见面，挺讽刺。

程潇恍惚间回头，看到了谢随，手里的酒杯掉在了地上，摔碎了。

谢随欣赏着她的花容失色，觉得好笑。

身边的男人绅士地护着程潇远离了地上的玻璃碎片，程潇对他笑着，虽然笑容已经苍白了。

她害怕得嘴唇都在哆嗦。在她看来，谢随是她那段不堪过往的印记，提醒着她如何从脏污不堪的底层一步步爬进豪门，过上了现在体面的生活。

但不可否认的是，她和周围的名媛贵妇有着本质的不同。

寂白找遍了整个宴会花园厅，都没有见到谢随的身影，她有些担忧。

听身边几个女孩说，好像看到他往花架方向去了，寂白匆匆朝那里走去。

花架位于酒店花园侧面的篱笆旁，距离宴会园有一段距离，几乎没有人会去那么偏僻的角落。

昏暗的花架下有两个模糊的身影轮廓，一个是谢随，另外一个……好像是个女人。

寂白走近，听到女人激动而压抑的声音传来："谢随，你想我死吗！"

寂白背上起了一层鸡皮疙瘩，她以为是谢随不知从何处惹来的风流债，忍着笑听墙脚。

女人似乎很崩溃，声音也压得很低："你为什么总是阴魂不散啊！"

谢随表情很平淡，嗓音毫无波澜："我身上流着你的血，你可以嫌它脏，可以不承认，可是你没有办法置换它。"

寂白恍然间明白那女人是谁了。

"谢随，你怪不了我，要怪就怪你爸没本事，这么多年我也已经受够了，我配得上更好的生活，为什么要受苦？"

虽然她背对着寂白，但寂白仍然能从谢随那英俊的五官，推测他的母亲应当是何等漂亮。

人的烦恼永远来自不安于现状，她配得上过更好的生活，为什么要跟着他受苦？

"我不怪你。"谢随平静地说完，身侧的手却微微有些颤抖，"你可以滚了。"

程潇冷冷地望着他："谢随，这里不是你该来的地方。"

谢随笑了，反问："你能来，我为什么不能？"

程潇走过去，戴着璀璨钻戒的左手拎了拎他的衣领，沉声道："就算穿上这身看着还不错的西服，你也永远配不上这种地方，配不上这里的姑娘，你知道花园里的人怎么议论、笑话你吗？"

"我不在乎别人怎么说。"

"你不在乎可我在乎，你让我觉得羞耻，你的存在时时刻刻提醒我，我的过去有多么不堪。"程潇几乎声嘶力竭道，"求你了，别再出现了，你要钱我可以给你，多少都行，只要你别再打扰我的生活。"

寂白靠在花架边，掐断了一枝紫藤萝叶蔓。

"这位女士，谢随是我邀请来的男伴，你有什么问题，可以找我。"

谢随的拳头猛然一紧。他回过头，看到女孩冷冷清清地站在月光下，定制小礼服泛着璀璨的银光，美得不可方物。

程潇认出了寂白，赫然是现如今最得寂董事长宠爱与欢心的寂家小孙女。她不可置信地看着寂白："你邀请他？"

寂白走到谢随身边，自然而然地挽住了谢随的手："女士，如果你没有别的问题，我带谢随走了，还有好些人想要认识他。"寂白攥着谢随的手大步流星地离开了。

擦身而过的瞬间，程潇忽然道："寂小姐，你知道他是什么样的人吗？！"

寂白步履顿了顿，几秒之后，她忽然转身，望向程潇："程小姐，你说话当心。"

以寂白的辈分来说，她无论如何也应该叫程潇一声夫人，可是她没有，她叫程潇为程小姐，足见她对程潇的轻视。

从这一声称呼里，程潇便能听出她与她们身份的不同，羞耻令她咬紧了唇："我是你的长辈。"

"我是寂董事长的孙女。"寂白冷眼看她，"哪怕是你的丈夫，见了我都得规矩地问声好，你又有什么资格在这里糟践我的男朋友？"

程潇彻底傻了，她没想到平日里表现得温文尔雅的寂二小姐也会有这般凌厉的时候。她好像真的把寂白给惹怒了，如果自己丈夫知道自己得罪了董事长的宝贝孙女，程潇不敢想象……她勉强扯出一丝笑意："寂小姐，我不是那个意思。"

"以后或许还会有见面的机会，请你就当不认识谢随吧，他将来或许会成为我的丈夫，我不希望别人知道，他有你这样的母亲。"

寂白说完，看也没看一眼程潇难看的表情，拉着谢随匆匆离开。

两人一路跑到湖边。

此刻夜已深了，天空缀着几颗散漫的星星，微风轻拂着湖面，拂开粼粼的波光。

"小白……"

谢随的手在抖，声音也在抖。

寂白从来没有见过谢随抖成这个样子，他似乎是极力地控制着翻涌的情绪，保持着表面的平静。

寂白低头，从谢随包里摸到了彩虹糖，倒出一粒扔进嘴里。嗯，酸酸的，凤梨味。

谢随面对着波光粼粼的湖面，背对着寂白，沉声问："他们笑话我吗？"

寂白开玩笑道："笑你太帅了，把全场的男士都比下去了。"

当然不可能是这个，谢随知道，自己肯定有什么地方没做好，丢了体面。

谢随的手落在西服袖下，紧紧地攥着，嗓音低沉压抑："我让你丢脸了。"

这才是他最在意的地方。

听着他的话，寂白感觉心脏一阵抽痛。她抿着舌尖的彩虹糖，走到他身边，轻轻拉了拉他的衣袖："我说了，你是我的男朋友，也许还会成为我未来的丈夫，一生的挚爱。那些看不起你的人，他们连你一根手指头都比不上。"

谢随凝望着女孩温雅恬静的脸庞，怔怔道："你……再说一遍？"

寂白耳垂挂了红，有些害羞地别开目光："好话不讲第二遍，没听见就算了。"

他当然听见了，女孩说他会成为她一生的挚爱。

人这漫长的一生，有人陪你览千帆，有人陪你望星辰，可真正能有多少段感情，配得上一声"挚爱"？

温柔的夜风微微吹拂着，谢随望着女孩温雅的脸蛋，柔声问道："我能不能抱抱你？"

寂白还没反应过来，谢随的手已经落到了她的腰间，轻轻一提，女孩顺势踮起了脚尖，整个身体都贴上了他。

"不回答就是默认可以。"

"……"

谢随健壮的身体都搭了上来，脑袋搁在她单薄的肩上，一个发狠用力的熊抱，几乎要把她按进那滚烫的身体里。

寂白脸红了，人也傻了。

"那我能不能吻你？"

预感到或许又会发生不妙的事情，寂白慌忙用手捂住嘴："你这人不讲理啊……"

她话音未落，谢随低头吻住了她的手背。

晚上，寂白回到家里，父母沉着脸坐在沙发边等着她，不出意料，寂绯绯也在。

晚宴上寂白见到寂绯绯了，她和陈哲阳在一起。陈哲阳待她又恢复了过去的殷勤，两个人举止似乎很亲密。对于寂白而言，这是再好不过的事情。

寂明志沉不住气，正要开口，陶嘉芝按了按他的手，止住他的话，对寂白笑着说："白白饿了吗？我让阿姨准备了夜宵，快趁热吃一点。"

"我不饿。"寂白见父母似乎有话要说，所以坐了下来，直言问道，"爸妈，你们想说什么就说吧。"

寂明志早已经忍不住了，质问道："今天晚上和你在一起的那个男孩，他是谁？"

寂白心里猜测也就是这件事。她漫不经心道："是我的朋友。"

"白白，他不就是你们陈校长说的那个……杀人犯的小孩吗？"陶嘉芝担忧地说，"你怎么能跟那样的男孩接触呢！"

"他是杀人犯的孩子，但他不是杀人犯。"寂白沉声说，"我为什么不能和他接触？"

"杀人犯的小孩，说不定也有暴力倾向，你和这种人接触有多危险，你想过没有？"

寂绯绯恰如其分地开口道："爸妈，那个男孩可是我们学校公认谁都不敢招惹的坏男孩，连老师都怕他呢。"

寂白冷冷地瞥了寂绯绯一眼，后者脸上挂着痛快之色。

"你看看，看看！"陶嘉芝激动地说，"白白，你居然把这种人带到晚宴上去，还给你奶奶见了。天哪，你知不知道你在做什么？如果奶奶知道你和这样的渣滓交往，她会怎么想？一定会觉得我们教女无方！"

母亲口中的"渣滓"令寂白觉得分外刺耳，她面无表情道："首先，他不是渣滓，是我的朋友；其次，奶奶对谢随的印象很好，如果她觉得你们教女无方，问题肯定不是出在我的身上。"她说完意味深长地瞥了寂绯绯一眼。

寂绯绯愤怒地说："你看我做什么？"

"我不能看你吗？"

寂明志打断了姐妹俩的争执，把话题重新带回来："白白，你必须和那个谢什么的划清界限，不然……我只能采用别的办法，让他远离你了。"

寂白脸色沉了沉："你想做什么？"

"对付他这样的渣滓，方法有很多。"寂明志道，"让他离开你们学校，离开江城，不过是动动手指头的事。"

寂白这下是真的有点生气了："我的事情轮不到你们来置喙，你们没有这个资格！"

寂明志拍桌而起，怒声道："什么叫你的事情轮不到我们来置喙？我们是你的父母！我们怎么没有资格？"

寂白冷声说："你们是寂绯绯的父母，我在你们眼里算什么？"

"你……你简直是要气死我啊！"陶嘉芝捂着胸口，感觉呼吸都不顺畅了，"我们给了你生命，供你吃，供你喝，把你养这么大，现在翅膀硬了就不认父母了，我到底是养了一只什么样的小白眼狼啊！"

既然父母要算过去的账，寂白也不介意，是该把该算的都给他们算清楚了。

"给我生命，供我吃喝，目的是什么，你们心里清楚。"她站在楼梯口，居高临下地看着他们，宛如审判般的目光，看得他们心里一阵阵发怵。

"寂白，你说什么啊？"

寂白挽起了自己的袖子，左臂白白的肌肤上，数不清的针眼触目惊心！

"你们生我养我，不过是为了给寂绯绯建一个'人造血库'，这么多年，她吸了我多少血，难道还还不清你们的生养之恩？"

寂白的突然发难，令父母猝不及防，而他们竟然也无可辩驳，因为寂白说得字字有理，字字诛心。

"白白，爸妈知道，这些年委屈了你，可是你忍心看着姐姐被病痛折磨吗？不管我们生你的初衷如何，既然你已经来到了这个世界上，就应该承担自己应尽的责任。"

寂明志试图跟寂白讲道理："在姐姐需要你的时候，你应该勇敢地站出来。"

寂白眼角微微颤了颤："如果我不同意，她就会死，对吧？"

"白白，你吓到妈妈了，你知不知道自己在说什么？"

"我想我们可以达成共识了。"寂白睨了寂绯绯一眼，"寂绯绯的命在我手里，请你们做任何事之前，都姑且掂量一下，三思而后行。"

说完她转身回了房间，重重地关上了门。

"你看看！你看看她都被你惯成什么样了！"陶嘉芝都快被气得掉眼泪了。

寂明志拍桌道："还给我反了天不成？我非得把这丫头赶出去，她不是翅膀长硬了吗，我看她不靠家里能不能在社会上生存！"

陶嘉芝连忙拉住了寂明志："你冷静一点，你把她赶走，万一绯绯出事怎么办？是不是蠢啊！"

寂白回到房间，拖出了行李箱，开始收拾行李了。

她已经不再对自己的父母抱任何期待和幻想，过去她也曾抱着希冀，如果她聪明一点，讨巧一点，或许他们也能像爱寂绯绯一样爱她，事实证明，是她想太多了。他们从来不爱她。

见寂白拖着行李出门，陶嘉芝追了出来："你要去哪里？！"

"出去住几天。"

寂明志气呼呼地说道："记住你今天的骨气，要走就走，我一分钱也不会给你，要是活不下去了，不要哭着跑回来。"

寂白咬牙说："放心，就算要回来，我也一定笑着回来。"

寂白拖着行李箱，出了家门，这半年来她存了不少钱，不只有奶奶给她的信用卡，还有她省吃俭用存下来的零花钱，暂时应该不存在经济方面的困难。

寂白找了距离学校较近的一家酒店住了进去。她刷的是奶奶给的信用卡，行李都还没来得及提进房间，奶奶的电话便打了过来："小白，怎么住进酒店了？"

走廊边，寂白拿着电话，压低了声音说："和爸爸妈妈闹了点小矛盾，没事的奶奶，您不用担心，我过几天就回去。"

不用寂白细说，寂老太也知道老二寂明志家总是最不安宁的。她没有劝寂白回去，而是说道："奶奶家离你们学校远，住过来也不方便。这样，你住到你们学校附近的寰宇酒店去，那是寂氏集团旗下酒店，你住进去，我放心。"

寂白没有违逆奶奶的意思，她退了房，拖着行李走了约莫五百米，来到了寰宇大酒店门口。这家酒店是江城唯一的一家六星级酒店，相当高端。

寂白刚走进去，便有侍者礼貌地接过了她手里的行李。寂白去前台办理入住，前台小姐看到她的身份证，立刻说道："寂小姐，董事长来过电话了，您不用办理入住，我们为您预留了最好的VIP房间，这边我带您上去。"

"谢谢。"

寂白的房间被安排在十八楼以上的VIP区域，这里接待的都是酒店的VIP白金贵宾，一般人是无法通过网络或者前台预订的，也相当安全。

房间是套间式，拥有一整面落地玻璃窗，站在窗边可以俯瞰整个繁华的江城。

大床格外松软，寂白在床上舒舒服服地躺了个大字。

其实寂白不是冲动的性格，离家出走虽是一时意气，但她必须让寂明志和陶嘉芝明白，她绝对不再是过去任由他们拿捏而不敢吭声的小尿包了。

她既然有心与家里的兄弟姊妹争夺继承人的位置，便不能让父母拖了后腿。更何况，有些事情，还是应当让他们心里有数。

寂绯绯向陈哲阳抱怨了寂白搬出去住的事情，自然也免不了一番陈情说辞，说她太不懂事了，让父母操碎了心，真不知道是跟谁在一起久了，变得这样叛逆。

寂绯绯原意是想让陈哲阳明白，寂白已经不再是他心目中那个温柔善良的好妹妹了，该趁早看清她的面目，别再执迷不悟。却不想陈哲阳一时愤懑，跑到谢随面前，质问他为什么带坏寂白，现在寂白为了他都离家出走了，他是想毁了她才甘心吗！

晚上八点，寂白在豪华浴缸里舒舒服服地洗着泡泡浴，不远处的桌边，电话响了起来。

寂白不方便起身接电话，便由它响着。然而这打电话的人似乎相当执着，寂白不接电话，他便一直打，电话铃声整整响了五分钟。

寂白无可奈何地裹上浴巾起身拿起手机。果然是那位惹不起的谢随打来的，除了他，也没谁会这样"轰炸"她了。她叹了声，接起电话。

"你在哪里？"谢随的声音听上去很急。

"我在……"

寂白正想打个马虎眼，却没想他直接问道："在哪家酒店？"

好吧，消息很灵通嘛。

"我和家里闹了点小矛盾，搬出来住几天。"寂白强调，"只住几天，很快就会回去的。"

"在哪家酒店？房号多少？"

寂白蹙眉："你问这个做什么呀？"

"确保你现在安全。"

"我很安全。"

"寂白，我没有和你开玩笑。"谢随嗓音压得很沉，"要么现在告诉我，要么明天来学校你给我等着。"

完了，真生气了。他生气的时候，就会连名带姓地喊她。寂白打心眼里还挺怵他。

"谢随，你要来找我吗？"

"嗯。"

"可是现在很晚了啊。"

"让我看你一眼，看完就走。"谢随顿了顿，又说道，"我在做英语题，有很多地方不会。"

有理有据，无法拒绝。寂白叹了声，也只好把酒店和房号告诉了谢随，又跟前台打了个招呼。

半个小时后，谢随按响了房间门铃。

寂白打开门，看到谢随背着单肩包站在门边，额间渗着汗，几缕发丝都湿润了，脸颊带着微红的色泽，胸膛起伏，呼吸有些急促。显然是一路跑着过来的，也不知道他在担心什么。

寂白将他拉进房间，打开了空调，让他凉快一下。

"你跑什么？"寂白扯了纸巾替他擦拭脸上的汗水，"我在这里很安全啊。"

谢随环顾这房间四周，三面环绕的落地窗使得视野相当开阔，站在窗边，能看到整座城市的霓虹灯火。

这是谢随第一次站在这样的高度，俯瞰整座城市，他那浅咖色的眼瞳闪烁如星。

　　寂白走到他身边，忐忑地看看他，说道："很美吧。"

　　"美你个头。"谢随伸手按了按她的小脑袋，沉着调子问，"为什么离家出走？"

　　"不是离家出走，就是搬出来住几天，不是快考试了吗，我搬出来也能静心学习。"

　　谢随显然是不相信她的话："因为我，和家里人吵架了？"

　　"不是，你哪儿听来的？"

　　"别管，只说是不是。"

　　虽然导火索是谢随，但这只是一个由头而已，寂白和家里人的矛盾，不是三言两语能说清楚的。

　　"别瞎想了，我家里的事很复杂，不过我自己能处理，你不用管。"

　　谢随当然明白，他现在并不方便干涉寂白家里的事情，他唯一能做的就是理解她并且支持她，必要的时候，还应该保护她。

　　谢随环顾了房间一圈，最后坐到沙发边，从单肩包的夹层里摸出一张银行卡递给寂白。

　　寂白看着桌上那张生肖银行卡，愣了愣："这是做什么呀？"

　　"我所有的存款都在里面了。"谢随把银行卡递到寂白的手边，"都给你。"

　　"我不要！"寂白有些急了，"你干吗这样？"

　　"钱不多，但是给你应个急应该没问题，这酒店不便宜吧？"谢随表情淡淡的，嗓音低沉，"你这家伙……虽然家庭条件不错，但手头应该不会比老子宽裕。"

　　"谢随，把卡收回去。我不会用你的钱。"

　　谢随将银行卡强塞到寂白的手里，用力地握住了她的手："你再推辞，老子要生气了。"

　　"你生气我也不能……"

　　她话音未落，谢随忽然伸手捏住了她的下颌，稍用力，她的唇就被他捏得嘟了起来。

寂白挣脱不开，只能蹙着眉头看着谢随，瓮声瓮气地说："谢随，你干吗……呀？"

谢随缓缓凑近了她，看着她那被捏得嘟起来的樱桃唇，嘴角上扬，用低沉的声线笑说："谢随生气了就想亲人。"

"嗯？"寂白眼睁睁地看着少年凑过来的薄唇，她反手抄起了银行卡，挡在了自己的嘴边，隔开了少年的吻，"收了，我收下了！"

谢随隔着银行卡吻了吻她，然后松开了手。

寂白挣开他，连滚带爬地缩到沙发另一端，防备地看着他："算我暂时给你保管。"

谢随理了理自己弄乱的衣领，淡淡道："随你，反正这都是我的老婆本。"

"啊？"

"你收了我的老婆本。"

寂白颤颤地摸出卡："那我……"

谢随眼中射出威胁的意味，扬了扬下颌："反悔一个试试。"

"……"

看着寂白一脸被套路的怨念，谢随莫名心情还挺愉悦。

寂白收好了银行卡，她不会用他的钱，替他保管也挺好，至少能稍稍约束他不要胡作非为。

看着她小心翼翼地将银行卡收到自己的钱包里，谢随那一颗飘飘忽忽好几年的心，仿佛有了归处。

"对了，你不是说有英语题不会吗？"寂白问他，"给我看看？"

谢随也不过是寻个过来找她的由头，不过他还真带了自己的英文习题册过来，递给寂白。

寂白随手翻开英文习题册，原本以为是崭新的一本，却不想里面很多题都有做过的痕迹，选项有不少错误，但是有错误的地方都用红笔标注过了，每个单词都被他标注了意思。

谢随学习的方式很死板，所有的阅读题几乎被他用中文重新写了一遍，连"are""is"这些词都让他给翻译了一遍。

寂白拧着眉毛，翻翻习题册，又抬头看看他，天知道他在这些阅读题上花了多少时间，这简直就是死磕上了啊。

谢随从包里摸出厚厚的牛津辞典，忐忑地望着寂白："我是不是做得不好？"

见寂白一直不讲话，他喉结滚了滚，艰难地说："那什么，我基础不太好，你别觉得我笨，我肯定能学好。"

不知道为什么，寂白感觉自己的喉咙好像被什么堵着，莫名有点酸。她拿着本子，坐到了谢随的身边："有哪些不理解的地方，你问我。"

谢随感受到女孩坐到他身边，他全身的肌肉都跟着紧了一紧，鼻息间嗅到女孩身上散发的柠檬沐浴露的味道。

她刚洗过澡，穿的是棉质的哆啦A梦卡通睡裙。

谢随低头，瞥见了寂白白皙而修长的颈部，两截锁骨深深地凹陷，勾勒出非常漂亮的轮廓，再往里面，白色的蕾丝边胸衣若隐若现。

她穿着睡衣毫无防备地盘腿靠在他身边，这让他感觉到自己是值得被信赖的存在。谢随嘴角扬了扬。

她用手肘戳了戳他："你有没有听我讲？"

"嗯，你讲。"谢随强迫自己收敛心神，注意力落到了书本上。

寂白把他做错的题一一讲了一遍，同时埋头写下了几个基本的语法句式，掰开揉碎了给谢随讲解。

谢随呼吸着她身体淡淡的馨香，索性直接将下颌搁在她的肩膀上，打了个长长的哈欠。

寂白用笔头敲了敲他的脑袋："认真点。"

谢随打起精神，认认真真地听女孩讲题，她嗓音带着某种沙砾的质感，听着让人感觉很舒服。

"懂了吗？"

"不太懂，但你说的我都会背下来。"

寂白笑了笑："行吧，背下来也行。"

虽然方法笨了一些，不过也没毛病，英文可不就是要多背背吗。

"差不多就这样吧，现在很晚了。"寂白将英文书收回谢随的背包里，"如果遇到问题，可以随时来找我问。"

"嗯。"

"回去吧。"她将背包塞回到谢随的怀里，"我送你下楼。"

"行。"

现在时间不早了，谢随怕自己再待下去，会出什么幺蛾子，所以也没有耽搁，跟寂白一起出了酒店大门。

他的自行车还停靠在路边。谢随解了车锁，推着车走到寂白身边："走了。"

"慢些噢。"

灯光下，女孩脸上挂起清甜的笑意，嘴角的小酒窝若隐若现。他的心痒了起来，凑过去，轻轻啄了她脸蛋一下。

"嗯！"寂白下意识地往旁侧缩了缩，"你……"

谢随单手扣住了女孩的肩膀，慢慢地将她身子扳正了。

寂白白皙的脸蛋漫上了绯红色，她眨着漆黑细密的眼睫毛，目光别向旁侧，不太敢和他对视。

"谢随……"她唤他的声音很软很柔。

谢随再度俯身过去，轻轻地吻住她的侧脸，轻轻地压下，脸颊肌肤细嫩而富有弹性。

寂白感受到他温热的嘴唇，他下颌的小青楂，扎得她的脸痒痒的。

她默许了他这一个克制而温柔的脸颊吻，手紧紧攥着他的 T 恤衣角，将衣角攥出了褶皱。

谢随热忱而真挚的感情宛若燎原的烈火，寂白竟有些无法招架了，她轻轻地闭上了眼睛，享受他带给她那种灵魂深处的战栗……

谢随抓起了她的手，牵引着落到了他左边胸膛处，她明显感觉到胸腔里那疯狂跳动的心脏，鲜活，热烈。

他稍稍离开了，寂白感觉被他吻过的地方既灼烫又冰凉，形容不出来那是怎样的感觉。

"小白，说你喜欢我。"

"我干吗要说那种话。"寂白嗓子哑哑的，她垂下了眸子，漆黑浓密的睫毛轻微地战栗着。

"Say you love me，也行。"他还活学活用地说了句英语，不依不饶道，"你总得说点什么。"

寂白忍不住抿唇，浅浅地笑了起来："为什么一定要说点什么？"

"因为……"谢随沉吟了片刻，说道，"我想听你说点什么，任何话都行。你说的我都会记着，记一辈子。"

路灯在他眼睑处投下了一片阴影。

寂白想了想，柔声说道："你闭上眼睛。"

谢随听话地闭上了眼睛："嗯？"

"数一二三。"

"做什么啊？"

"干吗问这么多，做就是了。"

谢随闭着眼睛，微微扬了扬嘴角："那我数了，一、二、三……"

当他睁开眼睛的那一刹，女孩已经跑远了。

"又骗我。"

空荡荡的台阶上，她转过翩然的身影，冲谢随扬手："我没骗你，谢随，这辈子就让我照顾你。"

谢随扬了扬眉，说："这算什么！"

女孩没有回答，踩着夜色走远了。

谢随低下头，忽而嘴角扬起了一抹轻轻的微笑。

原本可以忍受黑暗，若他未曾见过光明，可是现在……所有的屈辱与晦暗都留给过去，谢随缓缓抬起头，望向深沉的夜空。

黑夜尽散，他眼底是一片星河长明。

正如寂白所料，她搬出来不过一周的时间，陶嘉芝和寂明志便拉着寂绯绯来到了寰宇大酒店，亲自接寂白回家。

寂绯绯看到寂白的酒店房间，竟然比她的房间还要舒适，这令她心里有点不是滋味。

寂绯绯原本以为寂白住的是学校外面的那种快捷酒店，还对父母说不要管她，她在外面吃点苦头，自然就会认识到自己的错误。却没想到，她在这里生活得这般舒适自在，完全不是寂绯绯想象的什么朝不保夕、可怜兮兮的样子。

寂明志和陶嘉芝也是昨天才知道，寂白在老太太的庇护之下，住进了寰宇大酒店。电话里，他们第一次听到老太太发这样大的火。

"我原以为，要不了多久你们就会把小白接回家，没想到这都一周了，你们竟然半点动静都没有。

"孩子不是你们生的吗？走丢了你们就不着急？

"我这个当奶奶的都替你们感到羞愧！

"要是出走的是寂绯绯，你们还会这样稳如泰山吗！"

寂老太这连珠炮似的质问让父母脑子都傻了，他们没想到这件事居然会闹到老太太那里去。

"不是，妈……您听我解释，是白白她自己……她自己要走的。"

"她还是个孩子，难道你们也都还没长大吗？"

"妈……"

"我给你们一天时间，立刻把小白接回去！不然……有你们好看的！"寂老太说完重重地挂掉了电话。

于是父母生拉硬拽，拽着寂绯绯一起来到了寰宇大酒店，"诚意满满"地来接寂白回家。

他们不敢不听老太太的话，本来家里能干的兄弟姊妹众多，寂明志已经很不受重视了，一直都是老太太在帮扶着他们的小公司经营下去，如果再失了老太太的欢心，那可真就是烂泥扶不上墙了。

"白白，你就跟我们回家吧，是爸爸妈妈不好，之前不该对你说那样的话。"

寂白知道，他们并不是真心诚意要认错道歉，只不过碍于老夫人的情面，不得不向她低头罢了。

寂白并没有理会寂明志和陶嘉芝，她目光落到了寂绯绯身上，平静地问："姐姐怎么说？"

寂绯绯在观察她的房间，寰宇大酒店这么高端的 VIP 客房，她还从来没有住过呢。

"爸、妈，我看妹妹在这里住得挺舒心的，再回咱们家恐怕已经住不惯了吧，毕竟她的房间比这儿可小得多呢。"寂绯绯略带讽刺地看着寂白："鸟儿拣高枝儿飞了，哪里还会想得起生养自己的老巢？"

的确，寂白在家里的房间是最小的次卧，而寂绯绯的房间则是最大的主卧。

不仅仅是房间，在漫长的成长时光里，家里最好的资源都消耗在寂绯绯的身上，寂白吃的用的，全都是寂绯绯剩下不要的。当年搬进那里，房间是寂绯绯先行挑选，她挑了最大的主卧，然后又选了自己的练功房，把剩下最小的房间留给了寂白。

这些生活里可见或不可见的不公平，寂白早已经习惯并且麻木了，所以从来没有争执过什么，因为没有用，她争不过寂绯绯。

"我是有些住不惯家里的房间了。"寂白望着寂绯绯，淡淡道，"那不如姐姐把自己的房间让给我。"

此言一出，寂绯绯哑口了。她本来是想讽刺讽刺寂白，没想到居然被寂白套路了。

寂明志说："你想住姐姐的房间？"

寂白本来没想这茬，既然寂绯绯自己提出来，她索性说道："是，我想和姐姐换房间。"

"爸妈！绝对不行！凭什么要我和她换啊！我不换，坚决不换！"

陶嘉芝皱着眉头说："白白，为什么你一定要住姐姐的房间啊？"

"因为她的房间大啊。"

"白白，听话，不要胡闹了，这么多年你住小房间，不都习惯了吗？现在闹别扭要和姐姐换房间，这不是任性吗？"

寂白冷笑了，她所有的习惯，都是被他们逼出来的习惯，是他们的偏心，让她习惯了忍耐。现在，寂白不想忍了。

"让我回去就这一个条件，你们考虑吧。"她说完，不想去看父母的脸色，拿着自己的教材去了商务办公桌，开始学习了。

陶嘉芝和寂明志面面相觑，然后同时望向寂绯绯。

"你们……你们看我做什么！"寂绯绯急了，"你们不会真的要让我和她换房间吧？"

"那什么，绯绯，只不过是换个房间而已，没什么的。"

"姐妹之间，本来就应该互相谦让。"寂明志一锤定音，"就这么决定了，今天回去就换房间，让妹妹住你的主卧，你住次卧。"

寂绯绯从来没有受过这么大的委屈，她眼睛红了："凭什么？"

寂白冷冷地抬起头，心说：这就受不了了吗？

凭什么？凭本事。这个世界不应该由弱者说了算，谦让是情义而不是道义。

寂白料定了父母即便偏爱寂绯绯，也不敢不听寂老夫人的话，毕竟全家人的吃穿用度都是靠着他们经营的分公司，而分公司又全靠寂氏集团总公司的帮扶维持着。所以今天寂绯绯让也得让，不让也得让。

寂白早已经不指望父母能够回心转意，现在她能依靠的人，只有自己。

当天晚上回到家，父母便张罗着，让寂绯绯跟寂白换了房间，寂白憋屈了这么多年，今天总算是扬眉吐气了。

寂绯绯的房间很大，不仅有属于自己单独的浴室，还有衣帽间和书房。

当寂绯绯从衣帽间出来，抱着自己多得数不清的衣服，一股脑塞进了寂白那小小的衣柜里时，简直都要被气哭了。

"这衣柜这么小，怎么装衣服啊！"

寂白倚在门边，冷冷道："因为你的衣服太多了，不是吗？"

寂白长年累月也就那么几件衣服，一个小小的衣柜，绰绰有余。现在她要让寂绯绯好好感受一下，这些年来她过的生活。由俭入奢易，由奢入俭难，还有的她苦头吃呢。

寂白既然说过，要回来，她一定笑着回来，说到做到。

父母从寂老夫人的态度中，渐渐明白了寂白的重要性，这个一直被他们忽视的小女儿，不知道从什么时候开始，已经渐渐地成长为像寂静那样的女孩。说不定将来，她别有一番广阔天地，别有一番作为。说不定将来，寂氏集团的继承人……

父母想到了这一茬，对寂白的态度也发生了变化。

谢随这段时间都在苦苦攻克英语，所以期中考试的其他课也就罢了，英语他是踌躇满志，一定要考……及格吧。

英文考试安排在下午两点，中午休息的时间，寂白从食堂出来，随意地溜达到了五楼，经过谢随考场所在的教室。

谢随穿着单薄的深色 T 恤，坐在教室的最后一排，腿太长了没地儿搁，随意地伸到了前面同学的椅子下面。

他白皙的手臂肌肉线条流畅而结实，很少有还在念书的男生能练出这样的肌肉线条。他握着笔勾勾画画，眉心紧蹙，薄唇微动，似乎是在默记着什么。他默得很艰难，额间还有汗珠渗出来，但是他神情很认真。

谢随平日里看着散漫不羁，但他认真起来的样子，是真的相当迷人。

前排的丛喻舟将身子微微往后靠了靠，低声说："门边，小白在看你。"

谢随恍然抬头，看到门边站着的少女。

她穿着一件小白裙，乌黑的头发柔顺地垂在肩头，黑漆漆的一双鹿眼明亮清澈，睫毛浓密而卷翘。她随意地将鬓间的发丝别到耳后，红润的樱桃唇微微上扬，挂起甜甜的小酒窝，很乖。

谢随混浊的大脑仿佛被灌入了咕噜咕噜的冰可乐，瞬间清明了。

寂白冲谢随扬了扬手，跟他无声地打了个招呼，然后离开。

谢随的魂儿当然也被勾走了，他在纸上写了几个单词，实在看不进书了，索性起身大步流星地走出教室，追上了寂白。

安静的楼梯口，温煦的阳光自方格天窗斜斜地射了进来，漫入纷飞的尘埃。

寂白回身望了望站在阶梯上的少年，说道："好好考哦。"

谢随一步一步溜达下来，走到她身边，抱着手倚靠在墙边，微笑着说："考好了有没有奖励啊？"

寂白心情也还不错，走到他身边，故意问道："你要什么奖励呀？"

被天窗折射进来的一道斑驳的光影，正好落在他的眼睛上，照得他那浅咖色的眸子更加通透，仿佛闪着光。

他指了指自己的唇："我要这个。"

"这个不行，不过可以给你这个。"寂白踮起脚，戳了戳他的侧脸颊。

他的脸一点也不软，皮肤很紧，也不太细腻，最近可能因为缺乏睡眠，还冒了几颗不明显的痘。不过这丝毫不会影响他五官的英俊。

谢随挑挑眉，觉得这个也不错："那说定了。"

"谁跟你说定了。"寂白背着手想了想，"那你得考个高分，只及格可不行。"

谢随爽快地说："你给我安排个分数。"

这种事，他绝不会讨价还价，虽然他现在最多只有及格的水平，但他不会满足于此。他会努力达到寂白给他提出的要求。

寂白低头，抿着唇笑："让我想想噢。"

"别说你想让我考满分。"

"我又不会故意刁难你。"

于是谢随志忑地等她说出一个目标分数。

寂白站到他上面的阶梯边，伸手揉了揉他的脑袋："那就……六十一分吧。"

比及格多一分，我就奖励你。

谢随回到教室，开始为及格这事发愁了。他过去都是考零分，唯一一次，胡乱填机读卡，蒙了个二十四分，已经是相当给面子了。除那之外，每次考试都是交白卷。

奖励当然是意外的惊喜了，但谢随也不全然是因为这个，他不想让寂白失望，好像他真的是烂泥扶不上墙，即便努力了也只能是这个样子。可是他基础差太多了，想要一下子赶上来，几乎是不可能的事。

后排几个男孩围聚在一起商量谋划着什么，谢随坐下来继续看英语单词本。很快，丛喻舟神秘兮兮地把蒋仲宁、谢随和几个男孩叫了出去。

"新鲜出炉的英文试卷选择题答案，绝对标准，保险起见最好背下来，还有一小时开考，能背多少背多少吧。"

蒋仲宁接过小抄看了看，难以置信地说："你从哪儿搞来的？"

"刚刚秦骁他们在卖，老子花高价买的，据说是昨天晚上他们翻进英文老师办公室，偷来的标准答案。"

"真的假的？"蒋仲宁不太相信，"别是骗人的吧？"

"他们还拍了翻进办公室找答案的照片呢，我是看了照片才付钱的，保证绝对真实。"

"行啊，我抄一份，管他真的假的，有总比没有好，老子英语是一个字都看不懂。"

几个男孩开始写小抄了。

"我说你们，可别真的傻到全誊写上去了，被抓包都完蛋，差不多及格就行了啊！"丛喻舟对这几个傻子很不放心。

"行了，用你说？"都是考场上的老油条了，男孩们都知道该怎么做。

谢随扫了他们一眼，有些担忧地说："别被抓了啊。"

这可不是夹带书或者偷看前排同学答案那么简单，这种偷标准答案的事件，性质严重得多。

"随哥，你不记一份？"丛喻舟把答案递到谢随的面前，"费劲学了这么长时间，哪怕做题的时候不看，做完了检查检查也行啊，考个高分，让寂白高兴高兴。"

谢随的目光落到了他面前那张薄薄的纸片上，上面五五成行，写着标准的英文考试答案。

他做题的时候不看，做完对对答案，哪怕不改，好像也没什么毛病。至少，他能知道自己考没考及格。

谢随仅仅犹豫了几秒钟，便将视线移开了："算了，我不要。"

背下了标准答案，做题的时候难免受影响，他不愿意这样。寂白每天都会抽空余时间帮他辅导英语，他不想让她的时间浪费掉。靠自己的实力考吧，哪怕及不了格，那也是他自己真真实实的水平。

本来就不是好事，丛喻舟也没劝谢随。

英文考试两个半小时，谢随做完题出来，脑袋都已经彻底变糨糊了。这是他第一次这样认认真真地把试卷上的每道题都掰开揉碎了，仔仔细细地做翻译、阅读。不过这样做的后果就是，他没有做完，作文实在没有时间写了。

所以谢随对这次英文考试也没什么信心，他无法预料自己能不能考及格，忐忑不安地走出了校门，远远地看到女孩推着自行车，站在梧桐树下等他。

"怎么样？考得好不好？"女孩额间缀着汗珠，脸颊红扑扑的，她看上去似乎比他还紧张呢。

谢随没回答，却捧起了她的脸，用衣袖仔仔细细给她擦拭了额头上渗出的汗粒，漫不经心地喃道："及格应该没问题，我可不可以预支奖励？"

谢随凑近她，指了指自己的脸颊。

寂白笑着推开了他："看了分数再说啊。"

谢随顺势接过了寂白的粉白色自行车，骑上去，随她一起慢悠悠地走在梧桐树树荫下。

"搬回去了？"

"嗯。"

"家里人是不是对你不太好？"

寂白顿了顿，说："没有啊。"

家里的情况，她从来没有对任何人说起过，哪怕别人知道她有个奇葩的姐姐，却不知道父母会对两个孩子偏心成这样。寂白更加不会把这些事告诉谢随。

"老子总感觉不对劲。"谢随疑惑地望着她，"如果家里人对你不好，你要告诉我。"

"没有，你见过我奶奶的，她对我很好的啊。"

寂白的话稍稍打消了谢随的疑虑，他点了点头，不过良久，寂白却又用开玩笑的语气问他："如果我家人对我不好，你打算怎么办？总不能去把我家里人揍一顿吧？"

谢随摇了摇头："你讲过，拳头不能解决任何事，我记着。"

"嗯。"

真乖。

"不过我会带你走。"

寂白愣了愣，抬头望向他，他微蹙着眉，望着远方似血的残阳，沉静地说："我带你跑掉。"

寂白失笑："你带我跑哪儿去啊？"

"不知道。"他神情很认真，丝毫不像开玩笑的样子，"反正我肯定能养活你，绝不让你吃苦。"

寂白嘴角的笑意缓了缓，渐渐收敛了。

如果是在梦境人生中，在那个寂白最无助的时候，谢随这样认真地对她说"我带你跑掉"，说不定，她真的会跟着他离开，那么梦境后面的所有事情，都不会发生吧，谢随不会受伤，她也不会死。

不过梦里的寂白最无助的时候都不认识谢随呢。

所以人生际遇啊，有时候还真说不清楚，既然老天给了她一次可能改变未来人生的机会，那么她会尽力去避免梦里的错误抉择，不让现实变为遗憾。

"谢随，这话我记着，如果有天我累了，或者不想过现在的生活了，你带我跑掉，挣钱养活我，不准食言哦。"

谢随怔了怔，然后用力点头："我答应你。"

那是他此生许下的第一个承诺，他小心翼翼地放在心底最深处，珍而重之。

几天后，各门课的期中考试分数也陆陆续续下来了。

出乎老师们意料的是，谢随不是如过去一般交白卷，他居然认认真真地完成了各门课程的考试，尤其是其中一门要求写报告，谢随扎扎实实地写够了字数，虽然行文非常生硬，但是好歹表达清楚，而且没有错别字。

这门课的考试满分一百，谢随考了六十五分，还及格了！

提前跑来大学英语课小教室后排占座的男孩们纷纷传阅着谢随的报告，目瞪口呆，就差跪下来膜拜了。从零分到六十五分的距离，只差一个"认认真真写完"的操作。

"随哥，厉害啊。"丛喻舟拿着报告凑近了谢随，低声道，"你怎么抄的啊，能抄这么多分！这技术太高超了吧！"

谢随冷冷睨他一眼，夺回报告，小心翼翼地压在书里，待会儿下课了要拿给小白看呢。

蒋仲宁走过来，用胳膊肘扣住丛喻舟的脖颈："抄啥啊抄，随哥每门考试都是自己独立完成的好吧！"

"真的假的？"

"人家考好了还要去小白那儿领奖呢。"

"这就是爱的魔力吗？"

谢随抬腿一脚踹在丛喻舟屁股上："别挡着老子路。"

就在这时，一位男老师沉着脸走进小教室，冲打打闹闹的男生们很不客气地喊了声："秦骁，你给我出来！"

秦骁脸色惨白地跟着老师出去了，丛喻舟几人面面相觑，心底渐渐浮起一丝不安。

英文老师把试卷交给一个同学在课前发给大家。其他人都拿到了试卷，就连蒋仲宁都拿到试卷了，只剩了谢随和丛喻舟几人没拿到试卷。

没得到试卷的差不多都是跟秦骁买了答案的男生，丛喻舟心下忐忑起来了，望向蒋仲宁的试卷，总分栏是一个血淋淋的二十八分，是他的风格。

"不是吧，你就考二十八啊？"

蒋仲宁很老实地回答："你给的答案又带不进考场，老子坐下来全忘了，一个都没记住，就自己随便写了。"

丛喻舟咧咧嘴："你要不要这么笨，给你答案都记不住。"

蒋仲宁挠挠头："你还是……担心担心你自己吧，我看这事儿，要糟。"

丛喻舟是真的惶恐起来了，看着周围几个当初拿了答案的男生都没有得到试卷，秦骁又被叫走了，显然是事情败露了啊。

"哎，不对啊，随哥不是没有记答案吗，怎么也没得到试卷？"

蒋仲宁耸耸肩，表示不解。

谢随眉头蹙了起来。

很快，英文老师表情严肃地走进小教室，用嘲讽的语调说道："这次你们班的考试平均分，比上一学年高太多了，很厉害嘛。"

后排几个男孩你看看我，我看看你，心知是完蛋了，果然被抓包了。

"班上有几个同学的分数，跟之前的成绩差距过大，这些同学的试卷，都让你们赵老师扣留下来了，考得不好不丢人，你们知道丢人的是什么吗？"

小教室里安静了下来，没有一个人回答她的话。

"丢脸的是，拿着本不属于自己的荣耀，沾沾自喜！"

"你们以为自己考到高分很了不起是不是？在我看来，你们还不如那些考零分的学生，至少他们是诚实的！"英文老师显然非常愤怒，"我管不了你们，有什么问题，去和你们辅导员解释吧。"

忽然间，教室后排传来一声重重的声响，谢随面前的桌子被他往前推了推，他倚着座椅靠背，抬起了双眸，冷冷地望着英文老师："我的试卷呢？”

英文老师被他盯得心里发毛，板着脸说道：“我说过，抄了答案的同学，你们的试卷在赵老师那里！”

丛喻舟立刻站起来说道：“老师，我们抄了我们认，但是谢随没抄啊！为什么他的卷子也送到辅导员那里去了？”

英文老师冷笑说：“一个之前交白卷考零分的人，你以为及格这么容易呢！没抄，说出去谁信！”

“随哥英语及格了？”

“哇！居然及格了！”

“牛啊！”

几个男孩叽叽喳喳地议论了起来，英文老师用力拍了拍讲台：“安静！说什么呢！抄来的及格有什么厉害的！烂泥扶不上墙，不服气去找你们赵老师，不要在我的课上捣乱！”

谢随心里反倒松了一口气。不管别人怎么想，至少……他对得起这些日子以来自己的努力，也没有辜负小白为他付出的时间和心血。

现在他最想做的事，是冲到小白面前告诉她，他不是烂泥扶不上墙，他也可以变得优秀，只要她……愿意相信他。

办公室里，一排男孩垂头丧气地站在一位男老师桌前。

体育学院的辅导员老师名叫赵德阳，是个四十来岁的男人，工作兢兢业业，早年秃顶，现在头发丝越来越少，眼见着地中海都快变成太平洋了，所以即便是夏天，他也习惯戴着一顶面包帽。很多学生私底下说，赵德阳的头是被他的糟脾气折腾秃的。

赵德阳将一沓试卷重重地拍在桌上，几个男孩的心脏都跟着跳了跳。

“抄答案！抄答案就算了！你们知道你们现在的行为是什么吗！是偷窃！如果不是在学校，你们这样的行为是犯法，是要进警局的！”

男孩们咕咕哝哝说：“答案是买的，又不是偷的。”

“你们的分数不是偷来的吗？”赵德阳一一展开男孩们的试卷，“丛喻舟，六十八分；李兴哲，七十七分；何瑞，七十四分……你们上次英语多少分来着？丛喻舟，你上次考到三十分了吗？”

丛喻舟想了想，好像没有，他上次好像只考了二十七分。

男孩们揉揉鼻子，也无话可说。

站在最边上的谢随忽然开口问："我考多少？"

赵德阳狠狠地瞪了他一眼，从一堆被捏得皱巴巴的试卷底下，翻出了谢随的试卷："抄都抄了，你还不知道自己考多少分吗？"

答题卡左上角的总分栏，赫然印着一个鲜红的六十分，刚好及格。

谢随既开心，又遗憾，虽然及格了，但是距离小白的奖励分值还差了一分。可惜啊。

赵德阳嘲讽地说："谢随你还挺厉害啊，不多一分不少一分，刚好抄及格，算得挺精准，不像你们几个，抄都不会抄，考这么高的分，谁信啊！"

谢随冷声说："我没抄。"

"呵，谁信。"

"不管你信不信，反正老子没抄，把试卷还给我。"谢随说完便夺走了赵德阳手里的试卷。

"你还想销毁证据是不是！"赵德阳站起身，指着他道，"我告诉你们，这次集体作弊事件，后果相当严重，要全校通报批评！"

谢随拿到试卷了，转身离开办公室。

赵德阳气愤地冲他大喊道："谢随，有胆子抄没胆子承认是吧！我告诉你，这次作弊事件要记入档案，这份耻辱，要跟你一辈子！"

办公室门口，谢随蓦然回头，眸中透出一丝狠戾之气，嗓音压得极沉——

"再说一遍，我没有作弊。"

当天下午，学校就在布告栏张贴了通报批评的公告，还同步到了学校论坛的教务版块，同时让各学院辅导员转发至各班群里。

同一时间，寂白正在自习室埋头复盘自己各门试卷上的错误，草稿纸上画下一个抛物线，忽然听到一旁的学生提到"谢随"两个字，她手上的铅笔芯蓦然折断！

寂白留心听了听，旁边的两个学生正压低声音又不掩兴奋地议论着——

"那帮体育生的英语平均分数太离谱了，班上有一半的男生都参与了作弊。"

"好像是有人翻进办公室偷答案。"

"我去，谁这么牛啊？"

"谢随吧，身手这么好，除了他还能有谁？上次他不是溜进监控室，偷了视频吗？"

"他怎么啥都能偷，这身手，放古代就是江洋大盗啊。"

"谁让人家是体育生呢。"

寂白手里紧紧攥着铅笔，指头都泛白了。就在这时，她收到了谢随的信息——

"天台等你。"

寂白顿了几秒钟，起身大步流星地走出了自习室。

天台上，谢随颀长挺拔的身影逆着光，站在阶梯上，微微抬起头。

阳光渐渐埋入了厚重的云层里，霞光为层云酿出一道金色的边。

蒋仲宁站在他身边，说道："随哥，你别急，待会儿小白来了，我们帮你解释。"

"解释有什么用，老师都不信咱们的话，你觉得别人会相信吗？"

"没抄就是没抄，这也太冤了吧！"

谢随看了看时间，已经过去半个小时了，她还没有来。

他以为他只要努力就可以爬出泥沼，天真了，他带出来的一身污垢，是无论怎样用力都洗不掉的！

他奢望站在她的身边，却不能给她带来荣耀，只有脏污。

谢随径直走下天台。

"谢随，你去哪里啊？"

"拳击室。"

"不是不打了吗？"

"不打，你给老子钱用啊？"

蒋仲宁看到他狭长的眸子里恢复了过往的戾气与锋芒。

走下楼梯，来到教学楼走廊，不少学生悄悄用眼睛斜瞥谢随，低声议论，就像看一场笑话。

以为拿着书装模作样地努力学习，他就能变好了，就他这样烂泥扶不上墙的样子，还想成为好学生？

不配。他永远不配站在她身边。

后面还有几节课，谢随也不打算上了，他去教室拿走了黑色的斜挎包，包里飘出那张六十分的英文试卷。

他捡起英文试卷，揉成了皱巴巴的一团，扬手扔进路边的垃圾桶，不要了。

路过辅导员办公室，丛喻舟等几个涉事的男孩还被扣在办公室里反省。

谢随目不斜视地经过办公室，却听到一个清脆的嗓音传来，仿佛一滴雨珠打在翠绿的叶上——

"谢随绝对没有作弊！"

谢随的步履忽而顿住了，他偏头瞥向办公室，微开的门缝里，女孩站在办公室桌前，阳光照着她额前几缕刘海儿，她的侧脸泛着通透的光。

寂白面颊微红，急切地从背包里掏出草稿本，本子上记着密密麻麻的英文单词。

"老师，我可以证明，这些都是谢随近段时间用过的草稿纸。"她将草稿纸递给赵德阳，"我一直在帮谢随补习，他很认真。"

赵德阳接过草稿本，随手翻了几页，他认得这上面张牙舞爪的字迹，的确是谢随的没有错。

"但这也不能证明，谢随没有作弊。"赵德阳皱着眉头，卷起草稿本指了指墙边罚站的一排男孩，"这几个平时就跟着谢随鬼混，他们自己都承认作弊了，近朱者赤，近墨者黑，要说谢随没有作弊，谁信？"

丛喻舟连忙道："随哥真的没有抄，他这段时间一直很拼，以前我们抄作业，他都不屑抄，更别说考试了。"

"那是他懒。"赵德阳哼哼着，看向寂白，"谢随那样的人，想让他学好，除非太阳打北边儿出来。"

寂白藏在袖里的手紧紧地攥着，身体都禁不住颤了起来："你凭什么……这样说？"

"我没说错吧，烂泥扶不上墙。"

寂白眼眸里忍着愤怒，声音喑哑低沉："谢随，不是烂泥。"

"打架旷课就算了，现在还作弊，还偷东西，这不是烂泥是什么？"

"他……"女孩咬紧的下唇，泛出粉白色，"他只是……"

赵德阳见寂白低着头，说不出话来，他语重心长道："同学，我劝你不要和谢随这样的人交往了，还帮他补习，简直浪费时间。"

寂白蓦然抬起头，看着赵德阳，固执地重复："谢随没有作弊，如果你不相信，我会去教务办公室说，如果教务主任不相信，我就去校长办公室说，如果你们都不信，我会对见过的每个同学说，一定会有人相信他！"

就算全世界都觉得他不好，但他对寂白好，寂白认他的好。

门外的谢随背靠着墙，伴随着呼吸，心脏开始剧烈颤抖。

赵德阳拧着眉毛看着寂白："我看，你们是不是在谈恋爱啊……"

他话音未落，谢随忽然推开了办公室的门。

"我有办法证明自己没有作弊。"

他走到女孩身边，将她往自己身后拉了拉，扬着调子道："英文试卷，我可以再做一遍。"

"你又想要什么花样？"

"赵老师，给我一次机会。"

赵德阳诧异地望向谢随，这还是第一次，听到他嘴里喊出"老师"这两个字。

"你说真的？你要重新做一遍？"

"嗯。"

寂白抬头看着谢随，他的眼底射出坚毅沉着的光芒。

赵德阳让英文老师过来，给谢随找了一张崭新的试卷，但不是这次考试的试卷。

英文老师既然怀疑谢随记了答案，肯定就不能用测试的试卷了。

寂白和几个男孩都被推出了教室，趴在窗边望着谢随，英文老师和赵德阳守着他做题，目光一分钟都没从他身上离开。

谢随偏头望了望寂白，冲她扬了扬嘴角，示意放心。

寂白还是担心，连上课都没有离开，一直守在办公室外面。

英文老师看着谢随慢慢地拆分语句，翻译单词，做完了两道阅读题，居然正确率还挺高。

她和赵德阳对视了一眼，脸上写满了难以置信。太阳还真是打北边儿出来了？

试卷当然没有做完，不过一个小时，谢随就被放出了办公室。

趴在窗边的寂白连忙走过来，拉着他跑到没有人的转角楼梯口，担忧地问："怎么样？老师相信你了吗？"

谢随活动着脉络分明的颈："你猜？"

寂白拍了他胳膊一下："快说呀。"

谢随将手放到她的肩膀上，笑着说："三个阅读大题，我全做对了，他们没有理由再怀疑我。"

寂白松了一口气，只感觉全身骨头都快软了，靠着墙壁，慢慢地滑下了身，抱着膝盖蹲下来。

谢随见她不对劲，坐到她身边，重复道："他们相信我，没事了小白。"

寂白紧紧抿着唇，将脸埋进了膝盖里，身子微微地抽了抽。

她哭了。谢随感觉五脏六腑都抽搐了一般，他伸出宽大的手掌轻轻地拍了拍她的背。

"小白……"

寂白忽然伸手环住了他的脖颈，用力地抱住了他。

谢随蓦然睁大眼睛，垂首，看到女孩紧紧地环着他的肩膀，将脸埋进了他的锁骨窝。

他甚至能感受到她湿热的呼吸和温热的眼泪……

"我不知道……"她嗓音带着战栗的哭腔，"我不知道该怎么说才能让他们相信你，你不是那样的人……可我知道……"

谢随轻抚着她背的手，忽然顿住了。

你不是那样的人，我知道。

谢随从来不觉得活在这个世界上有任何意义，而此时，当女孩无助地趴在他肩头哭泣，从来未曾有过这样一刻，让他觉得，人间值得。

她会对他微笑，也会为他掉眼泪，她生气的时候会轻轻打他，也很疼他……

她就是他的人间。

图书在版编目（CIP）数据

在冷漠的他怀里撒个娇 / 春风榴火著 . -- 北京：
国际文化出版公司 , 2023. 3（2023.7 重印）

ISBN 978-7-5125-1388-4

Ⅰ . ①在… Ⅱ . ①春… Ⅲ . ①言情小说－中国－当代
Ⅳ . ① I247.5

中国版本图书馆 CIP 数据核字 (2022) 第 217712 号

在冷漠的他怀里撒个娇

作　　者	春风榴火
责任编辑	于慧晶
出版发行	国际文化出版公司
经　　销	国文润华文化传媒（北京）有限责任公司
印　　刷	嘉业印刷（天津）有限公司
开　　本	880 毫米 ×1230 毫米　　　32 开
	11.5 印张　　　312 千字
版　　次	2023 年 3 月第 1 版
	2023 年 7 月第 3 次印刷
书　　号	ISBN 978-7-5125-1388-4
定　　价	49.80 元

国际文化出版公司
北京朝阳区东土城路乙 9 号　　邮编：100013
总编室：（010）64270995　　传真：（010）64270995
销售热线：（010）64271187
传真：（010）64271187-800
E-mail：icpc@95777.sina.net

少年时，谢随在滂沱大雨中淋了
整整一上午，只为了给她送一
盒布洛芬缓释药。

自那以后，每一场大雨都会使
寂白联想到那个少年隐忍却
又克制不住的热切目光。
往后她生命中的每一场雨
都与他有关了。

　　　　　　　　嘉以擂火♡